U0617437

1945—1949年东北解放区文学大系

总主编◎丛　坤

戏剧卷③

本卷主编◎宋喜坤

黑龍江大學出版社
哈尔滨

图书在版编目（CIP）数据

1945—1949 年东北解放区文学大系．戏剧卷 / 丛坤总主编 ; 宋喜坤分册主编．-- 哈尔滨 : 黑龙江大学出版社，2021.10
ISBN 978-7-5686-0468-0

Ⅰ．①1… Ⅱ．①丛… ②宋… Ⅲ．①解放区文学一作品综合集一东北地区一 1945-1949 ②戏剧文学一作品综合集一中国一 1945-1949 Ⅳ．① I218.3

中国版本图书馆 CIP 数据核字（2021）第 101536 号

1945—1949 年东北解放区文学大系　戏剧卷
1945—1949 NIAN DONGBEI JIEFANGQU WENXUE DAXI XIJUJUAN
宋喜坤　主编

责任编辑　杨琳琳　魏　玲　高　媛　于　丹　宋丽丽　徐晓华　范丽丽　常宇琦
出版发行　黑龙江大学出版社
地　　址　哈尔滨市南岗区学府三道街 36 号
印　　刷　哈尔滨市石桥印务有限公司
开　　本　720 毫米 ×1000 毫米　1/16
印　　张　312
字　　数　3494 千
版　　次　2021 年 10 月第 1 版
印　　次　2021 年 10 月第 1 次印刷
书　　号　ISBN 978-7-5686-0468-0
定　　价　998.00 元（全十册）

《1945—1949 年东北解放区文学大系》

出版说明

1945 年到 1949 年的东北解放区，社会风云变幻，文学繁荣发展。当时的文学创作者们以激昂向上的笔触，再现了波澜壮阔的解放战争和轰轰烈烈的土地改革，讴歌了人民军队可歌可泣的英雄事迹，描绘了劳动人民翻身后的喜悦心情，书写了时代的大主题。为了再现这段文学风貌，我们编辑出版了《1945—1949 年东北解放区文学大系》。

这套丛书大体以体裁分编，计小说卷（长篇、中篇、短篇）、散文卷、戏剧卷、诗歌卷、翻译文学卷、评论卷及史料卷七种，所收录作品以新文学为主。此阶段作品浩如烟海，而部分文字资料因时间久远或受当时技术所限出现严重缺损，考虑到丛书篇幅有限，故仅收入代表性较强的作品。对于因原始资料不全、不清晰而无法完整呈现，或受条件所限未收集到权威版本的篇目，则整理为存目，列于丛书卷末，以备读者参考。

丛书编辑过程中，多数篇目由原始版本辑录，首次收入文集，也有些篇目参照了此前出版的多种文集。原始文献若有个别字迹不清确不可考的，丛书中以□代替。

丛书收录作品以 1945 年 8 月至 1949 年 10 月为时间节点，个别作品的完成时间略有延伸。大部分作品结尾标注了写作时间，以及初次发表或结集出版的版本信息。作品编排大体以作者姓名笔画为序（特殊情况除外，如集体创作作品列于卷末）。

就筛选标准而言，所收主要为东北作家创作的主题作品，也有非东北籍作家创作的有关东北解放区的作品。除此之外，还有此时期公开发表的反映抗日战争题材的作品，以及在东北出版的反映其他解放区的、革命主题特色鲜明的作品。需要指出的是，在本丛书的史料卷中，还有一部分作品创作于新中国成立之后，但反映了解放战争时期东北解放区的文学发展面貌，或记述了一些典型事件、代表性人物，亦具珍贵的史料价值，为完整呈现当时的文学风貌，这部分作品亦收入丛书，以"节选"的方式呈现。

需要特别说明的是，此时期的个别作家受时代限制，思想表现出了一定的历史局限性，体现在文学创作方面可能表现为不同程度的瑕疵，这一群体的作品，只要总体导向是正面的、积极的，从保证史料全面性、完整性的角度考虑，我们也将其予以收录。个别作家在解放战争时期是积极追求进步的，但随着社会环境的变化，却出现思想动摇甚至走向错误道路，对于其作品，本丛书只选取其有代表性的、取向积极的篇目，对于其他时期该作家的不当言论、思想，我们不予认同。此外，在当时复杂的政治环境下，还有一些作品中的个别表述可能存在一些偏差，但只要其主题思想是积极进步的，则丛书亦予以收录。

丛书旨在突出东北解放区文学原貌，侧重文献整理，故此在编辑过程中，重点对作品中会影响读者理解的明显讹误进行了订正，对于字词、标点符号以及句法等，尊重原文的使用习惯，不予调改，以突出其史料价值。此外，由于此时期文学作品肩负宣传进步思想的重任，而读者对象大多文化程度较低，创作者亦水平不一，因此创作主旨以通俗易懂为要，一些篇目语言风格通俗、浅白，甚至个别篇目、细节存在一些俚语表达，为遵从原貌，丛书仅对不雅字、词、句加以处理，其余不予调改。本书选文除作者原注外，亦保留原文在初次出版时的编者注，供读者参考。

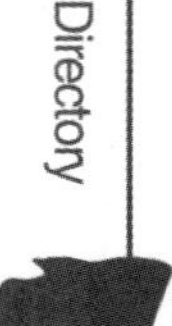

《1945—1949 年东北解放区文学大系》

戏剧卷③

总 序

张福贵

从古至今，东北在中国历史与文化进程中，特别是近代以来都是决定中国社会政治发展走向的重要因素。当然，这种作用不单纯是东北自生的，更是多种因素叠加和交汇的结果。东北文化既是文化空间概念，同时更是历史时间概念，是不同空间、区域的多种历史文化的积累，是一种时空统一的文化复合体。值得注意的是，除了抗战时期的特殊因缘使"东北作家群"名噪一时外，作为东北历史文化和现实社会表征的东北文学特别是东北解放区文学，在相当长的时间里却未得到应有的关注。黑龙江大学出版社在对过去为数不多的东北文学史料进行整理的基础上出版的东北文艺史料集成——《1945—1949年东北解放区文学大系》，因而可以说是特别值得关注的。

《1945—1949年东北解放区文学大系》内容丰富，除了包括小说卷、诗歌卷、散文卷、戏剧卷之外，还包括评论卷、史料卷和翻译文学卷。这是一个前所未有的大工程，也是一件大善事。正如"总导言"中所说的那样，丛书注重发掘新资料，通过回归文学现场，复现了东北解放区文学的整体面貌。东北解放区文学处于东北现代文学快速繁荣发展的历史时期，在土改文学、工业文学、战争文学等方面代表了20世纪40年代解放区文学的成就，是对《在延安文艺座谈会上的讲话》所确立的文艺观念的全面实践。对东北解放区文学的系统研究有利于更全面地总结解放区文学的成就，有利于把握延安文艺传统与东北解放区文学的内在联系，以及解放区文学对新中国文学制度、观念、创作等方面的影响。以“历史视角”“时代视角”对东北解放区文学，尤其是解放战争时期的土改题材、工业题材的小说和戏剧进行分析，可以勾勒出政治意识形态对东北解放区文学运动、文学社团、文学形态、文学制度、文学风格、文学论争等产生的影响，有利于把握东北解放区文学的历史价值、认识价值、审美价值与当代意义，同时对于挖掘东北地区的文化历史和建设东北文化亦具有现实意义。东北解放区文学是基于延安文艺传统而创作的，对东北解放区文艺运动、文艺理论的全面审视具有重要的历史价值和理论意义。此外，对东北解放区文学进行深入研究，探寻人民文艺理论的历史源头，对于当代文艺创作、审美观念的引导亦具有一定的启示作用。但是，受地域因素、资料整理程度、研究者文化背景等条件的制约，东北解放区文学在中国当代文学史上的特殊地位与价值一直以来并未引起研究者的足够重视。

东北解放区文学无论是在中国大文学史中还是在东北文学和文化发展的历史中，都是具有特殊意义的存在。

虽然现代东北文学在新文学运动初期晚于也弱于关内文学的发展，但是1931年九一八事变发生，新起的东北文学及东北作家被国难推到了文坛中心，萧红、萧军等青年作家更是直接受到鲁迅的关注和扶持，迅速成为前沿作家。这一批流落到上海等都市的青年作家由此被称为“东北作家群”，他们奠定了东北文学在中国大文学史上的特殊地位。然而，正像全面抗战进入相持阶段之后，中国文坛也变得相对平静、舒缓一样，除了萧红、萧军等人外，东北文学和东北作家也逐渐失去了文坛的关注。应当承认，一些东北作家的文学成就和文坛名声之间并不完全相符，是时代造就了他们，提高了他们的文学史地位。然而，另一方面，我们对其中有些作家及作品的价值却又是认识不足的。对此，我自己也有一个认识转化的过程：过去单纯依据多数东北作家的创作进行判断，感觉某些艺术价值之外的因素在评价中发生了作用，其地位可能有些“虚高”；但是，对于20世纪的中国文学史来说，艺术之外的价值判断就是艺术判断本身，或者说，社会判断、政治判断就是中国文学史评价的根本性尺度。因为在中国作家或者说在知识分子的群体意识之中，政治的责任感和社会的使命感几乎是与生俱来的，而中国20世纪风云激荡的社会现实又为这种责任感和使命感提供了最好的生长环境。“悲愤出诗人”，“文章憎命达”，文学创作是与政治、思想、伦理等融为一体的，脱离了这一切，文艺也就失去了时代与大众。所以说，无论是具体的作品分析，还是文学史研究，没有了这些“外在因素”，也就偏离了其本质。“东北作家群”是时代的产物，也是时代文艺的产物，20世纪中国文学史中应该有他们浓墨重彩的一笔。作为后人，对历史做出评价往往是轻而易举的，但是这“轻而易举”往往会导致曲解甚至歪曲了历史，委屈了历史人物。“东北作家群”的价值和意义不是单一的，因为对中国现代文学史的评价从来就不是一种艺术史、学术史的评价，而是一种思想史和政治史的评价。正如鲁迅当年为萧军的成名作《八月的乡村》所作的序中所写的那样，“这《八月的乡村》，即是很好的一部，虽然有些近乎短篇的连续，结构和描写人物的手段，也不能比法捷耶夫的《毁灭》，然而严肃，紧张，作者的心血和失去的天空，土地，受难的人民，以至失去的茂草，高粱，蝈蝈，蚊子，搅成一团，鲜红地在读者眼前展开，显示着中国的一份和全部，现在和未来，死路与活路。凡有人心的读者，是看得完的，而且有所得的”。《八月的乡村》不仅是中国现代第一部抗日题材的长篇小说，也是世界反法西斯战争题材的第一部长篇小说，其意义和价值是特殊的、特有的，不可单单以艺术审美的标准来看待这部作品。“东北作家群”的存在及其创作的意义，不只是为20世纪30年代的中国文坛增添了特有的地域文化内容和东北文学特有的审美风格，更在于最早向全国和世界传达出中华民族抗敌御辱的英勇壮举，最早发出反法西斯的声音。此外，在抗战大历史观视域下，“东北作家群”的创作为十四年抗战史提供了真实的证据。特别是东北解放区的早期文学直书十四年历史的特殊性，这是十分可贵的和独特的。于毅夫的散文《青年们补上十四年这一课》，深刻而沉重地描写了十四年殖民统治下东北人的精神状态和文化演变：

> 这许多现象，说明了东北在十四年殖民统治的过程中，文化生活上是起了很大的变化。翻开伪满的《满语国民读本》一看，真是“协和语”连篇，如亚细亚竟写成アジヤ，俄罗斯竟写成ロシヤ，有的人一直到现在还把多少元写成多少円，这都是伪满“协和语”的残余，说明殖民统治残余的文化还在活着，还没有死去，这在今天不能不说是一件遗憾的事！仔细想来，这也难怪，因为日本的魔手，掌握了东北十四年，今天一旦解放，希望不着一点痕迹，这是完全做不到的，要从历史上来看，它切断了东北历史

十四年，这十四年的历史是很黯淡地被抹掉了，十四年来也的确是一个大变化，在这期间多少国家兴起了，多少国家衰落了，多少血泪的斗争、多少波浪的起伏，都被日本鬼子的魔手所遮断！我回到家乡接触到成千成百的青年，几乎都不大明了这十四年来的历史真相，有的连中国内部有多少省都不知道，连云南、贵州在哪里都不晓得。

难能可贵的是，作者较早地认识到在经历了十四年的奴化教育之后，对东北人民进行民族和民主意识的启蒙是至关重要的。“不过历史是不能停滞的，殖民统治残余的文化必须要肃清，法西斯毒化思想也必须要肃清，既然是日本鬼子切断了东北历史十四年，既然法西斯分子要篡改这一段历史，那我们就应该设法补足这十四年的历史！”“要做到这点，我想青年们今天的迫切要求，不是如何加紧去学习英文、代数、几何、物理、化学，读死书本事，争分数之短长，准备到社会上去找一个饭碗，而是如何加紧去学习新文化，如何加紧学习社会科学，如何去改造自己的思想，如何进一步地去改造这遭受法西斯思想威胁的半封建的半殖民地的社会！”“因此我向青年们提议要加强你们对于新文化的学习，加强对于社会科学的学习，特别是政治的学习，不要把自己圈在课堂里，圈在死书本子上。”“新青年要掌握着新文化，新思想，才能创造起新中国新东北！”(《东北日报》1946 年 10 月 13 日)

在一批最前沿的左翼作家流亡关内之后，东北文学经过了一段艰难而相对平静的发展阶段。在表面繁华而内在凶险的沦陷区文艺界，中国作家用各种文艺手段或明或暗地与侵略者进行抗争，并为此付出了血的代价。这种状况直到 1945 年光复之后才发生根本性转变，东北文艺创作者们一方面回顾过去的苦难，另一方面表现出对新生活的憧憬，这正是后来东北解放区文艺的心理基础，而日渐激烈的解放战争又为东北文艺的走向和解放区文艺的诞生提供了具体的现实基础。这与以萧军、罗烽、舒群、白朗、塞克、金人等人为代表的东北籍作家的返乡，以及在东北沦陷区留守的左翼作家关沫南、陈隄、山丁、李季风、王光逖等人的坚持，是分不开的。当然，随我党十几万军政人员一同出关的延安等地的众多文艺家，在东北文艺的创设中更是起到了引领和带头作用。这其中已经成名的有刘白羽、周立波、丁玲、草明、严文井、张庚、吴伯箫、华山、陆地、公木、方青、任钧、雷加、马加、陈学昭、西虹、颜一烟、林蓝、柳青、师田手、李克异、蔡天心等。

东北解放区文艺的创作直接继承了延安文艺特别是毛泽东《在延安文艺座谈会上的讲话》精神。在党的直接领导下，东北解放区先后创办了《东北日报》《中苏日报》《东北民报》《关东日报》《辽南日报》《西满日报》《大连日报》《松江日报》《合江日报》《吉林日报》《胜利报》等，这些报纸多为党的机关报，其文艺副刊发表了大量的文艺作品、理论文章及文艺动态。这些报纸副刊对于东北解放区文学的引导与建构起到了重要的作用。与此同时，《东北文学》《东北文化》《东北文艺》《文学战线》《人民戏剧》《白山》《戏剧与音乐》等文学杂志，以及东北书店、大众书店、光华书店等出版机构相继创办，这些文艺刊物和书店对解放区文艺的发展也起到了很大的推动作用。

革命的逻辑和阶级的理论是东北解放区文艺创作的普遍主题。这是一种革命的启蒙，与左翼文艺一脉相承，只不过东北的社会现实为这种主题提供了更为广泛而坚实的生活基础。抗战胜利后，为了开辟和巩固东北解放区，使之成为解放全中国的军事和经济基地，我党进军东北，抢占了战略制高点。可是，在东北，人民军队所处的环境与山东等老解放区完全不同，殖民统治因素加之国民党的宣传，使得我们的政治优势在最初未能完全发挥出来。正如李衍白在散文《黎明升起——巨大变化的东北一年间》中所写的那样："群众在犹豫中，岁月在艰苦里，这就是我们在东北土地上刚刚开始播种，还没有发芽开花时的现实遭遇。"随着革命形势的发展，革命军队传统的政治思想工作优势又体现了出来。我党在部队中开展了以"谁养活了谁"为主题的"诉苦运动"，这颠覆了中国东北乡村社会的封建伦理，提高了官兵的阶级觉悟，极大地增强了部队的战斗力。

这种革命的逻辑在土改题材的作品中表现得最为突出。方青的短篇小说《擦黑》讲述了这个朴素的道理：

"……像赵三爷那号人，把咱穷人的血喝干了，咱们才不得不去找口水喝饮饮嗓；他们喝干了咱们的血没有一点过，咱们找口水喝饮饮嗓子就犯了罪？旧社会就是这么不公平！他们还满口的仁义道德，呸！雇一个扛活的，一年就剥削好几十石粮食，还总是有理！穷人的孩子偷他个瓜吃，就叫犯罪，绑起来揍半天，这叫什么他妈的道德？咱们要讲新道德，咱们贫雇农的道德；就是用新道德来看咱们贫雇农；像上边说的那些犯了点毛病的，都不要紧，脸上有点黑，一擦就干净了，只要坦白出来，都是穷哥儿们好兄弟。一句话：只要是姓穷的就有理，穷就是理！金牌子上的灰一擦净，还是金牌子。家务事怎么都

好办！”李政委讲的话刚一落音，大伙高兴地乱吵吵起来：“都亲哥儿兄弟么！”

除此之外，还有在“你给地主害死爹，我给地主害死娘……”的事实教育下，认识到了彼此都是阶级弟兄，大家都是穷苦人的“无敌三勇士”，他们从此“火线上生死抱团结”。（刘白羽《无敌三勇士》）

土地改革是东北解放区文艺最引人关注的问题。东北解放区文学作品中有许多极具写实性的“穷人翻身”故事，如周立波的《暴风骤雨》、马加的《江山村十日》、白朗的《孙宾和群力屯》、井岩盾的《瞎月工伸冤记》、李尔重的《第七班》、西虹的《英雄的父亲》等文艺经典作品。

方青的《土地还家》描述的就是这一历史巨变给贫苦农民带来的心理和生活的变化：

二十年了，郭长发又重新用自己的手来耕作自己的土地了。这是老人留下的命根，叫它长出粮食来养活后代的儿孙：可是二十年的光景，它被野狼吞了去，自己没有吃过它一颗粮食——他想到是旧社会把他的地抢走了。

现在呢？他又踏在这块地上铲草了。他感到自己已经离开家二十年，如今又回到母亲的怀里，亲切地叫着：“娘！我回来了。”——于是他又感到是：这是新社会把我的地要回来的。他这样想着，不由得拉长了声音跟儿子说：

“柱儿！想不到啊，盼了二十年，那时候你才三岁。多亏共产党……记住！可别忘了本啊！”

他直起腰来，两手拉着锄把，又沉重地重复着这句话：

“柱儿！记住，可别忘了本啊！”

佚名的《永北前线担架队速写》则写了老乡们在一天的时间里就组织起了八百余人的担架大队，作者经过和担架队员们的交谈，感受到了新解放区人民的觉悟。大队长问担架队员们：“你们这次出来抬担架，怕不怕？”大伙回答：“不怕！”大队长又问：“为什么不怕？”大伙答：“不怕，这是为了自己。”担架队员们相信唯有民主联军存在，他们才能活着。他们说：“胜利是我们的，土地才是我们的。”“赶走国民党反动派，保卫我们的土地和民主。”这与《白毛女》“旧社会使人变成鬼，新社会使鬼变成人”和《王贵与李香香》“要是不革命，穷人翻不了身，要是不革命，咱俩结不了婚”的主题是一样的。淮海战役的胜利是山东人民用手推车推出来的，而东北解放区的建立和辽沈战役的胜利又何尝不是如此！

战争书写是东北解放区文艺中最主要的内容，革命理想主义、革命集体主义和革命英雄主义精神，是东北文艺的思想主题，也是东北文艺的审美风尚。这种简单明了的思想、昂扬向上的精神本身就具有一种审美特质，它奠定了新中国文艺的审美基调。就东北解放区文艺而言，无论是描写抗日战争还是描写解放战争的作品，都普遍具有鲜明而朴素的阶级意识、粗犷而豪迈的革命情怀。

蔡天心的诗歌《仇恨的火焰》，描写了在觉醒的阶级意识支配下东北民主联军官兵的战斗情怀：

仇恨燃烧着，
像火一样烧灼着广阔的土地。
听啊——
大凌河在狂呼，
辽河在咆哮，
松花江在怒吼，
在许多城市和乡村里，
哪儿出现反动派的鬼影，
哪儿就堆成愤怒的山，
哪儿有敌人的迹踰，
哪儿就燃起仇恨的火焰……
……
我们要
用剪刀剪断敌人的咽喉，
用斧头砍下他们的头颅，
用长矛刺穿他们的胸脯，
用棍棒打折他们的脚胫，
用地雷炸弹毁灭他们，
用从他们手里夺过来的武器，
打垮他们，
然后用铁镐把他们埋掉！

我们要用生命，用鲜血，
保卫这自由解放的土地，

不让反动派停留！

“赶走敌人啊，
赶快消灭它！”
让这充满着力量和胜利的声音，
随同捷报传播开去，
让千百万颗愤怒的心，
燃起
仇恨的火焰！

这种激情在东北解放区的散文、报告文学和战地通讯中表现得最为明显，如丁洪的《九勇士追缴榴弹炮》、马寒冰的《雪山和冰桥》、王向立的《插进敌人的心腹》、王焰的《钢铁英雄王德新》等。这些作品内容真实，情感深沉厚重，延续了抗战时期散文书写浪漫主义与现实主义相结合的审美特征。这些既有写实性又有抒情性的东北解放区散文作品在战争中凝聚人心，彰显力量，具有极大的宣传、鼓舞作用。

最为难得的是，面对东北发达的近代工业景观，作家们更多地描写了工人们的斗争和生活，这些作品成为东北文艺中最为独特而珍贵的展示，而且直接影响了新中国工业题材文学的创作。战争期间，沈阳、长春、大连等地的工业设施惨遭破坏。光复之后，为了保护工厂和恢复生产，工人们表现出了忘我的精神和高超的技术。这使得从未见过现代工业景象的文艺家们感动和激动，他们纷纷用笔来描写现代工业生产和城市新生活，从而给中国现代文学带来了前所未有的新气象。大连大众书店于 1948 年 8 月出版的

《"工农园地"选集》,就收录了城市工人拥护并融入新生活的历史片段,如袁玉湖《锉股的"火车头"》,郓景明、孙聚先《熔化炉的话》等。此外还有李衍白《工人的旗帜赵占魁》,草明《工人艺术里的爱和恨》,张望《老工友许万明》等。李衍白在散文《黎明升起——巨大变化的东北一年间》中,描写了东北现代工业的风貌和工人们的热情:

> 今日的城市也正在改变着一年以前的面貌,先看一看今天的哈尔滨,代表它新气象的是全部工业齿轮的旋转,是市中心区黑夜中的灯光如昼,是穿插在四条线路的廿五台电车和六条线路上卅台公共汽车,是一万五千吨自来水不停地输送给工厂、商店和住宅。这些数目字不仅超过了去年今日(蒋记大员们劫掠后所造成的混乱情况),而且有些超过了伪满。在紧张的战争中加速地恢复这些企业,同样不是依靠别的,而仅仅是由于工人的觉悟。你想一想,一个工人为了修理一个发电的锅炉,但又不能停止送电,于是就奋不顾身钻进可以熔化生铁、数百度的锅炉高热中,他穿着棉衣,外面的人用水龙朝他身上喷冷水,就这样工作一会熬不住了跑出来,再钻进去,来回好多次,最后,完成了任务。我们有好多这种感人的事例。

我们在这些描写工友的散文里,看到了解放区新生活带给城市工人的希望。他们积极上工,传授技术,加班加点,争着当劳动英雄。这在中国同时期其他地域的文学作品中是极少见的。

质朴单一的写实手法是东北文艺的普遍表现方式，这种质朴不单是一种审美风格，更是一种直面大众的话语策略。这一传统与近代“政治小说”、五四新文学、左翼文学和抗战文艺等都是一脉相承的。文艺作为一种宣传和斗争的工具，自然要承担起团结和争取最广大人民群众的历史任务。因此，质朴单一的写实手法、通俗易懂甚至有些粗俗的语言风格，成为东北解放区文艺的普遍表现形式。

鲁柏的诗歌《夸地照》用简朴的形式表达了翻身农民淳朴的感情：

一张地照领回家，
全家老少笑哈哈；
团团围住抢着看，
你一言我一语来把地照夸：

长方形，四个角，
宽有八寸长两拃；
雪白的纸上写黑字，
红穗绿叶把边插。

上边印着毛主席像，
四季农忙下边画；
地照本是政委会发，
鲜红的官印左边“卡”。

里面写着名和姓，

地亩多少填分明，
拿到地照心托底，
努力生产多收成。

这首诗歌不仅使用了农民的口语，而且用东北农村方言来直观地描摹地照的具体形状和细节，表达了翻身农民朴素的情感。这种描写和表现方式与中国古代民歌传统有直接的联系。

井岩盾的小说《瞎月工伸冤记》以一个雇农自述的方式讲述自己的悲苦经历和内心感受。当工作队员问他是否受地主老赵家的气，他说："大伙吃他的肉也不解渴啊，都叫他给熊苦啦。"于是在工作队的启发和支持下，他"找大伙宣传去了"："张大哥，李大兄弟啊，咱们都是祖祖辈辈受人欺负的人呀！这回来了八路军啦，八路军给咱们穷人做主呀！有话只管说呀！有八路军，咱们啥都不用怕呀！"这是东北解放区贫苦农民普遍具有的经历和感受，而这种质朴无华的语言也是地道的东北农民的日常语言，具有天然的亲和力。

邓家华的小说《打死我也不写信》从情节到语言都相当质朴，甚至有些幼稚，但是那种情感是真挚的。"我"被敌人抓去，遭到严酷的鞭打，"当时我痛得忍不住，皮肤里渗透出一条一条青的红的紫的血痕，可是打死我也不写信的，他们看到我昏过去了，也就走了。等我清醒过来时，浑身疼痛，我拼死命地弄坏了门逃了出来，可是不巧得很，又碰到了伪军，又把我抓起来了，他们还是逼迫我写信，我坚决地说：'死了心吧！就是死了，我父亲会帮我报仇的。'救星来了，在繁星的晚上，忽然西面枪声不停地响着，新四军老部队来攻击了，伪军们都吓得屁滚尿流地逃走了，啊！新四军救出我了，我很快地到了家里，见了爸爸妈妈，心里真是高兴得流泪了”。

李纳的散文《深得民心》记叙了长春一个米面商人对民主联军和共产党的淳朴情感：“他已经将红旗展开，举到我的眼前，我看到七个大字：‘中国共产党万岁！’”“‘中国共产党万岁！’他重复着这七个字，从眼镜里透露出兴奋的眼睛。这脸，比先前更可爱更慈祥了：‘我喜欢这七个字，所以我选择了它。’”“大会开始了，人们都向着会场移动，老先生也站起来要走，临走时他问我在什么地方工作，我告诉了他，他高兴地说：‘好，都是民主联军。深得民心，深得民心。’”抛开其内容不论，作品文字风格的朴素也显露出解放区文艺在艺术层面幼稚和不甚精致的弱点，而这弱点又可能是许多新生艺术的共有问题。也许，正因为幼稚，它才有更广阔的发展空间。

形式的多样性特别是短小化是东北解放区文艺创作的普遍特点，短篇小说、墙头诗、快板诗、散文、战地通讯、说唱文学等成为最常见的艺术形式。战争的环境、急剧变化的生活和读者的接受水平与习惯等，决定了人们需要并且适应这种短平快的表达方式，而这也是延安文艺和抗战文艺形式的延续。天意的《县长也要路条》描写了两个一丝不苟的儿童团员在放哨时不放过民主政府的县长，硬是把他和警卫员带到乡长那里查证的故事。其篇幅短小，不到400字，但是内容蕴意深刻，语言风趣自然，简直就是一篇微型小说。

小区区的短诗《一心一意要当兵》，将人物的关系、思想、表情和语言都生动形象地表现出来，极具说服力和感染力：

葫芦屯有个小莲青，

一心一意要当兵——
他爹说：
“你去吧。”
他娘说：
“你等一等！……”
他老婆说：
“哪能行?!……”
忸忸怩怩来扯腿；
哭哭啼啼不放松：
“你去当兵啥时还?
为老为少撇家中!”
小莲青，
脸一红：
“小青他娘，
你醒醒：
八路同志千千万，
哪个不是老百姓?!
我去当兵打蒋贼，
咱们才能享太平。”

当然，东北解放区文艺中也有许多保留了浓郁的文人气息的作品，这些作品与五四新文学的“纯文艺”审美风格有明显的承续性。例如大宇的诗歌《琴音》：

一个琴师

把琴音遗失在幽谷里
滑落在幽谷的谷缝里了

琴音栽培了心原上的一棵草儿
琴音赞咏了艺术的生命
一支灿烂的强烈的光焰

我就永住在这琴音里了
就仿佛身陷于一片梦的缘边
仿佛浴着一片无际的云海
无垠的生旅无限的生涯
何处呀
我摸索到何处呀
琴音丢在幽谷里
滑落在幽谷的谷缝里了

十分明显，这不是东北解放区文艺创作的主流。

《1945—1949 年东北解放区文学大系》的编者耗费了大量精力来做这样一项浩大的地域性文学工程，这不只是对东北文艺的巨大贡献，更是对新中国文艺的巨大贡献。在此之后，东北文艺研究将迈上一个新台阶。

总导言

丛 坤

从1945年抗战胜利到1949年新中国成立这个时期,对于东北而言是极为特殊的。抗战胜利后,中共中央发布了《建立巩固的东北根据地》的指示,迅速成立了以彭真为书记的东北局,抽调了四分之一的中央委员、两万名党政干部、十三万主力部队赶赴东北,与国民党反动派展开激烈的斗争。在广大人民群众的支持下,中国共产党及其领导的军队从最初的战略防御转为战略反攻。1948年11月,辽沈战役胜利,全东北获得解放。在解放战争时期,在中国共产党的领导下,东北人民反奸除霸,建立民主政府,消灭土匪,进行土地改革,在政治上、经济上翻身做了主人。东北的政治、经济、文化、教育等各个领域都发生了翻天覆地的变化,尤其是在文学创作方面,东北地区取得了不可低估的成就,文学创作出现了前所未有的发展和繁荣的局面。

"东北作家群"的回归、党中央选派的文化宣传干部的到来、文学新人的成长使得解放战争时期东北地区的创作队伍不断壮大。在东北沦陷后从东北去往关内的进步作家中,除萧红病逝于香港、姜椿芳在上海从事党的地下工作外，塞克（即陈凝秋）、舒群、萧军、罗烽、白朗、金人等都积极响应党的号召，陆续返回东北。1945年9月至11月，党中央从陕甘宁边区和各个解放区抽调一大批优秀的文化工作者到东北解放区。据不完全统计，这一时期来到东北解放区的文化工作者有刘白羽、陈沂、周立波、草明、严文井、张庚、吴伯箫、华山、西虹、陆地、李之华、胡零、颜一烟、公木、林蓝、江帆、李纳、魏东明、夏葵、常工、方青、任钧、李则蓝、煌颖、侯唯动、李熏风、雷加、马加、袁犀、蔡天心、鲁琪、李北开等。[①] 中共中央东北局宣传部与东北文艺协会在“土地还家”口号的基础上，提出了“文艺还家”的口号，号召广大文艺工作者在与农民同吃、同住、同劳动的同时，领导农民群众参加土地改革运动，帮助农民成立夜校、学习文化、办黑板报、成立文艺宣传队，提高他们的写作能力与文艺欣赏能力，在农民、工人等基层劳动者中培养了一大批“文学新人”。创作队伍的空前壮大为东北解放区文学的繁荣奠定了坚实的基础。

东北解放区文学的繁荣也与当时出版事业的空前繁荣密不可分。东北局宣传部将建立思想宣传阵地（即报刊、出版机构）、改造思想、建构意识形态话语权确定为首要任务。进入东北不久，东北局于1945年11月在沈阳创办了机关报《东北日报》（1946年5月28日由沈阳迁至哈尔滨，1948年12月12日搬回沈阳）。该报面向东北全境的党政军发行，是东北解放区发行量最大的报纸。之后，东北解放区创办、发行的报纸近百种。据《黑龙江省志·报

① 彭放：《黑龙江文学通史（第二卷）》，北方文艺出版社2002年版，第354页。

业志》的统计，当时黑龙江地区（5 省 1 市）的每个省市不仅有党政机关报，而且有人民团体和大行业的专业报纸，有些县也出版油印小报。仅哈尔滨出版的大报就有《哈尔滨日报》《哈尔滨公报》《哈尔滨工商日报》《大众白话报》《午报》《自卫报》《北光日报》《新民日报》《民主新报》《学生导报》《文化报》等。这一时期的报纸，无论设没设副刊，都或多或少地发表过文学作品。

东北局还出资创办了东北书店、光华书店、大连大众书店、辽东建国书店、兆麟书店、吉东书店、辽西书店等众多的图书出版机构。其中，东北书店是东北解放区规模最大、贡献最大的书店，在东北全境建有 201 个分店，发行网点遍布东北全境。除出版、发行图书外，东北书店还创办了《知识》《东北文学》《东北画报》《东北教育》等期刊。这些出版机构大量出版政治读物、教材和文学书籍，促进了东北解放区出版业的发展。仅以东北书店为例，从 1946 年到 1948 年，东北书店总共出版图书杂志 760 种、各类图书 1 520 余万册。① 东北解放区纸张和印刷质量上乘的大量出版物不仅发行于东北各地，还随着东北野战军入关和南下，成为陆续解放的北平、天津、武汉等地人民群众急需的读物。历史上一向“文风不盛”的东北第一次有大量的出版物输送到关内文化发达之地，这成为一时之盛事。

此外，东北解放区先后创办的文学类期刊的数量是惊人的。如 1945 年至 1947 年创办的文学期刊有《热风》（半月刊）、《文学》（月刊）、《文艺》（周刊）、《文艺工作》（旬刊）、《文艺导报》（月

① 逄增玉：《东北解放区文学制度生成及其对当代文学制度的预制》，载《文学评论》2017 年第 4 期。

刊)、《东北文艺》(月刊)。1947 年以后创刊的大型专业期刊有《部队文艺》、《文学战线》(周立波主编)、《人民戏剧》(张庚、塞克主编),综合性期刊有《东北文化》(吴伯箫主编)、《知识》(舒群主编)等。其中,《东北文化》与《东北文艺》的影响最为突出。《东北文化》的主要任务是协同东北文化界,从政治上、思想上启发广大的东北青年和文化工作者,提高他们的自觉性,激发他们的革命热情、积极性和创造性,使他们在东北人民解放的伟大事业中发挥应有的作用。《东北文艺》是纯文艺性的刊物,刊载小说、戏剧、散文、诗歌、漫画、速写、报告文学、杂文、书刊评价,以及文学理论、有关文艺运动史的论著等。《东北文艺》聚集了一大批优秀的作者,如周立波、赵树理、罗烽、公木、萧军、塞克、舒群、白朗、严文井、刘白羽、西虹、范政、宋之的、金人、马加、雷加等。在他们的影响下,《东北文艺》还不断提携文学新人,这成为该刊的传统。从创刊到终结,《东北文艺》在新中国成立前后产生了很大的影响,20 世纪 50 年代成长起来的许多作家、诗人是从这里起步的。可以说,《东北文艺》在解放战争和革命胜利后对新中国文学新人的培养起到了重要的作用。报纸、文学期刊、综合性期刊和出版机构的大量涌现,为东北解放区文学的发展创造了良好的条件。

与此同时,为了更好地团结广大文艺工作者,东北局于 1946 年在黑龙江佳木斯成立了东北文化工作委员会,成员有张闻天、吕骥、张庚、塞克等。此后,若干文艺与文化团体陆续成立,其中最有影响的是 1946 年 10 月 19 日由全国文协的老会员萧军、舒群、罗烽、金人、白朗、草明 6 人在哈尔滨发起筹备的“中华全国文艺协会东北总分会”。这个文艺团体表面上是由文人自由结社,实际上主体是来自延安、具有干部身份的文化人,其中不少人是党员或东北文艺界的领导干部。“中华全国文艺协会东北总分会”对东北解放区文学的发展起到了不可忽视的作用。此外,中苏文化协会、鲁迅文艺研究会等文艺社团相继成立。1948 年 3 月,中共东北局宣传部首次召开了由文学、戏剧、音乐、美术、电影等部门的 150 余名文艺工作者参加的文艺工作者会议。会议对抗战胜利以来的东北解放区文艺工作进行了总结,并制订了随后一段时间的文艺工作计划。此外,中共中央东北局宣传部内部成立了文艺工作委员会,吕骥、舒群、刘白羽、张庚、罗烽、何世德、严文井、袁牧之、朱丹、王曼硕、华君武、白华、向隅、田方、沙蒙、吴印咸任委员,负责指导东北解放区的文艺工作。

1946 年秋,已迁至哈尔滨的原延安鲁迅艺术学院,按照东北局的指示北撤至佳木斯,并入东北大学,更名为鲁艺文学院。同年 12 月,东北局又决定让鲁艺脱离东北大学,组建东北鲁艺文工团。1948 年秋冬之际,随着沈阳的解放,东北鲁艺文工团在经历了三年多艰苦卓绝的转战与工作后进入沈阳,随后正式复名为鲁迅艺术学院,恢复了延安鲁迅艺术学院的学校建制。文艺团体的纷纷建立为东北解放区文学创作队伍的培养提供了组织保证。

为了纪念解放东北这段革命岁月,为了展现东北解放区文学的勃兴与繁荣,我们编辑出版了《1945—1949 年东北解放区文学大系》,分别从小说、散文、戏剧、诗歌、翻译文学、评论、史料等体裁角度进行整理、收录。

一

抗战胜利后的东北解放区文学是延安文艺的延伸与发展,东北解放区四年所发生的巨大变化,都生动、形象地展现在东北解放区的小说创作中。东北解放区小说充分展示了当时的社会生活，塑造了形形色色的人物形象，给人们留下了时代的缩影与历史的印迹。

东北解放区小说创作大体可以分为两个阶段。第一个阶段是从 1945 年日本投降到 1946 年中共东北局通过“七七”决议，第二个阶段是从 1946 年通过“七七”决议到 1949 年新中国成立。在当时的局势下，中国共产党要最广泛地发动群众，进入东北的文艺工作者便肩负了与武装部队同样重要的“文化部队”的任务。他们用文学作品教育、引导群众，积极参与了粉碎旧的国家机器和意识形态的过程。在党的文艺方针政策的指引下，东北解放区的作家们广泛深入到农村土地改革、前方战斗生活和工厂建设之中，亲身体验群众生活。这使得东北解放区的小说能够迅速地反映生产、生活、军事等各个领域的变化与东北人民精神世界的变化。

从 1931 年日本发动九一八事变到 1945 年日本投降，十四年的沦陷历史构成了东北文学不可磨灭的创痛记忆。对沦陷时期东北社会生活的回忆，是这一时期小说的一个重要题材。而抗战题材小说则是对异族侵略者铁蹄下民生困难的真实记录，也是对战争年代民族精神的热情颂扬。但娣的《血族》、陆地的《生死斗争》、范政的《夏红秋》、骆宾基的《混沌——姜步畏家史》等都是这方面的代表作品。

土改斗争是东北解放区小说三大题材的重中之重。在那场深刻改变了中国农村政治、经济关系的运动中，东北解放区作家将强烈的政治使命感与巨大的创作热情相融合，创作出了大量的优秀作品，周立波的《暴风骤雨》、马加的《江山村十日》、安危的《土地底儿女们》等至今仍被读者反复阅读。

小说创作需要一个孕育的过程，相对来说，中长篇小说需要更长的时间来构思和写作，而短篇小说则完成得较快。在复杂、激烈的土改运动中，东北解放区作家们努力笔耕，迅速创作出大量的短篇小说。在这些小说中，我们可以看到东北农民在土改运动中的精神变化，农民经历了几千年的封建压迫，他们身上的枷锁不仅是物质上的，更是精神上的，从奴隶到主人的蜕变需要一个心灵的搏击历程。

反映前线战争是东北解放区小说的另一个重要题材，这些小说真实地体现了军民的鱼水情谊。西虹的《英雄的父亲》、纪云龙的《伤兵的母亲》等都是当时影响较大的作品。1947 年至 1948 年是解放战争中我党从防御转为反攻的时期，随着战事的推进，中国人民解放军（1948 年 1 月 1 日，东北民主联军改称为东北人民解放军，同年 11 月 13 日改称为中国人民解放军）的队伍急剧壮大，部队官兵的成分因而趋于复杂化。为此，部队采用诉苦的办法对广大指战员进行阶级教育，提高他们的政治觉悟和思想觉悟。诉苦教育消除了战士之间的隔阂，为解放战争的胜利打下了坚实的思想基础。刘白羽的短篇小说集《战火纷飞》、李尔重的中篇小说《第七班》等反映了这一主题。

除上述三大题材外，解放战争时期东北涌现出来的工业题材小说，亦可视为中国现代工业题材小说的发端，这也从一个方面证明了东北解放区小说的文学史价值和文化价值。

东北解放区的工业在新中国发展史上占有非常重要的地位。在这一方面，影响最大的是女作家草明的中篇小说《原动力》。这篇小说虽然存在粗糙和简单等不足之处，但作为新中国成立前描写工业生产和工人思想的作品，是值得关注和肯定的。此外，李纳的《出路》、鲁琪的《炉》、韶华的《荣誉》、张德裕的《红花还得绿叶扶》等作品也广受好评。这些小说充分展现了东北解放区工业蓬勃发展的景象，展现了工业生产对人的改造，也开创了新中国工业文学的先河。

东北解放区的相当一批小说，强调小说的政治价值，强调创作为工农兵服务，大多通俗易懂，而缺乏对心理深度和史诗境界的发掘。然而，东北解放区小说明朗新鲜，创造性地继承了延安文艺精神，反映了东北解放区的历史巨变和社会变革中诸多的社会问题，为新中国成立后的十七年文学开辟了道路。

二

散文卷在本丛书中占有重要的分量，真实地记录了解放战争中东北解放区人民的巨大贡献，独特的作品体例亦标示出其在新中国散文创作史中的独特地位。

解放战争时期东北战区的胜利，不仅是军事史上的奇迹，更是人民意志创造历史的丰碑。许多作者都以醒目而直接的题目记录了解放军普通战士勇敢战斗、不畏牺牲的英雄事迹，以真挚的情感，突出了普通战士大无畏的战斗精神和取得战斗胜利的信心。这些作品表现了同一个主题：解放军是人民的军队，中国共产党是全心全意为人民服务的。这也是新中国强大的根基体现。

散文卷中还有一部分作品，叙述了悲壮的抗联斗争的事迹，如纪云龙的《伟大民族英雄杨靖宇事略》、菽沅的《老杨——人民口中的杨靖宇将军》、陈堤的《悼念李兆麟将军》等。英勇不屈的民族气节是抗联英雄所具的崇高品质，也是抗联精神最真实的写照。而东北书店于1948年6月出版的《集中营》，以革命者的亲身经历叙述了大义凛然、为真理献身的革命志士的事迹，让后人真正理解了"头可断血可流，革命意志不能丢"的气节，"永不叛党"是英烈们用鲜血和生命刻写在党章之中的。

从1946年到1948年，尽管国民党军队在东北重要城市盘踞并负隅顽抗，但是东北农村却发生了翻天覆地的变化。中国共产党在根据地开展土改运动，领导农民推翻了地方统治势力，领导农民斗地主、分田地，农民欢欣鼓舞，迎来了新生活。强大的后方农村根据地为部队供给提供了保障，同时，许多年轻的子弟为了保护胜利果实自愿参加了解放军，这改变了国共双方在东北的兵力布局。《永北前线担架队速写》等作品反映了这一主题。

此外，解放区散文作家的笔下还洋溢着新生活的喜悦，如严文井的《乡间两月见闻》。除了乡村，对于那些在战后重新回到人民手中的城市，我党也开始接管，并进行初步的恢复性建设。在作家们的笔下，新生活带来了新气象。大连大众书店于1948年8月出版的《"工农园地"选集》，就收录了描写城市工人拥护和融入新生活的散文。在这些描写工厂、工友的散文里，我们可以看到解放区的新生活给城市工人带来了希望。

这些散文作品大多短小精悍，有迅速性、敏捷性和战斗性等特点，具有独特的艺术特征。这与当时许多作家的出身密切相关。如刘白羽、草明、白朗、华山、西虹等作家对战争环境和百姓生活有着敏锐的观察力和真实的体验，他们的作品使得东北解放区1945年至1949年的散文创作呈现出独特的风格，表现出纪实性和文学性相结合的特点。此外，由众多从延安来到东北的文艺干部组成的随军记者，以大量的新闻报道反击了国民党的舆论污蔑，记录了解放军战士不畏艰险、顽强抗敌的英雄事迹，同时表现了后方人民在解放区土改过程中翻身解放、分得土地的喜悦心情。

散文作家记录这些真人真事的报道在东北解放战争中起到了巨大的宣传作用，成为鼓舞人心的强大的精神力量。东北解放区散文也因为内容真实、情感真实而呈现出历久弥新的生命力，往往给读者带来身临其境的感受，也让人忽略了作品本身的艺术特质。实际上，这些散文正是在真实的基础上，以生动与丰富的细节给读者留下了深刻的印象，在真实性的基础上呈现出文学性。华山的《松花江畔的南国情书》就是代表作品之一。

细节的生动亦使东北解放区散文具有鲜明的文学性。东北解放区散文将我军战士的大无畏精神写得非常真实、感人。在展示解放区新生活、新风尚方面，许多拥军爱民的片段写得细腻、真实。

东北解放区散文在主题内容上具有很高的价值，大量的散文颂扬了东北人民解放军的集体主义精神和英雄主义精神，表现了我军指战员的英勇气概，体现了战士们浩气长存的革命豪情。因此，东北解放区散文具有较高的文学价值，其明朗的表现方式恰恰是后来共和国文学明确表达和高度肯定的。题材广泛、内容真实和情感深厚的纪实性文学，使得东北解放区散文在战争时期凝聚了强大的精神力量。反映中国人民解放军不畏艰险、英勇战斗的长篇报告文学，在风格上激情澎湃，体现出解放军崇高的革命乐观主义精神。这一时期的散文把东北解放历史进程的全貌和战士们的英勇壮举再现了出来，东北解放区散文也因此具有了军事史和共和国历史的资料留存价值。东北解放区散文在创作上因为具有纪实性与文学性相结合的特点，为军旅散文创作提供了新的美学范式。

三

在东北解放区文学中，戏剧具有内容丰富、种类繁多、通俗明了、利于传播等特点，兼之创作群体庞大，故而获得了巨大的丰收，这成为东北解放区文学繁荣的重要标志之一。东北解放区的戏剧具有鲜明的启蒙性、宣传性和战斗性等特征，对生产建设、围剿土匪、土改运动和解放战争发挥着不可替代的宣传作用。

东北解放区戏剧的繁荣首先得益于东北解放区报刊对戏剧的支持。例如，《东北日报》刊发的剧作涉及歌唱新生活、感恩共产党、批判美蒋、拥军劳军、参军保家、歌颂劳模等多方面的内容。1947 年 5 月 4 日创刊的《文化报》则是东北解放区第一份纯文艺性质的报纸，主要刊载一些文学常识、短文、小诗、书评、剧报等。此外，《前进报》《北光日报》《合江日报》等都刊发了大量的戏剧作品。而从刊载量来看，期刊对戏剧的支持力度更大。在众多的文艺期刊中，对戏剧传播影响较大的是《东北文学》《东北文化》《东北文艺》《文学战线》《知识》和《人民戏剧》等。

从 1945 年年底开始，东北解放区以各家出版社为依托陆续出版了许多戏剧作品，这是解放区戏剧传播的重要途径。较有影响的是东北书店和人民戏剧社等。在解放战争期间，东北书店出版的各类戏剧作品和理论书籍近百种，形式包括话剧（独幕话剧、多幕话剧）、京剧、评剧、二人转、歌舞剧（广场歌舞剧、儿童歌舞剧）、歌剧、新歌剧、小歌剧、道情剧、活报剧、秧歌剧、小喜剧、小调剧、皮影戏等。其中，秧歌剧超过一半。

文艺团体的迅猛发展是解放区戏剧广泛传播的最终体现。1945 年 11 月以后，东北文工团等数十个文艺团体在东北局宣传部的领导下先后成立。这些文艺团体以《在延安文艺座谈会上的讲话》为指导，坚持走文艺大众化的道路，活跃在东北城市和乡村，战斗在前线和后方。他们创作、表演了一系列以支援前线、土地改革、翻身当家为主题的作品，这些作品受到人民群众的好评。

从内容方面来看，歌颂工人阶级是东北解放区戏剧的一个重要内容。东北光复后，作为解放全中国的大本营，哈尔滨、沈阳等工业城市的作用得以凸显，工人阶级成为时代的主角。从剧作内容来看，第一种是反映工人生活的剧作，如王大化、颜一烟创作的《东北人民大翻身》；第二种是歌颂先进个人无私支援解放区建设、帮助工厂恢复生产的剧作，较有影响的有《献器材》《十个滚珠》《一条皮带》《刘桂兰捉奸》；第三种是歌颂党的政策的剧作，代表作品有《比有儿子还强》和《唱“劳保”》。工业题材戏剧的大量创作，极大地拓宽了解放区戏剧的创作领域，为新中国工业题材戏剧的发展奠定了坚实的基础。

东北解放区戏剧中描写农民翻身解放、分得土地的农村题材的戏剧的比重最大。第一类是反映东北农民翻身解放，通过新旧对比来歌颂新农村、新生活的剧作。第二类是反映粉碎各类阴谋、同复辟分子做斗争的剧作，代表剧作有《反“翻把”斗争》等。第三类是反映改造后进、互助合作，表现农民积极开展大生产运动的剧作，如《二流子转变》。第四类是描写劳动妇女反抗封建婚姻、争取民主权利、积极参加劳动生产的剧作，如《邹大姐翻身》。

东北解放后，群众的思想还比较保守，革命启蒙的任务十分重要，尤其是要帮助东北人民认同和接受中国共产党及其领导的人民军队。在描写军队的戏剧中，既有表现人民军队英勇战争、不怕牺牲、勇于献身的剧作，也有以军民互助、拥军支前为主要内容的剧作，这类剧作完整地再现了东北人民从最初的误解民主联军到后来积极送子参军、送夫参军、拥军支前的全过程。前者的代表作有《老耿赶队》《鞋》《两个战士》等，后者的代表作有《透亮了》《收割》《支援前线》等。

在艺术特点上，虽然东北解放区戏剧的整体水平不是最高的，但是其庞大的作者群体、巨大的创作数量、伟大的历史功绩，使得解放区戏剧创作达到了巅峰状态。东北解放区戏剧因对传统戏剧和西方舶来戏剧的融合而具有现代性，在这种融合的过程中实现了本土化，并形成了民族化、大众化、乡土化的特征。东北解放区戏剧的民族化特征源于延安时期戏剧的"中国化"。而其大众化特征是指具有广泛的群众基础，且创作群体亦十分大众化。东北解放区戏剧的乡土化则主要表现在地域特色上。

在创作方法上，东北解放区戏剧继承了延安戏剧的传统，剧作家们用现实主义的方法把自己身边刚发生或正在发生的事情通过戏剧的形式真实地反映出来，集中表现工、农、兵的日常生活。东北解放区戏剧起到了鼓舞斗志、颂扬先进、宣传政策、支援前线的作用。

在戏剧结构上，东北解放区戏剧的戏剧冲突尖锐而集中，叙事模式多元，表现方式多样。在人物塑造上，剧作塑造了一个个爱憎分明、个性突出、敢作敢为的人物形象。这些人物形象生动丰满、有血有肉，为观众熟悉和喜爱。

东北解放区戏剧在取得较高的艺术成就和发挥重要的宣传作用的同时，也存在一定的不足。然而瑕不掩瑜，民族化、大众化、乡土化的特征，使得戏剧的宣传性、教育性、战斗性的作用得以充分发挥出来。东北解放区戏剧对光复后进行的民众文化启蒙、文化宣传具有不可替代的作用，对解放区的土地改革和解放战争做出了不可磨灭的贡献。

四

东北解放区诗歌秉承了我国诗歌的优秀传统，具有红色革命基因。它一方面与伪满时期的诗歌做了彻底的割裂，另一方面又延续了东北抗联诗歌的革命精神和爱国主义情怀，集中书写了山河易色、异族入侵带给东北人民的苦难和屈辱，书写了受难的人民在共产党领导下的觉醒与反抗，书写了东北人民在艰苦的自然环境与战争环境中形成的坚韧、乐观、幽默的性格。

东北解放区诗歌是中国解放区诗歌的重要组成部分，与其他解放区诗歌保持着一致性和连续性。它之所以能复制延安解放区的文学模式，主要是因为其创作队伍中的很大一部分是来自延安解放区的革命文艺工作者，故在文学制度和文学政策上与全国其他解放区能保持一致。东北解放区诗歌的作者主要有四种身份：一是中共中央派驻到东北的文艺工作者；二是抗战时期流亡到关内的“东北作家群”（在抗战结束后返回东北）；三是虽然本人不在东北解放区，但是其作品在东北解放区的重要报刊上发表过并产生了一定影响的诗人；四是来自各行各业的业余诗人。《东北日报》文艺副刊曾陆续发表过很多业余诗人的作品，这些业余诗人中既有宣传干部，又有工人、农民、战士、学生（其中有许多人使用笔名，甚至使用多个笔名，今天有些作者的真实姓名已很难核实）。有一些诗人并不在东北解放区工作，但是其作品在东北解放区的重要报刊上发表过，并对全国解放区的文学发展产生过重要影响，如艾青、田间等。东北解放区的代表诗人有公木、方冰、马加、严文井、鲁琪、冈夫、天蓝、韦长明、刘和民、李北开、彤剑、侯唯动、胡昭、李沅、夏葵、林耘、顾世学、萧群、蔡天心、杜易白、西虹、师田手、白刃、白拓方、叶乃芬、丁耶、孙滨、阮铿等。

从内容上看,东北解放区诗歌主要是反映当时东北解放区的经济建设、军事斗争、农村工作和城市建设等,具有现实性、时代性。从艺术形式上看,诗歌谣曲化、大众化、民间化的特点突出。抒情诗、叙事诗、街头诗、朗诵诗、歌谣、童谣等成为当时最常见的诗歌体裁。东北解放区诗歌具有以下几个显著特点:

第一,诗歌内容具革命性且高度政治化。东北解放区文学是为中国共产党解放东北和建设东北的政治任务服务的,其主要功能和目的是紧密贴近和配合解放区的主流政治运动。很多诗歌是为满足当时的政治需要而作的,充分体现了《在延安文艺座谈会上的讲话》在诗歌创作方面的实践成绩。东北解放区诗歌与中国解放区诗歌在题材选择、审美价值上保持着一致性,并具有东北解放区特有的地域性特点。揭露、批判、颂扬是东北解放区诗歌的三大主旋律,诗人们以工人、农民、士兵、英雄人物、劳动模范等为书写对象,歌颂英雄人物,记录战争风云,赞美新农民,抒发家国情怀。

第二,具有鲜明的战争文学特点。东北经历了十四年艰苦卓绝的抗日战争,接着又经历了五年的解放战争,近二十年间,始终处于战争状态。诗歌也呈现出战时文学特质,记录了艰苦卓绝的战争场景与生活现实。对于重大战役的抒写与记录,英雄主义、乐观精神、必胜信念的情感基调,加之大东北茫茫雪原、天寒地冻的地域特点,使得东北解放区诗歌具有鲜明的东北地域特色。

第三,农村题材也是东北解放区诗歌的重头戏。东北经过十四年的抗日战争,土地荒废,农民思想落后。抗日战争结束后,解放军入驻东北,一方面做农民的思想工作,进行思想启蒙,另一方面在农村贯彻党的土改政策,进行土地革命,让农民成为土地真正的主人。因此,在东北解放区,启蒙农民思想、反映土改运动、揭露地主阶级剥削农民的本质、塑造新农民形象成为农村题材诗歌的主要内容。

第四,工业题材诗歌在东北解放区诗歌中独领风骚。《文学战线》等报刊还专门设立了工人专栏,如《文学战线》专辟"工人创作特辑",作者均来自生产第一线。工业题材诗歌丰富了东北解放区诗歌的样态,也成为东北解放区诗歌的重要组成部分。

第五,叙事诗是东北解放区诗歌的主要体裁。长篇叙事诗体量大,便于完整地呈现人物或事件的变化过程,便于刻画生动、饱满的艺术形象,因此很受东北解放区诗人的青睐。在《东北文艺》《文学战线》等杂志和个人诗集中,带有浓郁的东北民间话语特色,反映土改运动、翻身农民踊跃参军等内容的长篇叙事诗一时间大量出现。

第六,诗歌审美倡导大众化、通俗化。在解放战争时期,文学要担负着团结人民、教育人民、打击敌人的任务,因此,战时诗歌不能一味地追求高雅的诗意,它既要通俗易懂,便于启蒙民众,又要迎合普通大众的审美需求,适应战争时期的宣传需要。东北解放区诗歌的谣曲化倾向突出,诗作大多出自部队宣传干部、战士、工人、农民之笔,以社会现象为题材,具有相当强的时效性,普遍具有语言通俗易懂、直抒胸臆、为群众所熟悉和易于接受等特点,真正达到了为工农兵服务的目的。

东北解放区诗歌也存在一些不足。由于过于强调宣传性、鼓动性和战斗性,重内容而轻艺术,艺术水准较低,东北解放区诗歌未能达到思想性和艺术性相结合的高度。

五

东北翻译文学兴起于20世纪20年代末,当时的《北国》《关外》等文学期刊上都登载过翻译作品,对俄苏、英、美、日等国家的民族文学作品,以及批判现实主义、“普罗文学”等文艺理论均有译介。但这种生动、活跃的局面随着1931年九一八事变的发生而不复存在。1931年至1945年,在长达十四年的沦陷时期,东北翻译文学出现了两块文学阵地:一个是以沈阳、大连为中心的“南满文学”阵地,另一个是以哈尔滨为中心的“北满文学”阵地。辽南文坛在九一八事变以后出现了一股译介欧美和日本文学及其理论的潮流,主要刊发、翻译消极的浪漫主义、自然主义的文艺作品和理论,只刊发少量的俄苏文学。相对而言,北满文坛对俄苏现实主义文学作品及其理论的翻译有着更重要的意义。

解放战争时期的东北解放区文学的传播模式主要是“延安模式”。在翻译文学方面,东北解放区文艺工作者侧重译介的目的性和计划性。从目前了解到的情况来看,当时很多期刊都设有翻译栏目,其中《东北日报》《东北文艺》《前进报》《群众文艺》《知识》等都设立了介绍苏联文学的专栏,经常发表苏联社会主义建设时期和卫国战争时期的作品。此外,侧重刊发翻译文学的报纸、期刊还有《文学战线》《文化报》《知识》《东北文化》等。文学观念是文学创作的潜在基础,规范和支配着这个时代的文学创作。解放区的作家们译介了大量的苏俄作品,其中大部分是社会主义现实主义作品。除报刊外,东北解放区翻译文学的出版途径还有书店。由书店、期刊、报纸构成的媒介场,有效地促进了东北作家与世界文艺思潮的交流，尤其是苏联所倡导的革命现实主义文学创作思想对东北的文艺运动发挥了指导作用。

《东北日报》的译介主要集中在俄苏文艺思想、作家作品方面，其中刊发爱伦堡、法捷耶夫等文艺理论家的作品的数量最多，产生的影响也最为深刻。这些作品极大地开阔了东北知识分子的视野。《东北文艺》每期都对俄苏文学作品、作家进行介绍，较有代表性的是1947年曾连载过的金人翻译的苏联作家华西莱芙斯卡娅的中篇小说《只不过是爱情》。《文化报》介绍了大批的俄苏作家，刊载了一些文艺评论、文学作品等。《文学战线》在刊发原创作品的同时，则侧重于介绍俄苏文学作品和翻译俄苏文艺理论。

东北书店出版了大量的翻译过来的苏联文艺论著和苏俄文学作品，目前搜集到的翻译文艺论著的种类达110余种。其翻译出版的俄苏文学作品具有丰富的题材，包括电影文学剧本、报告文学、游记、书信集、诗歌、小说等。辽东建国书社、大连大众书店、光华书店等也是翻译作品重要的出版机构。

翻译文学的发展有助于文学创作的繁荣与文艺理念的更新，但东北解放区译介作品的内容较为单一，翻译的作品几乎全都来自苏联，俄苏文艺思想、文艺理论和文艺作品得到高度关注，成为文坛的主流。其原因有如下几个方面：

首先，从地缘因素来看，东北与苏联有着天然的地缘关系。东北地区与苏联的东西伯利亚地区有着相似的自然环境，都处于高纬度寒带地区，气候寒冷，地广人稀。自然环境和原始文化的相似为思想的交流提供了基本契合点。

其次，从政治因素来看，俄苏文学在中国的兴衰与中俄之间的政治文化交流有着密切的关系。当时的文人也希望通过译介苏联文学作品来改造和影响人们的思想意识，以及树立新民主主义革命的奋斗目标和未来社会主义的奋斗目标。

最后，从社会现实来看，东北解放区的沈阳、大连等地在中国人民解放军进驻之前已经驻有苏联红军，而且在经济、文化等方面与苏联交往密切，苏联文学作品的翻译、出版自然丰富。

1942 年之后，延安文艺工作者主要是对苏联等少数社会主义国家的文学作品进行译介。对于与苏联接壤的东北解放区来说，由于与外界接触困难，能获得的外国文学作品更少，在建设新文学方面，除了以五四新文学和老解放区文学为资源外，苏联文学便是重要的资源。苏联文学对建设中的东北解放区文学具有不同寻常的意义。

六

东北解放区建立后，文学创作繁荣一时。然而，文学创作在繁荣的背后也存在着一些问题，其中一个突出的问题就是创作者的背景复杂，其中有来自抗日根据地的，也有来自关内国统区的，还有本土的。不同的思想意识、价值取向、艺术趣味掺杂在各类作品中，部分作品的创作倾向出现了偏差。这些问题引起了文艺界的关注。东北解放区的主要报刊和杂志纷纷开辟评论专栏，采用编者按、读者来信、短评、述评、观后感等形式开展文艺批评，为确立正确的文艺路线提供思想保障。

初到东北的文艺工作者首先感受到的是新老解放区之间政治环境和文化环境的差异。自清朝灭亡到抗战胜利的三十多年间，东北民众饱受战乱的痛苦。抗战胜利后，虽然旧的社会结构和文化体制已经解体，但旧的意识形态还残留在一些人的头脑中，东北民众与新政权之间存在着一定的隔膜。刚刚到达东北的大多数文艺工作者对东北特殊的历史环境认识不足，尚未做好相应的思想准备，仍然延续过去的创作方法和思维方式，脱离群众和实际。以什么样的形式和内容来服务刚刚从殖民者的铁蹄下解放出来的人民，是当时文艺工作迫切需要解决的问题。

文艺争鸣与文艺批评既是抗日根据地文艺工作的优良传统，也是党指导文艺工作的重要手段。毛泽东同志在《在延安文艺座谈会上的讲话》中指出，文艺界的主要的斗争方法之一，是文艺批评。此时，东北文艺工作者的首要任务就是对旧的意识形态进行批判和改造，从而构建与延安解放区主体同构的新的意识形态场域。因此，在本地区文艺界开展一场广泛的文艺批评运动就显得十分迫切和必要。1945 年 11 月，陈云同志在《对满洲工作的几点意见》中提出了党在东北的几项重要任务："扫荡反动武装和土匪，肃清汉奸力量，放手发动群众，扩大部队，改造政权，以建立三大城市外围及长春铁路干线两旁的广大的巩固根据地。"这既是党在东北的中心工作，也是东北文艺界所面临的主要任务。东北解放区的文艺队伍自觉地将创作与政治任务结合起来，坚持为人民服务的创作方向，以《在延安文艺座谈会上的讲话》为指导来进行创作。东北这块古老而又年轻的土地上结出了丰硕的艺术成果。这些作品在内容上贴近当时东北的现实生活，在形式上生动活泼，富有浓郁的地方乡土气息，在教育人民、鼓舞人民、组织人民、团结人民、打击敌人方面发挥了重要作用。东北解放区文艺作为革命文艺版图中的一个独立板块开始形成，它既是"延安文艺"的派生，又具备地域文化品格。它不是由内而外自发产生的，而是在改造和清除原有旧文化的基础上通过外部输入逐步确立的。

与“延安文艺”相比，东北解放区文艺自身也出现了一些新的特质，特别是在文艺批评方面，文艺工作者表现出了强烈的自觉性。他们坚持无产阶级和人民大众立场，从不同层面和角度开展文艺界的批评与自我批评，引导东北解放区文艺朝着正确的方向发展。

东北解放区文艺的根本任务与延安文艺的根本任务保持着高度一致，但又具有特殊性。如果简单地照搬、照抄延安文艺的经验，那么东北解放区文艺很难适应革命发展的需要。东北解放区文艺首先具有启蒙的意义，它不仅具有文化启蒙的意义，也具有政治启蒙的意义。为此，东北解放区的文艺工作者以《在延安文艺座谈会上的讲话》精神为指导，树立起无产阶级的文艺大旗，以新文化来改造旧社会，重塑民众的国家意识、民族意识和政治意识，把东北建设成为中国革命的战略大后方。

在延安文艺旗帜的指引下，东北文艺界通过理论探讨和思想整风，统一了广大文艺工作者对革命文学根本属性的认识，东北的文艺工作焕然一新。广大文艺工作者在理论和实践两个方面取得了很大的成就，既继承和发扬了延安文艺思想，也将《在延安文艺座谈会上的讲话》精神与具体实践结合起来。夏征农、蔡天心、铁汉、甦旅、萧军、胥树人等知名的文艺界人士都对这个问题做了深入研究，产生了较大的影响。

与延安文艺相比，这个时期的东北文艺作品主题更丰富，创作者以切身的生命体验为基础，再现了解放战争时期东北所发生的波澜壮阔的革命斗争，以及在这个过程中东北人民的生活与精神面貌。

东北解放区的文艺发展也不是一帆风顺的，它也走了一些弯路。但是,在毛泽东《在延安文艺座谈会上的讲话》的指引下,文艺工作者不仅投身到创作之中,也开展了广泛的文艺批评,营造了一个宽松的舆论环境,作家们畅所欲言,在批评他人的同时也开展自我批评。这为创作的繁荣奠定了理论基础,也为新中国的文艺创作和文艺批评积累了资源和经验。

七

史料卷是大系的综合卷,其编撰初衷是反映东北解放区文学创作的初始背景,呈现当时的政策和文学创作的大环境,通过对资料的梳理,为弘扬东北解放区文学创作的优良传统提供第一手的基础资料。史料卷共分为七大部分。

一是文艺工作政策方针。文艺工作的政策方针是党根据一定历史时期的总路线和总任务确立的文艺指导原则,反映了一定时期文艺创作的总体规划、部署和要求。史料卷旨在呈现东北解放区创作繁荣的大背景下中国共产党对文艺工作的总体规划和实施情况。史料卷主要收录了与东北解放区相关的宣传文件,以及部分会议发言和讲话等内容,其中有出版、通讯、写作的相关规定,也有重要领导对文艺工作的指示要求,同时还收录了部分重要会议成果。

二是重要报纸、期刊。报纸、期刊大量创办是文艺繁荣的重要标志之一。报纸、期刊直接促进了文学事业整体的发展和繁荣,使优秀作品产生了广泛的社会影响。1945 年 11 月《东北日报》创办后,东北解放区先后创办、发行的报纸近百种。此外,在东北局宣传部的统一领导下,地方与军队也创办了数十种文学与文化类刊物。从成人刊物到儿童刊物,从高雅刊物到面向大众的通俗刊物,从文学到艺术，靡不具备。诸多的文艺报刊为文学作品的生产提供了园地，成为东北解放区文学创作的先锋阵地。

三是文艺团体、机构。在东北解放区，多个文艺团体和机构活跃在文艺创作和宣传的第一线，对东北解放区文艺事业的发展发挥了重要作用。东北局先后出资创办了东北书店等众多的图书出版机构，使得东北解放区报刊出版和传媒得到快速发展。1946年，东北局在佳木斯成立了东北文化工作委员会，此后，中苏文化协会、鲁迅文艺研究会等文艺社团也相继成立。东北文艺工作团等文艺团体也迅速发展。在组建大量的文艺团体和文工团之际，军队与地方政府和宣传部门还非常重视文艺人才的培养和文学教育体系的建立，在演出之余，也招收和培养文艺人才。在短短的四年间，东北解放区建立了众多的文艺工作团体与人才培养学校。这体现了我党对教育人民、教育部队和动员人民参与革命的重视。

四是作家及创作书目。从延安来到东北的革命文艺工作者数以百计，此外，20世纪30年代从哈尔滨流亡到关内各地的东北作家群成员也陆续返回东北。这些文化工作者云集黑龙江，办报纸，办杂志，从事广泛的文化艺术活动，使得东北解放区文学艺术以全新的姿态向共和国迈进。史料卷收录了活跃在东北解放区的多位作家的生平和创作情况，当然，由于这一历史时期具有特殊性，作家区域性流动较为频繁，对作家的遴选和掌握主要以创作活动的轨迹和作品发表的区域为依据。

五是东北解放区文学回忆与纪念。为了弥补现有资料不足的缺憾，史料卷特别收录了部分文学界前辈及其家人的回忆与纪念文章，其中既有参加文艺团体的亲历感受，也有对文艺创作细节的点滴回忆。由于年代久远，这些资料的某些细节无法准确、翔实地体现出来，但这些资料记录了东北解放区文艺工作者的亲历感受，对补充和完善史料卷的内容大有裨益。

六是大事记。为了对解放区文学创作资料进行细致整理，进而为读者提供一个简明的、提纲挈领式的线索，史料卷呈现了大事记。大事记旨在将反映文学活动和文艺创作的各种资料予以浓缩，按照时间线索对史料进行编排。大事记简明扼要地记述了1945年9月至1949年9月东北解放区文学方面的大事、要事，涵盖了部分文艺作品创作、文艺团体成立的时间节点，有助于读者了解东北解放区文学的发展脉络。

七是索引。鉴于东北解放区文学总体呈现出体裁广泛、内容丰富等特点，史料卷以作者为线索，将分散在小说卷、散文卷、诗歌卷、戏剧卷、评论卷、翻译文学卷中的作品整理出来，形成丛书索引。索引以作者为基点，将作者在各卷中的作品情况（作品名称、所在卷册、页数）逐一列出，可以在一定程度上呈现出东北解放区文学的整体情况，亦可以体现出作者的创作风格和特点，进而从不同角度展示出东北解放区文学发展的脉络和趋势。

随着军事上的胜利和东北解放区的形成，东北的政治面貌、经济面貌发生了根本性的变化，特别是文化呈现出前所未有的发展和繁荣的局面。东北解放区在政策制定、政策实施、新闻出版、文艺社团、文艺教育体制、作家培养等涉及文艺发展与繁荣的各个方面，继承、发展和完善了延安文艺体制，对当代文学和文艺制度产生了重要和深远的影响。

尽管东北解放区文学得到前所未有的发展和繁荣，但这份珍贵的文化资料始终没有得到系统整理，有关资料分散在哈尔滨、齐齐哈尔、牡丹江、佳木斯、长春、沈阳、大连等地，加上年代久远，这给编选工作带来了很大的困难。一方面,区域性的文学史料不易引起一般研究者的重视,文学史料的保留和整理工作在通常情况下很不理想,尽管编选者在前期已有一定的资料积累,但是很多工作还需要从头开始。另一方面,由于年代久远,加之当时的出版印刷技术有限,许多资料的保存和整理已经成为一大难题。许多珍贵的文学资料甚至已经出现严重的、不可恢复的缺损,因此,整理和出版东北解放区的文学史料,对东北解放区文学和中国现代文学的研究具有重要意义,同时,对人们了解和认识东北解放区这段历史也具有重要意义。

东北解放区文学创作距今已有七十年的历史,从 20 世纪 80 年代开始,东北解放区文学作为中国现代文学的一部分开始进入研究者的视野,搜集、整理与研究工作逐渐深入,一大批有分量的成果随之产生。其中,具有代表性的成果有两项,一项是林默涵主编的《中国解放区文学书系》(重庆出版社,1992 年出版),另一项是张毓茂主编的《东北现代文学大系》(沈阳出版社,1996 年出版)。这两部著作以文学价值作为侧重点,对东北解放区文学进行了很好的梳理。此外,黑龙江、辽宁与吉林三省的社会科学院文学研究所通力编辑出版的《东北现代文学史料》(共九辑),其价值亦不可低估,当时资料的提供者或为亲历者,或为亲历者之亲友,这从文献抢救的角度来看可谓及时。尽管《中国解放区文学书系》和《东北现代文学大系》对东北解放区文学进行了较大规模的搜集与整理,但由于编辑侧重点不同,这两部著作对东北解放区文学作品只是有选择性地收录,东北解放区文学作品分散在各地图书馆与散落在民间的态势并未改变。进入 21 世纪后,随着时间的流逝,承载东北解放区文学作品的旧报、旧刊、旧图书流失和损毁的情况日益严重，对东北解放区文学进行进一步搜集与整理的必要性在中国现代文学界达成共识。2008 年，东北现代文学研究者、黑龙江省社会科学院文学研究所研究员彭放在主编完成《黑龙江文学通史》（北方文艺出版社，2002 年出版）之后，提出了编辑出版《东北解放区文学大系》的建议，这一建议得到了认可。事隔十年，2018 年，由黑龙江省社会科学院文学研究所与黑龙江大学出版社联合策划的《1945—1949 年东北解放区文学大系》荣获国家出版基金资助出版，这完成了老一代东北现代文学研究者的夙愿。

《1945—1949 年东北解放区文学大系》的编者，力求完整地体现东北解放区文学的整体风貌，在文学价值之外，亦注重作品的文献价值，以文学性与文献性并重作为搜集、整理工作的出发点。

《1945—1949 年东北解放区文学大系》的篇目编选工作，由黑龙江省社会科学院发起，联合黑龙江大学、哈尔滨师范大学、哈尔滨学院等黑龙江省多所高校共同开展。为了保证学术性，本丛书特聘请多位东北现代文学领域的专家组成编委会，各卷主编均为中国现代文学方面学养深厚的研究者。本丛书的篇目编选工作得到了北京、吉林、辽宁等地多家相关单位的支持。东北现代文学界德高望重的老一代学者亦给予大力支持，刘中树、张毓茂与冯毓云三位先生欣然允诺担任本丛书的学术顾问，本丛书的姊妹著作《1931—1945 年东北抗日文学大系》的总主编张中良先生亦为学术顾问。特别应提及的是，张毓茂先生在允诺担任本丛书学术顾问不久后就溘然离世，完成这部著作就是对先生最好的悼念。

本丛书的资料搜集工作，除得到东北三省各家图书馆的支持外，还得到了中国现代文学馆、黑龙江省浩源地方文献博物馆的大力支持。东北红色文献收藏人胡继东、华东师范大学历史系博士崔龙浩，以及华东师范大学历史系高铭阳、雷宇飞等人为本丛书的集成提供了大量珍贵而稀缺的第一手资料。对于他们的无私奉献，在此表示诚挚的感谢！此外，黑龙江大学文学院、哈尔滨师范大学文学院许多在读的博士生、硕士生和本科生也参与了资料搜集工作，在此，请恕不一一列名。

《1945—1949年东北解放区文学大系》除入选2019年度国家出版基金资助项目之外，还被列入黑龙江历史文化研究工程项目，在此谨致谢忱。

戏剧卷导言

东北解放区戏剧创作导论

宋喜坤

东北解放区文学是东北解放战争时期的文学,“抗战胜利后的东北解放区文学,则是延安文艺的延伸与发展”[①]。随着哈尔滨的解放,已完成伟大历史使命的东北抗日文学在延安文学的指导和改造下,带着余热迅速转型为东北解放区文学。1945 年至 1949 年,来自延安和各沦陷区的知识分子,以及东北地区的革命群众在中国共产党的领导下,创作了大量的东北抗战文学作品。[②] 戏剧具有内容丰富、种类繁多、通俗易懂、利于传播等特点,获得了创作上的巨大丰收,这成为东北解放区文学大繁荣的重要标志之一。东

① 张毓茂、阎志宏:《东北现代文学史论》,载《社会科学辑刊》1994 年第 2 期。

② 东北解放区的戏剧创作数量颇丰,据统计,各类剧目约有 332 种,已查找到剧目 234 个。

北解放区戏剧是中国共产党领导下的群众性戏剧，具有启蒙性、宣传性和战斗性等特点。在中国共产党领导下的东北解放区，戏剧对生产建设、围剿土匪、土改运动和解放战争发挥着不可替代的宣传作用。

一

1946年春天，延安的革命文化机构和文艺团体集中转移到佳木斯，佳木斯成为指导东北文化的中心，被称为东北“小延安”①。在中国共产党的领导下，哈尔滨、佳木斯、齐齐哈尔、大连、沈阳等地的文化运动蓬勃开展起来。东北解放区戏剧种类繁多，内容和题材丰富，创作群体庞大，因此东北解放区开展了大规模的群众戏剧运动，这促进了东北解放区文学的繁荣。

东北解放区戏剧的生成是政治文化和民间文化糅合的结果，这主要表现为党的组织领导得力、多元文化交融、作家阵容强大。组织领导得力是指在党的领导下建立了各级“文艺协会”来领导和指导东北文艺工作。1945年9月15日，中共中央东北局成立，在宣传部部长凯丰（何克全）的领导下，东北解放区的文化工作如火如荼地开展起来。1946年10月19日，“中华全国文艺协会东北总分会”筹备会在哈尔滨召开。1946年11月24日，“中华全国文艺协会佳木斯分会”成立。1947年6月15日，“关东文化协会”成立。随着革命文化工作的迅速开展，哈尔滨、佳木斯、齐齐哈尔、长春、沈阳、大连等城市都成立了“文艺协会”等文化组织。这些“文

① 王建中、任惜时、李春林等：《东北解放区文学史》，辽宁大学出版社1995年版，第63页。

艺协会”的成立符合当时东北文化的发展状况，这些“文艺协会”所提出的开展“民主的科学的文化运动”与新启蒙思想相吻合。“文艺协会”作为东北文艺的领导组织对东北解放区戏剧的发展做出了不可磨灭的贡献。

东北地域文化的成分复杂，悠久的关外本土文化融合了中原儒家文化，形成了既粗犷又细腻、既豪放又婉约的关东文化。随着中国革命文化大军战略目标的转移，东北文化又融入了先进的延安文化，经延安文化改造后，发展为融政治话语和民间话语为一体的东北解放区文化。东北解放区戏剧文化是党的主流政治文化，兼容了东北民间文化。东北解放区戏剧在内容上以政治话语为核心，在艺术形式上以民间话语为依托，以改造后的东北民间舞蹈、东北大秧歌、北方萨满神舞、民间莲花落子、鼓书等为载体，以东北方言为基础。东北解放区戏剧实现了“旧瓶装新酒”。

东北解放区拥有一支经验丰富的戏剧创作队伍。1946 年，有着光荣的革命传统和文化传统的哈尔滨汇集了从延安来的各路文艺工作者。知名的戏剧作家丁玲、萧军、端木蕻良、塞克、宋之的、刘白羽、阿英、草明、骆宾基、严文井、颜一烟、王大化、张庚等，加之陈隄等原东北作家，以及青年学生、部队文艺工作者、工人作者群、农民作者群，形成了一支文化经验丰富、创作热情高涨的规模宏大的创作队伍。这为东北解放区戏剧的发展和繁荣做好了准备。在革命文化指导下生成的革命戏剧，必然要反映时代生活，并为革命政治服务。民间话语和政治话语的融合，以及民间文化和政治文化的糅合，共同促进了东北解放区戏剧的发展和繁荣。

专业剧作者和工农兵群众创作的戏剧由报刊刊载和书店发行后，经专业戏剧团体演出后与观众见面，发挥着宣传、教育和启蒙的作用,促进了东北解放区戏剧的快速传播。

1945 年 11 月 1 日,中共中央东北局的机关报《东北日报》创刊,其宗旨是“通过宣传报道,打破当时在部分人中存在的和平幻想,揭露美蒋制造中国内战的阴谋”①。《东北日报》刊载的文学作品中不乏戏剧作品。据不完全统计,该报副刊从 1946 年 7 月 9 日至 1949 年 10 月 13 日共刊载话剧、广场剧、秧歌戏、快板、鼓词、二人转、小演唱等各类剧作 38 个。这些剧作涉及歌唱新生活、感恩共产党、批判美蒋、拥军劳军、参军保家、歌颂英雄模范等内容,如《支援前线》《唱“劳保”》《军民拜年》《十二个月秧歌调》等群众性作品。1947 年 5 月 4 日,由萧军任主编的《文化报》在哈尔滨创刊,该报是东北解放区第一份纯文艺性质的报纸,刊载一些文化常识、短文、小诗、书评、剧报等。其中有评剧(如《武王伐纣》)、说唱(如《李桂花的故事》),以及一些喜剧评论。除《东北日报》和《文化报》外,《前进报》《合江日报》《牡丹江日报》《关东日报》《大连日报》《西满日报》《哈尔滨日报》《辽南日报》《安东日报》等都刊载了大量的戏剧作品。这些报纸有力地配合《东北日报》宣传马列主义和党的政策方针,对东北解放区的文化启蒙做出了应有的贡献,产生了广泛的影响。

虽然东北解放区的期刊数量没有报纸多,但是其戏剧的刊载量却比较大。在众多的文艺期刊中,对戏剧传播产生较大影响的是《东北文学》《东北文化》《东北文艺》《文学战线》《知识》《人民戏剧》《生活知识》等。1945 年 12 月创刊的《东北文学》以刊载小

---

① 哈尔滨市地方志编纂委员会:《哈尔滨市志 · 报业广播电视》,黑龙江人民出版社 1994 年版,第 88 页。

说、诗歌、散文为主，偶尔也刊载戏剧作品，如由言的《各怀心腹事》等。1946 年 5 月，《知识》在长春创刊，王大化、颜一烟等都在《知识》上发表过作品，其中较有影响的作品有颜一烟的《徐老三转变》、雪立的《揭底》、李熏风的《把红旗插遍全中国》、田川的《一个解放战士》等。1946 年 10 月创刊的《东北文化》的主要任务就是“协同整个东北文化界，从政治上思想上启发广大的东北知识青年、知识分子以及文化工作者，提高他们的自觉性，鼓舞他们的革命热情，与为人民服务而斗争的积极性、创造性，使之在东北人民解放的光荣伟大事业中发挥应有的作用”①。《东北文化》刊载的戏剧作品不多，较有影响的是塞克的《翻身的孩子》。1946 年 12 月创刊的《东北文艺》是纯文艺性刊物，刊载小说、戏剧、散文、诗歌、翻译作品、漫画、速写、报告文学、杂文、书刊评价作品等。《东北文艺》与“东北文协”同时诞生，它的作家阵容强大，其刊载的戏剧作品有冯金方等人的《透亮了》、张绍杰等人的《人民的英雄》、鲁亚农的《买不动》、莎蕻的《拥军碗》、李熏风的《农会为人民》等。这些剧作具有多样化的形式和多元化的题材，具有宣传性和战斗性，充分发挥了东北解放区文学的“武器”作用。1946 年 12 月，《人民戏剧》在佳木斯创刊，其宗旨是帮助解决一部分剧本的问题，提供一些理论和技术材料。在两年多的时间里，鲁艺文工团的创作组和群众作者在《人民戏剧》上发表秧歌剧、独幕剧、儿童剧、歌剧、历史剧等多种形式的剧作 20 多篇，如《参军》《缴公粮》《打黄狼》等。另外，《人民戏剧》还翻译、刊载了《白衣天使》（苏联）、《茀劳伦丝》（美国）等国外戏剧，促进了中外戏剧的交流，显

① 《发刊词》，载《东北文化》（创刊号），1946 年第 1 卷第 1 期。

示出了编者们的国际视野。周立波主编的《文学战线》主要刊载文艺论文、小说、戏剧、诗歌、报告文学、人物传记、散文、速写、日记、民间故事、翻译作品和书报评介等。《文学战线》刊载了不少优秀剧作，如田川的《一个解放战士》、李熏风的《把红旗插遍全中国》等。《文学战线》刊载的剧作主要反映人民群众的斗争和生活。

东北解放区在 1945 年底开始以各级出版社为依托陆续出版戏剧作品，这是东北解放区戏剧传播的重要途径。戏剧作品的出版单位主要是各类书店，较有名气的书店有东北书店、人民戏剧社、哈尔滨光华书店、新华书店、大连新中国书局、大连大众书店、辽东建国书店等。在诸多书店中，东北书店是东北解放区影响最大、规模最大、出版贡献最大的书店。东北书店在东北全境有 201 个分店，《知识》《东北文学》《东北画报》《东北教育》等都是东北书店发行的刊物。在解放战争期间，东北书店出版各类戏剧作品和理论书籍，发行数十万册。戏剧形式包括话剧（独幕话剧、多幕话剧）、京剧、评剧、二人转、歌舞剧（广场歌舞剧、儿童歌舞剧）、歌剧、新歌剧、小歌剧、道情剧、活报剧、秧歌剧、小喜剧、小调剧、皮影戏等。其中，秧歌剧超过一半。东北书店不仅出版了戏剧作品，还出版了不少有关戏剧理论和戏剧经验的著作，如贾霁的《编剧知识》等。

文艺团体的迅猛发展是东北解放区戏剧传播的最终体现。1945 年 11 月 2 日，东北文工团在东北局宣传部的领导下成立。后来，东北三省相继成立了数十个文艺工作团体，其中较有影响的有东北文工一团、东北文工二团、总政文工团、东北鲁艺文工团、东北文协文工团、东北炮兵文工团、东北军政治部文工团、东北军政大学文工团、兆麟文工团、黑龙江省文工团、齐齐哈尔文工团、旅大文工团等。这些文艺团体以《在延安文艺座谈会上的讲话》为指导，坚持走文艺大众化的道路，坚持文艺为工农兵服务的原则，活跃在东北城乡，战斗在前线和后方，开展各种文艺活动，宣传革命文艺思想，教育和争取人民群众。这些文艺团体表演了《我们的乡村》《军民一家》《东北人民大翻身》《血泪仇》《二流子转变》等剧作。这些作品以支援前线、土地改革、翻身当家为主题，具有积极的教育意义，在组织群众、支援前线、开展土改运动、发展生产等方面起到了巨大的作用，取得了良好的启蒙效果，受到了人民群众的好评。

二

时代呼唤着文学，文学紧跟着时代，文学是时代的映像。毛泽东在 1942 年的《在延安文艺座谈会上的讲话》中指出："所以我们的文艺，第一是为工人的，这是领导革命的阶级。第二是为农民的，他们是革命中最广大最坚决的同盟军。第三是为武装起来了的工人农民即八路军、新四军和其他人民武装队伍的，这是革命战争的主力。第四是为城市小资产阶级劳动群众和知识分子的，他们也是革命的同盟者，他们是能够长期地和我们合作的。"①有关戏剧的文艺批评是政治和艺术的统一、内容和形式的统一，要符合政治标准。受到《在延安文艺座谈会上的讲话》的影响，加之作者主要来自延安解放区，东北解放区的戏剧创作从一开始就是为主流政治服务的，东北解放区戏剧成为革命宣传的"武器"。东北解

① 毛泽东：《在延安文艺座谈会上的讲话》，见《毛泽东选集》第 3 卷，人民出版社 1991 年版，第 855 页。

放区戏剧的服务对象以工农兵和城市市民为主，剧作内容集中体现了人民群众在东北光复后的喜悦心情和对党的歌颂，展现了工人积极参加生产斗争、农民积极参加土改斗争、军人奋勇参加解放战争等一系列革命政治生活面貌。

歌颂工人阶级是解放区戏剧的一个重要内容。东北光复后，作为老工业基地的哈尔滨、沈阳等工业城市的作用得以凸显，工人阶级成为时代的主角。获得新生的工人阶级当家做主，以百倍、千倍的热情投入到新中国的建设中，谱写了一曲曲拥军爱民、积极生产、支援前线的动人乐章。

从剧作内容来看，第一种是反映工人生活的剧作。例如，王大化、颜一烟创作的《东北人民大翻身》生动地再现了东北工人阶级翻身后的喜悦，反映了东北人民的生活和历史变迁。《二毛立功》是大连锻造工厂工人王水亭以自己为原型自编、自导、自演的一部秧歌剧，集中展现了工友二毛“后进变先进”的思想转变过程，展现了工人自己的新生活。正如罗烽所说：“但它所走的是生活结合艺术、艺术结合生产、工人结合知识分子的道路，它就一定能逐渐完美起来。”[①]这类描写工人思想转变或描写劳动英雄的戏剧还有《立功》《不泄气》《红花还得绿叶扶》《取长补短》《师徒关系》等。

第二种是歌颂先进个人无私支援解放区建设、帮助工厂恢复生产的剧作。其中，较有影响的有《献器材》《十个滚珠》《一条皮带》和《刘桂兰捉奸》。《献器材》《十个滚珠》《一条皮带》反映的是东北解放后，为了实现早日开工的目标，工厂组织工人捐献生产器材，使得人们明白“献器材，争模范”的道理。独幕话剧《刘桂兰

---

① 王水亭：《二毛立功》，东北书店 1949 年版，第 2 页。

捉奸》描写的是在刘老汉将两箱机器皮带献给工厂的过程中,女儿刘桂兰和李大嫂发觉工厂里有潜伏的特务,最终机智地将特务李德福抓获。这些剧作均是以工人无私捐献物品为主线,展现了家人从反对、不理解到支持捐献的思想转变过程。这些剧作虽然有些程式化,但是贴近生活,比较真实。

第三种是歌颂党的劳保政策的剧作。代表作品有《比有儿子还强》和《唱"劳保"》。独幕话剧《比有儿子还强》写的是铁路机务段工人高大爷在新社会有了"劳保",这被大家比喻成多个"儿子"。《唱"劳保"》则是通过写老纪老婆"猫下了"(生孩子)和张大哥工伤这两件事来体现新旧劳保制度的不同。这两部剧作通过比较新旧社会,歌颂了共产党和毛主席,指出了解放区政府和工会是工人真正的靠山,从而激发了工人努力生产、争当劳动模范的热情。在延安解放区戏剧中,工业题材戏剧的数量较少。工业题材戏剧的大量创作,极大地拓宽了东北解放区戏剧的创作领域,为新中国工业题材戏剧的发展奠定了坚实的基础。

在东北解放区戏剧中,描写农民翻身解放、分得土地的农村题材的戏剧所占的比重最大。1946 年 5 月 4 日,中共中央发出了《五四指示》①,开展土地改革运动,调动农民的积极性,加快东北解放战争的进程。为了配合土地改革运动和加强对农民的思想改造,文艺工作者创作了大量的反映农民翻身的戏剧。这主要表现在以下四个方面。

---

① 即《中共中央关于土地问题的指示》,通称《五四指示》。日本投降以后,中共中央根据农民对土地的迫切需求,决定改变党在抗日战争时期的土地政策,由减租减息改为没收地主土地分配给农民。《五四指示》的制定就体现了这种转变。

第一方面是反映东北农民翻身解放，通过新旧对比来歌颂新农村、新生活的剧作。在这类剧作中，秧歌剧《血泪仇》是最具代表性的一部作品。《血泪仇》讲述了国统区农民王东才被保长迫害，最终逃到解放区获得解放的故事。在剧作中，这种父子相残、妻离子散的故事真实地再现了旧社会农民的苦难生活，通过对比解放区的幸福生活，鲜明地表达了广大农民对翻身解放的渴望。通过描述地主对农民的剥削事件来突出地主阶级的罪恶，借以引起农民对地主阶级的仇恨，从而引发农民对新生活的向往。秧歌剧《土地还家》描写了群众在土改运动中存在的各种问题，农民最终彻底觉悟。剧作告诉人们，共产党、八路军才是农民的救星，封建压迫必须要肃清。除上述作品外，这类剧作还有《老姜头翻身》《永安屯翻身》等。

第二方面是粉碎各类阴谋、同复辟分子做斗争的剧作。《反"翻把"斗争》以东北解放区为背景，讲述了农民群众面对地主阶级的翻把挖掉坏根的故事，凸显了广大农民谋求翻身和解放的迫切心情。《一张地照》围绕土地的"身份证"——"地照"展开叙述，通过对比"中央军"与共产党对土地截然不同的态度，指出只有共产党才能帮助农民实现"土地还家"的愿望。《捉鬼》是一部批判封建迷信的优秀剧作，旨在告诉人们封建迷信是不可信的，要相信共产党，只有共产党才能真正救穷人。值得注意的是，在这些同地主、坏分子做斗争的剧作中，很多作品都设置了这样的情节：地主利用子女与贫苦农民联姻或用金钱收买农民，企图逃避制裁和划分成分。在主题思想方面，这方面的剧作既写出了农民在土地改革后的团结，又写出了被推翻的地主阶级的翻把；既写出了劳动人民的思想觉悟，又写出了反动阶级的阴险和毒辣。这方面的剧作塑造了许多真实的、有血有肉的人物形象。在解放区的戏剧中，地主阶级的伎俩从未得逞。

第三方面是反映改造后进、互助合作、积极进行大生产的剧作。解放区农村题材的戏剧在改造后进、互助合作、积极进行大生产方面起到了抓典型和介绍经验的作用，加速了土地改革的进程，为土地改革提供了政策保障和经验保障。在东北解放后，农村在土地改革的过程中经历了“开拓地”“煮夹生饭”“砍挖运动”“平分土地”这四个阶段。农民当家做主，分得土地，真正成为土地的主人。但在土地改革初期，个别农民思想落后，仍然存在不少问题。《二流子转变》讲述的是“二流子”李万金在生产小组长于大哥等人的帮助和教育下幡然悔悟，最终改掉恶习、投入到“安家底”的生产建设中的故事。《焕然一新》讲述的是要钱鬼、懒汉子方新生由消极变积极，最后当上区劳动模范的故事。同样成为模范的还有李万生①，李万生说服父亲和家人参与生产劳动，为前线作战的战士提供优质的物资，他最终成为解放区的生产模范。互助组具有重要作用，参加互助组的组员之间的合作态度直接影响春耕的速度和质量。《换工插犋》《互助》《大家办合作》等剧作指出，互助组组员之间的积极合作能调动农民的生产积极性，有利于促进农业生产，有利于提高生产效率和农民的生活质量。

第四方面是劳动妇女反抗封建婚姻、争取民主权利、积极参加生产劳动的剧作。东北解放区妇女解放主要体现在妇女翻身、婚姻自由和男女平等上。《邹大姐翻身》通过讲述邹大姐翻身上学的经历，突出了解放时期劳动妇女打倒地主、反对剥削、翻身解放、追

① 刘林：《生产小组长》，东北书店 1948 年版。

求平等的观念。在《新编杨桂香鼓词》中，杨桂香的父母被媒婆欺骗，迫于压力将女儿许配给老地主，杨桂香依靠民主政府成功退婚，成为识字队长，后来与劳动模范订婚，并鼓励爱人积极参军。韩起祥编写的《刘巧团圆》后来被改编成评剧《刘巧儿》。巧儿的父亲刘彦贵为了卖女儿撕毁了与赵家柱儿的婚约，后来巧儿和柱儿自由恋爱，经政府审判，一对劳动模范终于走到一起。这些剧作主题鲜明，虽然情节简单，但却将反抗封建婚姻、追求恋爱自由的民主观念根植到解放区人民群众的心中。在东北解放区戏剧中，批判重男轻女、提倡男女平等的作品也颇受欢迎。例如，《儿女英雄》表达了转变落后思想、争取劳动权利、倡导男女平等的观念；《干活好》讲述了妇女分得田地，受到平等对待，在提升地位后成为生产活动的参与者；《夫妻比赛》和《赶上他》通过讲述夫妻进行劳动比赛来表达男女平等、同工同酬的愿望；《一朵红花》《姐妹比赛》讲述了妇女积极参加生产劳动。在这些剧作中，妇女成为生产活动的主要参与者，不再受到歧视，甚至当上了劳动模范，成为美好家园的缔造者和新社会的主人。

在东北光复后，人民群众的思想还比较落后和保守，部分青年人甚至在光复前都不知道自己是中国人。这表明，“在东北青年学生中还有很大一部分没有摆脱敌伪的奴化教育和蒋党的愚民教育的影响，依然还是盲目正统观念，反人民思想在他们头脑中占统治地位”①。因此，对东北解放区人民进行革命启蒙就显得尤为重要。在启蒙的过程中，最重要的就是帮助东北人民认同和接受中国共产党及其领导的人民军队。在东北解放区戏剧中，描写军队

① 《尽量办好中学》，载《东北日报》1947 年 9 月 4 日。

的戏剧既有英勇作战的壮烈场面，又有拥军优属的动人场景，完整地再现了东北人民从最初误解民主联军到后来积极送子参军、送夫参军和拥军支前的全过程。

第一类是表现人民军队英勇斗争、不怕牺牲、为解放中国勇于献身的剧作。《阵地》通过描写连长分配战斗任务和战士们争当爆破队员的场面，歌颂了解放军战士为了争取革命胜利不畏牺牲的精神。除了描写战斗场面以外，部分剧作还注重描写部队生活，表现战士们在艰苦的斗争生活中团结互助的精神，如《老耿赶队》《鞋》《两个战士》等。值得一提的是，在以战斗生活为主的军队题材的剧作中，出现了以后方医院的女护士照顾伤兵为情节的作品，小型歌舞剧《我们的医院》为充满硝烟的军队题材的剧作增添了色彩。这些剧作主题鲜明，塑造了各类英雄形象：既有孤胆英雄老丁，又有不怕误解、为伤员献血的护士和医生；既有“后进变先进”的杨勇①，又有教导新兵立大功的马德全②。自萧军的“中国现代文坛上第一部正面描写满洲抗日革命战争的小说”③《八月的乡村》后，经抗日战争阶段的完善和发展，战争题材的戏剧作品在东北解放区得到丰富和补充。这为后来新中国同类题材的戏剧创作积累了不可或缺的宝贵经验。

第二类是以军民互助、拥军支前为主要内容的剧作。在东北解放初期，部分群众对共产党、八路军不了解，甚至有误解。因此，

---

① 一鸣等：《杨勇立功》，东北书店1948年版。

② 黎蒙：《马德全立功》，东北书店1949年版。

③ 乔木在《八月的乡村》这篇文章中写道：“中国文坛上也有许多作品写过革命的战争，却不曾有一部从正面写，像这本书的样子。这本书使我们看到了在满洲的革命战争的真实图画：人民革命军是和平的美丽的幻想，进一步认识出自由的必需的代价，认识出为自由而战的战士们的英雄精神。”

拥军题材的剧作在情节上也表现了从误解到拥护再到踊跃参军、奋勇支前的过程。《透亮了》将“天亮了”和“透亮了”呼应起来，预示劳苦大众迎来了解放，同时预示这种“透亮了”是老百姓精神和肉体的双重解放。《三担水》讲述的是刘大娘对民主联军从最初有戒心到最后拥护的过程，通过比较“中央军”和民主联军，老百姓终于认可了民主联军。《军民一家》描写了人民群众由猜疑、误会解放军到后来拥戴解放军的情景。在误解消除后，人民群众开展了轰轰烈烈的拥军活动。老百姓为部队送军鞋、送公粮，慰问部队。这表现出老百姓对解放军解放东北的渴望与感激。在拥军题材的剧作中，较有影响的是莎蕻的《拥军碗》，作品从战士和群众两个方面表现了军民鱼水情，体现了军民一家亲。《女运粮》则是从妇女能顶半边天这个视角出发，表现妇女在支援前线工作中的重要性。除上述剧作外，拥军题材的剧作还有《劳军鞋》《缴公粮》等。老百姓不仅拥军，而且积极送亲人参军。于是，剧作中出现了“老姜头送子参军”①和“四妯娌争相送丈夫参军”②等感人场景。这些剧作表现了老百姓的参军热情，表现了老百姓对前线解放军的积极支持，突出了人民要将革命进行到底的决心。东北解放区戏剧中也有军爱民、民拥军的戏剧。《军爱民、民拥军》讲述了王二一家代表村民们慰问八路军，为八路军送年货，表达对八路军的感激之情和拥护之心。《收割》讲述了战士帮助农户收割，却不接受农户给予的物品和福利，体现了人民解放军铁一般的纪律和为人民服务的优良传统。《支援前线》表现了老百姓听闻长春、沈阳

① 朱漪：《送子入关》，东北书店 1949 年版。

② 力鸣、兴中：《妯娌争光》，光华书店 1948 年版。

解放时的激动心情，在歌颂解放军的同时也体现了军民之间的团结。此外，《骨肉相联》《都是一家人》等作品也都表现了军民鱼水情，表现了人民与解放军一条心，表现了解放军一心一意为人民服务。

东北解放区戏剧以反映工农兵生活为主，很少以知识分子为主题。在现已收集到的剧作中，只有独幕剧《晚春》描写了城市知识女性与旧家庭的斗争。此外，儿童歌舞剧《老虎妈子的故事》采用童话的形式，批判了"老虎"象征的"中央军"反动势力。该剧作与童话《小红帽》相似，既有模仿，又有独创，显示出当时东北解放区文学与世界文学的紧密联系。

三

虽然东北解放区戏剧的整体艺术水平不是很高，但是其庞大的作者群体、巨大的创作数量、伟大的历史功绩，使得东北解放区戏剧创作达到了巅峰状态。中国现代戏剧诞生于新文化运动之中，到延安时期已经比较成熟。东北解放区戏剧继承延安戏剧传统，自然而然地完成了自身的现代化转变。东北解放区戏剧的现代性源于中国传统戏剧和西方戏剧的融合。在这种融合的过程中，东北解放区戏剧实现了本土化，形成了民族化、大众化、乡土化的特征。

东北解放区戏剧具有民族化特征，这种民族化源于延安时期戏剧的"中国化"。毛泽东曾谈道："使马克思主义在中国具体化，使之在其每一表现中带着必须有的中国的特性……教条主义必须休息，而代之以新鲜活泼的、为中国老百姓所喜闻乐见的中国作风和中国气派。"[①]这段讲话既点明了马克思主义要实现中国化,又指出了文化和文学也要实现中国化,这在文学领域引发了解放区和国统区关于"民族形式"的讨论。对于民族形式问题,周扬也表明了自己对民族形式的看法,认为民族形式就是民间形式,指出必须对民间形式进行改造。在周扬看来,中国文艺理论没有得到建构的原因就是文艺工作者盲目地追逐西方文艺潮流。文艺的民族化实际上就是文艺的中国化。毛泽东和周扬的观点概括起来就是:文艺要实现中国化,中国化的表现形式就是民族形式,民族形式就是民间形式,旧的民间形式要进行改造。

东北解放区戏剧形式多样,种类繁多。其中既有由西方传入的"文明戏"(话剧),又有传统国粹京剧和评剧;既传承了本土固有的莲花落、大鼓、蹦蹦戏(二人转),又改造了歌剧和秧歌戏。话剧作为一种舶来的戏剧形式,是不同于中国传统戏曲的剧种。话剧在实现本土化的过程中,尤其是在毛泽东《在延安文艺座谈会上的讲话》发表后率先实现了民族化。这种民族化表现在以下几个方面。首先是对戏曲进行改编。如崔牧将传统戏曲与话剧融合在一起,将梆子戏《九件衣》改编成话剧。"虽然多少受了那出老戏的启发,但所表现的人和事,却完全是重起炉灶新创作的。"[②]虽然《九件衣》是由旧剧改编成的,但是它着眼于地主和农民的剥削关系,因此在进行农村阶级教育方面是有一定意义的。其次是继承传统戏剧的优秀遗产。《老虎妈子的故事》是将三姐妹、老虎和猎人的唱词连接在一起的儿童歌舞剧。整部歌舞剧具有较强的象征

---

① 人民教育出版社编:《毛泽东同志论教育工作》,人民教育出版社 1992 年版,第 46 页。

② 崔牧:《九件衣》,东北书店 1948 年版。

意义：三姐妹象征着底层百姓，是“待宰的羔羊”；老虎象征着“中央军”，是“吃人的魔王”；猎人象征着人民子弟兵，以消灭“吃人的野兽”为己任。三个象征使整个戏剧具有超出戏剧本身的意味：解放军为人民伸张正义，消灭“中央军”，解放东北。《老虎妈子的故事》将“大灰狼和小白兔”“老虎和小女孩”“小红帽”等中国民间故事糅合在一起，以歌舞剧的形式表现出来，凸显出民族化的特征。除话剧、歌剧外，京剧、评剧、秧歌戏、大鼓、落子、二人转、快板、活报剧等本身就是民族戏剧（戏曲），其民族化、中国化主要表现在对旧戏的改造和“旧瓶装新酒”上。这类剧作有很多，如鲁艺根据评剧曲调改编的歌剧《两个胡子》。经过内容和形式的改造，东北解放区戏剧实现了民族化。

东北解放区戏剧具有大众化的特征，这种大众化指的是戏剧具有广泛的群众性。东北解放区戏剧涵盖的剧种较多，不同的剧种所面对的观众群体不同。话剧和歌剧的观众以青年学生、城镇市民、知识分子为主，改造后的京剧、评剧的观众以城乡老派民众为主，地方戏曲为普通工农大众所喜爱，而秧歌剧和新歌剧则受到新派市民的喜爱。在毛泽东《在延安文艺座谈会上的讲话》精神的指引下，东北解放区戏剧创作呈现出全面为工农兵服务的态势，剧作内容主要反映东北土地改革、剿灭土匪、解放战争等一系列革命政治事件。受到当时政治文化语境的影响，东北解放区戏剧创作者的主体意识减弱，非主体意识增强，因此各个剧种的主题和内容自觉地统一了。统一为工农兵题材的东北解放区戏剧得到了各个剧种观众的认可，从而实现了大众化。翻身后的东北解放区人民不只做戏剧的观众，还踊跃参演他们喜爱的戏剧。秧歌剧早在陕甘宁边区时期就已经发展成熟。有着丰富的创作经验的鲁艺文艺工作者到达东北后，将东北旧秧歌中的色情成分剔除，在剧作中加入了反映社会生产、生活的新内容。源于对东北地方舞蹈——大秧歌的喜爱，东北人民非常喜欢这种融民间音乐、民间舞蹈和狂野表演于一体的秧歌剧。在秧歌剧的演出过程中，东北人民被剧作感染，踊跃参加演出活动，“这些节目的演出，增强了东北人民当家作主的自觉性”[1]。东北秧歌剧具有贴近大众、对演出场地要求不高、适合露天表演等特点，因此这种大众参与、自娱自乐的形式很快就成为东北解放区的重要剧种。在东北解放区，秧歌剧种类繁多：有翻身秧歌剧，如《欢天喜地》《农家乐》等；有生产秧歌剧，如《二流子转变》《十个滚珠》《献器材》等；有锄奸惩恶秧歌剧，如《挖坏根》《买不动》《揭底》等；有拥军秧歌剧，如《拥军碗》《妯娌争光》等；有部队秧歌剧，如《荣誉》《斗争》《谁养活谁》等[2]。除秧歌剧外，快板、落子等剧种的大众化程度也很高。

东北解放区戏剧的大众化还表现为创作上的大众化，即作者的大众化。东北解放区戏剧的作者阵容庞大：既有来自陕甘宁边区的戏剧作者，又有东北本土的戏剧爱好者；既有文工团的文艺工作者，又有各行各业的普通劳动者；既有成熟的老作家，又有初出茅庐的学生。而各行各业的劳动者创作的戏剧，成为东北解放区戏剧的亮点。工人很爱话剧（包括秧歌剧），很爱从事戏剧活动，工人还善于迅速地把自己的新生活、新问题反映到戏剧创作里

---

① 弘弢：《生气勃勃　丰富多彩——解放战争时期东北解放区的文艺工作》，载《党史纵横》1997 年第 8 期。

② 任惜时：《东北解放区的新秧歌剧创作》，载《辽宁大学学报》1995 年第 1 期。

去。[①] 群众创作的戏剧有很多,如《二毛立功》就是大连锻造工厂工人王水亭根据自己的经历创作的。除了工人参与戏剧创作以外,东北解放区还出现了农民创作的戏剧。这类工农群众直接参与创作的作品反映的是工厂、农村、部队的真实生活,塑造的形象是他们身边熟悉的人物,戏剧的语言是大众化的群众语言。东北解放区戏剧真正实现了文艺为工农兵服务的目标,成为《在延安文艺座谈会上的讲话》精神在东北解放区得以全面贯彻的典范。

东北解放区戏剧的乡土化特征主要表现在地域文化特色上。1946 年,延安的革命文艺团体集中转移到东北,延安文学和东北地域文学在哈尔滨交汇。以《在延安文艺座谈会上的讲话》作为指导的延安文学比东北地域文学更具革命性,这就使得延安文学具有无可争议的合理性和正统地位。根据东北革命文化的发展需要,文艺工作者对东北地方曲艺的各剧种进行了整合和改造,并将其纳入新的革命文艺体系中。在对民间艺术进行改造的过程中,东北大秧歌和二人转是最早被改造的。改造前的东北大秧歌以娱乐为目的,舞蹈多,说唱少,色情成分多,教育意义小,舞蹈多为东北民间舞蹈,音乐多为东北民歌和二人转小调。改造后的秧歌剧加大了情节和台词的比重,内容以劳动生产、拥军优属、参军保家、肃清敌特为主,如《三担水》《参军保家》等。二人转在东北地区拥有大量的观众,民间有"宁舍一顿饭,不舍二人转"的说法。正因如此,二人转的宣传作用非常大。"蹦蹦又名二人转,亦称双玩意儿,流行于东北农村中(俗称蹦蹦戏,其实戏剧的意味较少),流行的戏有《蓝桥》《红娘下书》《卖钱》《华容道》《古城》《王员外休

---

① 草明:《翻身工人的创作》,载《东北文艺》1947 年第 2 卷第 3 期。

妻》等。演唱时一人饰包头（即花旦），手中拿一块红手帕，一人饰丑，用板胡和呱啦板伴奏，演员一面轮流歌唱，一面扭各种秧歌舞。舞蹈内容，主要是以逗情逗笑热闹为目的，与唱词往往无关。"①对二人转、拉场戏的改造与对秧歌的改造相同，主要是内容上的改造。二人转歌唱的内容大多源自民间故事或历史传说，如《干活好》就用了两个秧歌调子和一段评戏，其他都是蹦蹦戏。改造后的二人转减少了封建迷信内容和黄色故事情节，净化了语言，增加了拥军、生产等新内容，如《支援前线》《陈德山摸底》等。对东北大秧歌、二人转和拉场戏的改造集中表现在内容方面，而艺术上的改革力度并不大。秧歌继续"扭"和"浪"，演员仍然"逗"和"唱"，角色还是分为"旦"和"丑"，样式还是耍龙灯、跑旱船、踩高跷，步法始终离不了"编蒜辫""十字花""九道湾"。秧歌道具有所改变，红绸子、手绢、大红花、红灯笼的使用多了起来。在音乐方面，二人转的改变不大，音乐仍然是文武咳咳、胡胡腔、快流水、四平调等传统曲牌。秧歌剧的音乐还是以东北民歌和二人转曲牌为主。例如，《自卫队捉胡子》采用了东北民歌曲调"寒江调""锔大缸调""绣荷包调"；《光荣夫妻》采用了"花棍调"；《姑嫂劳军》《一朵红花》等秧歌剧还采用了二人转的文武咳咳、那咳等曲牌。东北有秧歌剧和二人转等表演形式，它们被东北人民认同，已经打上了乡土文化的烙印，其乡土化特征极其显著。

此外，东北解放区戏剧的乡土化特征，还离不开原汁原味的东北方言的运用。东北解放区戏剧"语言的运用都达到了当时话剧

---

① 肖龙等:《干活好》，东北书店 1948 年版。

创作的高水平"①,尤其是东北方言的运用。受到东北戏剧大众化的影响,原汁原味的东北方言的运用是戏剧被观众接纳和喜爱的重要因素,如嗯哪、老鼻子、下晚儿、眼巴巴、磨不开、个色、胡嘞嘞、膈应、猫下、不大离儿、拾掇、整、自个儿、消停、不着调、疙瘩、硌叽、重茬、唠扯、差不离儿、麻溜、急歪、昨儿个。此外,东北民间谚语和歇后语的运用也不容忽视。在这些剧作中,东北方言土语、民间谚语随处可见,使东北人民感到亲切和乐于接受,拉近了剧作和观众的距离,加强了宣传的效果。

四

东北解放区戏剧是中国现代戏剧的重要组成部分,具有承前启后的作用。它忠实而客观地记录了东北解放战争时期的历史风云,在戏剧史、革命史和社会史方面都具有重要的参考价值。东北解放区戏剧在民族化、大众化、乡土化和革命化的进程中,积累了丰富的经验,形成了鲜明的艺术特色,实现了从现代戏剧到当代戏剧的过渡。

在创作方法上,东北解放区戏剧继承了延安戏剧的传统,除《老虎妈子的故事》运用了象征手法外,其余剧作皆采用现实主义创作方法。剧作家们运用现实主义的方法,通过戏剧的形式把刚发生或正在发生的事情真实地反映出来。这些剧作集中描写了工农兵的日常生活,起到了鼓舞斗志、颂扬先进、宣传政策、支援前线的作用。在戏剧结构上,戏剧冲突尖锐而集中,叙事模式多元:劝诫模式的剧作有《二流子转变》,成长模式的剧作有《杨勇立功》

① 柏彬:《中国话剧史稿》,上海翻译出版公司 1991 年版,第 307 页。

《刘巧团圆》,误会模式的剧作有《三担水》《比有儿子还强》等。东北解放区戏剧具有多种表现方式,既有多幕剧,又有独幕剧。在人物塑造上,东北解放区戏剧作品塑造了一个个爱憎分明、个性突出、敢作敢为的人物形象,如《好班长》中的刘振标、《二毛立功》中的二毛、《买不动》中的王广生等。这些人物形象生动丰满,有血有肉,观众熟悉并易于接受。

东北解放区戏剧在取得较高的艺术成就和起到重大宣传作用的同时,也存在着不足。第一,东北解放区文学是典型的"革命文学",东北解放区戏剧是典型的"革命戏剧"。导致这种状况出现的原因有两个:一方面,文学具有反映时代的使命,这是文艺的功用;另一方面,受到政治的影响,剧作家创作的自主意识弱化了,而政治意识强化了。《在延安文艺座谈会上的讲话》要求文艺为政治服务,这就使得戏剧创作出现了公式化、概念化的倾向。第二,不少剧作都是因宣传需要而创作的,是应时应事之作,因此创作时间短,艺术水准不高。此外,工人、农民、学生也参与创作,因此一些作品粗糙,质量不高。从整体上来看,专业作者要好于业余作者,鼓词、话剧等剧种要强于秧歌剧,多幕剧要优于独幕剧。第三,反动人物被类型化和丑化,语言也存在粗鄙、不干净的问题,脏话较多。不少剧作对"中央军"、地主阶级、特务等反动对象较多地使用脏话。这类语言的使用者多为革命的工农兵人物,针对的多为反动军队或地主阶级等对立的角色,因此这些粗鄙的语言被作者美化、合理化和合法化,这降低了戏剧语言的纯净度。

虽然东北解放区戏剧有以上不足之处,然而瑕不掩瑜,其民族化、大众化、乡土化的特征,使得戏剧的启蒙性、宣传性、教育性、战斗性的作用得以充分发挥。东北解放区戏剧对光复后东北人民进行的文化启蒙、拥军优属、动员参军、生产建设等具有重要意义，对解放区的土地改革和解放战争做出了不可磨灭的贡献。

（作者系哈尔滨师范大学教授）

◇李之华

反“翻把”斗争

人物:(以登场先后为序)

孙林阁——五十余岁,地主,恶霸。

刘二嫂——二十六岁,刘振东的老婆。

刘振东——二十九岁,农会主任。

赵广明——六十二岁。

马奎五——三十五岁,狗腿子。

范永和——二十六岁,武装自卫队队长。

陈德福——五十九岁。

王占奎——三十二岁。

尹宽——四十岁。

杨福——三十岁。

张凤山——二十八岁。

方同志——三十二岁。

群众——甲乙丙丁戊己庚辛……

时间：一九四六年，秋天，某日黄昏后。

地点：东北解放区，某地。

布景：舞台左面斜露出一间小屋（俗称"小马架"）的前脸儿，山墙上有一窗一门，靠后的屋墙角下，伸出一截烟囱脖子，接连着竖立起一个比屋檐还高的大烟囱。屋前堆着一堆柴火，放着一个"爬犁"。窗户烟囱之间，拴着几条绳子，绳上晾着许多绿白菜，加上门旁挂着那几串红辣椒，显出秋收时候的景色。

舞台右面远处露出一段秫秸篱笆——那是另外一家。

天像清水似的，月光分外明亮。

［开幕时，屋里透出微弱的灯光，远处传来狗咬的声音。片刻，孙林阁偷偷地由左后上，他走到烟囱前面，听屋里的动静，突然"噗"的一下屋里灯光灭了，屋门"呀呀"地开开，刘二嫂（刘振东妻）拿着簸箕由门里出来，孙林阁打算藏躲已来不及，他索性装作没事人儿似的走过来。］

孙林阁（以下简称孙）：干啥去呀？

刘二嫂（以下简称刘妻）：推了几升苞米楂子，回家来取簸箕。（一眼看见晾着白菜的绳子有一根断了）也不知道是谁把绳子给整断啦！（锁上门，放下簸箕，走过去接那根断了的绳子）

孙：这大月亮地儿正好推碾子。你们掌柜的呢？

刘妻：他，见天见三星儿没落就爬起来走啦，下晚黑间半夜才回来，整天不着家。

孙：当了农会主任，连家也撂啦？

刘妻：嗯哪。

孙：你们苞米楂子是吃一点儿整一点儿呀？

刘妻：那可不呗。家里啥事儿都是我个人的活儿，挑水，做饭，割庄稼,还拉拔着一个满炕爬的小小子,哪有个整工夫,不现吃现整怎的?

孙:叫我说你们呀——真是有福不会享!他当着个农会主任,派个人割庄稼,派个车拉回来,派个牲口打打场,舌头尖儿一转,上嘴唇一碰下嘴唇,谁敢不去?只要吱一声儿,就等着腈现成儿的不好?

刘妻:叫我们掌柜的借着当主任,个人硬派差,那事他可做不出。这不,今儿王全的地拉完了,打算明儿把车摘兑给我们使唤一天,我们掌柜的还说"先尽着给别人拉"呐。

孙:这大月亮地儿,正好下晚黑间赶着拉庄稼,我那两辆大车到省里去啦,两个"熊"老板子,去了就不惦着回来,我车要是在家,你们那点儿庄稼,捎带手儿就给你们带回来了,这不,我个人种的那几十垧地,上次清算会给我留下廿垧,我还一点儿没拉,都搁在地里撂着呐。(边说边由右前下)

刘妻:(没答理,瞪孙一眼。已把绳子接好,把掉在地上的白菜也都搭在绳上了。见孙走远)谁领你那份儿空人情!(拿起簸箕,欲走,屋里小孩哭了又返回,扒着窗户)等着吧,灶火坑里烧着土豆子呐,一会儿妈回来喂你。(孩子真听话,不哭了)这小崽儿,真累人!(由左后下)

(孙林阁又由原路回来,走到烟囱那儿,看刘妻走远了,回身从怀里掏出一个布包,由于他的神经过于紧张,把布包里的东西掉出来了——原来是子弹——他没有弯腰去拾,先往四周围看了一下,见没有人,才把地上的子弹拾起来,包好。突然屋里小孩哭了,吓了他一跳,他心虚地不敢多停留,赶快把子弹包儿塞到柴火堆里。)

孙:(对窗户切齿地)小王八犊子,我一刀削你八瓣儿!(见那边有人来了,他偷偷地由左前下)

（小孩哭声渐止。）

（刘振东背着个空口袋，由右后上，赵广明紧随上。）

赵广明（以下简称赵）：刘主任你说孙林阁他是人不是人？我给他“耪青”，讲好了他出牲口我出人，打粮对半儿劈，到这工夫庄稼割倒了，他不搁车拉！

刘振东（以下简称刘）：别着急，咱们到屋里合计合计，有的是办法跟他讲理。（拉门，没拉开，一看）嗯？锁上门出去了，天这么晚，黑灯瞎火的上哪疙瘩儿去啦？（对赵）咱们等她回来拿钥匙开门，先在这月亮地儿里合计合计。

赵：今儿十四，明儿十五，后儿就是“霜降”，别看这么好的月亮，交了节气，一阵北风，“唰”的一下子就变天，一场大雪把庄稼“捂”到地里，叫我可怎整？

刘：你找过他，他怎说呢？

赵：他说的那个话呀，还不抵个屁有味儿呢！他说：（学着孙的语调）“可我那两辆车都到省里去了嘛！我个人那些庄稼还都搁在地里撂着呐，你‘耪青’的那两垧地急个啥？一趟趟地找我，也不嫌个絮烦！”你听听这像人话吗？

刘：听了以后你说啥？

赵：我说啥，憋着气回来呗。我个人对他算是“没治”。

刘：这小子，到今儿还欺负咱们穷人！上次工作团来，大伙儿清算周万芳，倒挺带劲，对孙林阁呢，就是十来个人说话，虽说他嘴头上认可包赔，可是到了儿没把他整低了头。

赵：周万芳一家子全部蹽跑啦，大伙儿敢说话。孙林阁光把东西倒腾出去，人可到了儿没离屯。你忘记人常说那句话？“死了的老虎，人还不敢上前呢！”他早先害人太“邪乎”啦。不用说别的，就拿我那小孩子说吧：一听见孙林阁在窗户外咳嗽，警察的洋刀鞘子碰着皮鞋哗啦啦啦地响，吓得就奇哭乱喊“嗬”叫唤！

刘：几岁小孩儿也知道，屯长领着警察上门，没好事儿。

赵：不是打就是骂，不是要这就是要那。

刘：他拿人不当人的事可多呢。那年我给他扛大活当劳金，也是这秋收的时候，把谷子在场院里轧完啦，起了场堆成堆，没风不能扬，“打头的”领着我们十几个劳金，正在拾掇谷草，孙林阁领着王警长去啦……

赵：对，王警长，大个子，打人可“邪乎”！

刘：孙林阁一去就问：“你们整那草干啥？给我‘磨洋工’呐？轧了场为啥不扬？”“打头的”说：“没风呀。”你猜孙林阁说啥？

赵：他说啥？

刘：早先也不敢给他往出说，眼下说出来，恐怕你老爷子活这么大年纪也没听说过。他说：“你们都给我跪下，脸朝东南，直溜儿跪下，求风！”

赵：求风？这小子真他妈能“整治”人！

刘：警察也过来喝唬：“跪下，跪下，并排儿跪下，别叫我费事！”“打头的”见警察要打，就先跪下了，跟着一个个地跪下，临到我，我没跪，警察问我：“你跪不跪？”我没吱声儿，他“啪”“啪”就打我两个大嘴巴子，疼得我抬手一捂脸，他说：“把手耷拉下来，站直溜儿的！”我刚把手往下一撂，“啪”“啪”又是两个大嘴巴子：“你磕啦盖儿硬是怎的，你不跪？你磕啦盖儿硬是怎的，你不跪？”“啪啪”一个劲儿乱打。我心里说：“你打死我也不跪！”以后他拔出刀来砍了我两刀背，我拿胳膊一挡，砍到我手脖子上了，你看，到现在我这只手不听使唤。

赵:到了儿你没跪?

刘:没跪。这事儿你问那年给孙林阁扛大活的都知道。

赵:唔,对了,我家你大兄弟参加会回来学说,孙林阁罚"劳金"的跪,敢情是这么回事。

刘:那天在大会上你家我大兄弟没吱声儿,他要是说了话,孙林阁就不敢跟你"要熊"啦。

赵:那你说我这事,现在怎整呢?

刘:孙林阁包赔出来的青苗,今儿我给小户调兑了大车,有人敢往家拉了。有人敢惹他了就好办。

赵:我们那趟街,单蹦个儿不敢惹他,可是凑合到一块堆儿就短不了骂他。

刘:那就行。

赵:你说行?可是他把车整远啦,老也不回来。

刘:没整远。他那辆车,一辆"花轱辘"一辆"大辋子",三个骡子四个马,搭他那小马崽儿,都在柳树沟他小舅子家呢,说啥也得叫他整回来,不但叫他拉你"耪青"的庄稼,还得叫他交出包赔的三匹牲口呢。

赵:听说他打算"要熊",三匹牲口不交,地照也不交。

刘:地照交了一个五十垧的,还有一个六十垧的没交。前儿我在肖家屯见着方同志,他说过两天再开个大会,当场跟他要"照"。

赵:这小子太可恶,我个人对他算是"没治"。

(刘妻由左后上。她背着麻袋,里面装着苞米楂子,拿着笤帚、簸箕。)

刘:(对刘妻)干啥去啦?天这么晚才回来?

刘妻:没看着吗?眼睛管干啥的?还问?(对赵)老叔,吃了饭啦?

赵:早吃啦。

刘妻:老叔,你刚才说对谁"没治"?

刘:(代答)孙林阁呗。

刘妻:你大声吵呼啥?刚才我回家取簸箕,看见他才打这疙瘩儿往东去,备不住他还兴转回来,叫他听见,又说咱们嘀咕他啦。

刘:他听见怕啥?早先怕他,眼下还怕他?

刘妻:刚才他又送空人情,他说他车要是不去省里,还要帮咱们拉庄稼呢。

刘:他那叫瞎扯淡!黄皮子给鸡拜年——没安着好心。你推的是苞米楂子?正好,先搁到这疙瘩吧,这是多少哇?

刘妻:个人推着吃,我没约。

赵:我估量着哇,有四升,不信,你就约约试巴试巴我的眼力。

刘:到屋里把升拿来!

刘妻:闲着没事儿鼓捣它干啥?有多少算多少呗。

刘:你拿来吧!

(刘妻进屋。)

赵:你真要约约给老叔找个下不来台?

刘:切,你说的咧,那哪能呢?我打算给老吕头调兑二升去,这不是你看见了我打老吕头家里拿出来的口袋?

(刘妻拿着升,由屋里出来。)

刘妻:我累得"吩儿吩儿"的刚推回来,个人家里还没吃,就先给别人整去?

赵:这就叫"先公后私"嘛,要不大伙儿怎没个不赞成他的呢?

刘:老叔可别这么说,这是赶巧儿家有现成的。要没有还不得到别人家调兑去?

刘妻:要整给人家,你个人推去!

刘:我明儿就去推。

刘妻:明儿推明儿再整!

刘:明儿整就不赶趟儿啦。陈粮吃完了,新粮没打下,明儿就没啥下锅,他家“老二”参加了警卫队,“老大”前儿又病了,就剩下一个不能动弹的老爷子,你叫他怎整?真格的咧,有了农民会,还能叫屯里穷人挨饿?

刘妻:看你整撒啦,交我整。你去吃饭吧,锅里有楂子粥,还热热儿的。

刘:我待会儿再吃。这口袋漏了,你拿针线给缝一缝。

(刘妻进屋。)

赵:听说吕贵打警卫队上捎回家信来啦。

刘:是他个人亲笔写的,有人念给老吕头听,把个老爷子乐得闭不上嘴儿,两手直捋胡子。早先吕贵还不是跟我一样——“斗大的字才认识八升”。

(刘妻由屋里出来,拿针线缝口袋。)

刘妻:人家吕贵“斗大的字才认识八升”,你是“升大的字才认识一合”,看看人家看看你。

刘:警卫队上的教育好呵。你不用拿话砢碜我,入冬儿我就学习,认字,念书。咱们在字眼儿上也要翻身嘛!

(马奎五由左后上,他穿着一件大氅。)

马奎五(以下简称马):唠扯啥呐?兄弟你打算认字?念书?那好办!哥哥我别的上头不及你,要讲到字眼儿上,小时候仗着祖先留下点家底儿,喝过几年墨水子,教“学”不行,教你可还行。

刘:好,一言为定。入冬儿我就跟你学认字。

马：你有真心学，我就有真心教。

刘妻：你那点儿“才学”还教人呢！

马：切，别看“才学”不大，一百垧地的文书我都替人家写过，当过代字人，吃过白肉片儿。就说那年“满洲国”抓我的劳工没抓着，我一蹽，蹽到牡丹江，仗着认得几个字儿，你说没混好吧，可也没撂在外边。

赵：“识文断字”用得正了比啥都好，用得不正比啥都坏。

马：老叔你不用说那话，马奎五没替人家写过“离婚呈子”。

刘：老叔，你刚才跟我提的那事，这么的吧：你把你们小组的会员，找到你家隔壁老王头家去，我跟咱们副主任（指马）一会儿把那小子找上，随后就去。咱们大伙儿跟他当面讲理，叫他明儿定规把车马整回来给你拉庄稼。

赵：就这么的吧。（欲下，嘴里叨唠着）反正我给他“榜青”算是倒了“血霉”啦！我们爷儿俩一年的工夫都搭进去了，还不抵给别人扛大活吃劳金呢。他他妈的太克扣人啦。

马：老叔，先别走。（明知故问）说的是谁呀？

赵：那个主儿呗。

马：（对刘）谁？

刘：你寻思寻思这屯里除了孙林阁谁还做得出来那没屁眼子的事！

马：（装作忽然才明白）唔，他呀，那你一点儿也不用着急，他个人的地都还没拉呢，你急啥？

赵：我是怕“捂”了雪呀！

马：他那么多地都不怕，你一垧两垧的怕个啥？

刘：（对马）你当着农会副主任，怎跟孙林阁一个鼻子眼儿出气呢？那天在他家喝醉了，今儿还没醒酒吧？

马：我在老孙家就喝过一盅酒，你老提老提也不嫌个絮烦！

刘：你们那趟街的小户，敢不敢去拉老孙家包赔的青苗呀？

马：你操那心干啥？拉不拉是他们个人的事，再说庄稼也没长翅膀儿，搁在地里也飞不了。

赵：（听马说的话觉得有点不对头）那你们说我的事到底还跟他办呢不办呢？

刘：定规办，你快去找人吧。

马：老叔，你先别走。

刘：天不早啦，叫老叔快去找人吧。一会儿咱俩去找孙林阁，我把详细唠给你听。

马：有别的事儿。

刘：那你们唠扯，别耽误了开会，我送苞米楂子去，不远遐儿。

马：你也别走。

刘：干啥？

马：有要紧事嘛！

刘：有啥要紧事呀？

马：（故作正经）这不当着老叔在这疙瘩儿，说是上次工作团来，咱们清算周屯长是我领头儿打的头一炮，为后又清算了老孙家，眼下你当着主任，我当着副主任，把咱们屯里的农民会，整得说不上太好吧，可也不算坏。

刘：那要靠大伙儿扶帮，光咱们干部耍光杆儿，啥事也整不好。

马：你不用说那些个，听我跟你说。论能耐呢，我不及你高，论年纪呢，你可不及我大。说是皆因这些个缘由，哥哥我有几句“肺腑之言”，要对你表示表示，说是咱们为干部的，是最早开的脑筋，里儿面儿应该一样啊，如若是面儿上说替穷人办事，背地后里再做那“不法的行为”，可就要应验那句成话——“知法犯法，罪加一等”啊！（转对赵）老叔你说是不是？

赵：对，对，这才真格的话咧。

刘：你说这话是啥意思呢？

马：兄弟你虽说是眼看快满三十的人啦，可是跟哥哥我比起来你还年轻呀，备不住就兴有个一时糊涂，一步走差，如若是朝着差道儿蹚下去，可就十分危险呐！（转对赵）老叔你说是不是？

刘：别绕弯儿了，我是个直锍子，照直说吧。

马：你别着忙，哥哥的话要当着老叔的面儿跟你讲到家。你要有那干啥的事，趁早儿跟我说，哥哥能替你维持，三分减成两分，两分减成一分，别等为后倒腾出来，叫人家说哥哥我跟你有啥过意不去的地场，故意“闪”你的“台子”。

刘：到底有啥事？你说的这些话我不懂，老叔你懂吗？

赵：我也不懂。

马：（对刘）不用装糊涂，你的事你知道，我要冷丁地①说出来，你脸上不好看，也叫哥哥我跟着你“坐蜡”，还是你个人先说。

刘：你要我说啥呀？这不当着老叔说，我有事我顶着，绝不能叫你“沾包儿”②“坐蜡”。

马：老叔你又听见了，他逼我把事挑明。那么我告诉你，有人往我手里递了“黑呈子”，告你！

（刘妻在马、刘、赵说话时，把苞米糙口袋、升等拾掇到屋里，此时听说有人告了，由屋里出来。）

---

① 突然地。

② 受连累。

刘：告我啥？

马：告你通胡子，家里私藏枪子子！

刘：这才是瞎扯淡呢，我家哪疙瘩儿来的枪子子？我给咱们屯武装自卫队淘换枪子子还淘换不着呐。

赵：刘振东可不是干那个的人，我管保他不能整那个。

马：老叔，你可别乱插话，听我问问他：（对刘）昨儿你老丈人来你家没有？

刘：来啦，随后又走啦，你问这干啥？

马：说是你老丈人常往胡子队儿上整枪子子，经你倒手，昨儿他又拿来十几"联儿"[①]藏在你家里。

刘：这谣言造得倒挺圆全啊。

刘妻：我们娘家老爷子，也不是那种人呀，他哪能？他……

刘：（拦住刘妻的话）你先别扯那些个。（对马）是谁告的我，我顶着找他打官司。

马："黑"呈子嘛，哪还有人名儿？

刘：拿给我看看。

马：（从大氅兜里掏出"黑呈子"）这不就是，上边写得明白。（递给刘）

刘：（接过来）这张纸儿是谁递到你手里的呀？

马：那我也说不上啊。

刘：谁递给你的你说不上？

马：呦，这我还能撒谎？晌午头上，我把大氅脱了搁到农民会，为后我看杂人很多，怕丢了又穿起来，伸手一摸兜儿！呃，就掏出

---

① 排。

来啦。

刘:你怎不早跟我说?

马:(有点窘)我,我,我这跟你说也不晚呀!

刘:你信这谣言不信?

马:你说信吧,可我也没亲眼见,你说不信吧,可他又说得有根有底儿。

赵:耳听为虚,眼见是实。

马:老叔,咱们要是把话再说回来呢,说是谁整这种事叫人看见呀?

刘:听你这话好像有点信不着我,我刘振东在这屯住的又不是三年五年,我坐地儿在这疙瘩儿长大的,我打小时候给人家放猪,为后当"半拉子"[①]扛大活,没做过一件昧良心的事,全屯都知道我。再说眼下穷人举起胳膊选我当农会主任,就绰比爹娘拉拔孩子长大成人,要是反过手来害苦穷人,就绰比打爹骂娘,满打着有人死逼着叫我干,我认可掉脑袋也不能昧良心!

刘妻:我娘家老爹,那么大年纪了,是个"喉吧"[②],迈步离不开拐棍儿,走不远遐儿就得坐下歇歇腿,他能整那个吗?他耳又聋眼又花,你把枪子子搁到他手里,他两手哆哆嗦嗦连数也数不过来呀,你说他能整那个吗?

(刘和刘妻心里又急又气,大声叫呼,引了一些人来,有范永和,陈德福,群众甲、乙、丙、丁:这正是马心里所高兴的。)

马:我还没干啥呢,你们两口子就吵,吵,吵!我连一点边儿也不沾呀。我马奎五跟你刘振东没仇没冤,你这不是成心跟我要完了

① 顶半个成人的工价。

② 气喘。

猴儿"要熊"吗?

(孙林阁也在别人不注意时上,在烟囱后边听声儿。)

刘:我怎跟你"要熊"啦?还有人害我,还不兴我说话吗?

赵:得啦得啦,别吵呼啦,(对刘)你也别着急。

刘:我着啥急呢?

赵:(对马)你也别上火儿。

马:我上啥火儿呢?

赵:对,有话慢慢说,这不街坊邻居都在这疙瘩儿。

群丙(他叫王世才,是个跳过"二神"的):你们一正一副有啥不好商量的,吵啥呢?

范永和(以下简称范):咱们都是农会干部,你俩是头行人儿,吵起来多不好看。

陈德福(以下简称陈):年轻人都爱上火儿,像我跟老赵头绝吵不起来,没那么大嗓门儿也没那么大气力。

群众:(你一言我一语地)为啥事儿呀?……有话慢慢说……吵啥呢?有啥不得了的事呀?

马:(神里神气地)你们户下都到了,正好,你们不来我也要打发人去叫你们。我要当着大伙儿讲说讲说这里边的缘由:说是我马奎五跟你刘振东一没冤仇二没恨,说是皆因我比你大几岁,见面你叫我声大哥,说是皆因你比我小几岁,见面我叫你声兄弟,我比你大,不拘啥事儿处处我要让你三分,你比我小,你就是有些干啥,我也不好开口……

群众:对,对,刘主任,你说吧,为啥事儿?

刘:他说他接到一个"黑呈子",告我们老丈人常往胡子队儿上整枪子子,经我倒手,昨儿又藏在我家十几"联儿",让大伙儿说我能整那个事吗?

刘妻:(急,抢说)我娘家老爹“老实巴交”多半辈子,他哪能……

刘:(拦住她的话)你先别说,叫大伙儿说。

范:我管保刘振东不能整那个就是啦,(对刘)你要整那个我这自卫队长早不答应你啦。

陈:他老丈人我知道,早先在咱们屯住过,我常跟他闲唠嗑儿,地道老庄稼人。

群众:成天见面谁还不知道谁?刘振东哪能整那事儿呢?……他老丈人也不能呀……这是谁这么胡造谣言呀?

马:事情已经挑明啦,听我给你们各户下开说几句!说是眼下咱们穷人翻身啦,办公事不能像“满洲国”那些汉奸走狗,咱们讲的是一句“大公无私”,说是人家就告到我手下,我就不能不“以公治公”,到那时候,别管你这枪子子是有,是没有,咱们……

刘:对,看看到底是有没有,反正我这心也没法掏出来看,你翻吧!

刘妻:对,翻吧,翻不出来也好明明我们的心。

马:(做给人看地)这是公事,你可别说我太干啥,要讲私交,咱们哥儿俩对面可没红过脸儿。

刘:啥话也别说了,翻吧!我求求街坊邻居叔叔大爷哥哥兄弟信得着我的都别走,亲眼看着翻,作个见证。

群众:不走,不走,那哪能走呢?

马:(突然变脸)好,那么就翻!翻呀!(好像命令别人,但是没人动手)范永和,这是你为队长的责任,你怎不听我的命令呀?你打算跟他“沾包儿”是怎的?

范:(不耐烦地)把他的“小马架”刨倒,再挖下三尺深去也翻不出来呀!我“沾”啥“包儿”呢?(走进屋去翻)

马：你们为队员的也动手呀！

（群甲、群乙也随范奔屋里走。）

马：别都到屋里去翻。（拦住群甲）你在外边翻！

（群乙进屋，群甲在外边翻，他应付地拨开柴火堆，露出个布包来。）

（群甲拿过布包，交给马。）

马：（打开布包）这不是枪子子这是啥？（送到刘面前）你看看这是啥？

（刘振东想不到真翻出了子弹，突然像被人用力打了一闷棍，脑袋里边嗡嗡地响，两颗眼珠胀得要爆出来，一时意识模糊，呆在那里。）

（众人也愣住了，好像不相信自己的眼睛，都想走过来仔细看看。）

（范永和、群乙，由屋里走出。走到马面前去看。）

马：（对范）你看这是啥？（捧着子弹到众人面前）你们都仔细看看这是啥？

（众人好像有些怀疑是假的，有的人还用手摸了摸。孙林阁这时也走过来看。）

孙：（拿起一排子弹）这是"三八"子弹，这子弹才难淘换咧！（又把子弹放到马手里）

范：（对群甲）真是打柴火堆里翻出来的吗？

群甲：嗯哪。

马：好哇，你当着农会主任，勾通胡子；私藏子弹，"知法犯法，罪加一等"。我要不是"以公治公"，差点跟你"沾包儿"。你们户下说，怎办？说，说，说呀！

群乙：也没碰到过这种事，谁知道怎办呢？

群丙：是呀，你们当头行人的说呗。

刘妻：马大哥，我们屈呀！要说这枪子子是我们藏的可真屈我们的心呀！

马：在你们柴火里藏着，不是你们的是谁的？

刘妻：马大哥，全仗着你给“做情”，我们实在屈呀，马大哥，我求求你……马大哥，我求求你……（几乎哭出声来，就要给马跪下了）

（小孩在屋里哭起来。）

刘：（对刘妻）滚开！别在我眼前丢人！去，去，去！屋里去！不去我揍死你！（赶上前去举手要打）去！去！

（刘妻被迫进屋。）

马：怎的？你还那么硬气？（对范）把他绑起来！

刘：你不用绑，我跑不了。你叫我跑我还不跑呐。

群众：还绑干啥呢？……我们保着他……他不能跑，我们保他不跑就是啦。……

马：人心隔肚皮，谁知道谁是啥心思？刚才你们还说没藏枪子子，翻出来的这叫啥玩意儿呀？

刘：好，范永和，你不用干啥……你把我绑起来。（扯下一根晾白菜的绳子交给范）谁叫绑上的为后叫他亲手给我解开！

马：（对范）绑起来！出了啥事，有人顶着。

（范把刘绑上。）

马：（对群乙）把他（指刘）搁到农民会小西屋里，看起来，交你看守，放跑了朝你说。明儿早晨再叫工作团“办”他。

刘：各位叔叔大爷哥哥兄弟，我的事，咱们政府工作团定规能把我的冤枉洗清，可是明儿我这一走，也不定三天五天十天半月才能回来，我家里求大家多照顾。

群众：那没说的，你放心吧！就盼你能早些回来。

刘：给老吕头调兑的苞米楂子谁给他送去？他明儿还等着吃呐。

赵：这事我摸底，我给他送去，不远遐儿。

（刘妻由屋里出来。）

刘妻：你还没吃饭呐，吃点再走。

刘：我不饿。

（刘、群乙由右后下。赵背苞米楂子口袋由右前下。群众零散欲下。）

马：别走，别走，没叫你们走你们就走？回来回来！

陈：还干啥？

马：开会。

范：开啥会？

马：开农民会。（对群丁）去，吆喝他们在农民会的各户下，到这疙瘩儿来开会，一户一个人。

群丁：在农民会的都到这疙瘩来开会喽！（吆喝着下）

范：全屯在农民会的七十多人，他个人哪儿跑得过来，再搁个人去吆喝吧。

马：吆喝几声，来就来，不来就算啦，谁不来，赶明儿再"熊"他们。

（范走进屋。马站到"爬犁"上边。尹宽、杨福、张凤山、王占奎，陆续来参加会。）

马：（对刘妻）你还在这疙瘩干啥？你一个妇道，开会没你说话的必要！

（刘妻进屋。范由屋里点燃一根麻秆走出来，对在场的人，挨个地脸上照。)

尹宽(以下简称尹):你仔细照照我,不是来“爬底沟儿”的。

杨福(以下简称杨):连我都看不出来?不是来“听声儿”的。

张凤山(以下简称张):哈哈不用照,不是“狗腿儿”。

(范照到孙林阁面前了。)

马:你那是干啥?

范:我看看有没有不在咱们农民会的,有没有狗腿儿,来“听声儿”来“爬底沟儿”,要是有,我就拿筷子把他像挟苍蝇一样地挟出去!

马:(由“爬犁”上跳下来,跑到范面前,一口把火亮吹灭)这大月亮地儿还看不清吗?这是孙林阁,今儿开会有他说话的必要。

范:咱们农民会的规矩……

马:改啦!

范:那可是你说的。

马:(站到“爬犁”上)啥时候啦?(看手表)几点啦?(对范)把麻秆再点着!

范:你不是不叫点吗?又点干啥?(生气地进屋)

马:月亮光儿里看不清手表,点上看看是几点几刻零几分,再等两分钟就不等啦。

(群丁上。群戊、己、庚随上。范点着麻秆出来。)

群丁:有的人都睡觉啦,叫不来。

马:两分钟过去了,不等啦,开会。

(范气得把麻秆摔灭。)

马:都别吱声儿,你们好生听着,听我给你们户下演说演说,开开你们的脑筋。说是皆因刘振东,他,面儿上当个农会主任,背地后里通胡子,私藏子弹,犯了律条儿,管谁说啥,咱们农民会的主任，高低是不能再搁他当啦，咱们开会撤换他，我喊一声："撤换刘振东的主任！"大伙儿跟着我喊"赞成"！（大声喊）撤换刘振东的主任！

（在场的没一个人吱声儿，沉默。）

马：你们怎没一个人吱声儿呀？我说你们呀，还是"满洲国"的脑筋，开会不吱声儿。吱声儿！快吱声儿！

（赵广明给老吕头送苞米楂子回来，恰巧正碰上马在"熊"大伙儿，他分开众人走上前来。）

赵：马主任，都不吱声儿我吱声儿，我说说。

马：好，老赵头说。

赵：这不当着孙林阁，我给他"榜青"，春间天讲好他出牲口我出人，打粮对半劈，眼下庄稼割倒了他不搁车拉，你们替我合计合计叫他怎办？

群众：叫他给拉……不给拉不行……定规叫他拉……不拉还行？……

马：别吵吵，别吵吵！这事没有你们说话的必要！叫你们说话的时候不吱声儿，这会儿又吵吵吵！（对赵）你也不听我刚才说的啥，冷丁地就"掮"出你的话来？

赵：刘主任刚才不是跟你合计着，叫我在会上提，大伙儿跟孙林阁讲理吗？

马：啥刘主任刘主任的？他已经犯了律条儿，你不是亲眼看见的吗？真是越老越没记性。没有你说话的必要！

赵：（垂头丧气地自己叨咕）交了节气一变天，大雪把庄稼"捂"到地里，就都"白瞎"啦！

马：去，去，别在这疙瘩叨咕这个，你还有啥要说的？

赵:别的我一句也没有。

马:没有,回家睡觉去。

(赵嘴里咕噜着什么下。)

马:刘振东犯了律条儿,高低不能再搁他当主任。得提另选一个,你们大伙儿提,搁谁?你们不提,我提一个人,搁王占奎,大伙儿赞成不赞成?

(全场还是没人吱声儿,沉默。)

王占奎(以下简称王):马主任,我打外屯搬来还不到两年,这屯啥事我也不摸底呀。你把主任搁到我头上,这简直是"逼着公鸡下蛋",我哪儿办得到哇?

马:选你的时候,你个人说了算是怎的?

王:我是说……

马:(顶回王的话)没你说话的必要!(对众)你们像听戏叫好儿似的,齐呼啦地喊一声"赞成",他不就推不掉了吗?

王:我不行,我真是办不了……

马:你们怎不喊"赞成"?真是"满洲国"的脑筋!

范:照我说呀,这么的:刚才翻出来的枪子子是不是刘振东的还不定准儿,等追究出来着实是他的,咱们再提另选也不晚,眼下就先不用撤换。

马:你说的是啥话?在他柴火堆里翻出来,不是他的是谁的?你这为队长的事先没追究还有罪呐。你再替他"捂盖",更要大大地"沾包儿",没你说话的必要!(发现没人注意听他的话,都在议论,怀疑刘藏枪子子的事)你们别私下里叽叽。怎么的?赞成不赞成王占奎当主任?要不我再提一个人,两个里边挑选一个,我提王世才。

群丙:哎呀,马主任呀,我早先是个跳“二神”的,上次工作团来我才“坦白”,你把主任搁到我头上,人家提起来不但我脸上不好看,全屯都跟着……

马:没有你说话的必要!(对众)你们在两个里边挑一个,搁谁?

群丙:马主任呀,你别难为我啦,我当面跪下给你磕一个都使得。

马:大伙儿说了算,又不是我硬搁你头上的。(对众)两个里边挑一个,快吱声儿!

(群辛——群丙王世才的妻,跳过“大神”,外号“大红梨”——她在叫喊。)

群辛声:(由远而近)“呛”[①]饱了就跑出去乱串去啦,叫我全屯找遍了都找不着他,找着他我痛快儿地“熊”他一顿!

群众:王大神儿来啦……没听见她叫呼吗?……是她……大红梨来啦……大神儿找二神来啦。

范:王世才,等着挨“熊”吧,来啦来啦……

群丙:马主任,“我们屋里的”找我来啦,定规有要紧事,我得回家去。(站起要走)

马:不兴走!会没开完就走?

(群辛上。)

群辛:(发现王世才)好哇,我全屯找遍了没见你的影儿,你敢情跑到这疙瘩儿猫着来啦!走!回去!到家再跟你算账。走!

马:你那是干啥?

群辛:叫我们掌柜的回家去。

马:会没开完,不兴他回去。

---

① 吃。

群辛:开啥会?

马:要紧的会。刘振东私藏枪子子,撤换他的主任。

群辛:我不信你那瞎扯淡。(拉群丙)走!

马:不兴走!

群辛:家里来客啦,为啥不兴走?

群丙:别说啦,你先回去吧!

马:你搅闹会场,不行!

群辛:不行你把我怎么的?穿着个大氅,站得高高儿的,你看美得你!老妈儿坐飞机——你美上天啦!

马:你敢再说?你嘴里要是不干不净地乱扯,我处罚你!

群辛:你说啥?

群丙:你走吧,你走吧!

群辛:我不走,听我问问他,(对马)你搁啥罪名处罚我?

马:你,你,你跳大神儿。

群辛:哎呀,吓我一大跳,吓得我心口儿扑通扑通的。我早"坦白"过了,啥"狐、黄、白、柳、灰"的,我眼下不供那些玩意儿,我把鼓扯破啦,香炉碗子砸两半儿啦,你又不是不知道。

马:在屯里"坦白"不行,要搁你到区上去"坦白"。

群辛:你还嫌我没把我师父"坦白"出来是怎的?"跳大神不用本儿,合辙押韵就是曲儿",是谁教给我的?偷偷把香头儿搁在嘴里嚼烂,假装念咒吹气,吐到手心里,两手乱撮,撮成圆球儿,说的神儿取药来啦,这又是谁教给我的?这不是你马奎五教的是谁?

马:(狼狈)我打牡丹江回来就不跳神了,你还扯这些干啥?

群辛:你要我扯嘛!

群丙：你走吧，你走吧！

群辛：走，走，跟我走！我家里有事，没闲空儿，要不，咱们就把口袋翻过来，抖落抖落口袋底儿，把零七八碎的东西都给你"摘"出来，叫你这主任就当不成。（推群丙同下）

（马狼狈不堪，两眼发直，目送群辛、群丙下。忽又听到群辛的声音。）

群辛声：你看他"笤帚疙瘩戴草帽儿"，也算个人咧！

马：（气得由"爬犁"跳下）我非整她不可！（追群辛下）

（全场人突然哈哈大笑起来。）

范：真他妈的是"一物降一物，卤水点豆腐"。马奎五对"大红梨""没治"，"大红梨"倒把马奎五给降服住啦。

陈：要按刚才这件事说，"大红梨"这个外号儿倒送得挺恰当。你们听"大红梨"刚才说的话，句句都说到节骨眼儿上了，真是又甜又脆外带有点酸！

群甲：老爷子，你怎的？想吃梨啦？

陈：啊不，不不不，我怕崩牙。我这儿颗老门牙，还留着啃苞米呐！

（全场又哈哈大笑起来。马奎五上。）

马：不兴乐！（显然他是没斗过"大红梨"，只得给自己"圆"个脸儿）这种人我就不屑理她！（又站到"爬犁"上去）这会开的，你们都不吱声儿，真是"满洲国"脑筋！这么的吧！孙二掌柜的，今儿你参加会，你也可以有说话的必要，你把你那事先说说。（群众骚然）你们都好生听着！

孙：（站立起来，选了一个适合以上临下的地场）各位屯邻！听我给你们各民户演讲演讲。说是自从上次工作团到咱们屯堡工作，把我清算以后，我的脑筋也开啦。你们各民户成立了农民会，我是非常非常地赞成。大大的好！不错，我孙林阁在“满洲国”时候当过几年屯长，虽说没大错处，可是对你们各民户，或许呢，备不住呢，也兴呢，说不定呢，微微了了地，星星点点地，小小不言地，有些干啥的地场，上次在大会上有个提到提不到的，你们也用不着鸡毛蒜皮地再提啦。你们别光听工作团的，他们在屯里住不久，可是咱们呢，在一个屯里“处呼”的日子还长呐，谁还能敢说永远不求着谁？说是上次清算会上还给我留上二十垧地，我把牲口一卖一还“饥荒”[①]我也顾不上种，干脆痛快儿地都给你们，为后我也变成穷人啦，咱们都是一家人，哈哈，一家人。

马：（大声喊）赞成不赞成？

（全场没人吱声儿，沉默。）

孙：听我再给你们各户下开说开说，上次清算，个人家里种个十来垧地的民户，都没落着地。这次我拿出这二十垧地呢，先给没落着地的民户。剩下再给别人，剩不下也就那么的啦。

马：（大声喊）赞成不赞成？

尹宽：赞成！

杨福：我赞成！

群戊：我上次没落着。

群己：这次应该有我一份儿。

马：还有谁要？（群众不吱声）王占奎，你呢？

王：我上次也没落着。

马：这次有你一份儿，别推着不当主任啦。

王：你问他们看我能行吗？

---

① 欠账。

马：王主任领头儿劈地，赞成不赞成？

（尹宽、杨福、群戊、群己，齐喊“赞成赞成”。）

孙：我一百三十垧地都给你们民户啦，可有一宗儿，我当屯长也没有饿死的罪。我的生活儿呢？要靠各民户帮我维持，咱们也不用说租子不租子，为后轻不撩儿地都给我拿点粮，一百三十垧地每家也就摊个微微了了，够我一家子人度生活儿就行啦。

马：那你就不用说啦，眼下咱们穷人翻身嘛，还能叫你刚变成穷人就挨饿？好，今儿咱们把刘振东撤换啦，把王占奎选上主任啦，孙二掌柜的脑筋也变过来跟咱们穷人一心啦，散会吧！

（群众走散，陆续由左右下。王占奎未走，孙在马耳边叽咕几句，孙转到烟囱后边去了。）

马：张凤山，你等等再走。（对众）领地的人，今下晚黑间把木牌子整好，明儿劈地，王主任领着插牌子。不整好不行，听见了没有？

（尹宽、杨福、群己、群庚，答应的声音：“听见了，赶趟儿，你不用操心啦！”）

（刘妻由屋里出来。）

刘妻：（对马）主任，我们掌柜的还没吃晚饭，叫他回来吃饱了再去行不行？

马：他这就算蹲上“笆篱子”①啦，不行。

刘妻：我给他送去行不行？

马：要送就快去！

（刘妻进屋。）

王：马主任，搁我当主任，不行，我对咱屯里啥事也不摸底呀。

---

① 监。

马：不要紧。（低声地）有我在后边给你"支"着。

（刘妻端着小瓦盆——盆里是糙子粥——拿着碗筷由屋里出来。锁上门。一边走一边抽噎。）

马：到那疙瘩儿可不兴跟他乱嘀咕事儿，听见了没有？

刘妻：嗯哪！（哭出声儿来了，由右后下）

马：刚才你怎不喊赞成呢？

张：那喊不喊的……

马：那这次的地你要不要？

张：你说刚才说的那地呀，那要不要的……

马：你别跟我那么哼儿哈的，我知道为你老婆跳井那件事，还想不完不了是不是？

张：那事完不完了不了的倒可以呀，这地我不领行吗？

孙：（在烟囱后未露面）随他便！那件事他要是敢再提，为后胡子来了，把他胳膊腿劈开，绑上大扁担，按倒在地，叫他翻身，翻不过来，就拿大棒子揍他！

马：快整牌子去，再别提那事。（推张走）

张：我就去整。（张下）

孙：（在烟囱后）王占奎。

马：占奎，过来！二掌柜的有话说。

孙：（由烟囱后边走过来）占奎兄弟，过去咱们哥儿俩虽说没打过交道，可是我看你这人挺厚道，农民会搁你当主任定规能办好。

王：我早先啥事也没办过，怕是整不好。

孙：我管保你整得好，我那三间东下屋，又宽绰又敞亮，腾出来给农民会办公。为后我再给武装队淘换几支快枪，搁在我那大院套儿里，四个墙角有炮台，要多严实有多严实。

马:对,再写个农民会的大牌子往大门口儿一挂,叫外屯的人看看王占奎办的农民会多好,多像样子!

王:就那么的。

马:你告诉他们上次没落着地的人,明儿领地,张凤山你得再催催他,碰着像他一样憋着气的人,叫他们过去的事一概别提。

王:他们要是不乐意呢?

马:带他来见我。

王:那行。(王由右下)

马:二哥,你这"章程"打错啦。

孙:啥"章程"?

马:搁这么个脓包当主任,屯里啥事他也不摸底呀。

孙:我的傻弟兄,那才好呐,他处处得由着咱们摆弄。为后再分给他点好处,就是咱们的人啦。

马:二哥,你这枪子子是打哪疙瘩儿整来的呀?

孙:那你别管。事儿还得急着办,你得抢先到工作团去说话,先说先占三分理。

马:明儿我就找方同志去,我跟他能说上话。

孙:别找他。

马:怎不找他?

孙:他在咱们这东岗乡十个屯堡工作,离着不远遐儿,没等你说完他就要跑来调查。

马:刚才我拉住老赵头,叫他看看我怎样劝刘振东,为后又把大伙儿召呼来,才翻的,前前后后有人看着,就是防备工作团来调查。

孙:照我看,明儿你起个早儿,来回多走二三十里的,你亲自把刘振东送到工作团团部去,就地儿把他押起来。回屯来咱们再预备预备,叫工作团调查不出一点儿缝子。

孙:可有一宗儿,待会儿你回家去躺在热炕头上好好寻思寻思。明儿去了可要把话说圆全,万一漏了底,押不成他,倒叫人家把你扣起来。

马:那你就别操心啦,二哥,我这回要落个“查出坏蛋,起出枪子子”的功劳,求求工作团赏一支“三八”枪,扛上枪再去见见方同志,他定规把巩固咱屯农民会的工作,全托靠给我,为后他也兴就不来了。

孙:今儿的事情,你办得挺漂亮,我那手表就算送给你啦,刚才你说的话要真能做到,还是上次我说那话:咱们哥俩不分,我的家业就跟你的一样!你当主任就跟我当一样。我说话算话,就恐怕兄弟你为后变了心情儿。

马:那哪能呢?二哥你把兄弟我真是看“扁”啦!这不咱们对着月亮说话!我马奎五为后要是跟二哥你变了心情儿,月亮落了跟着我睡倒永远起不来!

孙:那边老远地来了个人,是谁?(转到烟囱后)

马:我看像范永和,你快走吧。

孙:叫他多派几个岗,重新换个“口令”,免得有人出屯先给工作团去送信。

马:对,你快走吧。

孙:明儿你回来咱们就撤换范永和的队长。

马:对。喂喂,“口令”?(跑过去听孙在他耳边告诉了“口令”,点点头)你快走吧!

(孙悄悄地由左后下。)

马:范永和,范永和,范永和!

范永和声：干啥？

马：快跑两步，有要紧的事。

（范永和由右前上。）

范：啥要紧事呀？

马：今儿黑间多派四个岗，屯里无论是谁也不准出围子。

范：你说啥是啥呗。

马：可不我说啥是啥？难道我这为副主任的还能听你为队长的"令儿"？听我告诉你新换的"口令"。（凑到范耳边去说了"口令"）有人跑出围子走了风儿，刘振东他老丈人要是蹽了，就拿你是问！（马由左后下）

范：（对马走下的后影儿）呸！看你那份儿神气！（坐在"爬犁"上）这是整的啥呀？照这么下去，这队长我高低是不当啦。（站起来欲下）

（尹宽、杨福，拿着镰刀一边走一边削着木牌子上。）

范：你们干啥去？

杨：听着像马奎五喊你。

尹：他上哪疙瘩儿去啦？

范：找他干啥？

杨：求他给写写牌子。

范：拿给我看看。（从尹手里拿过牌子）

杨：（也把牌子递给范）你看行吗？

范：整这干啥？去，站岗去，东西两面，一面一个。

尹、杨：（同时）没轮到我的班儿呀。

范：不站是不是？不站就去睡觉，整这"熊"玩意儿干啥？

尹：不是开会叫整的吗？

杨:刚才王主任又去催咧!

范:哪个王主任?全屯会员连你俩带我一共七十六名,十来个人开会,还有一半儿没喊“赞成”的,他就当上主任啦?

尹:刘振东不是犯了律条儿了吗?

范:小心上当!

尹:这有啥当上?

范:你们跟秋后的野鸡一样,见着黄豆就伸嘴儿,也不看看下着夹子下着套儿没有!

杨:这地他放呢,咱们就领,他不放呢,咱们就不要,丢不了啥,赔不上啥,有啥当上?

范:(越听越气)干脆你们说:孙林阁到底怎样?是不是个大坏蛋?

尹:说不上好吧,比周万芳总还强点。

范:(对杨)你说。

杨:眼下他的脑筋也开啦。

范:你们都随了孙林阁,农民会有你们搅和着,啥事也干不成,非把你们夹出去不可!

杨、尹:你呀,怕你没有那么大劲儿!

范:要不,干脆你们把我气死也好!(把牌子一撂)给你们这“熊”玩意儿。农民会照你们这样糟下去,我看着不顺眼。

尹:今儿下晚黑间不知道他是怎咧,张口就“抬杠”。

杨:抬完杠就抬烧火棍子。

尹:别理他,走,咱们找马主任写牌子去。

(群乙上。)

群乙:范队长,没想到你还没走,叫我找你好半天。

范:啥事?

群乙:刘主任……

范:(急问)怎咧?

群乙:刚才刘二嫂子给他送饭去,对我学说刚才开会的情形,他一碗楂子粥还没吃完,气得撂下碗筷不吃了,叫我找你——

范:(抢说)好,我去!

群乙:别忙,他叫你赶快派人给方同志去送信。他说看势头不是光朝着他个人来的,是朝着咱们农民会来的。他说他个人的事早呀晚的倒不要紧,大伙儿的事可不能"马虎",越耽误越吃亏。(扭头要走)

范:先别走。我也寻思着给方同志去送信,可是不知道他在哪屯工作呐。

群乙:刘主任说大概在萧家屯。送信越快越好。

范:别走嘛。兄弟,你就跑一趟吧,省得我另找人,耽误工夫。

群乙:开会我不在,学说不上来。我得到农民会去站岗,叫他们去吧。(群乙由右后下)

杨:反正我是不去。

尹:我也不去。

范:谁叫你们去啦?我还信不着你们呐。

(赵广明由左后上。)

范:(对赵)好,没别的说的,你老爷子辛苦一趟吧。

赵:干啥?

范:唔,不行,会上的情形你也知道得不全,干脆我去吧。

赵:别忙着跑,你干啥去?

范:给方同志送信去。

赵:不用去。我早把他找来啦。

尹:真的?

杨:到咱们屯啦?

范:你可别拿假话当真话说,我可正在着急呐。

赵:我都快老白了胡子啦,还能撒谎?

范:这么快?

赵:马奎五叫我去睡觉,我惦记着庄稼,就没回家,借了王全两匹马,跑到萧家屯就把他接来啦。

范:在谁家呢?我去见他。

赵:不用去。他正问陈德福他们"调查"呐,随后就来。

尹:这不他来啦。

(方同志,陈德福,群甲、丁、戊、己,上。)

范:方同志,你来啦,真好。

尹、杨:方同志来啦。

方同志(以下简称方):你们都在这儿呐。范永和,白天收庄稼,晚上查岗,这几天累得"够呛"吧?

范:累倒不累,就是气憋得难受。

赵:方同志你来看,就在这柴火堆里找出来的。

陈:刚才开会,马奎五站在这疙瘩儿,孙林阁站在这疙瘩儿。

范:方同志,你没见,刚才可叫人生气咧。

方:他们都跟我学说啦。你们谁跑一趟?把马奎五找来。

陈:我去。管保能把他掏来。

方:好,你老爷子就辛苦一趟吧。

赵:别忙走。听我告诉你——

陈:啥?

赵:见了他,你可别说是我把方同志找来的呀。

方:你老爷子不用怕他。

赵:我不是怕他,我是……刚才我不是跟你说了吗?

方:好,就说是我自己来的,看他见了我说些什么。

陈:对。(陈由右后下)

方:(见尹、杨的木牌)你们打算要地呀?

杨:刚才老孙家说是放嘛。

方:“放”地?他那地是谁的呀?他“放”?

尹:他个人的呗。

方:你们老说“放”地,我就不明白,你们大家说说那地是不是他亲手开出来的?

赵:他亲手开?他连犁杖把也没扶过呀。

群甲:别看扶犁,一天管保把他累趴了蛋!

群丁:在东岗上他那三十垧,是“飞照盖地”盖来的。

范:他变着法儿“拱”人家地头子。

方:怎么“拱”地头子?

范:绰比方同志你有两垧地靠他的地边,他就叫你出劳工。……

群甲:你不去就叫你给他家扛大活。……

范:对,反正叫你个人有地种不上,又不准别人去租,非整给他不可。

赵:我们屯里有一句成话:“认可种远地荒山,不靠近老孙家地边。”

范:他那地净是打小户人家身上克扣来的。

群甲:反正都不是好来的。

群乙:都是靠挖弄咱们穷人。

方:(对尹)你说对不对?

尹:可是围子外边那六十垧,是他的“祖业”,那不能算不是好来的,方同志你说是不是?

方:还是叫大家说。

群甲:那是他爹留下的。

群丁:那真正是“祖业”,好来的,咱们说话该怎的是怎的。

群甲:他那六十垧地照到眼下还没交出来。

群丁:他就仗着是“祖业”,硬不交。

杨:那六十垧,大伙儿轻不撩儿给他拿点粮,倒也应该呀。

群:那地可好咧,拿点租也“种得过儿”。

方:那么上次他答应拿出来,是不是应当再给他倒回去呀?

杨:那我就说不上啦。

方:谁说得上?说错了也不要紧,咱们大家伙儿参考嘛。

范:他当屯长,把咱们庄稼人“整治”得活不成,他应该包赔。

方:是应该包赔。可是理还没说透。绰比我假装是孙林阁,我说:(学着孙的神态语调)“我当屯长苛扣下的叫我都吐出来,我没话说。可是我那六十垧地是我爹留下的‘祖业’呀,也给分啦,你们这不是大伙儿起哄讹人吗?”

赵:(对方像对孙地)你要说那难听的话呀,我把老根儿给你挖出来,一条地垄也不给他留。光绪年间,我们老爷子带着我打“上江”刚搬来的时候,这地场还是一眼望不到边的荒山草甸。你爹在这是个“占山户”。听说他给官家“上”过两口大肥猪,荒地就归他所管啦。我们老爷子带着我,两手磨出血泡,把荒地开成熟地,汗珠儿伺候下粮食来,得到你爹跟前去“认地东”,给你们拿租子!这就绰比我们家养活出来的孩子,得到你们家去认爹妈,给你们“尽孝”!你们既没生他又没养他,凭啥要给你们“尽孝”哇?嗯?我问你!

群众:对呀!哈哈哈哈……孙林阁,你说呀……问你咧。

赵:你那“祖业”就有二十多垧是我们老爷子带我开出来的,下剩的也是老庄稼人开的,你们孙家老少三辈一大群,连一垄地也没开过呀!地是一片荒,汗珠儿伺候它才打粮,撂下一年就放了牛羊。地,都是我们穷人开的,穷人伺候的。你们大地主都是光吃不干活儿的“混屎虫”,把地撂给你们,早就“放了牛羊”啦!眼下我们穷人翻身,分地,这就叫“物归原主”,又叫“骨肉团圆”。你们大伙儿说,对不对?

群众:对呀!真对呀!太好啦!……孙林阁,你还有啥话说?嗯?

方:(见大家情绪好,索性再装扮一下)我爹那两口大肥猪你们得给我留下呀。

群众:给你留下,把地拿出来,“物归原主”,“骨肉团圆”。

方:哈哈哈哈,老赵头说得真对,地主是一堆“混屎虫”,他哪儿有地“放”呀?

尹:这次我可明白了,地都是咱们开的,咱们伺候的,本就应该归咱们。

杨:是这么回事,我心里也透亮啦。

方:老赵头的话是真理儿,走遍天下都说得出去。为后你见人就说,叫庄稼人心里都明白,嘴里都能说。

赵:那能行。大伙儿凭理跟他要地照。

尹:照这一说,今儿他放地……唔不,他吐出来的地,还是要对。

范:还是不要对。

尹:为啥?

范:为啥,就为他要粮,那就是叫咱们“认”他的“地东”。

杨:要粮不给。守着咱农民会还怕他?

范:农民会再叫你们帮马奎五举两次手,就更糟啦。

杨:怎糟啦?

范:你们没看出来吗? 马奎五跟孙林阁勾搭连环的,谁知他们安啥心思呀?

赵:没安好心。孙林阁把车马整出去不回来,不给我拉地,包赔的牲口、地照,都不交出来,反倒骗咱们回过头去“认”他的“地东”,我看他是打算“翻把”!

群众:对,就是这么回事,他是打算“翻把”。

范:方同志,会员们不齐心,你看这怎整呀?

方:不要紧。咱们大伙儿合计,这次不帮你们整好了我不走。

群众:那可好啊,好极了。

方:上次咱们有几件事没办好。第一就是没把孙林阁彻底打倒。

群众:对! 没把他整低了头。

方:第二件是没把马奎五看透,光见他清算周万芳时候很积极……

群甲:那时候光显着他啦,东跑西颠的,啥事都跑在头前儿。

群丁:成天嘴里喊:“穷人翻身呀!”

尹:那时候都寻思他是个穷人。

杨:还识几个字儿。

方:没查清楚他是个破落户,跳过大神,是个“花舌子”。

赵:他是粪堆上的“狗尿苔”①,别看苗儿穷,根儿可富呐。他小时候家里有钱,房地骡马都叫他爹整到大烟枪里去啦,打那才穷的。

方:他不是正经庄稼人,不该选他当干部。第三件武装自卫队枪少,人杂。第四件是对个人家里种着十来垧地的人照顾不够,分地,他们没落着,这回咱们要把这些事彻底整好。

---

① 小蘑菇,菌子。

范:把那两个不管事的委员也得撤换。

赵:啥都得打挖坏根儿上动手。

方:对。什么是坏根儿呀?

群众:那还用说,孙林阁呗。

方:刘主任的事,是不是他使的坏?

群众:备不住是。

(陈德福跑上。)

群众:怎的?没找着?怎回事?躲起来啦?

陈:不是不是都不是。听我跟你们说!我猜着他是又到孙林阁家里去了,我走到孙林阁房后头,后窗户有灯亮,屋里有人说话,我打窗户窟窿往里一看,炕上放着一张小饭桌儿,一边孙林阁,一边马奎五,小暖炕一坐滚热,小酒壶一捏溜扁,"嗞"一口酒,"叭"一口菜,两个人一递一盅地喝起来啦。孙林阁说:"兄弟,咱们拿这子弹整倒刘振东,抓过农民会,这才是放下一张'钉三儿'去,哥哥我手心里还攒着一张'二四'呢,等到了节骨眼儿,我'啪'的一下子把'二四'往外一亮,配成'皇上'对子,我就要'吃通儿'像'满洲国'一样收拾他们!"马奎五说:"二哥,你可别看差了'点儿',把'二板儿'当成'钉三儿',临完来个'板子打皇上'闹个'毙十'。"孙林阁说:"那哪能呢?兄弟,你看好儿吧。"

群众:这小子真可恶!陷害刘主任,马奎五也随了他当狗腿儿了……

范:那张"二四"是怎整咱们呀?

陈:为后他们就没说下去,他俩要出来查岗,我就赶快跑回来送信,合计合计怎办。

群众:这小子真是咱们屯里的坏根儿,非挖掉他不可,非挖掉他不可！

范：方同志，咱们把他们抓起来行不行？

方：那怎么不行呢？你们合计着办。

陈：走，我带你去。

范：我不去，叫别人去吧。

陈：呃？范永和，平常那么硬气，临到这节骨眼儿，你"耍"起"熊"来啦？不要紧，有老叔我扶帮着你。

群甲：我跟你去抓。

群丁：我也去帮助你。

范：不用帮助，我个人就能把他们"牵"来。

陈：那你为啥不去呢？

范：抓来大伙儿不说话，还不是白搭！

方：这话对。

群众：定规说话，哪还能不说，绝不能像上一次，你放心去抓吧。

范：方同志，把你那支"三八"枪借我。走。

陈：前边好像是他俩往这边来啦。

赵：真的吗？

范：是他俩……

方：他们往这边来了。（对众）过来过来，咱们先别下手，咱们装着啥也不明白，看他说些啥，你们谁去把刘主任也找来。

群丁：我去。（群丁由右后下）

群众：过来啦，过来啦……

马奎五声：范永和，你怎还在这疙瘩儿？岗派了没有哇？

范：派他们都不去，你来看怎办？我是"没治"。

马奎五声：不去？谁敢不去？

（马由左后上。）

马：你说，谁敢不去？

（孙随上。）

马：（发现方）呀，方同志，你？好好，我正打算明儿去找你。走走走，到我家去，好些日子没见了，咱们哥儿俩得唠扯唠扯。

方：我看你像是很忙的样子。

马：眼下咱们穷人翻身嘛，忙得几宵不睡，我心里也痛快！

方：（明知故问）那是谁呀？

马：唔，这就是孙林阁，上次清算他，你忘啦？

方：没忘，永远也忘不了。

孙：（走上前）团长。（对方脱帽鞠躬）

方：我不是团长。

孙：唔，队长队长。

方：我也不是队长。

孙：那么是主任，贵姓是——

方：我姓方，也不是什么主任。我听说你又拿出二十垧地来？

孙：是呀，哈哈！工作团走了以后，我的脑筋开得透了亮儿啦。“满洲国”时候我当屯长，我有“过”……当屯长哪能没“过”呢？有“过”，我就得领是不是？领了“过”就利索啦。我也就翻身啦。我把地都放出去，当个穷人，为后咱们都是一家人啦，哈哈……呃？团长还没吃饭吧？

方：我早吃过啦。

孙：这么早就吃过啦？那哪能呢？今儿咱们随便吃点家常饭，等到明儿，团长你说：爱吃猪肉还是爱吃羊肉？爱吃鸡肉还是爱吃狗肉？爱吃啥咱们就宰啥。照我看还是狗肉新鲜，我家还有大蒜……

方:我什么肉也不吃。

孙:吃素?那好。我打五年前就吃上斋啦。抽烟喝酒我是一概不“好”,我就是“好”道。

方:“好”什么道啊?

孙:圣贤道。圣贤之道,讲的是恻隐之心!要不我的脑筋怎开得快呢?

方:要照我看,你那脑筋别开,还是关上它好。

孙:团长,你别信不着我,我这脑筋刚开开就绝不能再关上。人嘛,拉屎还能坐回去?团长你放心。

方:我就是不放心我才来的。你不关上,有大伙儿帮你关上。再不关上就要害死人啦!你听明白了没有?

孙:是!是!

马:(对孙)你怎还是这么糊里糊涂的?人家工作团上的同志到屯里不吃你们“有力者”的饭,净到小户喝楂子粥,你怎不懂规矩呢?

孙:我眼下变成了穷人,还能算是“有力者”吗?

马:去吧,这儿没有你说话的必要。(孙退到人后)

方:(对马)你这件大氅挺好,哪儿来的呀?

马:咱们农民会买的,黑间站岗的人衣裳单薄,“呛”不住。

方:那怎么你自己穿呢?

马:我今儿才穿上。

方:(对众)是不是?

群众:不是。早先一买来,他穿上就没有脱过,站岗的人都没穿着。

马:你们说那话顶啥?就这一件大氅,倒有四个站岗的,叫我们说给谁穿好?给这个不给那个,你们又该叽叽啦!

方:马奎五,不许你胡扯!快脱下来,给站岗的人穿。

马:那能行。(脱大氅)

方:你还有个手表。

马:你说我手脖子上戴着的这个手表哇?

方:嗯,哪儿来的?

马:托人买的,还没给钱。这不要紧,咱们不要再给他退回去也行呀,咱们又没给他整坏,不信你听听,还走得嘎得嘎得的呐。

方:你成天净想着整手表大氅,不干好事!

马:方同志,是这么说:说是我整这些玩意儿要算是"过处"呢,那我是"知过必改"呀,"知过必改"这话一点儿不掺假。说是我不干好事,这可屈了我的心。方同志,你好些日子没到这屯来,两个委员不管事,自卫队长不负责任!要不多亏我,就差点闹出大乱子来,你来了我还没得空跟你说说这事,冷丁地提起来我都不信,没寻思到刘主任跟他老丈人勾手往胡子队上倒腾这个。(托出子弹)方同志你看看这是啥?往下我就不用说了,他们都看见啦。

方:你们看见的说说,是怎么回事。

马:对,方同志调查。你们打起根发引儿前前后后,有的不减,无的不添,凭良心,照实说!

群甲:要凭良心我就问你一句话!你早先知道柴火堆里有枪子子是怎的?

马:我哪知道呢?

群甲:我要进屋去翻,你硬拦住叫我在外边翻,我觉得你定规知道。

马:咱们对着月亮!说话要凭良心!要不是人家递呈子,我管啥都不知道。

陈:你把呈子拿出来我看。

马:这我还能撒谎?(把"呈子"交陈)

陈:这是个"黑"呈子,没名没姓,也没写着在柴火堆里。这是有人合计着陷害刘主任。你们大伙儿寻思寻思,这柴火堆就跟撂在十字街口一样,有人路过,顺手就能把枪子子搁进去。

马:说那话顶啥?柴火堆在他窗户底下,你抽一根草根儿,屋里也能听见,也能看见。

赵:刘主任念着农民会的事,"他屋里的"也有不在家的时候……

陈:定规是有坏人搁的。

群甲:就是嘛。

赵:定规是。

范:马奎五摸底。

马:你们大伙儿不用吵呼。这不咱们对着枪子子,说话要凭良心,我马奎五要是干啥,明儿早晨我起来一开门,这些枪子都打对面朝我脑门子飞来打死我。

群众:起誓干啥!起誓啥也不顶。

马:要不咱们就对着月亮明心,我姓马的要是摸底,为后查出来,我把这马字倒过来姓,来个大仰巴脚子,四条腿儿朝天。

方:说正经的。瞎扯什么!

(刘振东、刘妻、群乙、群丁,上。在场群众叫着:"刘主任来啦,刘主任!")

刘:方同志你来啦。

方:(见刘曲起被绑着的胳膊和自己握手)怎么还绑着呢?解开吧。

群乙:他不叫解。

(孙林阁乘群众纷纷之际,绕到刘身后,打算溜走。)

陈:孙林阁,你别走。

孙:我不走,我哪能走呢? 我是……哈哈,给刘主任解绳子。这绑着多难看呀?

刘:用不着你!

刘妻:方同志,我们真屈呀!

刘:方同志,黑锅虽是扣在我身上,看势头还不是光朝我个人来的。

方:一定能整个水落石出。

赵:(对刘妻)我问你:你推碾子回家拿簸箕,看见谁来这疙瘩了?

刘妻:孙林阁。

孙:我来我走,她都亲眼看见的,来得清去得明,不信,你们问她,咱们说话得凭良心! 马奎五,这就是你的不对啦,你晌午看见的呈子为啥下晚儿才来查,差点儿叫我"沾包儿"。

马:早先我就没拿它当回事儿。

孙:事儿本来就不大嘛。振东也不是指着整这个吃饭的人。这不当着方同志在这疙瘩儿,我们全屯保他为后绝不再整就是了。方同志,赏我们全屯一个脸,念他是个穷人,容他这一回。

方:你问问大伙儿愿意吗?

孙:不用问,没个不愿意的。

刘:你说得倒轻巧,不用问? 我第一个先不愿意。容我这一回? 我可不能容你这一回!

群众:用不着保,用不着保,我们定规要把坏根儿挖出来,看这枪子子到底是怎来的。

方:大伙儿眼睛是亮的,黑白看得清,骗不了的!

(突然有人吵嚷,由远而近。全场注意听。)

张凤山声:这牌子我就是不整嘛!

王占奎声：这事我做不了主，你得跟我去见马主任。

张凤山声：做不了主，就一边趴着去！见马奎五我也不怕！

马：（有点慌）我去看看。

方：你不用去。

王占奎声：你凭啥骂我？

张凤山声：骂你多管闲事！

马：（更慌）方同志，我去劝走他们……

王占奎声：我这也是办公呀，你骂我就不成！

张凤山声：不成，不成能把我怎样？我等着大扁担呐，来吧！

刘：不好，抡起扁担来啦，要出人命！

（群众散乱，孙林阁乘机溜走了。）

范：（对群甲、乙）走，盯住他！（范，群甲、乙，追孙下）

（王占奎、张凤山上。）

王：不用去找啦，马主任在这疙瘩儿呐。唔，方同志来啦。

方：为什么事呀？

马：（抢着说）我知道，小事一段。（对张）凤山兄弟，你那事依你就是了，我替你办，你回去吧。

方：为什么事呀？

马：你那事一扯又得半宵，明儿再说吧，方同志正忙着呐。

群众：说说吧，说说吧，你那口气憋了这些年还不说，等啥时候呀？

陈：呀，孙林阁呢？

方：不要紧，范永和他们盯住呐。（对张）你说吧。

张：上次工作团来，我去亲戚家有事，没赶上说。

方：现在说吧。

张：那年我出劳工回来，病得起不来炕，“我屋里的”到孙林阁家去借粮食,他不但没借给,还说:“你们掌柜的病得要死,你还跟他过啥日子?去到法院跟他打‘八刀’,我给你垫盘川……”

方:什么叫打“八刀”?

陈:就是打离婚。

张:“我屋里的”说:“打小的夫妻,那我可不能。”他又劝“我屋里的”给他当小老婆子,不答应就关起门来不让走。硬给糟蹋了。“我屋里的”心里一窄,跳了他门口的井,幸亏有人看见,大伙儿捞上来,算是没死,可是一条右腿摔断了,落了个残废!

没有不透风的墙,这事一吵呼出去,孙林阁就“倒打一耙”,告我逼妻寻死,敲诈钱财,把他的井整脏了,押我到“局所”,蹲了两个月的“笆篱子”!这口气我憋了五六年,我说出来等着他的大扁担吧!

群众:啥大扁担呀?

张:他吓唬我说是我要再提这事,等胡子来了把我胳膊腿劈开绑上大扁担,按倒叫我翻身,翻不过来就拿大棒子揍!这不王占奎、马奎五他们俩都听见啦。

王:我新搬这屯来的,早先那事我可不知道哇。

群众:那你就别说啦,你说怎绑大扁担?

王:我光听说啥胡子、扁担的,我没听清,你们问马主任吧!

马:你听见你说,我可没听见。

张:你怎没听见?你还帮他说不叫我再提。

群众:王占奎你听见了吧?你说……

王:马主任是说来着。

马:你们俩勾起手来造谣。

王:我说我当主任不行,你说有你在后边支着,到这节骨眼儿,你一退六二五推到我身上，你这不是拿我当枪使吗？

群众：到现在你才明白？说，他们怎使唤你？

王：孙林阁说把农民会搬到他东下屋，他给武装自卫队淘换几支快枪，搁他那大院套儿里，马奎五说在老孙家门口挂个农民会大牌子。

陈：马奎五你把我们出卖啦！

群丁：把武装队整他家去吓唬穷人呀！

赵：胡子来了把咱们送礼呀！

群众：孙林阁这小子，打算把刀把又整到他手里去，刀刃搁咱们脖子上，他要“翻把”害人！马奎五跟他勾手儿害刘振东……

马：你们把马奎五看得太干啥了，那哪能呢？再说，我也不敢呀……

（群甲跑上。）

群甲：孙林阁蹽出围子，叫我们给抓住啦，问他枪子子，他说都是马奎五的事。

马：他都推到我身上来还行呀？

群甲：马奎五，你替他顶起来是怎的？

陈：马奎五，“板子打皇上”啦，别瞒着啦！

赵：孙林阁看差了“点儿”，把“板子”当成“三钉儿”啦，他手心里的“二四”再拿出来正好是个“板子打皇上”——“毙十”。

方：马奎五你听他们说的是什么？就看你说不说，说了罪过减轻，不说也搪不过去。

群众：不说不行！非说不可！说了减罪！

马：（对刘）兄弟，我对不起你，叫我把绳子替你解下来吧！

刘：你等等解，对不起我是小事儿，你把农民会出卖给坏蛋，你对不起全屯。你把孙林阁灌到你肚子里的坏水都吐出来！

马：枪子子是他搁的，把你整倒，换上王占奎听喝，把农民会武装队却抓到他手里，明放地暗收回，为后他还在屯里“当令儿”。

陈：他手心里那张“二四”是啥呀？

马：那我说不上，枪毙了我也说不上，你答应我把绳子给你解了吧！（为刘解绳）

刘妻：你把我娘家老爷子也扯上啦，你！你！（打）你！（打）你！（打）

群众：打得好。

马：哎呀，我是叫孙林阁支使蒙啦！

刘：别打他了，听我问他！孙林阁给你多少好处？

马：送我这个手表，还说我们俩不分：他的家业跟我的一样，我当主任跟他当一样。

（范永和，群甲、乙，绑孙林阁上。）

范：你妈巴子的，你蹿上天我也能把你整回来！

陈：（走上前，对孙作了一揖）孙二掌柜的，我给你道喜，你“大喜”啦啊？你怎咧？皮袄大氅穿腻了，换上棉袄，拿绳儿绑上怕透凉风儿是怎的？你寻思得可倒奇巧！孙林阁！你是“口如毒蛇舌如刀，心似虎狼不长毛”哇！“满洲国”时候你害我们好苦哇，上次清算会没把你整低了头，牲口不赔，地照不交，陷害刘主任，抢去农民会，院套里安枪，夺回土地，你他妈的打算“翻把”再害人！太可恶啦！我恨不能倒退二十年，年轻力壮，几撇子把你揍死！（打）

群众：打！打！打得好！“板子打皇上”啦！

陈：你给我说，你怎当“皇上”？怎吃我们的通儿？

孙：我打算把“中央军”谢军长、张指挥勾来，我还当屯长，像“满洲国”时候一样……!

刘:啥他妈的谢军长、张指挥的? 孙林阁,你们他妈巴子都是一担儿挑的货——汉奸坏蛋根子,非打倒不可!

群众:把坏蛋根子都整倒,打倒坏蛋! 挖掉坏根儿! 挖掉坏根孙林阁!

刘:你们大伙儿说说,对孙林阁、马奎五怎办?

陈:今儿咱们赶快到孙林阁家去起枪,明儿全屯开大会,叫马奎五把孙林阁灌上的坏水吐出来,叫孙林阁把他“翻把”的坏底子掏出来,咱们要挖掉这老坏根儿!

群众:对,对! 挖掉坏根儿! 挖掉坏根儿!

刘:对,就这么的!

赵:方同志,今儿住我家吧!

方:对,我多住些日子,帮你们把坏根挖干净,农会抱成个金团子,扛起枪来,坏蛋欺负不了啦,我再走。

群众:那才好呢,那可好哇! 好哇,好哇!

(幕落)

一九四六年十二月十三日初草于太平镇

一九四七年一月五日修改于东北文艺工作团第二团

东北书店 1947 年 5 月初版

光荣灯

（王二嫂上。）

王二嫂：（唱喇叭牌子曲）

早先咱们穷人怕过年，
大粮户要账催得咱们眼发蓝！
自从清算了屯里大粮户，
我家中分着好地三垧三。
半间草房南北两铺炕，
一年四季再不用拿房钱。
我们掌柜的去参军来把家乡保，
我们大哥种庄稼来把犁杖搬。
我那孩子锁住儿会把猪羊放，
大嫂子跟我两个人做菜做饭，
缝缝补补洗洗涮涮还把草鞋编。
全家大小都高兴，

头一回过这个不发愁不着急有的吃有的穿，

不愁不急有吃有穿翻了身的胜利年！

今儿个本是正月初六，

想到我老妹子家里去拜年。

我们姐儿俩几年没见面，

这一去我得要打扮一番。

脱下草鞋又把我那个棉鞋换，

青布腿带儿来把裤角缠。

斗争张老三算回来两丈花旗布，

做了一件也不肥也不瘦也不长也不短，

不肥不瘦不长不短正合身的蓝布衫。

今儿个出门套在外面，

咱们穷人有了布又会做又会穿气死那张老三！

拾掇停当我去找锁住儿，

呀，想起给我的外甥女儿带点压岁钱。

伸手开开门一扇，

今儿出门正遇上这样的好天！

（锁住儿欢蹦乱跳地上。）

锁住儿：（念“儿歌”）

打新春，过新年。

新年好，白面饺。

面饺香，一大缸。

大缸大，种庄稼。

庄稼长，共产党。

共产党，开红花。

一开开在我们家。

我家分着房子地,

爷爷奶奶笑哈哈。

我爹我妈真高兴,

敲锣打鼓齐咕咙咚嗵!

王二嫂:锁住儿,你唱得真好,跟谁学的呀?

锁住儿:跟东头小金子学的。妈,你穿上新衣裳,要上哪疙瘩去呀?

王二嫂:到你老姨家拜年去。

锁住儿:妈,我也去。

王二嫂:你去干啥?跟大爷大妈在家等着看秧歌吧。

锁住儿:我要去哩!

王二嫂:大正月的不兴噘嘴。

锁住儿:带我去我就不噘嘴了。妈,我长这么大还没见过你出门拜年呐。

王二嫂:早先咱们穷人过年像过关一样,三十晚上央告走了要账的,大年初一连顿饺子都吃不上,少吃没穿的,哪还有心思出门拜年呀?

锁住儿:是呀,眼下民主联军扶帮咱们穷人翻身了,过年吃饺子,扭秧歌,我长这么大还是头一回。妈,你带我去吧!

王二嫂:孩子,别说你,连妈妈我都是头一回痛痛快快过个翻身年,哪能不带你去呀?

(唱"喇叭牌子曲")

不是妈妈我不带你去呀。

锁住儿:是啥呢?

王二嫂:(唱)恐怕你到那疙瘩给人家添麻烦。

锁住儿：我老实儿的。

王二嫂：（唱）见了老姨别忘记问好哇。

锁住儿：忘不了。

王二嫂：（唱）见了老姨夫别忘记问安哇。

锁住儿：忘不了。

王二嫂：（唱）人家给钱可别要哇。

锁住儿：我长这么大了，哪能要钱呢？

王二嫂：（唱）也不兴出去跳鞋打瓦踢钱打尜上树爬墙东跑西颠。

锁住儿：我听妈的话，走吧。

王二嫂：（唱）手拉着锁住儿走出了家门口，

忽听得那一边锣鼓喧天。

（农会主任、村长，领群众敲着锣鼓，吹着喇叭"抱龙台调"，拿着光荣匾、光荣灯上。）

主任：（唱"喇叭牌子曲"）

穷人翻身过新年。

村长：（唱同曲）

家家户户乐欢天。

主任：（唱）民主联军保护咱们老百姓，

村长：（唱）优待军人家属理当先。

主任：（唱）送上光荣灯站在家门口，

村长：（唱）送上光荣匾挂在屋里边。

主任：（唱）合家欢乐多么地光彩呀，

村长：（唱）全村的人们也跟着心里喜欢。

主任：（唱）走着说着来得好快呀，

村长：（唱）老张家不远就在面前。

主任:王二嫂,大伙儿给你拜年来啦。

王二嫂:呦! 主任,村长,几位哥哥兄弟你们过年好哇!

众:好哇,二嫂子过年好哇?

王二嫂:好哇。锁住儿,过来给你叔叔大爷拜年。

众:得了吧,别拜了,让到就是礼啦,哈哈……

主任:这是送来的年礼。

村长:全村人的心意。

王二嫂:呦! 年前就叫村里大伙儿费心,送来萝卜、白菜、猪肉、粉条、翻身对联,抬头见喜,谢还谢不过来呢,哪能再收礼呀!

锁住儿:妈,我要那个红灯笼!

王二嫂:这孩子,又不听话了。

主任:你要这红灯笼,待会儿给你挂在家门口。

王二嫂:哪能再收礼呢? 不能收了。

主任、村长:二嫂子你收下吧! 王二哥参加民主联军,保护大家伙儿翻身,送上这点礼,表表咱们村里拥护民主联军的心意。

主任:(唱前曲)王二哥参加了民主联军,

村长:(唱新曲)翻了身扛起枪保护咱们老百姓。

送上一块红底金边金边红底的光荣匾,

主任:(唱)配上一个红边绿绛绿绛红边的光荣灯。

光荣匾上写着八个金字,

村长:(唱)参军革命全家光荣!

光荣灯上五彩描金画着四出戏呀,

主任:(唱)听我们一出一出给你说明。

(唱“绣门帘曲”)

头一出戏呀,画的“参军真光荣”。

新战士欢天喜地去入营，

众乡亲吹笛儿打鼓来欢送。

（村长合）哎，新战士，真英雄，骑着大马挂着红。

唉嘿唉唉嘿呀，你看他一个个多么威风呀！

（村长）上阵去交锋啊，（主任）打倒反动派呀！

（村长）马到就成功啊！（众合）唉嘿唉嘿呀，唉嘿唉嘿唉嘿呀。

主任：（唱）二一出戏呀，画的"土地还家"。

老赵头分着地笑哈哈，

他劝儿子媳妇孙子孙女多生产，

（村长合）哎，种高粱，种棉麻，还种二亩大西瓜呀。

唉嘿……呀，换工合作力量大呀！

（村长）劳动发了家呀！戴上大红花呀！

（众合）唉……嘿……呀。

主任：（唱）三一出戏呀，画的"送公粮"。

大道上人马车辆走成行，

老王老赵搭着伴儿走，

（村长合）哎，送公粮，入了仓，队伍吃了有力量，

哎……呀，把蒋匪胡子一扫光哎！

（村长）老百姓得安康哎！（主任）大家喜洋洋哎！

（众合）唉……嘿……呀。

主任：（唱）四一出戏呀，画的"捉拿卖国贼凶"。

蒋介石把中国卖给美国，

怒恼了全中国的老百姓，

（村长合）哎，捉住他，不容情……

（村长）全国喜盈盈哎！（主任）打鼓又敲钟哎！

（村长）齐咕咿咙嗵哎！（主任）永远享太平哎！

（众合）唉……唉嘿……呀。

王二嫂：（唱“喇叭牌子曲”）

四出戏画得实在好，

一出一出都是咱们的大事情。

有心收下又有点过意不去，

因为他参军日子还不多没立下什么功。

村长：（唱前曲）

二嫂子你说这话可不对呀，

拥政爱民他是英雄！

主任：（唱前曲）

送匾送灯是全村人的心意，

让我们给你送到家中。

众：走呵，走呵，送到家去。

王二嫂：谢谢全村人的心意，

（唱前曲）过了正月十五给我们掌柜的捎个信，

叫他多打胜仗多多立功。

众：（唱前曲）

打败那国民党“中央军”，

全国老百姓永远享太平。

（锣鼓声中全体跳秧歌舞下。）

（完）

选自《翻身秧歌集》，东北书店 1948 年 6 月

◇李　林

庆贺胜利年[①]

时间：全东北胜利以后的一九四八年。

人物：老头、村长、媳妇、小姑、小毛、农会长、解放战士（老头的大儿）、男女群众各五名。

第一场　模范军属家

（一间房子，正面中间挂着一块“模范军属”匾，左面一个门是通内室的，右面一门是通外的。开幕，嫂子正忙着做鞋，音乐奏“插曲之一”一遍后妹上。）

妹：（手拿针线笸上）哎！嫂子！你都快上好了，我得快点衲了！

嫂：快衲吧，妹妹！

（接唱第一曲）

针线密密缝，叫妹妹你是听，

① 本剧为刘谦改编版本。

你哥哥真英勇，前线去当兵。

（齐唱）哎哟，全家都光荣。

小毛：（打着花棍上）（快板）多光荣，多光荣，爹爹前线打垮了反动派，咱在家里受尊敬，全村上优待军属真周到，大家帮助把地种，我也上了小学校，读书识字学本领，生产劳动我也是个小干家，人人见了人人夸。（向嫂脸前一招手）

嫂：（点了小毛一手指）看把你烧的。

妹：（唱第一曲）

针线穿得牢，开口叫嫂嫂，

妇女们在家下，生产要多勤劳，

哎哟，生产要多勤劳。

小毛：（说快板）多勤劳，多勤劳，俺姑的手儿真正巧。俺娘的鞋儿做得好，俺爷爷不吃闲饭，天天上山去拾草。你别看我年纪小，我也有点小功劳，拾草拾粪勤劳动，养鸡养鸭本事高。一家大小都生产，不缺吃来不缺穿。自从东北全解放，今年新年一定热闹。我穿新衣戴新帽，前街窜来后街跑，谁个看来不夸好，谁个看来不夸好？

妹：（打击地）看把你美的！

（三人齐唱，第一曲）

大家忙生产，军属作模范，

大家齐心干，生产好支前，

哎哟好过个胜利年！

老头：（满面春光地上）（快板）胜利年，胜利年，多亏解放军保护咱，要是没有主力军，就别想有这个胜利年。

嫂：噢！爹爹回来了！

小毛：爷爷回来啦？

老头：回来了。（看嫂妹的针线活）哎！做得真快呀！你们姐妹两个也该歇歇了，一天到晚地忙，累坏了身子可不是玩的！

妹：俺不累，俺和嫂嫂两人比赛哪，一比赛也就忘了累啦，再说眼看就要过年了，今年和往年可大不一样，解放军把在东北的国民党“中央军”都消灭了，从此咱东北的老百姓可就有安居和平的日子过啦。今年过年一定很热闹，咱们赶快地把针线活做完好痛痛快快地过这个胜利年啊！

小毛：爷爷！今天您开会商量什么事？

老头：啊！眼看新年就到了，是商议劳军的事。咱们解放军今年把东北的“中央军”都消灭了，咱们可得好生慰劳慰劳咱们的主力军呀！他嫂，小毛，他小姑你们说说共产党解放军对咱们的好处真是说不尽啊！就拿咱家来说吧！分了地，分了房，政府又借给钱买农具，村里的农会还帮助耕种，今年又是丰收年，吃穿住咱都不愁了，老大参加了主力军，东北的“中央”又消灭了，往后咱们永远地就过太平日子了，这都是共产党解放军的功劳！

妹：这回慰劳军队咱可不能落后啊！

小毛：爷爷！咱们准备慰劳什么？

老头：噢！这个我早在肚子里盘算好啦！（忽然想起一件事）你看，还忘了告诉你们，今晌午在街上碰见王家屯的王二，说你大哥的队伍开到王家屯驻防，是打完沈阳回来休息的，因为他很忙，眼下抽不出空来，噢……我也不想叫他来家，家里没有什么重要的事情，回家一趟倒耽误了部队上的工作。这不是离新年没几天啦！叫你嫂子和小毛和（对嫂说）他小姑你们三人拿着些东西慰劳慰劳军队，顺便看看老大，再给他捎两双布袜子，好叫他安心工作别挂念家，也告诉他咱家过得很好！……

小毛：爷爷！把我养的小鸡下的蛋也给我爹爹送些去！（跑入内门）

妹：今年打下的黏米我和嫂子蒸些年糕给俺哥哥送去，要他尝尝，也要部队上同志们尝尝，也要他们知道这是咱们一年生产的成绩。

老头：噢！好，好！你快去蒸，多蒸些，队伍上同志多，“一星半点”的可不够分的。

妹：爹！知道了，嫂子我看你也把你做的鞋拿去，一块捎去！

嫂：不用啦，在队伍里还能少鞋穿吗！

妹：哟！可不能这么说，队伍上发的鞋还能比得上嫂子做的吗？嫂子是亲手一针一线做的，哥哥穿在脚上又合适又舒服，看见鞋就想起嫂子来了！

嫂：（不好意思地）妹妹净胡说。

妹：哟哟！嫂子还不好意思呢！（跑下去）

（农会长在门外喊：“快开门，快开门，送柴火来啦！”）

老头：（赶着迎上去）哎！这可了不得了，怎好“劳”会长？

会长：（上场）唉！这算了什么，你家大哥，为咱老百姓辛辛苦苦地在前方打反动派，东北的“中央军”都给打光啦，这个功劳也是你们全家的呀，给你老人家送点柴火还不是应该的？

老头：咱家里有的是柴火烧啊。

会长：昨天晚上咱们村干部开了个会，讨论一下新年劳军工作，慰劳军属工作，大家也做了检讨，今年对军属照顾得不周到，比方你老人家吧，虽然农会也帮助种地收割，可是在秋忙打场时就没有抽出人来帮助打场……

老头：会长你快别说那些客气话了，打场时候咱庄的青年都出去到前方送给养去了，哪里还能再给我打场啊，会长黑白天忙得喘不过气来，就那样会长还处处想着我呢！他大哥！会长，我一辈子也不能忘了咱庄的穷哥们、会长、共产党、解放军啊！今年又是胜利年，我们可更加劲地干哪！

小毛：（手拿鸡蛋上）爷爷！鸡蛋都拿来了！

嫂、妹：（手拿鞋、黏米糕上）噢！会长来啦！

妹：（把嫂手中鞋抢过来）会长！你看看鞋做得好不好？

会长：做得真好！哎！你们拿这些东西干什么？！

老头：今晌午在街上碰见王二，说他哥那连队伍，开到他庄上，是打开沈阳回来休整，他捎信说，眼下因工作忙抽不出空来回家看看，唉……我也不想着叫他来家，家里没有什么要紧的事，回来一趟倒耽误了部队上的工作，眼看就要过年啦，叫她姊妹俩领着小毛，拿着这点东西慰劳慰劳军队，顺便看看老大，再给他捎双鞋，好叫他安心工作别挂着家，也告诉他家里很好。

小毛：还有鸡蛋来！

老头：对对……还有鸡蛋，叫小毛拿去慰劳慰劳军队同志！（接过来）

会长：这可真太好啦！你家可真称得起是军属模范，模范军属，哈哈……

（一群十几岁的小孩说说笑笑走上。）

女甲：你们都来呀！（招呼）

群众：会长也在这里，你在这儿干什么？

会长：我来慰劳军属来。

嫂：怎么你们没上学吗？

群众：放假，老师说："快要过年啦！打开沈阳的队伍离咱这里才十几里，明天要去慰劳慰劳这伙主力军！”

女甲：还叫俺排个秧歌，可是咱就找不到人给排！老师忙着别的也没空。

妹：（悄悄地告诉她们）你们叫我爹给你们排吧！

群众：对啦！我们来就是请大爷给俺排秧歌来。

老头：哎！不行！

会长：哎！这你们可找到地方啦！大爷年青的时候就好要扭个秧歌的，（推老）这个工作可得非你领导不成。

老头：不行，老啦！

会长：老将出马一个顶俩，哎！就是你吧！

女甲：大爷到明天就要慰劳演出啦！为了工作，还是现在赶快地给俺排吧！

群众：对对对……□这还没事，现在到门口给俺排去吧！（连拉加推老）走吧！走吧！（一拥而出）

（幕急落）

第二场

地点：在本村的村头上的空场上。

人物：老头、会长、村长、嫂嫂、小毛、妹妹、农民甲乙丙丁戊己庚，男女秧歌队若干。

幕起：鼓锣声中群众手拿贺年三角五色纸旗拥上。

老头：（从人群中挤出来）哎……大家让开点……打花棍的即刻出场了，（向打花棍人）打出来哟！快点快快！

内声：来了！（随着锣鼓声，打扮打花棍的四女出场，满身红绿彩绸上下飞飘，手挥舞着五色花棍出场，唱二曲）

群众：（欢呼）欢迎！欢迎！（鼓掌）

花棍队：（唱）

（一）一根那个花棍呀出了场，
庆祝东北全解放！
打得那个反动派一扫光，
有的俘虏有的缴枪，
有的死来有的打伤。
嗯咳哎哎咳唉哟唉哟，
东北的“中央军”遭了殃么嗯咳哟！

群众：（鼓掌）好！“带劲”！欢迎啊……

花棍队：（二）二根那个花棍呀哗啦啦地响，
解放军全国打胜仗！
关里的“中央军”处处打败仗，
华东战场华北战场，
国民党逃跑又投降。
嗯咳哎哎哟咳哟，
蒋介石在南京着了慌么嗯唉哟！

群众：（欢呼）好！

花棍队：（三）三根那个花棍呀耍得欢，
今年过个胜利年哪。
咱们有了共产党穷人把身翻，
又有房子又有田，
不愁吃来不愁穿。
嗯咳哎哎哟唉哟，
眼看着日子往上翻么嗯咳哟！

（四）四根那个花棍呀长又长呀，

军民合作有力量！

前方那个主力呀打胜仗，

后方百姓慰劳忙，

抬担架来送军粮。

嗯咳哎哎哟唉哟，

求得全中国早早解放么嗯咳哟！

（跑下场）

群众：（鼓掌欢呼拥着）好啊……再来一个！……

农甲：哎……咱先叫村长讲两句话吧！大家欢迎！鼓掌！

村长：我没有什么讲的！

群众：大家欢迎！

村长：大家先别吵，今年是胜利年，咱们大家主要是胜利胜利！

农乙：小毛他爹回来啦！

群众：你怎么回来了？

老头：大小你怎么回来啦？

战士：爹！全村的叔叔大爷、婶子、大娘、姐姐妹妹们，今年新年是胜利年，队伍放三天假，我抽空和上级请假回家来看看全村上的老少爷们。

农乙：你参军三年啦！还没变样，这次东北解放，听说你打沈阳还立了功。

农甲：你赶快把胜利故事给大家伙讲讲吧！

群众：好好，快拉拉吧！

战士：好！这次咱们解放军解放了全东北，胜利的消息是很多的，打仗的故事也是很多，别的师×也不清楚，俺这个师是专打锦州的，打大虎山的部队就是我们这一个团，我们这个连是主攻，起初敌人好凶啊！光飞机就好几十架，成天在头顶上轰过来轰过去，炸弹弥天地往下落，后来咱们的高射炮支起来了，打得狗嚎的美造飞机在天上乱打旋，掉炸弹也没准了，有很多炸弹都落到“中央军”阵地去，炸得狗×的“中央军”鬼哭狼嚎的，还有的飞机两个碰到一块了呢，后来咱们成队的上千门的野炮轰天震地地向敌人阵地轰击了，接着我们就冲上去了，打得“中央”就和撵兔子似的四下乱窜，我一人捉了四个活的，缴了一挺机关枪、三支步枪，回来上级给我记了功呢！

群众：老大真是不善呀！

农甲：老大，咱们庄上还办了秧歌队，准备马上到主力去慰劳呢！

农乙：别吵！（外面鼓锣声）咱们的秧歌队来了，大家往两边闪开道！

会长：大家听着！我有这么个意见，这秧歌是老大爷排的，再叫小毛爹指挥指挥。

群众：好！欢迎欢迎！

农甲：会长的意见我很同意，毛他爹在队伍上演的秧歌都比咱们看的多。

群众：对！欢迎老大指导指导！

会长：来呀！秧歌队先扭起来。

群众：老大上中间指挥啊！

战士：好！（他站在舞台秧歌队的中间，秧歌队围绕着战士舞蹈着）

群众：（与秧歌队共同唱三曲）

（一）老乡们，老乡们！

咱们大家来欢唱，

解放军前方打胜仗，

咱们大家喜洋洋。

（二）喜洋洋，喜洋洋，

庆祝东北全解放，

咱们大家齐欢唱，

和平建设享安康。

（闭幕）

选自《新年文娱》，1948 年第 1 期

◇李　雷

老虎妈子的故事

时间：深秋

地点：山峪中的一角

人物：大女孩（下简称姐）——十四五岁

二女孩（下简称妹）——十二三岁

三女孩（下简称小妹）——八九岁

虎

老猎人

猎人甲乙丙丁……

序

八月——正是秋凉，
在一座荒山老峪的林梢上，
现出一个发光的月亮，
月儿弯弯照树梢，

好像一把金黄的镰刀。

山下，靠近河岸有一个人家，
妈妈下河西走亲戚，
将三个姑娘留在家里，
天黑了，在这荒僻的山谷
仿佛就这么孤孤的一家呀，
妈怎么还不回来呢？
最年幼的小妹妹哭了，谁也哄不好她！
孩子的心，可真是又急又怕……

第一幕

第一场

幕启：台上有荒山古树林，草屋一间，一痕新月照在山头、树梢上。少顷，有一个十二三岁的小姑娘出来，（随着音乐舞踏上）轻手轻脚向河西瞭望，显得很焦急。

妹唱：一更里，月牙低，
月儿悠悠照河西，
妈妈下河西走亲戚，
妹妹在家里哭啼啼，
——我心好着急，我心好着急。

［随后出来一个十四五岁的大女孩（跟着过门的音乐舞上），寻找其妹妹，也瞭望着河西，更显得焦心了。］

姐唱：二更里，月牙弯，

月儿微微落西山，

妈妈离家未回还，

妹妹哭得泪涟涟，

——没法哄她玩，没法哄她玩。

妹白：姐姐，妈怎么还不回来呢？

姐白：谁知道啦，也许就快回来了吧！

妹白：姐姐，我的脚冷。

姐白：那么咱回屋吧。（二人边唱边舞下）

妹唱：半夜里，整三更，

姐唱：盼望妈妈（还）影无踪，

妹唱：姐姐，咱们进屋吧，

姐妹合唱：八月深秋的寒霜冷，

——冻得我脚疼，冻得我脚疼。

第二场

（远远的有虎啸的声音，不久，虎出来了，低吟。伸腰张爪，随音乐舞上。）

虎唱：我的名字叫老虎，虎头虎脑，

占山头，我为王，横行霸道，

头中国四大家——蒋宋孔陈，

山林里四大族——豺狼虎豹。

对百姓，我就是吃肉喝血，

我生吞，我活剥，大撕大嚼，

一个人享幸福，众生受苦，

我这辈，可学通了法西斯哲学。

我有个老作风，装腔作势，
下山行，一动身——先呜嗷乱叫，
这一点在过去吃亏不小，
出森林，未露面，把别人吓毛。

我老虎最怕的是遇见猎人，
那些家伙和我作对——有枪有刀，
今天太阳压山，我碰上了他们。
（追得我）跳山涧，钻树林——好不容易脱逃。

虎白：我老虎，一向占山为王，行凶成性，天下扬名，提起了中国有名的四大家族——蒋宋孔陈，你们也许不大知道，可是若说起咱这山上的四大家族——虎豹豺狼，那么谁不晓得我呢？

真的，这世界上差不多没有谁不知道我，凡是带毛喘气的几乎没有什么东西不怕我的，我若是发威一叫，就是树叶子都要打颤。而我什么都不怕。不过我很讨厌猎人，那些家伙们，很团结，又有刀又有枪，成群结队地向我进攻。今天太阳压山的时候，不幸遭遇了他们，追得我穿山跳涧，好不容易逃脱。

还算不错，这回侥幸没有被他们消灭，不过我肚子饿了怎么办呢？（寻思，又抬头瞭望）有了，这有一个人家，听说那妈妈走亲戚去了，没有回来。待我化装一个老太婆，骗取那三个小姑娘，吃了她们。

虎唱：说要装，就来演，倒也像样，
走一步，退两步——忸忸怩怩。

（随音乐摇摆着行进，作老太太状，到人家门前，敲门）

虎唱：叫一声，大姑娘，

快把门儿开。

你妈走亲戚才回家来。

（内不应，虎打主意）

叫一声，二姑娘，

快来给妈妈开开门，

妈妈回家给你带来了点心。

（稍停打主意，接着又唱，声调更柔和而亲近）

给妈妈开门哪，

我的三姑娘，

你妈妈给你买来了冰糖；

冰糖甜呀，甜又甜，

冰糖香呀，香又香，

真像那天上的星星发光亮。

（屋里边跑出一个七八岁的小女孩来开门。）

小妹唱：妈妈妈妈我把门儿开，

你怎么才回来——给我冰糖。

小妹白：妈妈妈妈，冰糖呢？冰糖呢？

（虎发啸，张牙舞爪，要吞噬小孩，音乐同时起奏，恐怖紧张。）

（幕急落）

第二幕

第一场

（室内，有一个木墩，靠近有一个条桌，上面放一个小油灯，其光如豆粒。虎坐木墩上，不时起立，一个胳膊挟抱一个女孩随音乐作轻舞，景显得很可怕。）

姐问：（惊疑地）妈妈……你？

虎唱：姑娘姑娘，你别怕，

我是你们“中央”正统的亲妈妈；

姑娘，姑娘，你别怕，

你们都是我的，我的，我的呀……

姐问：妈妈，妈妈，你为啥长了一身毛？

虎唱：小小姑娘你不知道，

秋深了，天凉了，一路回来大风号；

你老娘怕我冻着，

给我一身大皮袄——那么大皮袄。

妹问：妈妈，妈妈，你为啥有个大尾巴？

虎唱：小小姑娘，你不知道，

咱家里拉穷饥荒，看了一趟你老娘；

凭她一副好心肠，

给我一根擀面杖——那么擀面杖。

（虎偷空，往嘴里放东西，作吃状，发响声。）

姐妹合问：妈妈，妈妈，你吃什么呀，这么响？

（女孩动手要摸。）

虎唱：姑娘，姑娘，你别摸，

临回家口干渴，没有饭吃没水喝，

你老娘怕我挨饿，

给我几棵红萝卜——那么红萝卜。

妹白：妈妈，给我一棵尝尝。

姐白：别都给她，也给我一棵，妈妈。

（妹动手快，抢到了一棵，很高兴，跑过来单独舞。）

妹唱：红萝卜，绿缨缨。

响晴天，刮大风。

红萝卜，绿缨缨……

（作吃状，忽又吐出，显得很惊讶）

妹白：（脸色恐怖，皱眉）呀……你看，姐姐，这是什么，也不是红萝卜呀。

姐：（到妹跟前夺过来，拿在一边，仔细一看）（旁白：这哪里是红萝卜呢？这不是小妹妹的手指头吗？）（于是她扯了一下二姑娘的衣袖，向老虎说）妈妈，我要撒尿。（一溜跑了）

妹白：妈妈，我也要撒尿。（跟着也溜出来了）

（二层幕落）

第二场

（姐妹二人，跑出来后躲在一块巨大的岩石底下。）

姐唱：小妹妹，不听话，

错把野兽当妈妈，

想妈妈，盼妈妈，妈妈不在家，

这时候，谁能搭救咱俩，

谁能够搭救咱俩？

姐妹唱：叫一声天呀，天不应，

叫一声地呀，地不答，

想妈妈盼妈妈，妈妈不回家，

这时节，没有人搭救咱俩——

没有人搭救咱俩……

妹白：姐姐，我怕呀。

姐白：（以手抚妹）不要吱声。

（姐妹二人紧缩岩石底下，战栗不止，少顷虎出来了，东张西望，目光炯炯……）

虎唱：我老虎肚子饿，饿得发慌了。

吃了一个小姑娘，还不够沾牙膛，

你两个女孩，哪里逃跑，

瞅，风吹草低——我老虎来了……

（虎将要扑食女孩，忽然四下里遍地响起了猎人之歌，声音随脚步包围过来，虎欲回身逃走，但由于声音自四面响起，欲行不得，怕得它贴耳倒伏……）

猎人唱：（由远而近）

嗨嗬，追呀追上，追呀追上，嗨嗬追上，

我们是受苦的工农大众，

我们是人民的子弟兵，

我们是神枪射手，

我们要消灭吃人的野兽。

嗨嗬，追呀追上，追呀追上，嗨嗬追上，

我们要到处搜寻，

我们是英雄的战斗猎人……

（见虎，大家惊喊：“呵，虎在这里呢！快打，打虎呀，打虎……”刀枪齐下。立刻将虎打死。……两个小女孩一看虎被杀死了，从岩石底下跳出来，飞跑到一个年老的猎人跟前。）

姐妹：（叫）老大爷，老大爷……

猎人甲问：你两个孩子，怎么在这里呀？

姐妹白：老大爷，（姐妹分开向猎人讲）这虎要吃我们。趁妈不在家，她来了，装作妈妈回来了。

把我们的小妹妹骗去开了门，它就把咱家小妹妹给吃啰……

猎人乙丙丁：（惊讶地）呵，怎么？你家小妹妹，叫它骗去吃啦？

姐妹白：可不是么，它还想骗吃我们呢，它说，它是我们的妈妈——是正统牌的妈妈——是“中央”。……

猎人甲白：什么“中央”，傻孩子，它是吃人的魔王。

乙丙丁：这回好了，不用怕了，野兽被我们打死了，孩子，让我们把这个吃人的野兽拖回去。（从猎甲接起说）剥它的皮，抽它的筋，吃它的肉，走。（说着动手就拖，众猎人和小女孩，同唱猎人之歌舞下）

众唱：嗨嗬，追呀追上，追呀追上，嗨嗬追上，

我们是受苦的工农大众，

我们是人民的子弟兵，

我们是神枪射手，

我们要消灭吃人的野兽。

嗨嗬，追呀追上，追呀追上，嗨嗬追上，

我们要到处搜寻，

我们是英雄的战斗猎人，

我们要把野兽都杀完，

为后代打下快乐的江山……

（幕徐徐落）

选自《东北日报》，1947 年 4 月 24 日

◇李熏风

把红旗插遍全中国

第一场

序歌:(第一曲)

红旗红旗红又红,一见红旗喜心中。

红旗飘飘不受气,红旗飘飘不受穷。

红旗红旗红又红,红旗飘飘随清风。

人民一定要解放,中国一定要繁荣。

(母子二人奔村外。鸡鸣,日出。)

子:妈! 你上哪去?

母:就到这村跟前!(远望,微笑,沉思。手抚红旗,理旗上皱纹)

子:呵!(注意母亲动作。第二曲)

好妈妈,我问你,手拿什么红红的?

母:好孩子,告诉你,共产党的大红旗。

子:王大爷,他说是,共产党要来咱村里。

母:不是要来是又回来,回到鄂豫皖好欢喜。

子:难道说,共产党,多咱来过咱村里?

母:来咱村,你还小,只会张嘴把奶吃。

子:好妈妈,我问你,共产党是干啥的?

母:共产党,大救星,你听妈妈告诉你。

子:妈!你说我听!

母:你听——(第三曲)

共产党,闹革命,一心一意为穷人。

打封建来分田地,咱们个个笑盈盈。

咱们个个笑呵笑盈盈。

子:打封建,分田地,原是一件好事情。

为啥我家没有地,为啥封建还横行?

为啥封建还呀还横行?

母:鄂豫皖,好苏区,分地分牛分房子。

分到手里勤耕种,一家六口有穿吃。

一家六口有呀有穿吃。

子:呵——

母:共产党,为抗日,长征二万五千里。

往后来了个蒋介石,又把果实夺回去。

又把果实夺呀夺回去。

子:哼——

母:你爸爸,在工厂,因为罢工被枪毙。

你哥哥出门跑生意,抓丁抓去没消息。

抓丁抓去没呀没消息。

子:唉——

母：你姐姐，年十七，恶霸地主霸占去。

单丢你妈受憋屈，把你抚养到今日。

把你抚养到呀到今日。

子：嗯——

听妈妈，说从头，咱们全家有血仇。

血仇不报枉为人，定要打老蒋报血仇。

定要打老蒋报呀报血仇。

妈！你为啥不早说呢？

母：唉！早说又有啥用？

谁敢说一声共产党，叫你活不到明早上。

子：（愤慨，顿足）哎呀呀！

母：孩子别急！老蒋接二连三打了败仗，共产党的队伍就要追过江那边，你看这红旗！

子：（边看边问。第二曲）

好妈妈，我问你，这面红旗哪来的？

妈：好孩子，告诉你，十一年前保藏的。

子：好妈妈，用心好，还能保藏到今日。

母：我放它，棚顶上，特务发现了不得。

子：妈，你把旗给我——

母：给你！（授旗）你看——（第一曲）

红旗红旗红又红，红旗在手喜心中。

还是当年一样鲜，还是当年一样红……

子：真是又鲜又红！可是妈！为啥这角上全黄黄的，是啥记号呢？

母：告诉你——

红旗红旗红又红，镰刀斧头紧靠拢。

革命主力是工农，工农团结革命能成功。

子：真是！咱们工农团结起来，就有雄厚的力量！

母：好孩子，你算明白了！

子：妈！（唱）红旗红旗红又红……

我还会唱了呢！我要给村东头王大爷、李二婶他们唱去！

母：孩子，别着忙！

子：（第二曲）

好妈妈，我问你，还有什么要讲的？

母：你去催，大伙儿，迎接队伍带红旗。

子：好妈妈，我不懂，难道他们也有红旗？

母：好多人，保藏有，快去快回莫迟疑。

子：妈！他们有，我要他们给我一面！这一面还给你！

母：（望远处）去吧，别啰唆了！

子：这就去！

母：孩子！你告诉王大爷、李二婶他们说，快点集合人，队伍打早过来，要迟了就不赶趟了！

子：好！

母：唉！真不容易！到底把解放军盼回来了！（注视旗）呵，我还得找一节斑竹当旗杆……（二人分别下）

喊声：王大爷！李二婶！张三嫂！你们把红旗带上呀！接咱们队伍去呀！对呀对呀！咱们就来啦！哈哈哈……

第二场

（解放军四小队，各四五人，手执红旗，前面以大红旗作先导。犬吠，号声。）

军：（在行进中变换队形。第四曲）

红旗红，红旗红，红旗下面出英雄。
男英雄，女英雄，老英雄，小英雄。
英雄英雄千千万，跟随着领袖毛泽东。
毛泽东，毛泽东，他像太阳照空中。
照到南，照到北，照到西，照到东。
四面八方一齐照，照到人民乐呀乐呀乐融融。

红旗举，红旗举，举起红旗说历史。
民国十年七月一，共产党，来成立。
从此举起大红旗，领导革命向胜利。
向胜利，向胜利，共产党人齐出力。
改组了，国民党，大革命，走头里。
封建势力齐害怕，帝国主义着呀着呀着了急。

红旗飞，红旗飞，遮天盖日遍地飞。
飞广州，飞武汉，号令响，声势威。
南方各省都平定，眼见革命快成功。
快成功，快成功，可恨蒋贼眼发红。
眼发红，头发蒙，四一二，来逞凶。
屠杀好人共产党，血染山河草呀草呀草木红。

红旗飘，红旗飘，红旗飘得高又高。
飘上那，井冈山，会齐了，众英豪。
毛朱领袖来号召，要为人民立功劳。

立功劳，立功劳，不顾蒋贼逞霸道。
创红军，建苏区，分田地，打土豪。
人民运动大发展，革命烽火在呀在呀在燃烧。

红旗扬，红旗扬，国家利益不能忘。
蒋介石，狠心肠，打内战，如虎狼。
引来一个日本子，他把东北来灭亡。
来灭亡，来灭亡，共产党人求解放。
冲破那，艰和险，带队伍，往北上。
长征二万五千里，领导抗日战呀战呀战略强。

红旗绕，红旗绕，抗日战争爆发了。
八路军，新四军，上前线，打敌人。
打到敌人后方去，创造十九个解放区。
解放区，解放区，一万万多人有组织。
兴减租，兴减息，有衣穿，有饭吃。
抗战八年大胜利，人人感谢毛呀毛呀毛主席。

红旗红，红旗红，血染红旗红更红。
国民党，蒋介石，打内战，发了蒙。
出卖主权给美国，祸国殃民理不应。
理不应，理不应，人民解放军大反攻。
为人民，谋幸福，为国家，争繁荣。
把红旗插遍全中国，中国革命要呀要呀要成功。

第三场

（群众上。男女老少四组，各四五人，手执红旗。母带头，以大红旗作先导。鞭炮声，锣鼓声。）

母：（以手拭眼，遮额，远望。第二曲）

好孩子，眼力好，可是队伍回来了？

子：（引颈远望）

好妈妈，山那边，远处看见了大红旗。

众：（举踵远望）

见红旗，必定是，咱们队伍走近哩。

走近哩，走近哩，不由心中好欢喜。

母：我的老眼也望见了！

众：欢迎你，解放军，带着胜利回来了！

共产党，毛主席，咱们感激真感激。

军：（齐步上。含笑，点头，答唱。第五曲）

解放大军回来了，解放大军回来了。

回来了，回来了，回来了！

经过十年八载回来了，

越过千山万水回来了。

咱们把日本子打倒，咱们把蒋匪军打跑。

先给父母兄弟们，问一声好问一声好！

众：好！好！好！咱们好！

咱们亲人回来了，咱们子弟回来了。

回来好，回来好，回来好！

铁的队伍更加整齐了，

铁的队伍更加壮大了。

一个个身经百战，一个个劳苦功高。

为了人民服务，真是太辛苦了太辛苦了！

军：哪里！哪里！……为人民服务，辛苦一点算啥！……

母：（第二曲）

盼星星，盼月亮，到底盼来共产党。

众：共产党，毛主席，他把咱们放心上。

母：你们看，这都是，当年挂的大红旗。

子：大红旗，大红旗，妈妈他们保藏的。

军：保藏得，好好的，这件事情不容易。

众：大红旗，大红旗，它是咱们命根子。

军：谢大家，爱戴咱，共产党和毛主席。

母：该谢谢，众弟兄，送点水果表心意。

（众人从衣兜里取水果慰劳。）

子：还请到，咱村里，打仗故事讲一宿。

众：快到村，去休息，讲些翻身大道理。

军：这也好，待一会，咱们过江去杀敌。

众：去杀敌，去杀敌，先到村中歇一会。

子：走哇！

众：走哇！

军：好乡亲，这就去，咱们举起大红旗。

插遍那，全中国，全国解放大胜利。

子：好妈妈，让我去，跟随他们插红旗。

插到那，南京城，才能消这心头气。

母：你要去，让你去，报仇伸冤在今日。

众:仇报仇,冤报冤,人民才能把身翻。

子:(领呼)让咱们参加共产党,参加解放军!给自己报仇!给人民报仇!咱们把红旗插遍全中国!解放全中国!……

全体:(团圆舞。第六曲)

红旗红旗红似火呀,红似火。

旗手毛泽东真不错,

他英明,他勇敢,他计谋多。

他引导人民,走向自由幸福和快乐。

跟随毛泽东向前进,前进,

把红旗插遍全中国。

跟随毛泽东向前进,前进,

把红旗插遍全中国。

解放全中国。

选自《知识》,1948 年第 8 卷第 2 期

农会为人民

时间：一九四六年八月

地点：富裕县乡下

人物：王凤山——农会主任

孙良田——榜青农民

刘老八——恶霸地主

孙姜氏——孙良田妻

卫甲、乙——自卫队员

群众——一般农民

匪众——官胡匪徒

第一场

王：（唱第一曲上）

联军过来变了天，嫩江人民把身翻，

翻身要把好事办，办下好事都喜欢。

我，王凤山，是扛大活出身的庄稼人，刘家屯的群众，见我忠厚耿直，有些魄力，前些时选我当了农会主任。农会是给大家伙办好事的，今天我要给孙良田办一件好事儿。

提起农民孙良田，耪青耪了十四年，

起早贪黑多辛苦，挣下几个血汗钱。

择了今年二月二，娶过姜氏拜天地，

拜了天地成了家，夫妻二人过日子。

谁知好事多磨，他媳妇姜氏让恶霸刘老八给相中了——年青貌美，有些人品，便千方百计给霸占去了……呵，说着说着，孙良田打那边来了，他能抽旱烟，我回头去装些旱烟去。（转身下）

孙：（唱第二曲上）

有仇报仇，有冤报冤。

我孙良田，要见青天。

咳！提起冤仇来，真他妈巴子，那恶霸刘老八仗着他儿子是伪满的警尉，又是“中央胡子”，真欺负人，骑在脖子上拉屎，把我的媳妇也抢去了，多亏民主联军赶来，把“中央胡子”打散了，我一心要我的姜氏媳妇回来。

王：（手持旱烟袋上）呵，老弟，你来了？

孙：是，王大哥，我来了。

王：看你怎么这样大的气！

孙：唉！王大哥，我不说你也明白，恶霸刘老八把我的媳妇抢去有半年了，这口气没有出，实在憋闷得够呛！

王：（递烟）老弟，不要急，今天就给你出这口气，你先抽袋烟，咱们哥们唠扯唠扯。

你的婚姻大问题，我跟区长讲得详细。

他叫咱们开个会，和刘老八讲讲道理。

孙：刘老八是个老滑头，有钱有势，他肯答应吗？

王：区长说得好，有理可以走遍天下，要是没有理，一步走不了。刘老八没有道理，他就得答应！

孙：道理他是没有道理，可是他儿子还在官胡军（光复军）里，不怕他又来捣乱吗？

王：这个不怕，区长他们可有办法。一会儿，刘老八就要传来，还叫姜氏媳妇跟他对证，咱们先进屋商量商量吧！（同下）

第二场

刘：（唱第二曲上）

一边走来一边唱，刘八爷的神气旺。

妻财子禄样样强，农会也找我来商量。

我，刘汉廷，富裕县人，排行第八，人人尊我为刘八爷，远亲近邻，有谁不巴结我呢？有个红白喜事，大事小情的，得请我刘八爷坐上席，逢年过节，还要给我刘八爷送个礼。要是不然，挑国兵，抓劳工，起码也是他妈个经济犯。人说儿子当警尉，老子土皇帝，我刘八爷就有这么神气。而今"康德"皇帝垮了，可是我这个土皇帝，还是稳如泰山。不是吗？——"中央光复军"一来，儿子升了团长，我又白白地得了一个姜氏媳妇儿——

提起（那个）姜氏年纪轻，

拜我（那个）做了干爸爸。

干爸爸（那个）干女儿，

白天（那个）黑夜在一起。

有心（那个）要做干夫妻，

干夫妻(那个)她不愿意。

抢她(那个)做了二房妻,

枕一个来(那个)抱一个,

人人(那个)道我好运气。

真的,提起我刘八爷的运气来,真是好极了。今天光复军让民主联军打得七零八散,可是我儿子那一把人,一个也没有伤着。谁要是敢动我一根毫毛的话,我不要他十个脑袋才怪呢!哈哈!农会那一帮穷小子,起先不把我看在眼里,现在也得请我刘八爷去商量商量什么地方大事了。哈哈哈……

(唱第二曲)

难怪昨夜灯花爆,原来喜事儿又来了。

不由眉开眼又笑,迈开大步走一遭。(疾步下)

第三场

卫甲、乙:(手持红扎枪上,唱第二曲)

刘老八是个大坏蛋,坏事做了万万千,

今天农会把他传,传他来把旧账算。

卫甲:呵,老半天了,刘老八那小子怎么还不来呢?

卫乙:要来的时候,一定给他个眼罩戴。

卫甲:现在不是“光复军”的时代了。

卫乙:更不是“满洲国”的时代了。

卫甲:我看刘老八简直是汤锅牛,没有多大叫唤头了。

卫乙:可不是么?今天就够他呛。

(王、孙和群众上。)

王:哈哈!老弟!今天可是你出气的时候了!

孙:可不是! 王主任,你瞧,那不是刘老八那小子来了吗? 他妈巴子好威风呵! 衣裳也都能碰得倒人!

王:老弟,看他还能威风多少时候,咱们先给他个下马威瞧。(对卫甲)你去把大门关上。

(卫甲关门。)

刘:(踢门)刘八爷来了,怎么不开门呵!

王:(对卫乙)让他进来。

(乙把门闩拉开。)

卫甲、乙:进来! 自己进来!

(刘上,群众围观。)

王:刘老八你来得正好!

刘:怎么你叫起我刘老八来了呢?(四下看,觉着今天的气味不对)老王,咱们哥儿们也不错,难道还有什么过不去的?

王:刘老八,你还想听好的吗? 今天可不是你刘老八的天下了,你知道叫你来干什么?

刘:你不是三番两次捎信,要我商量什么地方大事吗? 咱们有话进屋里说得啦!

众:你还想坐下? ……屋里没有你的座位! ……把手放下来! ……站好! ……

王:(唱第四曲)

叫一声,刘老八,竖起耳朵来听话。

十五年来干些啥,一件一件你说吧,

一件一件你说吧。

众:说呀! ……说呀! ……你说呀! ……

刘:我说……我没有做什么。

王:刘老八太混账,干的全是坏勾当。

害得人真够呛,你还有脸来装相,

你还有脸来装相。

众:别装了!你自己坦白!坦白!……坦白!……

刘:我实在没有做什么呀!

王:刘老八,别的我不问你,我只问你一件事,孙良田的媳妇姜氏,是不是你给霸占的?

众:说实话!……不说实话不行!……

刘:各,各位乡亲……

众:真他妈的戴孝帽子进灵棚,硬装亲门近支!……谁是你的乡亲?……特务……宪兵……警察……官胡军……那才是你的乡亲呢!

王:你说呀!

刘:各,各……

(唱第五曲)

各位各位听我说,听我说,

我没霸占他老婆,他的老婆,

姜氏媳妇买来的,买来的,

本钱花了四千多,四呀四千多。

孙:(沉默已久,现在被激怒了,拉刘近前)刘老八,你买来的?我问问你……

(唱第三曲)

好一个,刘老八,你的良心狗吃啦?

干媳妇归了干爸爸,这个成话不成话,

这个成话不成话?

告诉你，刘老八，是你逼我画了押。

还派九胜胡子头，黑更半夜抢了她，

黑更半夜抢了她。

众：我们都知道……

王：刘老八！事事都有根据，件件都是真的，你还有什么话说?!

刘：实在，各位知道……我，我花了四千多买来的呀！

众：他妈的！……还想抵赖！……揍他！揍他！

孙：（以旱烟袋杆猛揍）揍死你这老杂种！

刘：饶命呵！饶命呵！……是我霸占的！……是我派九胜胡子头抢来的！……哎哟！……（蹲下）

王：（止孙）老弟，他认罪了，你暂且饶了他，看看姜氏有什么话说。（对卫甲）你去把姜氏叫出来。（姜氏随卫甲自屋里上）姜氏，你站到前面来，我问你，你和刘老八究竟是怎么一回事?

姜：（移步向前唱第六曲）

提起我和刘八爷……

众：什么刘八爷！……刘老八！……

王：姜氏，你不要害怕，一切都有农会做主，你心里有一说一，有二说二，不要隐瞒，你说吧！

姜：提起我和刘老八，不能不说实在话。

收我做他干女儿，要我叫他干爸爸。

王：他收了你做干女儿，以后又对你怎么样?

姜：干爸爸来真狡猾，三天两头到我家。

不说一句正经话，动手动脚把我拉。

王：他拉你做什么?

姜：拉我白天说笑话，拉我晚上不回家。

我忍不住来生了气，气得我打他两个嘴巴。

众：该打！该打！……打得好！打得对！……

王：你打他，他不是更不饶你了吗？

姜：打得他来动了火，去和胡子头把话说。

黑更半夜抢了我，抢我做了小老婆。

众：可恨！可恨！

王：抢你做了小老婆，你的丈夫就那样答应了吗？

姜：刘老八仗他势力大，逼我丈夫画了押。

要不画押命难保，只得画押从了他。

众：好一个刘老八！……

王：你到刘老八家去以后，他对你怎么样？

姜：到了他家净受气，唉声叹气过日子。

我不理他他就打，打得我成天哭啼啼。

众：真是冤呀！……

王：刘老八！站起来！你听见了没有？

刘：哎哟！听见了。

王：屈你不屈？

刘：不屈不屈。

王：好，姜氏，现在让你回去跟老孙过日子，你有什么意见？

姜：老孙是个老实人，有心和他过光景，

只怕刘老八不答应，又怕老孙不原谅。

众：老孙会原谅你的……刘老八不敢不答应！

孙：唉！王主任，我两口本来过得很好，就是刘老八这小子给破坏了。她也是被逼迫去的，只要她回头，我会原谅她的。

王：好！既是刘老八霸占去的，你们两口子愿意破镜重圆，那我就三头对面，当众宣判了。

（唱第二曲）

地归本主，人归前夫。

古话说就，不得有误。

从今以后，各自走路。

谁要反悔，农会做主。

乡亲们，你们说判得对不对？

众：判得对！判得太公道啦！……

王：可是，姜氏你还有什么话说没有？

姜：唉！王主任，我想不到有今天，这个好处都是农会给我的，我一辈子也忘不了。可是，刘老八，你这个老家伙，老畜生，把我害得好苦哇！我恨不得一刀把你扎死！

王：好了，好了，有什么话慢慢再说。老孙，你先把姜氏领回去过日子。

孙：谢谢王主任！谢谢各位乡亲们！农会真是为人民办事的，给穷人出气的。

（孙带姜氏下。）

王：至于你，刘老八——

众：不能放！不能放！……放了这条凶狗，回头又要咬人的！……我还有道理和他讲呢！……我还有老账和他算呢！……

王：好吧！大家有话就说，有苦就诉，农会给你们撑腰。

众：我和他算！……我和他算！……

王：按着次序来，从老张这儿开始和他算。

众甲：（唱第七曲）

我来问你刘老八，这件事情为的啥？

给你扛活六七年，有钱你不把工钱发。

刘老八，你还我的工钱，连本带利，少一个子儿也不行！

众乙：刘老八你说话，这件事情又为啥？

肥猪绕你地边过，一把铁叉叉死它。

刘老八，你还我肥猪，要活的不要死的！

众丙：刘老八，开赌场，输打赢要逞豪强。

害得我夏天不挂纱，冬天没有棉衣裳。

刘老八，你还我的赌债，也得加上点利息！

众丁：刘老八，你盘算，吃了多少米和面？

不请你吃经济犯，请了你吃还嫌酸。

刘老八，你还我的大米白面，吃进去的都要吐出来！

众戊：刘老八，说人情，出了大洋就免国兵。

大洋出了好几千，哥哥（儿子）当国兵未回程。

刘老八，你还我的哥哥（儿子），不还你也活不成！

众：你说呀！

刘老八，为什么，装聋卖哑不吱声？

当年意气何等盛，就像驾云要腾空。

刘老八，你聪明，口齿伶俐赛众人。

你有道理你讲明，没有道理就不行！

（同时说）还我的工钱！……还我的肥猪！……还我的赌债！……还我的大米和白面！……还我的哥哥（儿子）！……

王：刘老八，你不是封嘴的葫芦，怎么样？你说呀！

刘：（旁白）大树就这样倒下去，我不甘心，不如假装答应，等我儿子的救兵来。

众：你说呀！……你说呀！……

刘:唉!——

各位各位听分明,听分明,

我的罪过我认承,我呀认承。

应该多少赔多少,赔多少,

明天算账来还清,来呀还清。

众已:他抓我丈夫当劳工的事情还没有算!

众庚:他占了我两垧地还没算!

王:有账就要算的。可是今天不早了,明天开全村大会,让全村的人都来和他算清楚。(对卫甲)你把刘老八送到区保安队押起来!(对卫乙)你去通知各家各户,就说明天开全村大会和刘老八算账。

(卫甲、乙下。)

众:王主任,明儿见!

王:明儿见!回去多想一想,看还有什么忘了的事情没有。(众下)呵!我倒忘记了晚上要开小组会,商量怎样分那些"开拓地"。我现在就去找小组长去。(王下)

(场外喊声渐远:农会传锣通知,各家各户注意,明天开全村大会,齐集关帝庙里,和刘老八算账,和刘老八讲理。杀人偿命,欠债还钱,有仇报仇,有冤报冤。)

第四场

匪众:(九胜带匪徒四人上,唱第七曲)

大天白日不见面,

黑更半夜来捣乱。

一心搭救刘老八,

一心要抓王凤山。

九:咱们是刘少爷刘团长的队伍,也是刘八爷的心腹,刚才据拉线的报来,刘八爷被穷棒子骗去斗争了,性命危险,得去搭救,只要抓住穷人头子王凤山,刘八爷就有了下落了,弟兄们!

徒:有!

九:跟我来!——

穷富本是由天定,

徒:谁说穷人要翻身?

九:见穷人不打三分罪,

徒:咱们和穷人把命拼。

九:咱们和穷人把命拼,

徒:刘团长下的有命令,

九:让他从屋顶翻到地下,

徒:让他从船上翻到江心。

九:弟兄们!咱们抓住王凤山,叫他从屋顶翻到地下,从船上翻到江心!

徒:看他翻身不翻身!

九:前面是农会的门口了,把家伙预备好,两个人去把住门,两个人来跟我叫门。(敲门)

王:(内应)呵!小组会刚刚开完,区上的同志就来了。要不,我还得去报告呢!(敲门)听见了!(作开门势)你们来啦!

九:来啦!

王:快进房,外面风大,进来暖和暖和。

(匪以短枪直逼王出。)

九:你是农会王凤山?快说!

王:(镇静)你们找王凤山?他不在这疙瘩。

九:你不是王凤山?

徒:你是穷人头!……你不讲就毙了你!……

王:我不是王凤山,我是老华家做饭的大师傅。

徒:(搜王)大师傅?怪不得衣裳穿得油脂麻花的!

九:大师傅?给我滚远些!不许声张!

徒:声张要你的狗命!

九:弟兄们!

徒:有。

九:跟我进去搜!(下)

王:好险呀!东边就是保安队,我顺着高粱地跑去报告。(下)

九:(摸索上)噫!那边高粱叶子响,一定是王凤山从那边跑了,弟兄们!

徒:有!

九:那边高粱叶子哗啦啦响,咱们赶快去包围好好地搜他一遍!

(场外:枪声,喊杀声起。)

九:是保安队来了,逃命吧!

徒:逃命呀!逃命呀!……(匪仓皇下)

(场外:枪声喊声,"天罗地网你逃到哪里去?……你到底落网了!")

第五场

孙、姜:(急急忙忙上,唱第二曲)

夜来听见枪声响,躲躲藏藏到天亮。

方才找过王主任,不见人影心下慌。

莫非遭了胡匪绑，叫咱如何作主张？

要去区上见区长，报告情况好商量。

孙：咳！想不到咱们两口子又团圆了，这些好处，都是农会给的，咱们和农会呀连皮带肉在一起，简直分不开。咱们赶快找区长去报告，搭救王大哥王主任吧！

姜：走吧！

（合唱第二曲）

行行走走，甩脚甩手，

不多时候，来到门口。

孙：咱们去报告吧！

（王出，和孙碰个满怀。）

王：你们两口子怎么这样早就出来了？

孙：王大哥，你把我们急坏了，找了你好半天！

姜：寻思你被胡子绑去了，还要找区长报告呢！

王：不用去了。哈哈！区长都明白了，咱们还是一块儿回去吧！

王：（三人边走边叙，唱第一曲）

多谢你们来关心，咱们区长已知情。

昨晚派了保安队，活捉胡匪五个人。

胡子报字叫九胜，他是抢走姜氏的人，

这回要救刘老八，自己不保自己的命。

孙、姜：啊！——

听你说来这就好，民主政府有依靠，

不怕恶霸刘老八，不怕胡匪来骚扰。

王：是的，民主政府总是有办法。

孙：可不知道区上对刘老八怎么处理？

王:区上吗?

区长跟我讲得好,农民主事农会好。

咱们回去开大会,昨天传锣通知了。

刘老八就要押回农会算账。

孙:对了,我还有笔账跟他算,我给他榜青,他还要我给他出款上税!

王:账有你算的,事有你做的。

孙:不知区长还说什么没有?

王:区长跟我讲得好,分完土地立乡窑,

又发枪来又发炮,民兵自己把家乡保。

孙:你是要组织民兵吗?我第一个向你报名。站岗、放哨、打胡匪,打反动派,我走在最前头。

王:好老弟,欢迎你!

姜:不知道农会还要不要女的?

王:农会不分男女,是好人都可以参加。

姜:好,那我也参加农会,别的不会干,像缝衣裳、补袜子、做军鞋,我都行啊!

王:好!好!劳军还需要做军鞋。我还要说一句,你们俩都是咱们农会的积极分子,不当英雄,也做模范。

孙:说实在的,咱们翻了身,当了主人,自己管自己的事,不受那些汉奸特务、恶霸地主"中央胡子"的坑害,要不积极还行?

姜:王主任!农会有什么事情,只管吩咐咱们去做。

王:对!对!农会是为人民的,咱们也得为农会呀!

王、孙、姜:(同唱第一曲)

农会农会为人民,谁要反动不能行。

人民力量大得很,像那红日往上升。

像那红日往上升。

咱们也要为农会,积极工作不怕累。

土地改革要完成,人民翻身万万岁。

人民翻身万万岁。

孙:王大哥,你瞧!老爷庙前面站满了男女老少数不清的人,他们是等着和刘老八讲道理、算账吧!

王:是的,刘老八一会儿就要押到庙里来,咱们得先去布置一下。

孙:好,咱们三步并成两步走。

王:越快越好。(急扭下)

(场外欢呼声:"拥护农会!拥护王主任!""打倒坑人吸血的恶霸地主!打尽中央胡子!""民主联军万岁!中国共产党万岁!万万岁!")

选自《东北文艺》,1947 年第 2 卷第 4 期

◇吴上虎

军民一家

地点：解放区×村。

时间：一九四七年初春，×日黄昏。

人物：姜老头——七十多岁（称老）。

小三子——十四五岁，老头之孙（称三）。

老徐——三十多岁。解放军×连事务长（称徐）。

班长——二十多岁。解放军×连班长（称班）。

战士——甲、乙、丙、丁、戊、己、庚、辛。

老：（提猪肉上，唱第一曲）（边唱边走）

（一）解放军，住在俺疃，帮助老百姓，来生产，

又刨地来又送粪，管什么营生都下劳力地干。

（二）我的孩子，参军到前方，村中处处帮我的忙，

同志们又帮我来种地呀，老汉我心中喜洋洋。

（三）我家也住着解放军，不多不少一班人，

帮我刨地我不过意，慰劳他们点猪肉表表我的心。

（四）（我）快把猪肉送到伙房，伙房里有个事务长，

（他）说起话来真和气呀！对老百姓可真正强。

（白）咦！说着他，他就来了。（向前喊）徐同志，徐同志！

徐：（上）什么事？老大爷。

老：（唱同上调）

同志帮我刨地，老汉我心中不过意！

慰劳你二斤肥猪肉啊！这可不是什么稀罕东西！

徐：哎呀！老大爷，你这是怎么了！（拒绝）（二人边唱边推托）

（唱第二曲）

谢谢你好心意，俺帮你干活是应该的，你快把猪肉拿回去。

（过门中二人推托）

老：（接唱第三曲）

徐同志别客气，这是我的小心意，这是我的小心意。

徐：（唱二曲）

好心意，我们收，可是不收肥猪肉，可是不收肥猪肉。

老：（唱三曲）

快收下，肥猪肉，你不收下我不走，你不收下我不走。

徐：（唱二曲）

你不走（我）有办法，请到伙房耍一耍，请到伙房耍一耍。

老：（唱三曲）

徐同志，（我）告诉你，你不收下我生气，你不收下我生气。

徐：（唱二曲）

老人家别生气，生气容易坏身体，生气容易坏身体。

（白）老人家别生气，生气咱也不收啊！

老：不！你非收下不可，你要不收，咱们就不是一家人了！

徐:哎呀!(旁白)不收下就不是一家人,这得怎么办!(向老)唔!大爷,我看就是不收你的猪肉咱们还是一家人啊!

老:是一家人,就得收下,你看你们成年价,为俺老百姓打仗,还不算,还要帮俺种地。我看你们太辛苦了,不忍心叫你们帮忙,可是你们说"咱们是一家人啊!"说得我哑哑无言,我就答应你们了。可是,今天我送你们一点猪肉,你们就是不要,我说"咱们是一家人",你还是不收。唔!还能允许你们跟我是一家人,就不允许我老汉跟你们是一家人吗?

徐:不是这样,你听我说……

老:你别说了,说一千道一万也不如收下我这猪肉好!

徐:(无奈)好!那我就收下。(接过猪肉)

老:(摸胡笑)唔!这就对啦!

徐:(向老人家边说边跑)这就对了!(走)

老:咦!徐同志,你往哪里送啊?(追)

徐:(边走边唱第二曲)

老大爷,谢谢你!我再给你送回去,我再给你送回去!

老:(边走边唱第三曲)

这事情,做得不对,不该把猪肉给我送回!不该把猪肉给我送回!

徐:(唱二曲)

这猪肉是俺的,俺再拿着慰劳你!俺再拿着慰劳你!(下,把猪肉送进屋内)

(屋内小三子娘声:"同志你怎么又把猪肉给送回来了?")

老:(上拉住徐)不对呀!同志,你这是怎么了!

徐:对呀!对呀!大爷!(挣出手来跑下)

老:(看了看)咳!(唱第一曲)

(一)老汉今年七十三,好人坏人经千万,

好人堆里找好人,管谁也赶不上咱解放军。

(二)八路军,帮我把地刨,

慰劳他们猪肉,他不要。

这样的队伍真少找,老百姓个个都说好。

(转来转去,想出主意,叫儿媳)

老:小三他妈!(内声:"唔!")你快把肉炒上,等同志回来,就送给他们。(内声:"好啊!")

(后面有猪叫声和小孩吆喝猪的声音。)

(老汉之孙小三上。)

三:爷爷,爷爷!我赶回猪啦!

老:好!你去把给咱刨地的同志们,都叫回来吧!天不早啦!

三:好!那我就回来再喂猪。(下)

老:(独白)他们快回来啦!刮了一天风,满屋都是土,我给他们打扫打扫吧!

老:(唱第一曲)

刮了一天好大风,屋子里头有灰尘,

一把扫帚拿在手,我给同志们打扫干净。

(伴奏原曲,老头扫地)(拿出粪篓子和锹来把土扤下去)

(小三领着战士们扛着镢,背着枪,边唱边上。唱第四曲,小快板,由远而近。)

齐唱:(一)咳哟!咳哟!镢头扛好!

帮助老百姓啊!去把地刨!

咳哟!咳哟!把地刨!

（二）咳哟！咳哟！镢头扛好！

扛好镢头刨地呀！要立功劳！

咳哟！咳哟！要立功劳！

（三）咳哟！咳哟！镢头扛好！

一天刨了三亩半哪！不觉疲劳！

咳哟！咳哟！不觉疲劳！（小三子下，战士们进屋。）

（伴奏原曲）（老头和小三子各端一盆水上）

老：你们回来了！

众：回来了。

老：班长到哪里去了？

甲：到连部去了。

老：快洗脸吧！同志。

甲：给我来！给我来！

老：（唱第五曲）

快快洗脸，快快洗脚，看你们满脸的泥土，一身的疲劳。

战士：（唱）咱们青年身体好，谢谢老大爷多关照，

老人家年纪老应该少操劳。

乙：哎呀，七十多岁的老人家，还要给我们端水，真叫我们不过意啊！

老：（唱）你们待我好，这辈子忘不了，

小三子再去端些水来，两盆水实在太少！

甲：（拉住三）够了，你们家人少，挑水困难啊！

甲乙：（唱）两盆热水不算少，足够洗脸又洗脚，

小三子别去了，你家热水少！

老：（白）你别客气了，我家的水还不是你挑的吗？

老：（唱）我家缸的水，都是你们挑，

小三再去端些水，两盆水实在太少！（小三子下）

战士：（唱）老大爷对咱好，大家受感动！

大家快快洗，把脸洗干净！（众洗脸）

战士：（唱）洗好脸，解绑带，解绑带，解绑带。

老：（唱）我帮着卷起来，卷起来，卷起来，卷呀卷！

战士：解绑腿，就脱鞋，就脱鞋，就脱鞋！

老：（唱）我帮您把土打！把土打！把土打！打呀打！

战士：（齐唱）百姓的事儿军队帮着干。

老唱：军队的事儿百姓也参加！

（合唱）

军和民在一起，亲密如一家！

军和民在一起，亲密如一家！

（众笑）哈！哈！……

乙：（边解绑带）老大爷，你南坡的地已经刨完了，就剩下疃上那块小菜园地还没刨了！（小三端另一盆水上）

丙：我们一班人再有一个钟头，就把那块也刨完了。

老：哎呀！你们刨得真快呀！今天一天就把南坡的三亩多地都刨出来了。

乙：这不算快呀，咱们军队里出了个劳动英雄黄相和，管干什么都比别人好，现在咱们大家和他比赛哪！看谁刨得快，看谁帮助老百姓帮助得好，谁就能立功啊！

老：你们帮助老百姓，也要比赛，也能立功啊！

丙：是啊！只要努力干，管什么也能立功啊！

老：哎呀！我老头子活了七十三岁了，从前，过了几十年昏天黑地的日子，今天看见你们这样好的年轻人，我老头子真不算白活，（稍停)唉！头几年,我天天盘算,早早进棺材,好少受几年罪。如今我可不那么盘算了,我天天祷告着阎王爷,叫我多活几天,好多看看你们！

战士:(齐唱第六曲)

(一)从老百姓里生,在老百姓里长,
老百姓就是咱们爹娘,
爹娘养活为什么？保护他得安康。

(二)从老百姓里生,从老百姓里长,
老百姓就是咱们爹娘,
老蒋进攻怎么办,坚决杀敌保家乡,
我们是老百姓的子弟兵,生死都为老百姓,
我们是老百姓的子弟兵,生死都为老百姓！

老:(唱第一曲)

我儿子参了军,你们待我亲又亲,
帮助我干活出大力呀,军民真是一家人。

战士:俺就是你的孩子,你就像我们的爹爹一样啊！

老:(笑)(唱第一曲)

你们待我这样好,我老汉一生也忘不了！
我家养猪,猪肉多,炒一锅猪肉慰劳慰劳！

甲:不！我们用不着慰劳,帮助老百姓,不吃老百姓的饭,这是我们的纪律呀！

老:哪能！哪能！不吃可不行,我去看看炒熟了没有。(带三下)

甲:明天再有不大工夫,就把房东的地刨完了,再去帮助别的家,你们同意不同意？

众:同意！

甲:开饭大概还得等一会儿,咱们利用时间来瞄准吧?

众:好!(唱第七曲)

生产完,练射击,

练兵和生产一样紧张,

生产和练兵都要积极,

提高射击技术,随时准备战斗,

射击,射击,射击,练得百发百中,

大量歼灭敌人,歼灭敌人,

迎接咱们大胜利!(分头作瞄准状)

甲:班长回来了!

班:回来了!同志们!营部来了一个命令,叫我们两个钟头内,赶到营部去集合,要移防。咱们要在半点钟内,把应带的东西,鞋,袜子,一切东西都准备好。开过晚饭马上出发。

甲:好!咱们马上拾掇东西!(众拾掇东西)

老:肉马上炒熟了!(班见老打招呼,老见班长)唔!班长你回来了!

班:回来了,老大爷!我们要移防啦!

老:啊!你们要走吗?

三:爷爷!(把老叫出门来,低声地)住在咱们家的同志们要走了!咱们疃头上那块菜园地就不能刨完了!那怎么办呢?

老:(制止小三子谈下去)喂!

班:(在室内)同志们,我们在两个钟头以后才出发,可是房东还有那么块地没刨完,咱们一突击帮房东刨出来,好不好?

众:好!好!

老:(进门)班长!不忙!这两天同志们太辛苦了!再说耽误出发就不好了。

众：耽误不了，保证一个钟头突击出来！

班：刨出来再开饭！

老：不好！不好！班长，你们准备出发吧！那块菜园子村中代耕队就给刨了！

班：老大爷！代耕队现在很忙，还是我们去吧！用不了多大工夫，一会儿就刨完了。

老：小三子你去看看，菜好了没有？（三下）

班：同志们！赶快拿着镢头马上给老大爷刨去！老人家你在家吧！（战士拿起镢和枪往外跑）

老：（拉住班长）班长，天不早了，刨不完啊！你们别去了！

战士：能……完啊！（小三手端菜盆上）

三：班长，肉炒好了，你们吃点再去吧！

甲：我们不刨完，不吃饭！还是干完再吃吧！

众：对！不突击出来，不吃饭啊！（战士们下场）

老：小三子，咱们把菜送到伙房去！（伴奏第一曲）（老、三转场）（老呼）事务长，事务长啊！（事务长上）

徐：什么事？老大爷！

老：（找盆）这回你可得收下吧！我给你送去。

徐：这回还是不收。你老人家不要麻烦啦。这是我们的铁的纪律。

三：你这人，真是不讲理，为你们炒的肉，你为什么不收下？

老：这回你不收下，可是说不过去啦！

三：好东西多吃上些怕什么？你看，我就是不怕吃肉，吃的肉越多就越胖，就越有力量。

老：你不收下，我的小孙子也不让你！你就收下吧。

徐：（旁白）这怎么办！（白）哎呀！老大爷，好开饭了，我得去看看！

你快把菜端回家去吧！我们……（跑下）

（伴奏第一曲）（老、三二人踌躇。）

老：（旁白）这怎么办？

三：爷爷，他老是不要怎么办？

老：小三子，我想起来了！你进去把事务长把住，和他玩，我偷着进去，把咱做的菜，倒在他们锅里。

三：我把他拉出来，你再进去。

老：对！你快进去！（三把菜递给老）（下）

徐：（内喊）小三子，你干什么？我有事，快松手！快松手！

三：（内声）咱到外面玩去呀！

徐：（内声）不去！不去！哎！你把我的帽子摘下来干什么？

三：玩啊！玩啊！（拿帽子跑上）

徐：（同时）不玩！不玩！（追上，捉住三）

（徐、三在吵笑中，老汉悄悄进伙房去。）

徐：（回头发现老汉）喂！不行！（被三紧紧地抓住）你慢点，慢点！（拖住三下场）

（里面吵笑声不绝，片刻后老汉与小三拿空盆笑着上，徐随上）

徐：我给你刷刷盆吧？

老：不用啦！哈哈哈……俺的猪肉和你锅里的粉条搅在一块，味还是格外的香啊！（三人笑）

老、三：（唱第八曲）

揭开解放军的锅，倒进老百姓的菜，

揭呀揭呀揭开锅盖，

军和民没有隔阂，不能离开！

全体：（唱）

锅里的菜和老百姓的菜，搅在一块，

军队和百姓一家人，军队百姓一家人，一家人。

（这时战士在后唱第六曲末二句上。）

老、三：（同时）欢迎！欢迎！（笑着随战士转下场）

选自《新年文娱》，1948 年第 1 期

◇吴　雪

考　验

人物：刘科长——总务科正科长，雇农出身，长征过来的老同志。四川人。三十多岁。

秦科长——副科长，知识分子，曾在旧军队中做过下级军官，参加了八年抗战的干部。三十岁。

老董——伙夫班长，贫农出身，长征过来的老同志，四十岁。

王科长——组织科长，参加革命七八年的知识分子，二十八岁。

小鬼——勤务员，伪满时代给人当羊倌。曾念过两年书，“八一五”后参加队伍，十三岁。

汪德贵——采买员，在伪满时代当过小职员，“八一五”后参加队伍，混入我机关的国特，二十三岁。

林芝兰——一个普通的家庭妇女，二十三四岁。暗藏的国特。

警卫连战士五人——两人短枪，三人长枪。

第一幕

时间：一九四六，秋。

地点：后方某机关。

布景：一间刚修复西式洋房，正中是一门两窗，门窗是新安上的，没有油漆，也没安上玻璃。右面是秦科长的床铺，被褥较华丽，床头上挂着一把京胡。左面是刘科长的床铺，灰军毯，公家发的普通棉被，一个干净的白布包袱放在枕边，床头上挂着一件旧棉衣。室中悬一个电灯，下面合放着两张有抽屉的条桌，从陈设上很明显地划分出两种不同的作风，桌上有文具茶碗，四周围放着三把靠椅。

幕开：小鬼坐在椅上补袜子，嘴里很有兴头地哼出："没有共产党，就没有中国，没有共产党就没有中国，共产党勤劳为民族……"（针刺破手指，歌突停，用口噙一会手指，继续补袜子，又唱起来）"共产党一心……"

（组织科长上。）

组织科长（以下简称组）：小鬼！你们科长呢？

小鬼（以下简称小）：（没有抬头）押着大车，到火锯厂运木料去了。晚饭还没有顾着回来吃呢。

组：我问的是新来的科长。

小：你问他呀！（指秦床，见组）啊！王科长呀！你请坐。

组：小鬼还客气啊！

小：他一早就出去了，可是个怪人。见天不是闷着头在被窝里睡觉，就是一天不着家。

组:他今天是什么时候出去的?

小:早起,他叫我:"小鬼,打洗脸水!"我把水打来,他一洗罢脸就不见人了。呃!王科长,他是上咱们这儿来当科长来的吗?

组:唔!

小:我看他来了七八天了,啥事儿也没管。

组:啊!

小:我听他跟刘科长说,他的工作还没有定,他老嚷嚷要到哈尔滨呢!

组:(想岔开话头,顺手翻开桌上一个本子)这是你写的呀?日记。

小:不会写。

组:从前念过几年书?

小:念了二年书。后来日本鬼子打来了,家里没吃的,我就给人家当羊倌,想念书也念不成了。还是去年参了加以后,又才叫学习的。

组:爸爸妈妈还在吗?

小:都给鬼子治死了。王科长,你抽烟吧!(即在抽斗内取烟)

组:这样小的年纪,你还会抽烟?

小:我不会抽,这是刘科长的旱烟,我给你卷一袋吧!

组:我自己卷。你一参加队伍,就跟着你们刘科长的吗?

小:不,从前我在青年队里。咱们科长顾不上叫人侍候,他一天忙得……啥事儿都是自己动手,就不爱使唤人。还是前儿个,说是新来了个科长,他才叫我上这儿来的。王科长,他姓什么?

组:他姓秦嘛!他来这儿一个多礼拜了,你还不知道他姓什么?

小:他又不同咱们说话。除了叫打水打菜买烟卷,不是一个人哼哼,就是熊人,架子可大咧!

（秦科长哼着“石头人招亲”上。）

秦科长（以下简称秦）：……跑进奴的绣房来……（见组突然停止）

组：出去来？

秦：呃，在旧货摊上买了一个表。什么时候来的，吃了晚饭了吧！

组：吃了。

秦：小鬼，去打点开水来。

小：对！（提水壶下）

组：怎么样呀？你在这里的工作……

秦：情况一点不熟悉，很难插手。

组：要熟悉全部工作，当然要慢慢地来。一般地，你进行过了解工作吗？

秦：很难说，无从了解起。我已经给东北局去了一封信，还没有得到答复，我还是想到哈尔滨去一趟。

组：你对这里的工作，有什么意见吗？

秦：什么意见？我觉得我呆在这里毫无意义，根本等于一条盲肠，有它不多，无它不少。抗战八年，一直在总务部门工作，没有一点发展，我都呆腻了。这次决心到东北来，想干点实际工作。但是来了半年多，什么也没有干。组织上号召下乡，建立根据地。我很想到实际中去锻炼一下自己，也不行。部队那样需要人，硬要放我在供给部门做总务工作，不知道你们究竟是什么意思?!

组：当然是工作需要嘛！同志！在今天来说，下乡好不好？不用说，百分之百地正确。部队需要干部也是事实。但是机关工作也同样需要人做，一切都要看具体条件来决定。供给部门的工作，你不是不了解。做得好，做得坏，对于保证前方的作战，是相当重要的。至于锻炼自己，那什么地方都有机会，经济工作，还不是最实际的工作吗？这恐怕最实际了啊！马虎不得一点，不信你试试看。有一点差错，那反应可快咧！这个，你比我内行。

秦：我承认你说的话，经济工作是最实际的工作。但是你不了解我的具体情况，我就是不愿意做这个工作，我根本没有兴趣再做这个工作……

组：那就很难说了。

秦：哪怕你就说我完全是为自己打算也好。

组：谁也没有做那样的结论。同志，你个人的意见，组织上是应该照顾的。这里的工作，你又不是不知道，老刘一个人实在照顾不过来。这是新成立的机关，很多工作需要建立，工作上实在需要人咧！同志！

秦：工作哪里不需要人！我不理解，为什么非把我刻在这里不可呢？没有我就垮台了吗？

组：那倒不见得。

秦：是呀！那为什么不放我？！我就是这么想的：参加革命这么多年了，我究竟干了什么？有什么代价？今年三十了，请问人有几个三十呀！青春就消磨在这上面，我他妈一想到这里就伤心。（倒下）

组：你这样想法就很不对。咱们都是参加革命多年，我没想到你说出这样没原则的话来。你曾经做过一些工作，对革命有贡献，这就是代价吗？就因为你能做工作，也做过这个工作，所以组织上才要你上这里来嘛！

秦：你不了解我的具体困难。

组：你究竟有什么困难，可以谈一谈。老是把个人摆在第一位，这事情就很难办。

秦：没有什么说的，随你们怎么决定，我服从就是了。

组：这是什么话？同志！你这态度不对咧！这是对待组织的态度吗？你还是冷静一些，好好地考虑考虑。

秦：（片刻不语）

（小鬼上，见状，给组倒了一杯水，就悄悄地下去了。）

组：不要这样，还是好好谈一谈，工作上有什么困难都可以解决。这样不好嘛，有什么大不了呵！搞工作嘛。

秦：我不是不愿搞工作，就比如现在的工作，我实在难办。

组：你可以直截了当提出，现在的工作，具体困难究竟在什么地方？你的中心意思是什么？

秦：叫我在这里做副科长，我不知道有什么必要。说是东北干部不够用，这样的机关，一个总务科也要设两个科长，说是叫我多帮助老刘，我不知道究竟干什么。做工作，我就怕又要你干工作，又不给你权力。

组：组织上决定一个工作，当然有他一定的看法，需不需要两个科长，还可研究。你同老刘的工作应该怎样做法，也可以再谈谈。这恐怕不是什么权力不权力的问题。

秦：我绝不是为了争夺什么权力。我这个人做事情，向来就是这样，要不干就干脆不干，要干就得干出个名堂来，有老刘在这里，何必还要我做什么？

组：你这话不对。不是这样的，这机关刚才建立，一切工作都待开展。老刘是个长征过来的老同志，工作有经验，能吃苦，跟群众搞得好，所以工作打下了基础。就是文化程度低一些，对城市生活不够熟悉，工作展不开。在这些方面，组织上希望你多帮助他。不过在处理问题、掌握原则上，老实说，我们都应该多向他学习。

秦:向老同志学习,这是没有问题的。咱们谈的不是学习,是工作。我不了解,你们提拔干部究竟根据什么原则,机关生活我真他妈呆厌了。还是让我到工作团做群众工作,要不就干脆让我到部队去,我还是拿我的枪杆子。

组:(片刻不语)好哇!你的意见,我也可以向主任反映一下。不过,作为一个同志,我应该向你提出诚恳的意见:你这种思想,发展下去是很危险的。你不要不耐烦,我知道你现在是不愿意听这些话的,但是我还是要说下去。你有工作能力,要求多做工作,这是好的。就是常常把个人看得太重,患得患失,较高论低,经常在狭隘的个人利害上兜圈子。这样你会苦闷,任何时候都不安心。不要忘了,目前我们还是处在长期的、艰苦的战争形势下面,为了争取全面抵抗的胜利,我们每一个人都要准备做螺丝钉,不应该在什么地位上、权力上,去斤斤计较。

秦:你完全误会我的意思了,我绝不是计较什么权力地位!

(老董拉着汪德贵在后台,董叫:“去见科长去!”汪叫:“去就去吧!拉拉扯扯干什么!”上。)

老董(以下简称董):科长,科长,刘科长还没有回来呀!

秦:什么事呀!

董:今天才宣布不准私自打饭回房子里去吃,偏偏他就不理这义儿。他是采买员咧,还是咱们总务科的。

秦:你打饭回去吃了吗?

汪德贵(以下简称汪):(立正)报告科长,我是打饭回去吃了。

董:打回去吃不算,剩下馒头还不退回来,你看,这要糟蹋多少粮食?

秦:真他妈机械,这是大城市,不是山沟沟。

董：大城市就不要集体了呀？食堂里有桌子有凳子不去坐，硬要一人一伙，在电炉子上吃才过瘾哪？

秦：闹什么？（取钱交汪）你去给我买条纸烟来，不用管他，下去你的。

董：怎么呀！才宣布的命令，就是个不执行呀？

秦：谁宣布的命令呀？

董：刘科长呀！

秦：谁宣布的命令你找谁去。我没有宣布那样的命令，我不管。

董：你不管，我找刘科长去，看管不管嘛！

组：老董，别着急，有话慢慢地讲嘛！

董：我着什么急呀！你怕还把我老董吃穷了呀，我的全部家当，就是一身衣服裹个臭皮囊，两个肩头扛个大脑袋。浪费，还不是浪费了公家？反正大家伙儿的事没人管。（一路咕噜下）

（小鬼上。）

小：王科长，老董一边下去，一边发脾气，说："我高低是不干了，高低是不干了。"

组：信他的？老董这人是个好人，就是性子急，容易生气。别看他口里唧唧嘟嘟嚷嚷不干了，不干了，下去照旧一会儿也闲不着。老秦哪！我觉得，你对这里工作有什么意见，你可以多找老刘商量商量，这样同老董闹，很不好。你在这里也呆了一个多礼拜，看这里工作上还存在着一些什么问题？你还有什么意见？

秦：第一，这里工作小气放不开，山沟作风重，大的地方看不见，小的地方抠得很紧，弄得大家都不舒服。就像刚才那件事，我就根本不同意老刘的决定。第二是没有建立起一定制度，事务人员教育差，毫无组织观念，老董一天就是吵吵吵，对待上级是什么态度？第三，是工作无计划，这里抓一把，那里抓一把，事务主义，一塌糊涂。

组：这些意见，还可以研究。

秦：最后一个意见，就是这里的规模还不算顶大，用不着两个科长，还是让我到工作团去吧！

组：（笑）又扯到你自己的问题上来了。同志！你这样发展下去是很危险的。你刚才说不是权力地位问题，我看实际上存在的就是这么一个问题。

（董随刘科长上。）

董：高低我是不干了。

刘科长（以下简称刘）：（叼着个旱烟斗）不干了还行？那像啥子话呀！

组：老刘！

刘：什么时候来的呀？

组：来一会了！

刘：打饭回去吃的人就不对。跟他说嘛，不听话的人还是少数。这是我们的决定嘛！以后除了因公、病号、带娃娃的妈妈们外，就是一律坚决不准打。

董：打不打吗，高低我是不干了，我是不干了。

刘：（笑）这点困难就把你吓住了呀！

董：我不能干嘛。

组：老董，还在生气呀！

刘：王科长，这机器锯木头是快呀！

董：（走到门口，又回身）科长，你还没吃饭吧？

刘：我才从火锯厂回来，我在哪里吃饭去呀！

董:那我给你拿饭来吃。

小:厨房里我给你留饭了。

刘:那把它拿来吧!

董:趁我还没有下火,把它热热去。(下)

刘:不要了,拿来就行。

组:老董这人真有趣。

刘:是个老小孩儿。对公家可爱护咧!

组:你怎么自己去拉木料去了?

刘:不去不行嘛,火锯厂的木料供不上,各机关都在等着抢。今天不运木料回来,家里工人就要停工了。

组:房子快了吧?

刘:还早得很咧!

组:最近的工作怎么样?

刘:我也正要想找你谈谈。我还是那个意见,正科长要老秦来当,我当副科长。主任老是说还要考虑考虑。嘿嘿!我看还是把我的意见接受算了。我实在抓不开,搞一样我行,多了就抓不住缰。我这个人呀,有那个肚,才吃那碗醋,我不说假,这回老秦来了,正对劲。我看最好全部工作都交给他。我就专管修房子、土木工程。这个工作不好好搞一下,眼看冬天就来,房子住不上就糟球糕了,老秦能办事,这对工作好嘛,你说是不是?

组:这个问题,得和主任说一说。

刘:还谈什么,我看你就做个主算球了,主任不会不答应的。老秦,你说是不是?

秦:我没意见。

刘:你看,这就行了么,老秦也同意。实在我的脑筋不行呀!文化又低,有些暖气什么的,又不懂。真的咧！老秦呀！你好好把它计划一下,我去专做一门工作。包你完成任务,不出毛病。你看好不好？

秦:不要再说了好不好,好像我是专门为了要当正科长才来革命的一样。

(外面雨声。)

刘:我没有说你想当正科长。嘿嘿！商量嘛,又生气了。

小:(端饭进来)科长吃饭吧！外面下起雨来了。(出去收衣服进来)

组:外面下雨了？那今天就这样吧！谈得很多了。我回去同主任谈谈,下雨了我得回去。

刘:你走了呀！

组:走了。

秦:不送了。

组:自己人还客气干吗？(下)

(外面雨渐下大了,有人叫:“哎呀！放洋灰的棚子漏了,灌水了。”董上。)

董:科长科长,糟了！放洋灰的棚子漏雨了,水直往里灌,洋灰见水就完蛋了。

刘:(放下饭)赶快搬家。

董:搬到哪呀？

刘:快叫总务科的人都出来,都跟我来。(下)

(老董小鬼都下,台上只剩秦一人,台后抢洋包声、搬运声,雨声大作。)

秦:(自己打头)我这是干什么？地位观念又在作怪。昨天才下决心,不要再同组织上讲价钱,今天又是这样。做了还硬不认错,我怎么变成这么一个人了呀！这是堕落呀，是耻辱呀！不能再这样下去。

（汪德贵挟两条天业烟上。）

汪：报告科长，趁他们开仓库的时候，顺便把咱们公家的烟给你拿了两条。就没有给你买了。这是你的钱。

秦：放在那里。

汪：科长没有旁的吩咐了？

秦：你下去。

汪：是！（鞠躬而出）

（刘衣服湿透，混一脸白灰上。）

刘：（一边脱衣服）你怎么还没有睡呀？很晚了。噫！这是仓库里的天业烟嘛！谁拿出来的呀？

秦：我拿出的呀！

刘：这不行啊！我们从哈尔滨运来，还没动用咧！

秦：我出钱买好不好？

刘：这不是出钱不出钱的问题。啊嚏！

秦：谁叫你们仓库没有制度呀！随便什么人就可以把烟拿出来了。这怪谁呀！汪德贵就这样给我拿来的。

刘：汪德贵又没有管仓库，他怎么能拿到的呀？

秦：谁知道。

刘：唉！那明天咱们得好好谈一谈。阿嚏！

小：（上）科长，饭凉了，我给你热热去。

刘：热个球呀！吃了算了。（顺手抓了一个塞在口里）你给我念今天的报。

小：（念）后勤部召开反贪污群众大会，斗争三个卷款潜逃贪污腐化的坏蛋，杨政委勖勉到会同志保持纯洁。本报讯……

（秦以被闷头，幕。）

第二幕

时间：第一幕后一个半月，正是蒋介石决心全面破裂的时候。

布景：同第一幕，只是秦科长床头添挂上一件貂皮领子的黑大衣，一把单人沙发，小茶几上是收音机之类，室中靠椅搬走了两把去开会，只剩下一把。

幕开：室内无人，刘科长的被子未折。小鬼提水，老董端一碗鸡子面条上。

小：科长开会去了。

董：怎么又去参加会去了？医生不是叫他休息吗？自打上次搬洋灰，淋了雨，一病倒就是一个多月，还没有复原咧。

小：他说他已经好结实了，昨天就说叫你不要再给他做病号饭了。

董：医生批准了的，还有三天。

小：他今天老早在食堂里吃过饭了啊。他说，开罢会还要去监工咧！

董：那不行。要把身体搞坏。

小：房子拖了一个多月还没修好，他急眼了。这个天儿，看看冷下来了，暖气还没有动手收拾。

董：秦科长干什么来咧！修房子的地角，一个月见不到他两次面。一检查工作就是熊人，今早起又把工头骂了。一天就光顾自己讲吃闹穿搞女人。进大城市就花了眼，到处发公家的洋财。

（汪德贵上。）

汪：秦科长不在？你们说谁发公家的洋财呀？

小:(调皮地)说你,就说你小子。

汪:你凭什么说我?小鬼,皮影子抓背,我看你是驴皮子造痒了。

小:你想打人?你不像,可惜你晚了一年多吃不开了,“满洲国”都翻了盖了。

汪:打你还怕弄脏了我的手呢……

董:你欺负小鬼,人家跟你闹玩儿,你就红了脸。不做亏心事,哪怕鬼敲门?说你就说你,就凭你那份儿享受也叫人信不过。

汪:老董,你别以为我每回都让服你,你就倚老卖老,孙猴子押宝。我什么信不过?这件日本大衣,是秦科长奖励我的,你们眼红也不顶事。

董:谁眼红来?穿上一件日本大衣,晚上不打灯笼就瞧见路了呀?

小:汪德贵,你是来找秦科长来哪,还是来吵架来哪?秦科长开会去了,你找他去吧!

汪:我高兴再呆会儿去!

小:你爱呆不呆!

汪:×!(下)

董:球!

小:汪德贵,这会管上了仓库,可真是抖起来了。

董:这小子呀!真是兔子头上插野鸡毛,想充王了。秦科长把仓库大权交给他掌管,就不正确,仓库里的东西,无缘无故地就丢了,还不知道中间搞的什么鬼咧!这小子在“满洲国”手下做过事,一脑门子的旧意识。两副脸子三条心,上捧下打就在中间混。

小:秦科长跟这小子也差不离儿。当了代理科长,更唬人哪,汪德贵就会巴结他。

董:秦科长,跟他可不一样。就是地位观念闹的,也吃上了他这一套。刘科长病了，上级决定他当代理科长，我就不服他。他呀！铁嘴豆腐脚，能说不能行。漂亮话不离嘴，还不干好事情，大伙不满意他，上级批评他，他就是拿不稳。先前搞日本女人，上级不要他搞，听说汪德贵这小子又在给他拉皮条哪！

小：呃！前天晚上，很晚了，我到卫生部给刘科长取药去。在街上我看见秦科长同一个漂亮娘们走在一起。

（刘科长挟账簿上。）

刘：谁呀！谁跟谁走在一起呀？

董：小鬼说秦科长跟一个娘们走在一起。

刘：还是那个日本娘们？

小：那个日本娘们，上回遣送日侨早遣走了。

刘：那是个什么人呀？

小：晚上没看清楚，穿一身红衣裳。

董：准不是好玩意儿。你们的会开完了呀！开客饭的事讨论了没有？

刘：还没有来得及提呢！哪里顾得上这些小问题，吵了半天，大事情还没闹清楚，以后再说吧！

董：小问题？这还是小问题？上月份单是秦科长个人的客饭，就是九千多没报上账。影响大灶，同志们提意见来骂我呀，我可不干！

刘：客饭亏空，就不能算在大灶伙食里头啊！

董：那算在哪儿呀？

刘：（一停）以后再说。你先叫总务科的人，大家都下手，把咱们的冬菜翻一翻。压久了，烂坏球了，这一冬就莫得吃的哟。

董：好嘛！我去做。话说在前头，你们没有决定，客饭就是不能再开了。不管他是谁。

小：科长！吃饭吧！病号饭他给做来了。

刘：我都吃了饭了。叫你们不要做了嘛，又做起来。拿回去吧！今天报纸还没有来？

小：我去取去。

董：医生规定的，不吃可不行。

刘：好都好了，还吃啥病号饭，这不是浪费？新灶打好了吗？走吧！咱们看看厨房去。呃！你把饭拿回去。

董：我可不拿。那是医生规定的，还有三天。我是按照规定做工作的。

刘：下晚可不要再做了。这又不是上级的命令，我的病都完全好了嘛。（下）

董：你还没有复原嘛！我对革命负责任，又不是耍私情。（下）

（空场片刻，后台秦的声音："我管不着，给我找工人来赶做，这点工程，你误了我多少日子呀！这次要是到期不交工，我要你的脑袋。"气汹汹地与汪上。）

汪：嘿嘿，这些工人，就是他妈的王八蛋。你不出脸子，他就不知道厉害。一个多月了，还是那几个鬼打鬼在那儿磨洋工。唉！嘿嘿，是上级又催问科长了是吗？

秦：工人误了工嘛，在会上把我批评一通。

汪：科长刚才是开会去来？

秦：去他妈的什么会哟。说我进了大城市冲昏了头脑。好像我今天才过大城市生活一样。说我享乐腐化，军阀主义残余，没有长期战争思想。哼哼，参加了八年抗战，我还没有长期战争思想？我在延安也参加过几天整风运动，不至于连军阀主义这个名词还不懂。就因为我在旧军队里面做过几天官儿，硬说我有军阀思想，这不知道哪儿来的理论。翻山越岭，走几千里路，到东北是为享受来了！

汪：这真是故意同科长捣蛋嘛！吃得营养好一点，像科长这样，一天劳心受累的也应当呀！就说刘科长吧，病也好了，身子骨也倍儿棒。又是保健费呀，天天鸡子白面的，就没有一个人出来说他的怪话。再一说，科长也还不是老革命了？

秦：最讨厌的，是那些刚参加队伍的新毛猴儿，也要表示自己进步，还教训我。你才参加革命几天，知道什么啊！老子革命那几年，你还不知东南西北呢。

汪：是呀，有些人就是不明白好歹。才参加了，你就乖乖儿的得了吧，逞什么能耐？别看我在"满洲国"手下做过几天小职员，我就看不惯那股子邪乎劲儿。早先日本人就是这样：总要把你训练得会拍马溜须，低头哈腰做奴才呀！嘿嘿！

秦：（取烟，汪为点火）叫你去找那修暖气的工人，找来了没有？

汪：还没有。

秦：为什么没有？

汪：科长不是叫我先把仓库拿出来的东西，去卖了再说吗？

秦：卖掉了没有，钱呢？

汪：卖了，款还没付，约定是明下午。你要用钱吗？修暖气的款子已经批下来，说是四十万，通知叫今天去取。你开个收条，我替你取去。

秦：那我自己去取。东西送去了吗？

汪：给主任送的那一袋大米呀？送去了，主任不要。他说听同志们反映，我们这里大灶伙食很坏，叫留下我们自己改善伙食。

秦:我问的那身衣料。

汪:啊!你叫给林小姐送去的那身衣料啊,送去了。她说她有要紧事,要你今天一定去她那里一下。

秦:又是没有吃的了吗?你就把那袋米送去得了。

汪:好。恐怕还有别的事情请你。

秦:你再把仓库里的毯子拿两床出来。

汪:就要……

(刘与小鬼拿报纸上。)

秦:快去吧!(汪下)

刘:《东北日报》也来了。报上有啥好消息呀?

小:(念)"三月自卫战争中,我消灭美械蒋军二十五个师约三十万人。"

刘:这还不大离。

小:"蒋介石决心全面破裂,我军主动撤离张家口市。"哎呀!张家口退出了。

秦:张家口又丢了呀!我看怎么搞。

刘:怎么搞?打吧!

秦:我不是悲观,我实在不懂得咱们最近的战争是怎么打的。三个月来丢了百多个城市。

刘:怎么打的,还不是照毛主席的计划打的!美国那些帝国主义帮助蒋介石,现在敌人的力量还是比我们强,我们跟他们打硬仗不划算。跟敌人兜圈子得劲儿。兜来兜去,捞到一个机会就狠狠地打他一棒,把他的有生力量打整得差不多了再说,这叫软丝套猛虎——好进不好出。你说用一百多座空城,换得敌人三十万人的伤亡,这个生意还做不得?你到哪儿去找这样赚钱的买卖呀!

秦:别的大城市,我觉得丢了还不要紧。张家口是我们政治军事文化的中心城市,这一失掉,影响一定很大,今后要更加困难。

刘:啥中心呵!咱们共产党到了哪儿,哪儿还不就是中心?困难是要增加一些。现在咱们力量都发展得这么大了,丢了一个张家口怕啥呀!过去在江西中央苏区的时候,国民党五次围剿,我们才多大点地方,才多少人。就那样,蒋介石他还没有把我××咬了去咧。

秦:说当然是那么说,我们的胜利是确定了的,不在乎一城一地的得失。可是战争就会这样拖下去了。

刘:拖下去就让他拖球两天吧!张家口掉了我们就都回去睡觉了呀!老蒋那个算盘还能打过咱们毛主席?毛主席不是说了吗!咱们斗不斗得过蒋介石,不是看谁的城市占得多,而是要看谁能替群众解决问题,谁能把老百姓组织起来,现在让他摆摆威风吧。只要我们把老百姓发动起来,等他那美械化,化得差不多了,蒋介石就像那火盆边的洋烛,点不完,烘也把他烘垮了。我看你还是不要担那么远的忧吧,先谈谈咱们房子问题吧。你今天把工头骂了,又没给他们解决问题,工人做工都不大带劲。我看这个问题不好好解决一下,咱们房子的工程到时要拖下去了。

秦:拖下去?不按期交工,把工头押起来。

刘:押起他来又怎么样?真到了那个时候就晚了啊!恐怕他们有什么困难,咱们还是去看看吧!

秦:你去搞吧,你病好了,修建工程还是你去管,我想出去一趟。(披大衣下)

刘:我还要看看账。

(刘挟账本到桌前,见小鬼在学文化,即到自己床头上去看账去。)

小:科长,到桌子上来吧,我让你。

刘:不用,你只管学习你的吧!要好好努力咧!我就是吃了文化低的亏。(用铅笔在账条上打记号)

小:张家口丢了不要紧吗?

刘:要紧,怎么不要紧!一个大城市给蒋介石抢去啦,老百姓又要受害,这不要紧,还有什么要紧?我是说不要丢了一两个城市就吓得昏头涨脑的。蒋介石他能胜多久呀,只要我们时常跟老百姓在一块儿在□面乡下坚持工作,等到蒋介石油干灯草尽的时候,他那几个独丁丁的大城市顶个球事呀!哼!那时候咱们就好比坛子里捉王八,手到擒来哟!

小:秦科长给我们上政治课的时候,讲起道理来很带劲,怎么一听到这个消息,就有些害怕?

刘:那谁知道他的!

(一红衣女郎突然闯入。)

小:(挡女)你找谁?

林芝兰(以下简称林):我……

(秦随入。)

秦:我的客人,没有见过大市面的样子。(很神气地)老刘,我给你们介绍一下,这是我们刘科长。这位是林芝兰小姐!

刘:(笑)坐嘛!

林:你不是说,你们八路军里都叫同志,为什么又叫我小姐呢?

秦:这是第一次见面,你还没有正式参加咱们八路军嘛!老刘,我还忘了告诉你,她要求到我们这儿来工作。

刘:到咱们这儿来工作?开玩笑吧!

林:恐怕不相当。

秦:真的,我准备找组织科谈一下。今天我先请客,特别买了一瓶白兰地,这是北海罐头鱼,没吃过吧?很不错,咱们一块儿在家吃饭吧!

刘:我不会喝酒。我还要去找工人们谈谈咧。

秦:工人就是调皮,回头找工会处理一下就行了。

刘:你说得倒容易。

秦:你不喝点酒去?

刘:你们喝吧!(下)

秦:小鬼,我开个条子,叫厨房做几个菜,快点做来。

小:厨房不给做。

秦:谁说的呀?

小:老董。

秦:岂有此理!你去!(小踌躇)叫你去!(小下)

林:那个老头儿,他是个科长呀?

秦:啊!是呀!你奇怪吗?

林:他好像很讨厌我的样子。

秦:他!土包子,他知道什么啊?

林:我忽然想到,我又不想来你这里工作了。

秦:为什么?

林:我看不惯这个人。

秦:那怕什么,你又不跟他工作。假如你来这儿的话,你做我的秘书,同我在一起。

林:不!

秦:为什么?

林:我没有想到,八路军里,还有这样的人。

秦:唉,咱们八路军里,就净是这样的人。

林:啊,那你和他们为什么不一样呢?

秦:那当然,各人的修养不同。

林:我讨厌这样的人。

秦:他做工作可能干咧!很能吃苦。别看他不会讲话,处久了他待人可和气咧!很好讲话的。

林:真的,他待人和气,处久了也会和你一样吗?

秦:会。

林:唔,我不信,他一定不欢喜和女人在一起。

秦:笑话,哪有男人不欢喜女人的?

林:我看出他的神气来了,我来你们这里工作,他一定不会答应。

秦:这个问题,不由他决定,他答应不答应不关事。

林:由谁来决定呢?

秦:我们还有上级嘛!

林:你们的上级,他们会答应吗?

秦:会。

林:你怎么知道他们一定会答应?

秦:这不用你担心,你不用管。又不用你去要求,你怕什么?

林:我怕你去求他们,他们又不答应,那多丢人。

秦:我保险。

林:真的,你能保准吗?你没想我会上这儿来找你吧?

秦:没有想到。

林:我在家里等得急了。你知道,我最近为什么忽然这样急切地,想上你们这儿来工作吗?

秦:不知道。

林:我本来是不大爱出门,也怕同男人说话的人,怎么敢于来到一个净是男人的机关工作呢? 但是,我终于不顾一切地,硬着头皮就来了。

秦:(高兴地)啊!

林:你知道我前天向你提出,要来到你这里工作的时候,我是鼓了多大的勇气哟。今天要走进你这房间的时候,我又是下了多大的决心啊!

秦:(呼吸完全紧张起来)是的是的!

林:你知道我为什么这样吗?

秦:我知道!

林:我本来是不愿意一个女人,单独在社会上做事的。……

秦:那你太封建了。

林:我一生的志愿,只希望能够爱上一个情投意合的人,终身地过我们美满幸福的小家庭生活就够了。

秦:你的理想并不高呀! 那太容易实现了。

林:可是现在我不能够呀! 我得找事情做,而且愈快愈好。你知道有一种什么力量,逼得我非这样不可吗?

秦:我知道,完全知道你的意思。那是因为你还不够了解我是否是你理想中情投意合的人,你需要从工作中来了解我,是不是?

林:不是。

秦:什么? 不是! 我不信,你说谎。

林:不是的,不是这个。你知道人家心里是多么着急呀!

秦:真不是的? 那是为什么,你快告诉我吧。

林:我告诉你,你得答应一定帮助我。

秦:你说吧!

林:三年前我爸爸……唔,我不说了。

秦:快说下去吧!

林:我不说。

秦:说吧,没有关系。

林:三年前我爸爸死了,家里没有一个钱,那时我妈妈也在病中。怎么办呢!全靠我的大舅母借钱给我们,才把我爸爸安埋了。现在人家急着用钱,我妈妈在家里急得几乎要哭了。我一时哪里拿得出这样多的钱来咧!所以我急于找个事情做,我可以弄到钱,那样我就可以还账了。

秦:为这样的事呀!那糟糕呀!咱们八路军做事向来没有钱。就是以后实行了薪金制,一下也拿不了许多的钱哪!

林:真的吗?以前我听人说过,可是自从我认识你以后,我就不相信这话了。八路军明说没有钱,暗地里一定有很多的钱,要不,那你为什么有那样多的钱花咧?

秦:呃,那,那是我自己的钱嘛。

林:那我怎么办呢!我本来不愿意告诉你的。我实在不好意思再向你借钱了。

秦:你就直截了当提出向我借钱得了,我可以帮助你。要多少?

林:五万。

秦:现在就要?

林:现在就要。

秦:为什么这样急,我手边钱花光了,你是知道的。前天卖了点货,钱要明天才拿得到手。

林:得了吧!不帮助人就算了,何必这样作弄人,我自己再想旁的办法,我走了。

秦:别误会,真是这样。要不就这样吧,等我们吃罢晚饭,咱们一同到个地方去取钱。不过那是公款,我们修暖气的。先借给你五万。

林:靠得住?不骗我?

秦:我几时对你说过假话?看把你急得一头汗!现在该让我要求你了。昨天向你谈的事呢?

林:什么事?

秦:你忘了?你妈妈答应了吗?

林:啊,我还没有来得及想它呢!

秦:为什么没有想?老是这样犹犹豫豫的,你知道你这话向我说过多少次了?

林:现在几点钟了?真的,我想急着回去。

秦:吃了晚饭去,已经叫他做了。一定误不了你的事。

林:现在几点钟了?

秦:(看右手表)三点半,还早咧。

林:你怎么把表戴在右手上?

秦:我的表可多呢!左手也有。我还有一个金怀表,十四K的,你看。

林:你真可以开钟表店了。

秦:你没有表,我送给你一个。

林:我不要。

秦:我给你戴上。(为戴表)你想好了吗?

林:我要回去了。

秦:好好,别走。我们先不谈这事吧!怎么饭还不来,咱们唱一段

吧！（取胡琴）

林：唱什么咧！我还没学会咧。

秦：就唱“女起解”。

林：我还没学会，你教一句我唱一句。

秦：好。

林：唔，不唱，有人听到不好。

秦：不要紧。（刚把过门拉过去）

（小鬼上。）

小：秦科长，老董不给做。

秦：混蛋，你去叫他来。

小：他不来嘛。

秦：你去叫，你不去我揍你。（小下）

林：太晚了，我回去等你。

秦：不要走，就来了。岂有此理。

林：我们出去吃吧！

秦：不，今天非要他做不可。

（董、小上。）

董：科长叫我？

秦：叫你做菜，怎么不做？

董：不是我不做，上个月吃了那么多，还没有报上账。

秦：我负责。

董：你负责，你去办，我不去办。

秦：为什么不去办？

董：（不语）

秦：啊？

董:(咕噜地)负责不负责,还不是吃的老百姓的血汗?

秦:混蛋! 我命令你去。

董:你骂人! 我就是不去。你骂吧,我高低不干了。

秦:你敢违抗命令,我要禁闭你!

董:枪毙我也不干。

(刘上。)

林:我走了。(下)

秦:芝兰,别走!(气极)

董:刘科长,把我枪毙了吧,我犯了什么错误呀! 参加革命十几年,我还没有挨过骂。

刘:革命同志,哪个敢枪毙你呀!

董:把我禁闭起来吧! 我犯了什么错误呀!

刘:工作是工作,意见是意见。老董,你先下去,有话会讲得清楚的。

董:说禁闭就得禁闭,讲了话不算数呀! 不行。我要看看到底儿犯了什么错误。

刘:先下去歇一歇,不要着急,有道理能讲得清楚的。小鬼,招扶老董下去。

董:我参加革命十几年,还没挨过骂。我是革命来哪! 你要军阀派儿,可吃不开,把我禁闭起来吧!

(小鬼拉着他下。)

秦:(气极在桌上一掌)老子就是军阀派。你当我把你没有办法!

刘:你不能怪他,这是大伙儿的事。上午他就到我这里来提了意见,问得我哑口无言。咱们会上不是反映了,最近饮食搞得不像话,大家都不满意。

秦:大家都不满意? 我管不着。你叫他们都来反对我吧! 我不怕。

我知道，我代替了你的工作，你很不满意。

刘：你不要血口喷人嘛！同志！谁不满意呀，你才是那号人咧。我不跟你说了好不好，你简直不讲道理了嘛。我看你最近的行动就很成问题。商量事情嘛，动不动就跳起来了。你这种情绪不对头，同志！我有很多话，还没有向你说咧，你不要给那个女人迷昏了。我告诉你吧，刚才我在路上遇见王科长，他说一会儿就到我们这里来。他不同意那个女人来我们这里工作，那个女人来历不清楚，恐怕有问题。

秦：有问题？用不着你管。我早就料到会有今天。你去联络下面的人来搞我吧，你以为我不知道你那一套？你去报告上级来清算我吧！老子就是腐化堕落定了。

刘：不要嘴里不干不净嘛！总有一天你会明白的。你这是想到哪里去了啊！我是个老粗，不会说话，向来是直扛扛的惯了。你也不要嫌我太啰唆。我是看到你现在这个搞法不对劲儿，替你着急，咱们都是老同志，参加革命这么多年，历史是光荣的，咱们要宝贵它。你很热情，会办事，这是大家都看到的。进大城市，对咱们是一个考验。你现在已经立到崖边边上了。瞎子上山，你的路越走越窄。你自己不觉得，两边的人都替你危险。再这样下去就完了。我实在替你可惜。说实在话！要不是革命同志，我又何必这样婆婆妈妈哟？

秦：又来这一套，老子不干了。（气冲之下）

刘：唉！（小鬼上）小鬼，你在那里嘟起个嘴干什么呀！

小：他就是会欺负人，老董不给做菜，他把我骂一顿。

刘：那怕什么！跟他讲道理嘛，闷在肚子里，才是没出息咧！

（组上。）

组：老秦怎么了？他哪去了呀？

刘：刚跑出去。

组：我有事。跟你谈一谈。

刘：小鬼，你出去玩玩去。（小下）

组：他最近老在那女人那里泡，那女人来历不清楚，我们最近得到材料，汪德贵同那个女人的关系，也很值得研究。老秦给那女人买这买那的，他哪来那么多钱哪！这事都怪我。决定他当代理科长，主任是不同意的。我因为你病倒了，这里又没有人……没有想到我去一趟哈尔滨回来，就闹成这个样子，万一闹出什么乱子来，我要负责任咧。

刘：我也认错了人，那时候我还不是积极要求过。他现在是什么话都听不入耳了。

组：听说你们把仓库交给汪德贵管，这是一个大漏洞。你们仓库的沙发收音机都给人运到那女人家里去了，你们知道不？

刘：怎么？运到那女人家里去了？汪德贵管仓库，我根本就不同意。病这一场病坏了，好多事儿都没办法管。今天我去仓库看了一下，很多东西不见了。

组：要找他谈一谈。

刘：这工作不能让他做了。

（汪抱两床毯子上，见状欲下。）

刘：汪德贵！你干什么呀？把仓库的东西拿到哪里去呀？

汪：呃！

刘：谁叫你拿的呀？

汪：秦科长。

刘：仓库的沙发收音机，你都运到哪去了？

汪:我没有拿。

组:没有拿?人家亲眼见到你天黑的时候,用大车运到一个女人家里去了,你没有拿?

汪:是秦科长叫我拿的。

刘:还拿了什么?

汪:还送去一身衣料,再没什么了。

刘:没什么了?天业烟、白布、大米,不是你们偷出去卖了?

汪:呃!

刘:呃什么?把东西放下,这毯子也是准备送到那女人那去的吗?

汪:呃!

刘:不要怕,好好把事情说清楚,这不归你一个人负责。

汪:我实在不知道,他只是叫我拿到这里来的。

组:他到哪里去了?

汪:大概到她那去了。

组:你怎么认识那个女人的?

汪:她住在我家间壁。

刘:是你给秦科长拉的皮条吧!

汪:呃!不是,是秦科长到我家里,他叫我给他介绍一下。

刘:秦科长怎么就知道你间壁就有一个女人?

组:你胡扯啊。

刘:把钥匙放下吧!好好下去想一想,这是革命的东西嘛!大家要爱护,怎么好随随便便拿出去了?

汪:这都是秦科长叫我拿的。

董:秦科长回来,非斗争他不可。

刘:不要光往人家身上推。多想想自己,我晚上再找你谈,下去。

汪:是,科长!(鞠躬下)

组:应该找个人把他看起来,恐怕他逃跑咧。我们应该去那女人那里去一下,不要出了什么问题。小鬼,你送封信到政治部去,叫警卫排来几个人。

小:是!(下)

(幕)

第三幕

时间:第二幕的当天下午六时半。

地点:在林芝兰家里。

布景:林的卧室,也是一间刚修复很窄小的西式房子,房顶很低。正中是一张床。床头上置收音机一架。台左一门通户外。门侧是衣架妆台,台左置一双人沙发,小茶几上有烟灰盒一个。总之家具和这房子很不调和。

幕开:林芝兰叼着一支香烟坐在沙发上,听收音机放送出:"……我军主动撤出张家口以后,全解放区军民,坚决展开全面抵抗,彻底粉碎蒋军进攻……"林很烦地把收音机扭换到另一角度,放出京戏唱片来。

(汪德贵气喘喘地上。)

汪:呵嘿,你谱儿摆得倒匀净,听起戏来了。真是准备当太太的样子啊!

林:怎么样你吃醋吗?(闭了收音机)

汪:我这坛子里的酱油早满贯了,还吃醋呢!

林:真的生气了,还信不过我?

汪:哼!

林:坐下来吧!(拉他坐下)我告诉过你,不会叫你吃亏。难道你看不出来我是在耍他?对付那样一个傻瓜,还会做了赔账的买卖吗?

汪:管你赔账不赔账,既然做了你家灵堂里的死尸,谁还能计较棺材板的厚薄啊!我不是说这个。你妈妈已经送走了吧?

林:送走了。

汪:那你赶快收拾东西走吧!

林:不,今天不能走,我还得等他来。

汪:为什么?

林:你不要又以为我真的给他上开洋劲了。今天中午你不是说有个机会,叫我赶快到他那里去弄钱吗?哪知去的时候,他们修暖气的钱,他还没有去取。本来打算吃完晚饭一块儿去取的。偏偏有人同他斗嘴,我就先回来了,他说一定给我送钱来!

汪:不要等他的钱了!

林:没把钱弄到手,我是不能走的。

汪:没有钱也得走。我这里已经把他盗卖公物的一笔款子,冒领下来了。他说送给你的一袋米也卖了,足有三十多万。你也不要太自信。他们已经怀疑你了。

林:你总是爱夸大其词。今天我在谈话中探听他的口气,他还很欢迎我到他们那儿工作咧!

汪:你不要青天白日做大梦。他们已经怀疑我们的关系。我们偷仓库东西的事情,也露了马脚。他们已经派人把我监视起来,差点跟斗就栽在这两床毯子上面了。好容易假装大便偷跑了出来。如果我们不在半点钟内离开这儿,他们真要来找我们去开斗争会咧。快收拾好咱们走吧!

林:你总是一搭篙子就翻船。

汪:我怎么翻船哪!

林:叫你做点小事儿就出了岔子。幸好你跑出来了,要不……

汪:不要叨叨了好不好?走吧!

林:走就走吧!出了点事就沉不住气。你瞅瞅,上午叫你先把收音机沙发先卖了它,又不听,现在怎么办?

汪:来不及了,走。

(已在收拾东西,一人提了一包,门急响。)

林:谁呀?(惊慌极了,交一支枪与汪)

声:我呀!你听不出?快开门!

林:哎呀!秦科长来了。

汪:怎么办?让我出去弄死了他。

林:不,你来。(一面推他上床高声地)秦科长啊!我已经都睡觉了,明天见吧!

声:不要骗我,这样早就睡觉了,快开门吧!

林:真睡了,有事明天再谈吧!

声:不!非今天谈不可!(推门)

林:别推,我给你开。

(开门秦提小箱入。)

秦:(立门口半晌)我给你送钱来。你又生我的气了是不是?我来迟了。

林:哪里话?

秦:那你为什么不愿意开门?(走近床)

林:(推开他到沙发上去,故意低声地)我妈妈睡着了,怕惊动她老人家。

秦:我们可以低声一些。(开箱取钱)

林:关于借钱的事,后来我想你既然很为难,我就不想向你借了。

秦:这是什么话?(给钱)今天真对不起你。

林:(放钱入夹)我今天不该上你那儿去。

秦:不是这样,这件事,迟早都要爆发的。他们对我都有成见。老实说我讨厌他们极了。我在这里工作,总是苦闷,不知向谁说好。只有见了你,我的精神才有所寄托。别人在工作之余,都是高兴地唱呀!跳呀!我总一个人躲在一个角落里,老觉得有一块钢板压在头上一样。

林:你应该多休息,你是太过于劳心。你应该早一些回去休息。

秦:不,为什么我一来你就要我走?你今天很奇怪,你好像总是怕我在这里呆久。

林:你怀疑我吗?——我觉得你也应该慎重一些,都市里面,环境很复杂,我们相识不多久,你对我又摸不清楚,万一我是个坏人你怎么办呢?

秦:假如我发现你是个坏人的话——我只好拿起枪,背对着你,长叹一声,把你毙了。

林:就那样下得毒手呀,那你不如趁早离开我。

秦:一个革命者,对待特务是没有什么客气的。我这是假定的话,你为什么希望我们有那样的前途啊!

林:我知道你今天受了刺激,你想得太多了,我是关心你的身体,你还是早点回去休息休息吧!

秦:你知道我回去,更是不得休息,我也莫名其妙心里烦得很,很想看看你,看着你,心里还是烦。

林：又有什么办法呢？我看出来，他们也都不喜欢我们这样的人。为了尊重你，为了尊重他们，我还是少接近你一些好。

秦：不管他们。他们越不喜欢我这样，我就偏要这样，老子就是这个脾气，不干就不干，干就干到底，哪怕是个针眼我也要钻过去。你究竟对我怎么样？只要你答应我，什么都成。我要是说了一句假话，我就把心掏出来扔给狗吃了。

林：啊！（故意装腔作势地）我请你不要说了，不要再说这样的话了好不好？我实在受不住了。我有什么办法？你叫我怎么好呢？

秦：（诚恳地安慰）芝兰！不要这样，你不要难受。我了解你的，我知道你内心很矛盾。不过你不要顾忌那么多，要拿出勇气来。这是你自己的事情。不用管他们。只要你妈妈答应，我可以保护你。

林：不，你走吧！我请求你，我请求你！马上离开这儿吧！

秦：为什么？你害怕我吗？

林：唔！我害怕你。

秦：怕我什么？

林：我本来就怕男人。今天见了他们——我就更害怕你们那里的生活。要我在那里呆一天，空气也会把我压死。

秦：不到那里去！不要你见他们，我也再不愿意回到那里去了。我只要再去一趟哈尔滨，我就可以不再到那里去了，别处什么地方不可以找到工作？啊！你收拾起东西干什么？

林：（见秦发现她收拾的包袱）我哪里也不去做事了，我要离开这里。我讨厌这个地方。

秦：为什么？你要走。

林：不为什么，我就是害怕。张家口已经失陷，全面内战开始了。万一有一天……我就怕打仗。

秦:战争是会长期打下去的,可是你千万不要失掉胜利的信心,这地方是很安全的,这是我们的后方。我可以要求永远在后方工作,要不我们就干脆到乡下做地方工作去,我们可以在一块儿工作,同时可以在一块儿生活,你看怎么样?(欲坐床)

林:(很巧妙地过去挽着他的臂腕拉他到沙发上)我老实告诉你吧!我也是(故意羞怯地)很爱你的。

秦:真的?

林:但是,我已经料到,我们将来不可能在一块儿。所以我还不如趁早离开你。假如你真的爱我的话,那我诚恳地请求你,你马上离开这里。你知道,你在这里多呆一分钟,就会增加我内心的一分痛苦。

秦:那为什么,我还有些话,需要向你说清楚。

林:不为什么,你快走吧!有话明天再说好不好?明天我什么都可以答应你。

秦:真的,明天什么都可以答应我?这回不骗我?

林:唔,你走吧!我发誓决不骗你。

秦:(走出门口,忽又转身)不!有些话,我非今天晚上说清楚不可。我知道你讨厌工作,你讨厌这儿的环境。我也可以向你发誓!只要你答应不离开我,我可以什么都不要,死也跟着你,好歹在一块儿。

林:(转了念头)你这是傻话。这股子热劲儿一过去了还靠得住吗?

秦:你为什么总不相信我,我把命都交给你了。

林:你这只是一句话呀!命又挡不了饿肚子。我们在一块儿又怎样生活呢?

秦:那我可以想办法。或者你不参加工作,我完全可以供给你。我们可以组织小家庭,到乡下去住。要吃点什么,穿点什么,爱怎样就怎样,谁也管不着。

林:像这样,在你们八路军里能行吗?

秦:我想办法!(略停)

林:假如你真爱我的话,咱们还不如一块儿离开这儿。

秦:到哪儿去咧?你何必一定要离开这里?为了你,我就是不工作也可以。我们可以当老百姓去。

林:有钱吗?你知道我若是没有很多的钱,是没法生活的。

秦:我有办法弄钱。我们可以生产、做买卖,吃什么苦头我都行,只要你愿意。

林:说去说来,你还是没有钱。

秦:离开这儿,难道就会有钱吗?

林:假如你答应同我一块儿离开这儿,咱们就会有钱。

秦:为什么?

林:你提的小箱子里,不是就有很多的钱吗?

秦:(把箱子提起来,最重的)你是叫我卷公款逃跑吗?

林:不这样哪会有钱哪!

秦:这是公家修暖气的款子。

林:让我看看是多少。

秦:四十万。

林:我要看看,又不要你的。早知道你是不愿意。

秦:好好,我给你看。(把箱子放在收音机上)

林:得,得,我不看了。(走向梳妆台去照照镜子,故意别扭地)秦科长,谢谢你对我的帮助。有话我们明天再谈吧!天很晚了,我也应该睡觉了。

秦:芝兰!你何必对我这样咧!我对你完全是一片真心。我是在想,咱们走了以后,这四十万块钱能用多久,用完了又怎么办。

林:只要你真愿意离开这儿,我自然有办法。

秦:你有什么办法?

林:你答应离开这儿吗?

秦:你说说,离开这儿到什么地方去?

林:我告诉了你,你能保证不对旁人说吗?(趁机故意亲切地摸他腰上的手枪)

秦:能保证。

林:你还一定得答应同咱们一块走。

秦:同你们,还有谁?

林:你不用管,你说你答应吗?

秦:你先说说究竟到哪儿。

林:到长春!

秦:到长春?

林:唔,到长春。只要到了长春,我保险你在政府里做事,一月能赚很多的钱。那时我们才真正地可以过美满幸福的小家庭生活了。

秦:你说什么话,你是什么意思?

汪:(从被窝里钻出来)这不是很明显吗?秦科长,叫你到长春做大官去。

秦:啊!汪德贵,是你?你们这是干什么?

汪:报告科长,什么也不干。真把我吓出了一身冷汗,差点儿把我捂坏了。现在咱们既然成了同路人,就赶快收拾走吧!

秦:汪德贵!你为什么睡在她的床上?

汪:报告科长,走出以后再说吧!再蘑菇下去,咱们都没有命了。

林:啊!你不要误会汪德贵和我的关系。我老实告诉你吧!他是我的表哥,早已经结了婚,夫人还在长春咧!假如你真的同咱们到长春的话,你就可以看到我漂亮的表嫂了,我刚才跟你说过,我是真爱你的。

秦:爱我?哼!去你的吧!原来你们是故意设下的圈套来骗我。

林:不是骗你,我完全是为你好,我很了解你,你在这里的地位上很不满足,工作上很不得志,又不能施展你的所长。你名义上也不过是一个代理科长,实际上还不是居人之下,这难道不是你很好的出路吗?为了你个人的前途,为了我们的将来,这都是你千载难得的机会。

秦:你们这两条狗,你要我当反革命吗?你认错了人。(掏枪)啊!

林:哈哈哈哈!对不起,我的秦科长,你的枪在这儿哪。

汪:秦科长,不准动!站好请你不要动。你骂我吧,我也不生你的气。不过我们放了你,你也回不去,告诉你吧!我替你到仓库取的毯子,被刘科长抓住了,他们把我监视起来,我是偷跑出来的。王科长他们已经调查清楚你全部贪污的事实。连老董都说要斗争你,你想刘科长他们还会饶过你吗?

秦:(痛苦极了,低下去头)

林:我的秦科长,不要犹豫了,你知道你现在处的是什么地位,或者是生,或者是死,在你面前只有一条路。

汪:不要故意再蘑菇下去。走不走?要迟了咱们三个人的命都完了,怎么的,再不说话莫怪我就不客气了。秦科长!

秦:(抬起来,满头是大汗)汪德贵,你来,我跟你讲话。(冷不防一拳

打掉汪的手枪，二人撕打在地）

林：不准动，我开枪了。

（汪在腿上抽出匕首，捅了秦两刀，秦倒地不动。）

汪：快走吧！差点给这小子绊倒了。

林：（提包）他们在什么地方等我们？

汪：出去再说。

（林出，汪提箱接着出。门开处，两把明晃晃的刺刀对准他胸前。）

战士甲（以下简称甲）：举起手来，转身，走过去。

战士乙（以下简称乙）：站过去。（搜去身上的枪和匕首）

（战士丙丁戊推林入："站过去！"）

丙：哎呀！秦科长，带花了。

（刘、王、董相继入。）

刘：（扶起秦）老秦！

王：老秦！

秦：（起来见汪、林二人被执，欲冲过去）狗！我宰了你。

刘：（急扶住）老秦，先不能着急，还有许多事情没有弄清楚。警卫员，把他们送到政治部去。

秦：（抓着刘与王）我该死，我没有听你们的话，我上当了。

王：老秦呀！先不要着急，这些话以后再说。

秦：我对不起革命，对不起组织，对不起你们！你枪毙了我吧！我不行了。

王：你先静一静，不要着急，把伤养好了要紧。来，咱们把他送到医院去。

董：我背他上医院去吧！

刘：不行，他腰上有伤。下块门板来，咱们抬去吧！

（警卫员押林下，众七手八脚把被子垫在门板上，刘、董二人扛上肩。）

（幕下）

（全剧终）

希望《考验》到处演

矫浮波

《考验》是一个三幕的话剧，它很生动地反映了部分同志进入城市思想蜕化的表现。如果同志们能联系自己来检讨一下，或多或少对自己是有些帮助的。

剧里的秦科长就是思想蜕化的一个典型的人物。他是老军人出身，抗战开始参加了革命。虽经过八年的抗战，但在思想上没有坚定终身为人民服务的人生观。来到东北被胜利冲昏头脑，进入城市后，被豪华的城市耀花了眼。忘了人民的困难，不知道胜利的道路上还存在着困难，在生活上腐化、堕落，吃、喝、嫖什么都干，一天到晚胡搞乱恋，满天找爱，最后搞了一个女特务，险些送掉自己的生命。正因为思想腐化，所以在工作上讲价钱，闹地位，不听从组织分配，强调个人对工作的兴趣，张家口撤出后，他悲观失望，对革命没有胜利信心，思想上发生动摇。

与秦科长相反的刘科长是一个农民出身的同志。他在长征时候参加的革命。来到城市后他思想上、生活上、工作上没有一点变化，仍然刻苦地工作着，坚持着革命军人的“吃苦在先，享乐在后”的光荣传统。我军自动撤出一些城市后，他并没有悲观，仍然很冷静地工作着，除了工作外就学习政治时事。他知道战争的胜负，并不是决定在几个城市的得失，而是决定在敌我有生力量的强弱。他坚信胜利属于人民，属于青年一代的我们。

刘科长虽然不识几个字，但是有强烈的斗争的意志，有终身为人民服务的革命的人生观，有刻苦的学习精神，对时事有正确认识，参加革命的时间长，经过了一些胜利，也经过一些失败。所以他在胜利面前不骄傲，在困难面前也不低头。抱着一颗顽强斗争的决心，积极地工作着。还是值得我们学习的。

《考验》里的秦科长，虽然是腐化堕落的一个典型，我想抱着“有则改之，无则加勉”的精神来认识他的结局，回头来检讨自己，警惕自己，还是应当的，也是必要的。如果认为我们讽刺、挖苦，对自己都是不利的。

最后，我希望《考验》到处演，人人看《考验》，这是我的希望，也是我的意见。

东北书店 1946 年 12 月初版

◇何　义

伸　冤

人物：刘继厚（刘）——二十六岁，佃户，忠实能干。

刘大嫂（嫂）——二十六岁，刘妻，朴实和顺。

刘大娘（娘）——五十岁，刘母，大胆直爽。

大宝（宝）——八岁，刘子。

王九（王）——二十八岁，地主，凶恶阴险。

王九妻（妻）——二十八岁，地主少奶奶。

王九母（母）——五十岁，淫毒地主老女人。

管家（管）——四十岁，忠实狗腿子。

秋香（香）——二十岁，柔顺的丫鬟。

张老五（张）——五十岁的老佃户。

李三嫂（李）——四十岁，老农妇。

小三（三）——十八岁，张子，年轻小伙子。

大麻子（麻）——中年农民。

贴天云（贴）——壮年农民。

秀芝(芝)——小闺女,十六岁。

群众。

第一幕

时间:一九三二年春。

地点:赵镈县王楼村。

布景:佃户刘继厚的住室,右前方有一破门,左方斜放一床,上有破被破席,正中一矮桌上有砂壶黑碗,桌旁有小板凳,门后有小货挑子,墙上有几串干辣椒干门豆等。

幕启:刘二嫂坐在床上抱着二宝又看着床上的大宝满面愁容,忽然大宝喊了。

宝:(说梦话)娘,娘哦!

嫂:(关心地问)什么?孩子,喝茶吗?

宝:(没睡醒)嗯,唔……

嫂:(倒茶,拿碗滤滤,自己又喝口试试)孩子喝茶。(大宝不应)

嫂:大宝,起来喝茶,哪,(仍不应)又不喝啦?(把茶又倒壶里,以手试大宝头)咳,孩子……(掩泪)

(刘继厚推开门,满脸丧气地走了进来,把肩上的口袋一撂,坐下吸烟。)

嫂:回来了么?(停)咱舅家也没粮食了吗?

刘:(低头)和咱一样,也是现籴现吃,煎饼一个糠蛋。

嫂:既凡是各处借不着,要不就狠狠心,再吃王府二升秫秫吧。你还得跑路,孩子还有病,(停)怎么样?

刘:(半晌无语)吃了怎么还呢?吃一升秫秫还二升新麦,吃得又不

少啦，给得又那么难。（磕磕烟灰收拾挑子）

嫂：不吃饭去么？筐子里还有几个窝窝，吃了再赶集去吧。

刘：（想了一下）咳，留着咱娘吃吧，我——

宝：（忽又醒来）娘，娘，（大声）娘——

嫂：（声音凄婉）噢噢，孩子，娘在这里，你怎么啦？

宝：（声音含糊）茶，茶。

嫂：（倒茶，试试温凉递给大宝）哪，大宝，茶。（大宝只喝两口又躺下了）

宝：娘，娘，烧饼，烧饼。

刘：（也偎近看）我赶集给你买，孩子，（以手试大宝头，叹气）咳，这样热法还了得吗？（蹲下发愁）

门外管家声音：刘二在家吗？

刘：（开门）噢，（赔笑）管家大爷么？请屋里来坐！

（嫂惊立。）

管：（上）哼，你看屋里这个脏样。（掩鼻）哎呀，一股子气熏死人。

刘：穷人家叫大爷笑话，大爷喝茶吧，烧去。

管：（神气）不，我今儿来，告诉你一件大喜事。

刘：咳，俺这就断着顿子，还有什么喜事？

管：你还不知道吗？九少奶有了小相公。

刘：哦，那可是怪喜，嗯，怪喜。

管：不独府上喜。你刘二的福气也来了，老太太叫你媳子去喂小相公，这不是大喜事么？

（刘沉默了，蹲在那里。）

管：九少奶没有奶水，饿得小相公活喊，真可怜哪，太太说你媳子奶水好，叫她快去，你想这真是头等好差事。

嫂:管家大爷,你看俺这个样的。俺怎么去?

管:(变脸)怎么?不乐意去?

嫂:(赔笑)哪能不愿意去?大爷,可怜俺大宝病这几天啦,(看怀里)这个小的吧,才几天,我一去,大宝就没人照顾了。

管:没人照顾?刘二干他妈啥来?您娘死啦?

刘:我吧!我还得挑小挑赶集,做点小买卖。俺娘还得拾点柴火烧锅。

管:废话!以后集不许赶,买卖不许做,给王府当犁户!还少吃喝?

刘:咳!不瞒大爷你说,俺一集多没见粮食粒啦……

管:狗屁!光说熊话,管说什么,小相公是得喂!快走!(拉嫂)你这个女人,怎么不识好歹!(嫂一甩啦他恼怒啦)怎么还敢打我!(打嫂)真他妈大胆,非揍死你不行!

嫂:你打死俺娘们吧,好狠心的。(抱头——孩儿哭)

管:(打)打死还有什么问题?一个熊犁户子。

刘:(悲愤)怎么?犁户子就不算人啦?打死也是条人命,(挽袖子)别逼人太甚了。

管:(孬种了,躲开)怎么?刘继厚,你还想打我?

(邻居张老五的声音:"老二又跟谁闹?"李三嫂:"夫妻俩吧?"张老五、大麻子:"进去看看。"一推门进来了。大麻子在前,李三嫂、张老五、贴天云随后。)

管:(大胆了)穷人就不算人,你的孩子生下来就是小穷种。刘继厚你有种你过来。哼,妈的,还想打王府里的管家大爷吗?真想造反!

(众人一见是管家,都吓跑了。只留下老头子张老五。)

管:(更张狂)王府里的地,我看你刘二是不想种啦。老爷把你养大啦,你过好了,就忘了老爷的恩啦。

张:(赔笑)管家大爷还值当生这大的气?老二怎么得罪你啦?

管:(不理)刘二,你只要觉着你行,吃王府那几升高粱这就得还。借一升还二升。

张:(向嫂)他二婶子,怎么闹的?

嫂:(流泪)府上叫俺舍了孩子,去喂小相公,不去就打。

管:打?小事!你吃着王府的喝着王府的,要你的鲜血也得给。你今天不去还是得揍你。

张:哪能不去?我劝劝他二婶子。大爷你别生气了。

嫂:俺,俺,怎么能去?

管:好,不去,行!(走走又回)刘二!你是好小子,再过一点钟,不叫你小娘去,哼!(下)

张:(蹲下吃烟)咳!

(群众拥着刘大娘上,刘大娘背着一粪箕柴火。)

张:大婶子来啦?

娘:(放下柴火)噢,您五哥在这里来。(坐下)我听说俺家出事,我就赶紧跑回来啦。你说这是什么事情啊?

李:真是……和凶神似的,打他二婶子,谁也不敢来拉啊!

娘:(到嫂跟前)打着了吗?孩子?

(嫂涕泣。)

娘:别哭啦!谁叫咱命不济来。(伸手)来!我抱抱二宝吧。(接过孩子)

(刘二嫂倒在床上哭了,二宝也哭了。)

嫂:(又起来要孩子)娘,给我吧。(接过孩子,孩子不哭了)

张:大婶子,府上是叫他二婶子去喂小相公,我看咱也没法。

李:怎么个去法,两个孩子都有病,看是……唉!

张:真个是逼死穷人,奶奶个×。

娘:哪里有这样的事,这不是没人过的了吗?

刘:(站起来)娘!天不早了,我得去赶集,大宝的娘(停)去不去呢?(收拾挑子)咳!

张:还得去啊,谁叫咱当人家的佃户来!端人的碗,不服人管吗?人家是什么势力,咱能扛得住吗?

刘:(挑起挑子)娘!大宝娘要是不去……咳!去吧,我走啦,五哥跟大伙坐着。(下)

张、李、麻、贴:你走吧,二兄弟。

娘:(喊)别忘了给大宝买点药来。

(远远刘的应声。)

娘:(向嫂)孩子,要不就去吧!

麻:×他奶奶,不如跟他裂了。

李:实在也难去,可王府上的规矩,实在也太厉害。

张:去就快去吧!别叫他一会又来发熊,反正脱不了。

娘:(走到嫂跟前)孩子,就去吧,谁叫咱穷来,人不能跟命争,八字定的,该受多少罪,就得受多少罪。二宝你带去,大宝我照应着,喂几天你再回来,我常去看你,(掩泪)去吧,孩子。

嫂:亲娘……实在舍不得俺大宝哇,七八天没吃点嘛了啊。

李:孩子是娘的连心肉!谁不痛哪,又病得这么厉害。

嫂:(向娘)娘,我就走吧,这一去也不定死活,娘在家里,也得多受罪啦,(又向大宝)孩子我走啦,亲儿别淘气,好生听奶奶的话。几天病就好啦,娘来看你。(掩泪欲下)

李:可怜,可怜。(掩泪)

（大宝忽然醒了。）

宝：娘，娘啊，哪去？别走啊，娘……

（大娘赶紧安慰，大嫂又回来了，叹一口气，掩面而下。）

宝：（大哭）娘，别走，娘，娘，哦……

娘：（一面掩泪一面哄儿）唔，唔，大宝！奶奶在这里，你喝茶吧？

李：（难过）亲儿别哭啦！别人都受不了呵……

宝：（挣扎）娘，我要娘呢！娘啊！娘啊！（大哭）

众：（唉声叹气）咳！咳！

娘：可怜的孩子，为什么这样命苦哇！（搂抱住他）

（幕徐徐落）

第二幕

时间：三日后。

地点：地主王九娘内室。

布景：左前方一门，挂有门帘。右方斜放一床，白被单，花被子大烟盘子，台中央八仙桌，上有大镜子茶壶茶碗，桌左一椅，门后脸盆架，墙上字画，床后橱柜。

幕启：王九母坐床上，拿大烟袋吃闲烟，不时打个嗝勒。秋香倒茶递给王九母，母不理。

香：太太，喝茶！

母：（又打了一个嗝勒）哎呀，这是谁烙的油饼，一点也不熟。秋香去问问，是谁想谋害我。（又打一个）呃——哟。

（秋香答应就走，刚到门口，又被喊回来。）

母：秋香，回来。

香：（赶紧又回来）唔，太太。

母：（厉声）我问问你，昨儿在前厅里，你跟管家拉的什么呱，那么亲热。

（秋香低头不语。）

母：（冷笑）怎么秋香，还想装好人？说！不想说?！来！

（秋香仍低头不语，走。）

母：（怒拧秋香耳朵）怎么问着不吱声呢？聋了吗？管家跟你拉的什么？（拧着秋香的耳朵，晃了两晃）

香：（痛呼）哦！管家说的——

母：（又举起手来）说的什么？

香：（慌）说的，说的我年纪不小啦，该出门了。

母：（笑啦）呸！我的丫头子，小不小的，还用他操心。他还说什么？

香：他说叫我给他——给他（低头）填房。

母：（吃醋）哼！（指门外）个没出息的东西，真不要脸，你答应了吗？

香：没有。

母：（又笑啦）怎么？怎么还没有，这不是好对"茬"，答应算了，我看着行。

香：（痛苦）太太，我愿意跟你一辈子，不愿跟别人。

母：（撇下嘴）哎哟，别充亲生的啦，当是我不知道啦。叫想那个好门，我从小拉拔你这么大小，不能随便给人。我多咱死了，你再说找男人吧。

（正说间，管家进来。背着捎马子，内有账本子、地约。）

管：（嬉皮笑脸）太太！我回来啦，要账要得怪顺当。（母不应，把脸扭一边去，管家又朝着秋香笑）

母：（怒喝）秋香给我滚出去！不叫不许进屋来！（躺倒吸大烟）

（秋香下，管家目送之，母撇嘴。）

管：太太！我回来啦！

母：（佯怒）回来，回来，回来还一景。

管：哟，又生谁的气，谁又冒犯太太啦？

母：那个没出息的，和个骚秧子的狗似的。真不要脸。

管：嘿嘿，又是说的谁呀，俺真纳闷。

母：说的那个孬种，还叫人家给他填房。

管：（说着心病）嘿嘿，真是，真是。（想掩饰过去）这回要账虽没要回钱来，（从捎马子里拿出账本、地约来）可“地约”倒弄来几张，一本万利呀，嘿嘿。

母：哼，没的遮羞。真会治理家业，也不能七八顷好地“浪当”净，来找我求帮。

管：唉！提那个干吗！（拿起地约）哎！看这一份子，郭家村李二上年吃咱那一斗二升豆子，下来麦没有还起，粮食折成钱，四分利行息。这到期啦。李二饿得捧撑着，还起账了么？太太，太太，哎，西湖那六亩东西地，归王府祖业啦，小麦长得不错呀。二百八十斤不换啦，你看，你看，地约哪里去了。熊啦。（太太一看，他就笑了）这地约不还在我手里么？哈哈！

母：熊样的，要点点账，烧得哟。（笑了）

管：（高兴得很，一歪与太太打了个对对）辛苦得很，来口提提神。

（枪刚接过来，门口有人说话了，是王九妻。）

（妻在外掀起门帘来，一点眼色没有。）

（门帘一掀，王九妻抱着小相公进来，后跟王九、刘二嫂。）

（管家一骨碌爬起来跑一边坐着，太太也坐起来了。大家都笑容满面，独有刘二嫂愁眉不展。）

母：噢！看俺宝贝来了？麻利抱这里我看看。

（九妻抱儿立母前，九坐椅上洋洋得意。）

母：（逗小孩）您看俺那小眼水灵灵的，这两天胖得真喜人。

妻：（媚笑）打刘妈一来，小相公也不哭啦，一点难为没受着。

母：嗯，也算这个女人（指着刘二嫂，嫂低头）有福气，有饭吃。

管：（献功）我办的么！我从来办事都是——咳，那（也偎上来看小相公）哎呀！小相公天庭饱满，地阁方圆，将来一定大富大贵。

母：（笑了）顺口编排罢了，俺可不图什么大富大贵，俺就叫他大了，好好孝顺他奶奶，在家里守着。

管：哪里？人是个命，犟不得，哎，你看那两耳垂肩，（手指）真是，真是大命人呀。

（一拍巴掌把小孩吓哭了。他娘就哄，太太就埋怨。）

母：你看你这个人来。这么冒失，要是——哼！这大年纪啦，还不通事。

管：（懊悔不及）咳，怨我怨我，该打该打！（自己打了自己两个嘴巴）

（小孩就哭，管家蹲在那里叹气，秋香暗上，与刘二嫂耳语，嫂面色惊惶，一看众人没注意她，与秋香暗下。）

（小奶奶站累了，走到小爷跟前。王九赶紧起来让她坐下。）

王：（发觉刘二嫂走了，生气）刘妈哪去了？不抱小相公，懒女人！

妻：刘妈这个女人，也不知怎么闹的，整天愁眉拉眼，没点高兴意思。

母：天生贱货，没点大方意思，奶水怎么样啊？好不好？

妻：奶水倒怪好，就是不好上喂，有时候还偷给她那个小孩吃。

母：哎哟，那还了得，那个小私孩，那个脏样的，黄不拉叽的一准有症！

王：秋香干吗来？一会看不到，就出这样的事，妈的！

母：秋香就是该死。我勤嘱咐她，不叫刘妈喂那个小穷种。有张高粱煎饼，喂点饿不死算啦！

管：（发觉有说话的机会）死了倒肃静，少淘些气，是吧，太太！

母：这也是你找来的好奶妈！

管：这个，这个……（愣了）

（秋香急跑上。）

香：太太，太太，刘妈的小孩死啦。

母：哼！我当是什么事来，值当吓得这样，死啦，死啦算啦。

妻：怎样死的？正好好的。

香：（又是害怕，又是难过）打一来就有症，这两天一缺奶，更厉害，刚才我喂他块煎饼，直不老实吃，只咽了一口，就噎死了，临死落一把骨头架子，真可怜人！

母：哼，是你小爹呀，看把你疼的。以后不许再拉这不吉利的话！

（远远刘二嫂的哭声悲哀凄凉："我的好孩子来……我那苦命的孩子……"秋香掩泪。）

妻：哭着往这里来啦。（向王九）你快去看看。

王：（怒）这是什么东西。咱刚有了位小相公。一满家欢天喜地的，弄个熊女人哭起来啦！

管：（自告奋勇）我去看看，死个小穷种，还值当哭来！（下）

王：（喊）赶紧弄两个人，抬出去给狗吃了算啦。

（管外应。）

（嫂哭声："我那苦命的乖儿啊……"）

（管家骂声："妈的，哭什么？想挨揍！"）

（嫂哭声："怎么这样厉害呀！逼死人命还不叫哭啊……"）

（管喝声："谁逼死人？你这个熊女人放刁。"）

（嫂:“不喂您府上的孩子,俺儿死不了!”）

（管家打骂二嫂声:“我叫你‘犟’,我叫你‘犟’!”）

母:死两个孩子算什么? 死了再养活,哼。

（管家喊:“你往哪里去?”“走你妈的吧!”嫂哭声渐远。）

香:刘妈走了。（惋惜地）咳!

王:走了也好,哪有这样的熊女人?

（小相公又哭了,小奶哄着。）

管:（上）那个女人走啦! 死也拉不住。

母:走啦,那——

（小相公越哭越哄不好,大家都发愁。）

妻:（愁）怎么办哪! 好宝贝又哭啦!

王:（唉声叹气）宝贝又没奶水吃了,刘妈真孬种!

母:（下床）不行,我去叫她回来,不能随便走!

（母噔噔地下场,大家都望她的背影。）

（幕落）

第三幕

时间:与第二幕同时进行。

地点:刘继厚家。

布景:与第一幕同。

幕启:台上静默无人,只有大宝死在床上。良久,刘大娘推门进来,挽着小筐,筐上笼布。

娘:（把小筐放桌子上,用手布子擦擦脸,望了大宝一眼,自言自语）咳,孩子该渴了! 多半天没捞着喝茶了。（赶紧又出去提回一壶茶来,吹吹壶底的灰,倒上一碗,自己试试温凉,轻轻地呼唤大宝)大宝来!渴了吧,醒醒喝碗茶,(一面说着,一面摸着大宝的头)好孩子醒醒。(一试头冰凉了。吓得赶紧放下碗,用手放上大宝鼻子尖上,看看真没气了,赶紧往外走。走出屋门就喊,声音颤抖)您李三嫂来,您李三嫂来!

(隔壁李三嫂:"哎,谁叫?大婶子吗?什么事?")

(门外刘大娘:"你快来吧!大宝不行啦!看看还能挑不?")

(李三嫂:"啊!我就来!")

娘:您三嫂子,快来呀……(又慢慢走进屋来,坐在床上看大宝,长吁短叹,不时掩泪,低声呼唤)大宝!孩……子,大宝!

李:(匆忙地推门进来,肩膀上搭块手巾)怎么样啦?来我看看。(看看脸试试鼻息,摸摸头摸摸脚)

娘:(不时地问着)怎么样,您三嫂,不要紧吧?

李:(摇头)浑身冰凉了!脉停老大会了,你怎么不早叫我?

娘:(掩泪)我清早给他茶,还喝一口,谁料到……(伤心)不能……您李三嫂。大宝真不行了吗?

李:唉,晚了,你想想病得那样厉害,唉,真疼人!(掩泪)

娘:(痛苦)苦命的儿呀,可疼死你奶奶了哇……(抽泣)

(刘继厚推门上,把担子往门后一放,向大宝卧床走去。)

李:这不是二兄弟也回来啦。大宝不行啦,可怜!

刘:(摸摸大宝的头,沉痛地叫了两声)大宝咳!大宝!(蹲在地上抽泣起来)

(邻居张老五、张秀芝先后上。)

张:(向李)大宝到底伤了吗?咳!

李:咳!只是耽误了的,要是照应好好的,哪有这,都八九岁啦!

张：小孩希会说，怪喜见人的，但这死了，他娘还许不知道！

李：她就捞着知道了么？家来看看，太太都不答应。

张：可怜！（向刘）哎，老二，别难过啦。

李：别再哭啦！大婶子又这大年纪啦，别再喊得她心里不是味啦！看看要不就叫五哥把大宝抱出去吧！（说着就拾掇床，整当小孩）

刘：（也偎上来）咳，咳！（跺脚）孩子……

娘：（帮助整理）大宝儿，奶奶对不住你，你叫你奶奶痛死了哇……

张：（过来小心地用床上的席子一卷，抱起来往外走去，刘低头叹气随下）

娘：（送出门外）我苦命的儿呀……（众人随下）

（不一会，刘扶着刘大娘回来，坐在床上不时地叹气，流泪甩鼻涕。）

刘：娘！你老人家别难过啦！（忍不住自己也落下泪来）咳！（李三嫂随上）

（远处刘二嫂哭声"我的那孩来哎"，声音凄凉，众人静听。）

李：这不是她二婶子哭着来了吗！她怎么知道的？（去看）

芝：（跑上慢慢地说）俺二婶子来啦！二宝也死啦！

众：（惊）什么？二宝也死啦，怎么啦？

芝：我看着俺二婶子抱着二宝，一面哭着就来啦！

（说着说着，二嫂来到门口，披头散发抱着二宝。）

嫂：（上，声音嘶哑，坐在地上痛沉起来）可怜的孩子你苦命哦……

（李三嫂抱起孩子，大娘、刘，偎上来。）

李：（攥着小孩的手，叹息地说）冰凉了，完了。

（大娘接过来看看，递给秀芝，抱出去了。）

李：怎么这样苦的，两个不给留一个，咳！老天哎！

嫂：（忽然听见，急忙起来，一找床上，没有大宝，疯狂地拉着刘连问）大宝呢？大宝呢？（又晃了刘两下）你快说，大宝哪去了？啊？

（刘被问得万分难过，掉眼泪，摇头叹气，挣开出去了。）

嫂：（猛地坐地上）老天哦，你杀了我吧，你叫俺怎么过唉！（晕过去）

（张秀芝、李三嫂连忙拉起来，连捶带打带喊，大娘站那里傻了似的。）

娘：孩子！孩子！

嫂：（半晌醒来）我，那，大，宝好——孩哦……（痛沉）

（台上只闻哭泣声，叹气声。）

（忽然，门外王九母的声音："这里不是刘二的家吗？"）

（众人正惊视间，门大开，王九母怒气冲冲拄着拐杖，噔噔而上，管家狞笑随上，众人惊立无语。）

母：（一屁股坐板凳上，指着二嫂就骂）刘妈，你这个女人，（喘）可气死了我，这么远路子，叫我跑来，哎——呦，我要累出病来，都是你这个熊女人的事，家来这一半天，可给你男人亲够了吧，（把拐杖一摔）快给我滚回去，把小相公饿——饿出症来，要你的狗命。

（众人低头静听，李、张看事不好，暗下。）

母：（厉声）没听见？你这个女人，想什么？到底想去不想去？

嫂：（哭诉）您，您逼死俺两个孩子，还不称您的意吗？还想再折磨死我吗！（泣）你要俺的命，就在这里打死吧……

母：（气得脸白了，嘴唇青了，只打活沙）哦，造反啦，敢骂我啦，要你的命，便宜你，打得你肉痛就行，（狠打了一下）我叫你赖人，我叫你骂人，（不住的打骂，刘二嫂的哭泣，管家的冷笑！刘大娘双手蒙脸不敢看，邻居们来看，一见是王九母，管家一吓唬："滚出去！”都跑了。）

母：（累了。只发喘。把杖一拄）哼，打，打死你，也不泄泄气。快起来滚去！

嫂：（声音嘶哑）你打死我吧！我不活啦。

母：（又打了一下）我打，打！（直喘）

管：（赔笑）太太别打啦。打死她不要紧，累着你老人家。

母：喔！不行。我，（转身）得回去歇歇，女人，快去，若不，揭狗日的屋，留狗日的地，叫狗日的死也找不到地处，哼！（向管）走。

管：哎，听见了吗？刘二家回去。要不，（指嫂）要你的好看。（搀王九母下，不时回头冷笑）

（刘大娘放下手来，慢慢走到嫂跟前，扶她坐起来。）

娘：（凄惨）孩子，孩子，你——咳！（掩面）

嫂：（看看娘，看看自己身上的土泥。想想死去的两个孩子，两手抓着娘）娘！我不能活了！（泣）我得死了……

娘：别说了。孩子，咳！

（嫂爬起来往外走，娘一把拉住。）

娘：你看，你这个样，你到哪去？

嫂：（挣扎往外跑）我不能活了啊。

（娘又拉回来，嫂坐地下挣扎，哭“不能活了”，娘就劝。）

娘：（有力地）孩子，咱不能那样傻！直逼得这样，咱实在也不能在家里过啦，咱走！咱下南湖，到外边饿死，也不能再受这个气。

（二嫂沉默了，邻居劝着。刘继厚上。）

张：（吸着烟）老兄弟，也别太难过了，孩子已经是死了！

李：真是，一家子也都别哭了，哭死也是枉然，人总是命。

娘：宝的大爷，你看把她（指二嫂）打得这样，咱实在不能再在这里过啦,咱得走。

刘:(惊愕)走?

李:上哪去?

娘:下南湖,这不是,还叫宝的娘去喂小相公,你大伙看看,这不是活要俺的命?

(众人谈论不一,叹息着。)

麻:也好,看不走也不行啦。

贴:真是,也没别的办法啦。

张:去也不容易啊!

李:这么远怎么走法!

刘:(犹豫)去? 能去吗?

娘:怎么不能行! 这才几天,前街走了四家,人家怎么走来,咱就不能去吗?

刘:不知道南边好混不。

娘:好混不好混,反正比咱家里强,种人家二三十亩地,也没耽误挨饿! 一会人家还叫您媳妇子去哩,也不知道你这么穷家难舍的,你不去,俺去,俺不能再受这个鳖气。

刘:咳,去就去! (吸袋烟)咳!

娘:既凡愿意去,还不拾掇,等什么!

刘:这就走么?

娘:你看,还等什么? 人家一会又来叫。非逼着才走吗?

刘:好,走就走,也实在没别的路啦! 再当一年犁户,脱不了都饿死。

(起来收拾小挑,二嫂帮着,邻居又拉起来。)

麻:也实在没法混了,前儿郭家村走二十多家子。

张:咳,什么年头,真是一年不如一年了。

麻：我看刘二哥一走，咱也难说怎么着。说不完哪天，咱也饿得下了南。

贴：咳，过一天，说一天吧。穷人走遍天下饿肚子，腰里无钱寸步难行。

刘：收拾好啦，走吧。

（大伙都看，不错，小挑拾掇好了，两个破席摇子，一领破席，小锅黑碗，衬着全家三副愁容，尤其是二嫂，披头散发，浑身泥污，显得凄凉可怜。）

张：你看她二婶子那身衣裳，也没的换换，咳！

李：还有身旧褂子，我拿去，二妹妹不嫌乎，带着穿也算俺姊妹一场。（下）

嫂：哎，（喊）二嫂子，（没答应）咳！咱穷人要穿什么？

麻：穷帮穷，（立起来）我也送二哥点东西。（下）

三：（向张）爷，我拿两个煎饼给俺二叔拿着吧！

张：好孩子，快去，多拿。（小三跑下）

芝：来，我给二嫂子梳梳头。（到嫂跟前）

嫂：你，不，我自己吧，妹妹。

芝：（不让）我来吧，你自己不能行。（开始梳）

张：二兄弟走了。（伤感地）我这么大年纪了，不知道老兄弟俩还能见面不？咳！

刘：五哥，说哪里话？你壮实着来，几年年景变了，我还是得回来的。"树高百丈依根生，水流千遭归大海"，我是难忘老家的，但凡有一线之路，也不出去要饭。

张：也不知道你家里还有什么"挂搁"吗？

刘：没有，就是俺爷坟子上，清明十月一日的，连个纸也没人烧了。

张:哎,那个算我的,老爷们啦。你走了,烧个纸啦,添个土啦,我一定办到。你可在外边好生混哪。合满庄老一辈的谁不常夸奖你,从小老实,唉!咱勿管是到哪里,不贪意外之财。

(众人有的拿来衣服的,有的拿煎饼的,来放小挑上,刘二还不要。)

麻:别的我也没有,(拿出钱来)这两个钱别嫌少,带着路上喝茶。

刘:不要,兄弟,还拿钱来做什么,你也是个没有。

麻:千里送鹅毛,礼轻人意重。二哥你还嫌少吗?

张:收下吧,二兄弟,"在家十日好,出门一时难",带着路上少受难为。

娘:这大伙这样待俺娘们,俺怎么报答?

众:大婶子还说什么,咱都是自己,说什么报答!

娘:这可叫俺心里——好吧!天不早啦,走吧,越拉话越多,脱不了都难受。

刘:好,就走吧!(挑起小挑)

麻:来,我挑着送送你。(争过来)

张:哎,可是二兄弟还有该还的账吗?我替你还还。

刘:没有,有吃的王府的粮食,他看着要吧,还有家里这些破桌子、破板凳……五哥……(慢慢地走)

张:(送下)老二,走到就来信,别叫俺挂着,俺看看真不行,还得去找你去。

刘:错不了,管怎么着,来封信,叫大伙放心。

(一面拉一面下场。手牵手地不忍离开,掩泪哭。)

刘:大伙别再送了。

张:哎,二兄弟,你路上保重呵!

(幕急落)

第四幕

时间：十年后。

地点：赵镈县王楼。

布景：讲理大会会场。台中央一桌二凳，两边贴标语，后边看见树林。

幕启：有两人正在安排桌凳，贴标语。台后小三领着喊口号："打倒封建势力！""我们要翻身！""算账减租！"

甲：快布置会场吧！人就来啦。

乙：你说俺农会会长刘继厚这几天可忙得很哪！吓，刘会长可真热心。

甲：你知道吗，俺会长刘继厚一家子被恶霸王九害得可苦情啦！两个儿都给坑害死的。

乙：怎么不知道！大宝宝死得真可怜！唉，可真是，一转眼，已经十年了。

甲：可不是十年了！刘继厚逃荒在外也有好几年，这如今才回来二年，可这二年变得也快，恶霸王九要完蛋啦！

乙：早完蛋早好！

（口号声渐近。众人上，坐两旁。刘继厚上，站桌前。小三当司仪。）

三：（吹哨子）老少爷们，别乱，俺会长给咱讲话了。

众：（鼓掌）欢迎欢迎。

刘：各庄老少兄弟爷们这都来啦。咱今天开翻身讲理大会，要跟封建势力算清老账；过去站在咱头上拉屎的坏蛋，今天要推倒他！

咱有共产党民主政府领导，咱怕什么?!

众：咱什么也不怕！

刘：对啦，咱有理得讲彻底，翻身得翻彻底！外庄都斗争胜利了，分了斗争果实大生产了；咱也得麻利办，倒清咱的苦水！

众：把恶霸王九弄来吧！……把他拴上来！……

刘：（向后边）把王九带来吧！

（右后大众嚷嚷着，小三领叫口号："打倒恶霸王九！""该债还债，该命还命！"民兵押着王九母子两个上。又叫："叫恶霸跪下！""跪下！"……）

刘：兄弟爷们！

（小三的哨子响了，众渐静下来。）

刘：封建头子大恶霸王九跟他那喝血鬼的娘都带来了，谁有意见，谁发表。

众：（争着要发言）我发表。

麻：（站起）我第一个发表。（走到王九跟前指着）你他妈也有今天哪！（向众）老少们，咱评评这个理。民主政府减租减息的告示早贴出来了，那确实是叫咱能喘口气，多喝两碗"糊涂"，少挨两顿饿。（向王）可你怎么着？不减！你还说穷靠富富靠天，你养活了俺，你他妈真不要脸！俺种的地打的那些粮食都弄哪去啦？一亩地你要咱二百五十斤租子，俺能打多少？

众：二百五十斤都不够啊！

麻：（仍向王）你他妈吃人不吐骨头！你终天人事不干，吃香的喝辣的，穿绸绫缎片，住高楼瓦屋，这都是谁给你挣的？

众：咱种地户给他挣的呀！

麻：咱穷人养活你这个肥猪，商量你减点租子，你不减?!

众:问问他减不减?!

九:(低头直点)减减减……

麻:我说完啦。(回原处)

贴:我说!(走到王前)这可晴天啦,俺也说句话。(指王)王九你听着!给你出差的账,咱得算清楚,不说远的,前年一年,我整整出了八十多天的差,俺穷人仗着身子混饭吃,这就搁得住啦?我八十岁老娘饿得直问我做了工怎么连口口粮都没得吃,我说什么?!(指王头)你个混账东西!你还打我!民国十九年四月初九那一天,我死也忘记不了,在南园上,你说我出差去晚了,一藤条子把我头打了个窟窿,我整整躺了三个多月。你说,你该怎么办吧?

众:(三领着)打人的打回来!

贴:依我性子就杀死你也不多。可我们穷苦人是大仁大义,宽大你。咱把这出差账算算,还我的工夫钱,往年俺再也不给你出差啦,听清了没有,王九?

九:听见了。

众:光听见了不行,得欠债还钱哪!

九:还还还。

李:(拄拐杖上前,颤抖地指着王)你不是九少么?你个狼心狗肺的贼!你吃屎你回回味,你应该么?我一个寡妇老妈妈子,又不种你的地,你也欺负到我头上来!上年春上,你把我那北湖那五亩地硬霸占,说是买我的,直到如今可没见你一个豆子!王九!(掩泪)你勒逼得我无衣无食,要不是俺闺女家帮衬我,我早饿死啦!你个恶霸!你欺负穷妇娘们,你对不起天地鬼神哪!

众:(三领叫)给地退回来!还要退租钱哪!

李:你给不给地,给不给钱哪?

九:给给给……

娘:(从人后边挤上,气得浑身哆嗦着去打王九)王九!你个狼种!你还我的孩子!

众:杀人的偿命哪!

娘:俺给你当佃户,到如今是四辈子啦,吃你那些鳖气,三天三夜也说不完,就只说你逼死俺的两个孩子吧,(不觉泪下)小的才下生几天,大的大宝都八岁啦,谁见了不夸奖,害着病,你非叫他娘去不行;谁的孩子不是娘的连心肉?要活着,如今是多大啦!……你勒逼得俺下了南,俺在江南差点儿饿死,要不是八路军过来,俺就死在外边也别想回来!还有谁替俺伸冤?想起往日的事来,我恨不得咬你两口!

(众听得凄苦。刘擦擦眼走到王九面前。)

刘:王九,大伙给你提的这些意见,都有没有?王九你说!

九:有有有!

(刘大娘哭泣着回原地。)

刘:啊,今天你才知道"有"啦!三天以前你还吓唬人说"中央军"上来要杀我的头!哼,你什么"中央军"!你当汉奸,你东洋鬼子的龟孙子!你是中国人吗!

众:(口号)打倒汉奸王九!打倒鬼子走狗!

刘:还有,王九那八顷黑地,这几年公项是谁给他垫的?

众:咱大伙垫的!叫他赔给咱!

九:赔赔赔……

众:赔,要赔的东西多着哩!过年过节为什么要咱送礼呀!……凭什么干拨工?……还有白带地!……还叫你奶奶九少爷!……

甲:他奶奶孬种王九呀！你叫老米他闺女给你喂蚕,老妈妈去你不要,硬逼着人家下了关东,至今没个信,你怎么办！

乙:叫王九跪下来给大家赔礼呀！

众:对呀！叫王九跪下来！……叫王九他娘那老狐狸也跪下来！跪下来！跪下来！

（王九和他娘在众人吆喝声中跪下。）

三:（跑去指王九母）你这个老骚货也跪下来啦！他娘啾！你说你和你那管家老在一个屋里光着两个熊腚干什么的？民国二十九年七月七,你后院马房里失火,俺去救火,你好,你和你管家的都光不溜秋跑出来,俺看见了,你一人给一张一元票子,不叫俺声张。他娘啾,这就是你恶霸太太办的好事！

众:（笑）真不要脸哪！……哎,主席,把那狗腿子也弄来算账啊！

刘:咱明天还要继续开会,还得组织清算委员会清算他！咱大伙有找地的,有找钱的,有讲理的,回去都往农会上提,好吧？

众:对呀！……把王九和他娘押起来呀！

甲:送到区上去处理吧！

众:赞成哪！送区！

刘:好,把这两个大坏蛋送区,民兵上负责。

（民兵提起王九母子,喝声:“走！”）

刘:今天这会就散会啦。各小组组长,各系统负责的都到村团部开会去。

众:（起立）对。（散下。歌声、鼓声起来。）

（台上留下刘大娘、李三嫂。）

李:这可晴天了,咱穷人伸直了腰啦！

娘:唉,往年俺都捞不着说句话呀！

李:这样百年不遇的翻身大会,怎没见二妹妹来开会?

娘:(笑)她不能来哟,正在月子里哩!

李:(笑)好哇!俺还不知道哩,真是大喜!

娘:是个小小子,透胖啊!减了租,有了地,又有了孩子,你说,我睡着了都笑醒啦!

李:那可是。俺去看看那孩子去!

(幕徐闭)(全剧终)

一九四六年八月七日二次改写

选自《解放区农村剧团创作选集》,东北书店1947年10月初版

◇佚　名

两个胡子

时间：严冬大雪天

地点：东北解放区靠近山林的一个屯子

人物：丧门神老桑——胡甲

刘老三——胡乙

刘妻

小兰

二牛——农民甲

李宝文——农民乙

乡长

李万三——恶霸地主

自卫队员

第一场

（在漫天大雪中两个胡子狼狈走上。）

胡：(唱)十冬腊月数九天，北风烟雪透骨寒，

荒郊野地无人走，头子派咱下了山。

胡甲：(唱)去到东屯把信送，

胡乙：(唱)亲手交给李万三，

胡甲：急急忙忙走得快，

胡乙：腰又疼来腿又酸。

胡甲：喂！快走！

胡甲：(唱)坑坑洼洼道难走，

胡乙：(唱)肚里饿得直叫唤，

胡甲：(唱)紧紧裤带咱再走，

胡乙：(唱)头迷眼花懒动弹。

胡甲：快走哇！看你这么磨磨蹭蹭的。

胡乙：哎！老桑！

(唱)咱们大伙在深山，又没吃来又没穿，

像这样的大雪天，浑身上下耍着单。

胡甲：咳！老刘！

(唱)叫老刘你别埋怨，赶快赶到四合山，

只要见到李万三，什么事情都好办。

胡乙：(唱)一年三百六十天，天天像过鬼门关，

就算找到李万三，不过只能顾眼前。

胡甲：(唱)你他妈别钻牛角尖，要把眼光来放宽，

真要“中央军”来到这，咱们就一步上了天。

胡乙：(唱)今天盼来明天盼，连个影儿都不见，

头子个个都完蛋，不知哪天轮到咱。

胡甲：嘿！老刘！你这是怎么啦，天塌了有地接着，脑袋掉了碗大个

疤瘌，抓住了是他的，抓不住是咱的，他妈混一天算一天，发晕当不了死。

胡乙：瓦罐不离井口破，谢××，张××，李××，怎么样到了全都弄了那么个下场，咱们再这样混下去，说不上哪一天，恐怕也……

胡甲：怎么?！你熊啦，干咱们这行，成天价脑袋拴在裤腰带上，吃的就是这碗饭，你要熊啦就别干！

胡乙：唉！你光棍一个人，腿肚子贴灶王爷，人走家搬，我还有老婆孩子拴着呢，怎么能和你比呀？

胡甲：是儿不死，是财不散，这个年头爹死娘出门，各人顾各人，哪那么些个事？

胡乙：也就得这么想，眼不见，心不乱，耳不听，心不烦，偏偏前几天一连接着家里两封信，弄得我几宿没合眼，（掏出信来给甲）这不么，带着呢，你看看。

胡甲：他妈的，你这不是骂我么，你明知道我斗大的字识不了一升啊，能看出来个屁呀，你告诉我信上写的是啥事吧！

胡乙：（唱）家里没人又没钱，灶坑几天不冒烟，

老婆病了几个死，叫人怎能不可怜？

胡甲：咳！我当什么大不了的事呢，弄个老婆也值得这样，晃晃鞭子一大群，就怕你小子没能耐。

胡乙：老桑！你不知道。

（唱）头两月死了我的妈，我都没顾得回趟家，

老婆再有个好和歹，六岁的孩子谁拉扯？

（白）我妈就是为我干这行煞糟死的，这回老婆若再有个好歹呀，那一家子人家，可就真完啦！

胡甲:(白)那么你打算怎么的?

胡乙:(白)我想回去看看呢。

胡甲:(沉吟)那你就去吧,反正你家离李万三家也不远,回头你上那找我去。

胡乙:(犹疑地)可是,回去也是两手攥空拳哪,连一个钱也没有。

胡甲:你真是个窝囊货,端着金碗要饭吃,(从腰里掏出枪)你有这个还怕没有钱?

胡乙:哎!现在可不比从前,穷棒子这么一分地,哪个屯里没有十条八条枪,可不敢乱来。

胡甲:怪不得你受一辈子穷,总是这么怕爹怕娘的,你不会把眼神放亮一点呀?去吧!去吧!

胡乙:好,那咱们就从这岔道分手吧,在李万三那不见不散。(乙下)

胡甲:(唱)咱和老三分了道,心里越想越好笑,

就凭一个男子汉,老婆孩子算个×。

走了一程又一程,一会走来一会跑。

猛然抬头往前看,不知不觉来到了。(下)

(农民甲、乙,先后上。)

农乙:什么人?

农甲:没有看清,看样子不是好货。

农乙:走!咱把他弄住。

农甲:(急忙拦住)嘿!别这么冒失,他要带着家伙呢?(稍停)你快回去找自卫队去,带枪来,我先跟着他!

农乙:好!(跑下)

(农甲往胡子方向追下。)

胡甲:(上唱)抬头看看天还早,听见村里狗乱咬,

穷棒子一定放着哨，让他们抓住不得了，

左思右想心发毛，这边望来那边瞧，

正好有个关帝庙，我先进去落落脚。

（白）咱先在这关帝庙里躲一会，等天黑了咱再摸进村去，免得叫穷棒子看见，惹出娄子来。

（贼头贼脑，向四外张望一下进庙。）

（二牛蹑手蹑脚跟上。）

农甲：（唱）刚才一出屯，碰上这个人，

贼头贼脑进庙门，准不是好人，

我看他背影，好像丧门神，

偷偷摸摸来到这，又来害咱们。

（二牛走上庙台，倾听了一会儿，一推门"呀"一声响，急抽身退回来。）

悄悄离开庙，一边瞭着哨，

你要真是丧门神，看你哪里跑。

（扭头正要下，胡甲开门望见农甲，便一步窜出来。）

胡甲：（掏出枪）站住！（农甲吃惊地停下来）

胡甲：滚回来！（用枪逼住农甲）走！进去！

农甲：唉！咱们本乡本土的，何必这样？

胡甲：少说话，进去！（把农甲逼进庙里，随手关上庙门）

胡甲：好小子，你还想老虎嘴边拔毛啊！妈的把棉袄脱下来！

农甲：看！我也没……没惹着你呀！这……这……

胡甲：少废话！别叫老子费事！快点！

（农甲无可奈何，只好脱下棉袄递给胡甲。）

胡甲：扔在地下！背过脸去！

农甲：（惊恐地）你要棉袄给你棉袄啦！还要干什么？

胡甲：妈的，快背过去！快！（见农甲不动，便转到农甲身后，农甲也想转身）

胡甲：（威吓地）不许动！（用枪柄猛击农甲后脑海，农甲昏倒过去，胡甲解下农甲裤腰带把他反缚起来，冷笑一声）哼！

胡甲：（唱）你的胆子真不小，老虎嘴边敢拔毛，

别怨我手黑心又辣，你自己要把死来找。

（把棉袄披在自己身上，走过庙堂。）

（农乙和自卫队员上，农乙手拿红缨枪，自卫队员手拿大盖枪。）

自：哎！老王，在哪呢？

农乙：我才看他们就是奔这边来的呀！妈的怎么没啦！（二人四处瞭望，各处寻找）

自：（发现脚印）喂！这不是脚印么？进庙啦！（二人走到庙门前，推门，里面上着闩，二人会意地点了点头，凑到一块咬咬耳朵，躲在一边隐藏起来）

（这时外面大风卷着雪花飞舞着怒号着，树上的乌鸦发着凄厉的惨叫，天也渐渐昏黑下来，胡甲在这样情景下，四周望望不免也有点发毛。）

胡甲：（唱）外面大风像狼嗥，阵阵雪花屋里飘，

庙里四下阴惨惨，猛听老鸹哇哇叫，

叫得我浑身直发毛，叫得我心惊肉又跳，

我看还是进屯去，庙里冻得受不了。

胡甲：（走到农甲跟前，用脚踢了踢见已昏了过去）你他妈的耗子舔猫鼻梁子，自己找死，在这凉快着吧！老子还要省下这颗枪子呢！（走到门旁，歪着头听听外面，然后轻轻拔去门闩，闪在一

旁,一只手先开开一扇门,伸出头去四下张望,没有动静,他才走了出来)

农乙:(同时)往哪跑!

自:(同时)手举起来!(向农乙)搜搜他!

农乙:(从胡甲身上搜出枪来)哈!没错,还带着家伙呢!(见胡甲穿着农甲的棉袄,诧异地)妈的,二牛的棉袄他穿上啦!

自:(一惊)是不是二牛叫这小子给糟蹋啦!老李!你到庙里去看看去。

农乙:(跑进庙去发现农甲躺在地上,吃惊地)二牛!二牛!(仔细一看,用手摸摸农甲胸口尚微弱地在跳动,这才放心,赶紧跑出庙外)

农乙:(气愤地)妈的,二牛让这小子扒个溜光都冻昏过去啦!

自:(担心地)不要紧吗?

农乙:谁知道哇!都人事不知啦!

自:(向胡甲)妈的,把棉袄快给他妈的扒下来!

(农乙过去扒下棉袄,随手用绳子把胡甲绑上,狠狠地打了几个耳光。)

农乙:(一面打着)妈个皮!杂种×的!妈个皮!杂种×的!

自:先别打啦!快把二牛弄回去吧!

(农乙拿着棉袄跑进庙去,给二牛穿在身上,背起来走出庙门。)

农乙:走吧!咱快回屯吧。

自:你背得动么?要不我来!

农乙:行!行!你牵着这小子,别叫他跑了!

自:跑不了,他要跑我就把小子扣了。(一齐下)

第二场

（天已黄昏，胡乙妻从外边要饭回来，左手挎筐，筐里盛着残饽饽剩饭和一个破铁罐，右手拿着一把柴草，被寒风吹得乱抖着一步一步地费力地挨上来。）

妻：（唱）（叫板）哎呀！好苦啊！

前街走，后街串，挨门去要饭，
叫婶子，喊大娘，没有人可怜。
别人家，翻了身，家家欢笑，
只有我，娘儿俩，眼泪流不完。
家家呀，分了地，有吃又有穿，
我家呀，灶坑里，整天不冒烟。
恨只恨，命里苦，嫁给刘老三，
交上了，坏朋友，抽上了大烟。
丧良心，当胡子，离家上了山，
抛下了，娘儿俩呀，在家受饥寒。
一团啊，乱麻呀，也能择出个头，
这样的，苦日子，多会才算完？

（白）咳！哪辈子作下的孽啊！修来这么个男人，出去当了胡子，把我们娘儿俩扔在家里头。清锅冷灶，少吃没穿地受罪，自从共产党帮助穷人翻身以后，听说一些山上的都回来啦！前些日子乡长帮我给他又写了一封信去，让他也回来，跟政府坦白自新，直到现在，连个信都没有，也不知道捎到了没有，唉！把孩子扔在家里头不知冻死没有，我快回去吧！

（唱）我这里，快回家，看看小兰，

西北风，刮得我，嘚嘚乱战。

回家来，一路上，越想越心酸，

一步步，走近了，自家门前。

（白）到啦。（推门进去，随手插了门，听见小兰正在哭）

小兰：（两手扑到母亲跟前）妈！

妻：（放下手里的东西，搂住小兰）别哭啦孩子，（擦干了小兰的眼泪，摸摸孩子的两只小手，见冻得冰凉）唉！把妈的孩子快冻死啦！（脱下自己的破棉袄给孩子穿上）

小兰：妈！饿！

妻：（拿筐，见里边东西冻得冰凉）等妈给你生着火烤烤吃。（到里边端过一个破火盆，放在地上把火生起来，坐上破铁罐把要来的饽饽烤在盆边上，母女俩在旁烤火）

（胡乙上。）

胡乙：（唱）趁着天黑混进村，幸亏没有碰见人，

偷偷摸摸溜墙根，好容易来到自家门。

（胡乙四下张望，见没有人，听听门里，拍门。）

妻：（站起来要去开门）

小兰：妈！妈！

妻：你等着妈去看看外边是谁叫门。

小兰：爹回来了吧！

妻：（怨愤地）你还有爹？你爹死在外边啦，不要咱们了！（走到门边）谁呀！（见没有人应声，转身回走）

小兰：妈！谁叫门呀？

妻：没有人，是风刮的！

胡乙：（唱）听见她们说这话，万把钢刀扎在心，

我这是做了什么事，有什么脸面见她们？

（犹疑了半天，终于硬着头皮二次拍门）

妻：（听见拍门声，二次走到门边）谁呀？

胡乙：（低声地）我！

妻：你是谁呀！

胡乙：（不语）……

（妻犹疑地开开门，胡乙闪身进来。）

妻：（认出是丈夫）啊！你……（一时说不出话来）

小兰：（扑过去）爹！爹！

妻：你还回来呀！（心一酸，眼泪扑簌簌地流下来）

（唱）一见他，不由得，泪流满面，

倒叫我，苦命人，好不心酸。

自从我，一过门，嫁给了你，

饥一顿，饱一顿，少吃没穿。

你一天，在外边，吃喝嫖赌，

没给我，留下过，一个大钱。

跟着你，十来年，受尽苦难，

从没有，说过那，半句怨言。

实指望，有一天，你败子回头，

到那时，我就是，死也不冤。

谁承想，你交下了，狐朋狗友，

学会了，扎吗啡，抽上大烟。

丧门神，他好比，勾命的鬼，

勾引你，当胡子，跑到外边。

小兰：（哭着）妈！妈！你别哭啦！

妻:兰!(接唱)

咱的妈,为了你,身得重病,

老人家,她死得,实在可怜。

一张那,破席子,三根麻绳,

就把她,老人家,埋在村边。

你只顾,在外边,为非作歹,

你不怕,害天理,报应循环,

你不怕,老天爷,打雷劈你,

你不怕,乡亲们,咒骂连天,

你……你……你把这些全不管,

(转快板)家里抛下了我和小兰,

又没吃来又没穿,十冬腊月破烂衫,

黑夜盖着破麻片,头上枕着半块砖,

不管刮风和下雨,不管黑夜和白天,

左手提着烂铁罐,右手提着破筐篮,

东街走,西街转,串房根,溜房檐,

爷爷、奶奶、婶子、大娘叫一天,

没皮没脸去要饭,为了养活咱小兰。

这都是你伤天害理现世现报,

你还是个什么男子汉!

小兰:妈!妈!别哭啦!

胡乙:(唱)听她言,不由我,心乱如麻,

一字字,一句句,都像刀扎。

恨只恨,我当初,一步走差,

到如今,只落得,害了全家。

（白）兰她妈！别难过啦！我出去给你们想办法弄几个钱去。

（转身要走，被妻上前一把抓住）

妻：什么？你干什么去！

胡乙：（吞吞吐吐地）我……

妻：你，你还不死心哪！要去当胡子去呀！

（唱）你既然，一步走差，

就应该，另想办法，

为什么，你贼心不死，

还要离家？

胡乙：（唱）我已经，骑虎难下，

你叫我，有啥办法，

叫政府，抓了去，

还不是杀！

妻：（唱）王老四，已经回家，

政府里，并没有杀，

听说是，坦白学好，

就能宽大。

胡乙：（唱）政府里，就算饶咱，

穷日子，还是艰难，

可叫我，想啥办法，

能够挣钱？

妻：（唱）只要你，一心改变，

政府里，分地给咱，

咱一家，好好侍弄，

不愁吃穿。

胡乙：（唱）你知道，我抽大烟，
到现在，已经三年，
抽得我，浑身没劲，
怎能种田？

妻：（唱）要不是，抽上大烟，
怎么能，会有今天，
你还不，咬一咬牙，
扔在一边。
（白）凭你个男子汉，不吃饭不行，不抽这个还能怎么样啦！你就不会咬咬牙，把它戒了，若不是它，会把咱们害成这样啊？

胡乙：（沉吟一下好像想起什么，抽身往外就走）我去办点事，一会再回来。

妻：（三步两步插上房门，赶紧拦住自己丈夫）怎么着？我说了这么半天，你还是要走哇！

胡乙：兰她妈！我对不住你呀！你跟着我受了这样的罪，你说的话比拿刀子割我还厉害，我要是再不改，连点人味都没有了，唉！你不知道，我还有我的难处，你叫我出去一趟。

妻：（赶紧拦住）不——不行，你不能走，你有什么难处！你的难处我知道，你还是不死心还想当胡子去！我好话说破了嘴，你的心是铁打的呀！

胡乙：兰她妈！你别说啦！以后你就明白啦！我现在真是哑巴吃黄连苦在心里呀！你闪开让我出去。

妻：（着急地）不，不，今天死也不能叫你走，（央求地）兰她爹！你就不可怜可怜我！（跪在丈夫面前）看！我给你跪下啦！
（唱）我为你，受的艰难，

谁听见，谁不可怜？

你忍心，看我死在，

你的面前？

小兰：（哭着扑过去）妈！妈！

妻：（唱）就把我，丢在一边，

你也要，疼苦小兰，

难道你，看着她，

就不心酸？

（白）你不看我还看在孩子的分上，我要不看小兰，我早一头扎在井里啦。

小兰：妈！不——你可不要死呀！（哭）

妻：兰！都怨你的命不好啊！去！孩子也给你爹跪下！

小兰：（扑到爹面前）爹！

（唱）爹爹你，不要走哇！

爹爹你，不要走哇！

小兰我，在这儿给你跪下。

（接上唱）你可怜，我的妈妈，

你可怜，我的妈妈，

没有妈，你叫小兰，

跟着谁呀！

胡乙：（唱）她娘俩，跪在面前，

倒叫我，好不心酸，

这件事，真叫我，

左右为难。

我有心，不去外边，

我从此，洗手不干，

怕只怕，胡子们，

要来害咱。

兰：爹！爹！你别走啦，噢！

妻：兰她爹！你别走啦！

胡乙：（想了一下决然地）不行！已经害了我自己啦，不能让她娘俩也跟着陪绑，我还是得走！（向屋外奔去）

妻：（膝行急忙赶上去）兰她爹！兰她爹！（一把抓住丈夫）你真非走不行啊？

胡乙：兰她妈！你撒开手，你不明白，我留在家里头就要害了你们啦！

妻：（猛然从地上跳起来，拉起兰）兰！起来！（把兰推向丈夫）这是你的孩子，把她交给你，你先别走，我走！

胡乙：（吃惊地）你上哪去？

妻：（痛苦地）你诚心往死路上逼我，你还用问？（转身要走）

兰：（哭着赶上拉住）妈！妈！

胡乙：（急忙一把拉住）唉！兰她妈！你不知道，我告诉你，我若是不去，胡子找到家来，咱一家都活不了哇！

妻：看你弄的这个事，这可怎么办呢？天哪！（大哭起来）

胡乙：都怨我！我混蛋哪！我害了你们啦！（在一边哭起来）

（乡长端着一碗高粱米饭上。）

乡：（唱）自从分了地，穷人把身翻，

有吃有住又有穿，再不受饥寒。

可恨那刘老三，当胡子上了山，

家里抛下老婆孩，实在太可怜。

（白）咳！咱屯里的刘老三，自从让丧门神勾引得当了胡子，一直没敢家来，前几天我和他老婆商量好了，写了两封信叫他回来，好劝他向政府坦白自新，到现在还不见影儿，刚才我从他家门口过，听见他家哭哭啼啼的，准是又饿得没有办法啦！我把这碗秫米饭送给她们吃，（拍门）开门！开门哪！

（屋里夫妻二人，正在哭泣，听见有人拍门，吃了一惊，妻急忙把丈夫藏在房里。）

妻：（向兰）你不许乱说啊！（擦干了眼泪走到门边）谁呀？

乡：开开吧！我呀！

妻：（开开门，乡一步跨进来）噢！乡长啊！

乡：唉！刚才从这门口过，又听见小兰哭啦！准是把孩子饿得吧！我给她端了碗秫米饭来，让孩子吃吧！

妻：（感激地）看！乡长！总叫你这么费心哪！

乡：唉！这算不了什么，就盼着兰她爹快点回来跟政府坦白自新，在咱村里分给你家几亩地，把日子慢慢地就过起来啦！

妻：可不呗！总叫乡长这么惦记着。

乡：怎么着，兰她爹还没有个信呀？

小兰：大爷！我爹……

妻：（赶紧阻止）兰！你不是饿了吗？你大爷给你送来的饭，吃吧！（一面把饭送到小兰旁边的小凳上，一面向乡长）没有信呢！乡长！

乡：（叹了口气）唉！苦海无边，回头是岸！这个人也是真糊涂！唉！我回去啦！把碗先搁这吧！

妻：他大爷！再呆一会吧！

乡：不啦！天不早啦！

小兰:走哇? 大爷!

乡:啊! 走啦! (走到门边一脚刚跨出门)

妻:(望着乡长背影)乡长!

乡:(回过头来)呵!

妻:(欲言又止)……

乡:有什么事,你就说吧!

妻:(叹了口气)唉! (没有勇气说出来)

乡:看! 什么事? 快痛痛快快地说吧! 只要我能做到的就能给你想法!

妻:(试探地)小兰她爹回来,真的不杀吗?

乡:唉! 我跟你说了多少回啦! 只要他回来向政府缴枪自新,一定宽大的,怎么你还信不着我呀!

妻:唉! 我总怕……

乡:你怕什么? 你怕不杀别人也许会把你家的刘老三给杀了,是不是? 由我给你来担保,出了错你找我,咱们政府从来没骗过人。

妻:可是! 那别的胡子找来啦,那怎么办哪?

乡:咳! 真是想得太多,小股的来了有咱自卫队,大股的来了有咱八路军,怕什么? 一个半个偷偷摸摸的要知道他藏在什么地方,你就报告政府,把他抓起来,他能把你怎么的? 哈哈哈(转身要走)天不早啦,我该回去啦!

妻:乡长! 你先等等! (向内)兰她爹! 你出来吧!

乡:啊!! 他回来啦? 在哪儿啦? 看你怎么不早说呀?

(胡乙从屋里走出来。)

乡:(向胡乙)唉! 你们两口子真是小心眼儿。

胡乙:(惭愧地)乡长! 我真没有脸见你。

乡:唉!你先别说这个,败子回头恶事勾,只要你向政府老老实实坦白了,咱村里还拨给你几亩地儿种,把大烟一戒,以后你安分守己地好好干,慢慢不就过起来啦!

胡乙:(感激地)乡长!你别往下说啦!你刚才说的话我在里边全都听见了!一句一句都打到我的心里去了,(掏出枪给乡)给你!我跟你到政府坦白去!

乡:好,这才是好汉子!你放心,政府决不能难为你。

胡乙:那我跟你去吧!

乡:好!咱们走!(回头)

胡乙:(向妻)兰她妈!你跟着把门关上。

乡:你放心,一会就回来!(向妻)

(胡乙随乡下。)

妻:(插门,回身向小兰)兰儿,困啦?咱们睡觉吧!

(母女俩把地上的东西收拾起来,走下。)

第三场

声:哎!李宝文!快跟上来呀!

(自卫队员押着胡甲上。)

自:(唱)咱和李宝文,抓住丧门神,

连夜送到区上去,

免得祸害人。

咱们自卫队,枪杆不离身,

特务,胡子,"中央军",

是咱对头人。

(白)(回身向远处)快一点!李宝文!李宝文!

（胡甲向四外望了望，见有机可乘，猛地把绑绳挣断，向自卫队员身后扑过来抢枪。）

自：啊！他妈的！……（二人滚在一起，激烈地争夺起来）

自：（大喊）李宝文！！李宝文！！快来呀！！快来呀！李宝文！！

（胡甲猛地用拳向自卫队员脸上一击，打得满脸是血，胡甲站起来，撒腿就跑。）

（自卫队员跳起来向胡甲后影打了一枪，恰巧碰上个臭子，立刻退出来，又顶上一个，一扳机钮，“砰”的一声，见没有打中，正要追过去，李宝文急急忙忙跑上。）

农乙：怎么？怎么跑啦？

自：（埋怨地）叫你快来，你总磨磨蹭蹭的，看！出了岔子了吧！走！快撵去！（追下去）

农乙：（一边随自卫队员跑着）他妈的，我解手这么个工夫就……（跑下）

（在枪声中，胡甲跑上。）

胡甲：（唱）好像鱼儿漏了网，好像老虎出陷坑，

我只说这回没了命，不承想死里又逃生。

（胡甲惊慌地跑着，忽然脚下一滑，跌了一跤，就势一滚滚到路旁沟里去。）

自、农乙：（合）一时不小心，跑了丧门神，

今天要是抓不住，

没脸去见人。

（二人停下来，四处张望。）

自：咦！怎么没啦？

农乙：他妈！这小子跑哪去啦？

（二人俯身看地上的脚印。）

自：哎！你看这不是他的脚印？奔那边去啦！

农乙：（指着另一条路）不对！这个才像他的呢！

（指远处）哎！老张！你看那不是么？

自：（随农乙所指的方向看一下）走！追！

（二人跑下。）

胡甲：（狼狈地从雪里钻出来）哼！

（唱）这一行干了十几年，从来没有像今天，

大风大浪都没出事，小泥沟里翻了船。

骂声穷棒子瞎了眼，想抓大爷难上难，

人不该死总有救，阎王今天还不要咱。

（向另一条路走下）

（乡长、刘老三，上。）

乡、刘：（合唱）（胡乙到此改称为刘）

连夜到区上自新去缴枪，

从坑里跳出刘老三，

大家喜洋洋。

乡：（唱）看看谢××，看看李××，

死心塌地当胡子，

到底挨了枪。

刘：（唱）多谢你乡长，为人好心肠，

把咱引在正道上，

多咱也难忘。

乡：（唱）你别来谢我，要谢共产党，

宽大政策把你救，

好比亲爹娘。

乡、刘:(合)感谢共产党,好比亲爹娘,

处处为了老百姓,

咱们不能忘。

乡:哎! 那边枪响?

刘:这是怎么回事?

(自卫队员、农乙二人跑上。)

自:干什么的?!

农乙:(用枪逼住)别动!

乡:(先吃了一惊,后来认出是李宝文)喂! 那不是李宝文么?

农乙:噢! 乡长,是你呀! 刚才从这跑过去一个人没有?

乡:没有啊!

农乙:(扭回头向自卫队员)糟了! 把那小子跑嘞!

自:(一跺脚)唉! 他妈的!

乡:你们大惊小怪的,什么事呀?

自:刚才我们俩把丧门神抓住了,在半路上一下子又把那小子跑啦! 我们撵了半天,没影啦!

乡:是谁?

农乙:丧门神呗!

乡:唉! 你们怎么让他跑了呢!

自:唉! 他妈的,别提啦!

刘:(把乡长拉在一旁,低声说)乡长,那……

乡:什么事? 你说呀!

刘:丧门神跑哪去了,我有个约莫。

乡:那你说他能跑哪去?

刘:他八成上李万三家去啦!

乡:(惊喜地)真的?

自、农乙:(同时)真的吗?你怎么知道?

刘:我们俩是一路下来的,定规在李万三那不见不散。

自、农乙:(同时)啊!怎么?跟你一块下来的?(莫明其妙地望着乡长)

乡:噢!你们不认识!这就是我们屯里的刘老三,他现在回来了,今晚上我就是领他到区上坦白去!

自、农乙:(兴奋地,拉着刘手)是么?可得给你道喜!

农乙:(同时)咳!真是太好了!

乡:(向刘)唉!老刘哇!今天这个事你得帮一把忙,替咱大家出点力!

自:咳!那敢情好啦!

农乙:对对对对对。

刘:只要我能办到的就行。

乡:那我看咱今晚上先别到区上了!把丧门神抓住再说。

刘:咳!这家伙可是扎手哇!

自:那咱们先合计一下怎么办。

乡:好!咱们在道上去着再合计吧!

自、农乙:对对对,走走走!

(四人齐下。)

第四场

(地主李万三上。)

李:(冷笑)哼……(白)虎落平川被犬欺,凤凰落魄不如鸡,今天大爷不得志，暂时只好把头低，见人先带三分笑，记着仇恨等时机，有朝一日翻了把，穷棒子个个活扒皮。

李：（一声长叹）唉！

（唱）“满洲国”十四年，哪个不怕咱李万三？

当区长，掌大权，又有势来又有钱，

便宜都归我来占，倒霉的事儿轮不到咱。

只说富贵能长久，谁知一下塌了天，

自从来了共产党，他给穷棒子撑腰眼。

分了我土地三百垧，算去我粮食二百石，

牲口拉去三十匹，瓦房占了我四十间。

创业容易守业难，好比把我心来剜，

斗争会上好危险，幸亏没有撕破脸，

要不是随机能应变，恐怕我老命早完蛋。

李：（听见好像有人拍门，急忙跑到大门边）谁呀！（见没人应声，开开门见黑洞洞的没个人影，失望地把门闩好叹口气）唉！怎么还不来呀！

（唱）听说又要来工作团，要消灭什么夹生饭，

要是查出我人命案，这回可就不好办。

半夜三更睡不着觉，坐不宁来立不安，

茶不思来饭不想，心里好似滚油煎。

日夜我把“中央”盼，一天好像过三年，

盼来盼去不见影，实在叫我不耐烦。

远水不能解近渴，火烧眉毛顾眼前，

连夜写了一封信，去请于江快下山。

先把枪杆抓在手，干部个个都杀完，

不是大爷我心肠狠，要你们认识我李万三。

（白）先下手的为强，后下手的遭殃，哼！有我没你们，有你们就没有我，咱们骑驴儿看账本，走着瞧！（冷笑几声，焦急地在屋里来回踱着）

胡甲：（唱）不到黄河不死心，胆大包天混进村，

撇开大街走小巷，拐弯来到李家门。

（四下看看没人，依照暗号上前拍门）

李：（赶紧走到门边）谁？

胡甲：我！

李：你是谁？

胡甲：（低声地）我……开开门吧！大哥！

（李把门一开接进胡甲，向外一探望。）

胡甲：没人啦！把门关上吧！

李：（闩好了门，把胡甲引进房里）咱们弟兄全来了么？

胡甲：没有！

李：在什么地方哪？

胡甲：在山上马家窝棚那儿呢！

李：怎么还不快下来？

胡甲：头子派我和刘老三当“柳子”先来踩一下“线”。

李：咳！有我在这儿还用得着踩什么线，怎么这一点儿还信不着我？

胡甲：看！不是信不着你，我们俩一来是踩“线”，二来二头子还请你给弄点子弹带回去，这不是写来的信！（把信掏出交给李万三）

李：（不耐烦）唉！

（唱）你们净知道要子弹，也不管咱李万三，

一连去了两封信，为什么还不快下山？

胡甲：大哥！不是不下山，你哪里知道——

（唱）八路军日夜来搜山，打得咱们到处窜，

三三两两都逃散，弟兄们个个心胆寒。

李：（唱）胆小难把将军做，磨磨蹭蹭急死人，

这里附近几个屯，没有一个八路军。

胡甲：（唱）八路军打仗太机灵，来去谁也弄不清。

说走一个也不见，要来就像一窝蜂。

李：（由失望而烦躁）得得！我看你们是让八路军给吓破苦胆啦，我一天到晚盼星星盼月亮似的盼你们来，弄了半天你们是这个样，算啦！我只好等人家工作团来了，算到我那几条人命案的时候，那就由人家摆弄吧！我也看透啦，自己的事儿自己当，自己的罪自己受，靠谁也靠不住。

胡甲：（也有点冒火）你这是什么话？你的命是命，大伙的命就不值钱啦？你不给子弹拉倒，犯不上求你，老子回去。（转身要走）

李：（急忙上前拦住，软下来）看！你这是怎么啦！别说我没说什么，就是说了什么，咱们一个头磕在地下，也过得着呀！何必这样毛头火性的？

胡甲：（犹有余忿）是你不对，是我不对？一进门没说上三句半话，就跟我发起脾气来，那子弹是咱头子派我来要的，你爱给不给，何必给我那脸子看呢？

李：唉！我又没说不给，我是着急左一封信右一封信，可为什么就不下山！你这个大哥眼看着大祸临头啦！你们就不快点来帮一把手！

胡甲:大伙没子弹,赤手攥空拳,来了顶屁用啊!

李:好!那我把子弹给你带回去,告诉于江让他带弟兄们快来!看!净顾说这个啦!我也忘了问你,你还没吃饭吧!你等着,我给你弄点东西吃去!

胡甲:这倒不忙,等刘老三来了再说,你先去把子弹找出来吧!

李:好吧!(转身刚走了几步)

胡甲:喂!大哥!我还有点事,得要你帮帮忙。

李:什么事?(回转身)

胡甲:把你藏那二把盒子,先拿出一颗来,借给我使使。

李:(犹豫地)这!……

胡甲:怎么?不借给?!

李:哎!不!不是,你怎么下山的时候连家伙都不带?

胡甲:咳!他妈的!别提啦,刚才在村头上一时冷不防让他妈的两个草包把家伙给下啦!我在他们捆起来往区上送的半路上才挣断绳子跑回来!真险!他妈的幸亏是我,另换一个别人,这会也就完蛋啦!

李:(担心地)那你跑到这儿来,他们不知道吗?

胡甲:(得意地)没有!那两个草包,昏头昏脑地奔他妈刘家屯那边扎下去啦!

李:咳!你怎么这么粗心呀!

胡甲:别净只埋怨啦,你快给拿出来吧!

李:好,你等着,我给你拿去。(下)

(自卫队员、乡长、农民乙、刘老三,悄悄上。)

刘:(小声地)到啦!就是这儿。

自:(招呼大家)来,来!(四个人蹲在一起交头接耳一阵子,马上散

开，埋伏在四周，刘老三悄悄走到门边窃听）

（李万三拿着一支盒子枪和一布袋子弹走出来交给胡甲。）

李：这是三百一十八粒子弹，就这些啦！你先带去，用完了咱再想办法，这颗枪你可想着要还我。

胡甲：看！那谁还诓你的？

（胡乙按定的暗号拍门。）

胡甲：哎！准是刘老三来啦！

李：好！我给他开门去！

（胡甲把枪顶上子弹。）

李：（走到门边轻声地）谁？

刘：老三！

（李赶紧开了门让刘老三进来，回手把门闩好，把刘老三领到屋里。）

胡甲：哎呀！你他妈这才来呀！咱哥俩差一点见不着啦！

刘：（假装不知）怎么回事呀？

胡甲：妈的，我今天栽了个跟头，把枪叫人家给下了去啦！小命差点也见了阎老五！

李：（打断话头）哎！你们先别说这些啦！夜长了梦多，趁着村里人们都睡着，我给你们弄点东西吃了快走吧！免得天亮了出麻烦，你们回去，叫于江弟带着大伙，快到这儿来！千万记住，不要再耽误啦！

胡甲：不用现做了，有干粮拿出点来，我们带在路上去吃吧！

李：好！好！我去给你们拿去。（下）

刘：喂！你那颗枪不是叫人下了么？这是哪儿来的呀！

胡甲：这是刚才李大哥借给我的！

刘：我看看，是不是他那个二把小净面？

胡甲：不是！这是那颗二把短八分。

刘：（从胡甲腰里把枪掏出来）顶子儿没有？

胡甲：喂！留神！可顶着哪！

刘：（刘拉开栓检查一下，假装走火猛地向空中打了一枪）

胡甲：（一惊责备地）看！你到底走火啦！（过来要拿回枪去）

刘：（向后一退，用枪逼住）别动！

胡甲：干什么？

刘：把手举起来！

李：（手里端着饽饽，惊慌跑上）怎么啦，怎么啦？

胡甲：（趁着刘一回头，猛地把枪打落在地下）好小子，你他妈变心啦！（二人扭成一团，滚了起来）

李：（莫明其妙地）哎！你们这是干什么？咳！这是怎么说的！

（自卫队员、乡长、农乙一齐踹门进来。）

（自、乡帮助刘把胡甲抓住。）

农乙：（用枪逼住地主）不许动！

自：（用绳绑起来）妈的！你小子这回还往哪里跑？！

（刘帮着乡长把地主捆起来，然后从地上把打落的枪和子弹口袋一起拾起来。）

乡：走！把这俩家伙咱们带到区上去！

乡、刘、自、农乙：（合唱）

天上扫帚星，树上猫头鹰，
胡子，恶霸，“中央军”，
分也分不清。
满呀满天星，放呀放光明，

把这些坏蛋全消灭，

一个也不放松。

（乡、刘、农乙、自、李、胡甲齐下。）

（完）

东北书店牡丹江分店 1947 年 9 月

战士的快板

张智祥，力量大，打起水来十来下。

学攻坚，学爆炸，演习认真顶呱呱。

工作一贯真积极，也不哼来也不哈。

我问他为啥这样好，他说：

“‘刮民党’，打内战来把我抓，

今天打，明来骂，当炮灰死了算白搭。

董家山，打一仗，放下武器得解放，

脱出苦海到天堂，调转枪头打老蒋，

参军打到关里去，解放四川咱家乡。

诉了苦，挖了根，想起仇，想起恨，

今天革命要认真。”

（刘振堂辑）

※ ※ ※

机关枪，长得好，钢心子弹美国造。

不吃饭，不吃草，出操上课它都到。
真是我的好朋友，一时一刻离不了。
就是脾气太暴躁，平时和我不说话。
发现敌人哈哈笑，它这一笑不要紧，
国民党，受不了，“中央胡子”魂吓掉。
封枪眼，打地堡，还能封锁大街道。
侧射斜射打得准，掩护步兵送炸药。
瞄准射击练得好，英雄靠它立功劳。

※　※　※

六〇炮，六〇炮，起初原是美国造。
美国助蒋打内战，它就转到咱手了。
留下炮来好演习，打回炮弹做收条。
打到南京捉蒋匪，看他收到没收到。

※　※　※

我家是个贫穷汉，蒋介石逼我把“中央”干。
今年四平得解放，平安无事到这边。
这边同志对我好，想起从前太心酸。
这次练兵下决心，打到南京报仇冤。

※　※　※

好兵好兵，注意卫生，
内外整洁，不招苍蝇。
吃的食物，也要当心，
凉水冷饭，吃了生病。
晚上睡觉，衣服盖紧，
身体健康，随时关心。

身强力壮，练好本领，

消灭蒋匪，报仇雪恨。

（仲加辑）

选自《东北日报》，1948 年 9 月 7 日

◇沙　丹

一个战士

时:一九四八年

地:东北

人:英得明——二十六岁

英得成——二十岁

英妻——二十五岁

小明子——六七岁

得明母——六十来岁

老李大婶——四十多岁

马文凯——二十三四岁

蒋军班长——二十六七岁

李胜——二十五岁

王得——二十二岁

蒋军甲——二十多岁

蒋军乙——二十多岁

蒋军丙——二十多岁

一个老头儿——五十多岁

指导员——二十六七岁

通讯员——十八九岁

四班长——二十多岁

生产组长——二十来岁

小福子——十二三岁

明子姥姥——六十来岁

妇女队甲——十八九岁

妇女队乙——十八九岁

农民甲——三十来岁

农民乙——三十来岁

战士若干名

担架员两名

蒋军若干名

一个蒋军军官

工友若干名

第一幕

时:春天的一个早晨。

地:蒋军区的一家工人住宅。

景:是一个工人住宅的外间,有锅灶、简单的家具。两旁有二门,左门通外,右门通屋内。

幕开:春天的早晨是很凉的,英妻穿着破大褂从屋里上,看看锅台,盆里一无所有，遂长长地吁了一口气，走向门往外望了望又扫兴地回到锅灶前，坐在小板凳上用手撑着头默默地坐着。

小明子从屋里走上，眼窝塌陷，颧骨突出，失掉了孩子气。

明：（软弱无力地）妈！饿了！

（英妻没有答应，还是那样坐着。）

明：（声音放大了）妈！饿了！（说着摇晃着英妻的身子）

妻：（抬起头瞅了瞅小明子，又可怜地低下头去）

明：（自己去揭开锅盖，又看了看盆里没有什么东西，就站在地上慢慢地哭起来）

妻：（回过头哄着）明子……别哭，哭也不顶饿！

明：（这一说更哭得厉害了）妈呀！饿坏了……

妻：（想阻止他哭，但又无法，只好由他哭下去）咳——（又用手撑着头默坐着）

（得明母拄着棍子上。）

母：（有气无力地）明子！你怎么又哭了？

明：奶奶——饿了……

母：媳妇！连一点吃的都没有了吗？

妻：妈……（又没说下去，只是摇着头）

明：奶奶，奶奶……（抱着明母的腿揉搓着泪脸，哭声渐止）

母：明子！听奶奶说，就是这个天年啊！（坐在锅台上）八成是咱们前世造孽了，来了“种殃军”叫咱们活不了……（抚小明子头）明子！挺着吧！你饿，奶奶也饿……

妻：妈！（站起来）你饿得挺不住，我到隔壁老李大婶儿那儿借块饼子吧！

母：咳！（阻拦地）这日子过得谁家不是艰难的？别老朝人家借了，

等他二叔卖工夫回来，买点谷糠做点“糊涂”喝吧！

妻：他二叔到黑天才能回来呢！还不知道这大清早晨能不能有人叫工夫呢！

母：卖苦大力也没人要吗？

妻：粮米这么贵，谁还花钱叫工夫啊？！

（明子靠着明母的身上睡着了。）

母：（喃喃地骂着）“刮民党”来了，逼得人都快饿死了！

（英得成无精打采地从外走上。）

成：嫂子！

母：得成！你怎么回来了？

妻：二兄弟！又是没人叫工夫吧？

成：嗯！（坐在凳子上）天没亮我就到十字路口工夫市那儿等着，没有一个人跟我搭茬，等了半天我就回来了。

母：（如泣如诉地）这就得等着活活地饿死了，你们哥俩住工厂住了这么多年也没赶上这个年头，好几个月不开支还不算，还把你给撵出来了，凭你这么大小伙子，卖力量去还挣不到饭吃……

妻：（对成）二兄弟你看妈都饿坏了，想一个什么法，对付点什么东西吃，别让老人饿着啊！

成：嫂子，有什么法可想呢？我有这么一把力气，人家谁也不雇啊！

妻：（想了半天）还是去卖点衣服吧！

母：把衣服都卖净了，就得光腚子，饿死拉倒呗！

成：（一边向屋里走一边说）还管什么光腚不光腚的了，肚子要紧。（下）

妻：别心疼东西了，左右咱们也没有什么值钱的东西了，就剩下点破破烂烂的了。

母:卖吧——先给明子买点吃的!

(得成抱一抱破烂上。)

成:你看还哪有什么衣服啊?!(把破烂往地上一撂)

妻:这些破烂连半块大饼子也换不来……

成:怎么办啊?(坐在凳子上低着头)

妻:(脱下自己的破大褂,只剩下短布衫、短裤)拿去卖吧!

母:媳妇!这春头上冷,冻着——

妻:妈!冻不着。

成:嫂子!你还是穿上吧!反正这件大褂也卖不了多少钱!

妻:(走向明子跟前,轻轻地叫)明子!

母:这孩子饿得睡着了。

妻:(解明子的棉袄扣子)

母:媳妇!你干什么?

妻:不干什么……(慢慢地脱下明子的棉袄,又去解明子的裤带)

成:嫂子!你还要把明子的棉衣裳都卖了?

妻:嗯……

母:这可不行,怎么也不能卖孩子的衣裳!媳妇!你别脱了!

妻:妈!往后也冻不着了,别心疼孩子的冷热了,我不能眼巴巴地看老人孩子饿死!

母:(几乎哭出来)我活了六十来岁,也没看见这个世道,这"种殃军"啾!是逼人死啊!

妻:(往下脱明子的裤子,明子醒了)明子!你醒了?

明:妈!饿了,饿了……

妻:你二叔就去给你买饼子去。(继续脱)

明:妈!你干什么脱人家的裤子啊?

妻：（欺瞒地）脱下来，妈给你缝缝。（脱下来）

明：（只剩下里边的小裤衩和小褂）妈！冷——

妻：二兄弟，（轻声地）快拿去卖吧！

成：嫂子！（欲言又止）

妻：别说了，快去吧！把面袋也带着，买东西好装！

成：（拿起衣服与面袋下）

明：妈！二叔怎么把我衣服拿走了呢？

妻：（无语）

明：妈！二叔把我衣服拿走干什么呀？

妻：（怜悯地看看小明子，转过脸去）

明：妈！我冷——我要穿衣裳！

妻：明子！你二叔拿去卖了好给你买吃的！

明：（哇的一声哭了，蹦跶起来）我要衣裳呀！我要衣裳呀！

妻、母：明子！（欲阻止）

明：（越哭越厉害）我冷啊！妈——（扯妻的胳膊，妻转过去如泣，又问得明母）奶奶！我冷啊！……

母：（搂入怀内，眼泪掉在明子的头上）明子明子！咱们的命不济！

（明子唔唔的哭声越大。）

（老李大婶拿块饼子上。）

李：侄媳妇，小明子怎么哭得这么厉害，是不是饿了？

妻：老李大婶，这还用说吗？从昨儿个大人孩子就没吃上什么。

李：来！小明子，我给你拿来一块曲子面饼子！

妻：老李大婶，你们也是不容易啊！

李：侄媳妇，跟我别惜外，我们能吃上，怎么也不能看小明子这孩子饿着，（对小明子）小明子，拿去吃吧！（小明子接过吃着）

妻:老李大婶,小明子吃你不少东西了,以后快别给了,你们也困难!

李:不要紧,我们以前存下点曲子面吃了啦!就得卖衣服了,小买卖也得折腾。

母:他老李大婶,你说这叫什么天年,该咱们穷人遭劫啊!

李:咳——长这么大也没看见这样的军头,把穷家破户的粮食抢个一干二净,怨不得都叫他们"种殃军",咱们算遭殃了!

妻:老李大婶!你坐下呀!

李:不了,我哪能坐下,出的小买卖还得瞅着点呢!若不都叫"种殃军"给拿走了。我得回去了。

妻:来串门啊!大婶。

母:给奶奶尝一口饼子。

妻:明子,你别吃了,剩下半块给你奶奶吃吧!你奶奶都饿坏了。

明:(仍不放手地)妈……

妻:(从明子手里拿下来给母)妈!你吃了这半块吧!

母:咳!给孩子吃吧!我这么大岁数,吃不吃不要紧,饿死了就喂狗!

妻:看妈说的,有我活着怎么也不能让你老饿死,吃了吧!

母:我不吃,咬咬牙就过去了,等一会儿他二叔就买回吃的了,明子!给你拿着,等你饿得厉害时候再吃啊!(又交给小明子)

(成拿着半面袋谷糠跑上。)

成:嫂子!嫂子,后面有抓壮丁的追来了。

母:哎呀!(抖颤地)这可怎么办?这可怎么办?

妻:快藏起来吧!快藏起来吧!

成:藏在哪儿呀?藏在哪儿呀!(混乱半天)

妻:藏在屋里柜子里吧!快!快!

成：快把这半袋谷糠搁在锅台后，让他们看见了，又该拿走了。

妻：快吧！二兄弟，你就放下吧！别管了。

（成急入屋内藏起。）

母：（对屋里）得成，你可猫严实啊！

妻：妈！你在一边呆着，别吱声！我来答对他们。（外有皮鞋声）

妻：哎呀！老总们来了！

母：哎呀！这要把得成抓去可……

妻：（制止地）妈！别吱声了，他们进来了。（静默）

（蒋军班长领李胜、王德上。）

（三人巡视屋里半天。）

班：臭娘们！跑进来那个人呢？

妻：哪个人啊？

班：就是我刚才眼看着跑进这屋里一个人，你看见没有？

妻：没看见。

胜：臭娘们，你要不说实话，等搜查出来就不能饶你……

妻：老总，我真是没看见，我们孩子他爹上工厂做工去了，家里再也没有老爷们了，若不信你就搜。

班：李胜！王德！搜——

德、胜：是。

母：（哀求地）老总！没有——你们搜什么呀？

妻：（故作镇静）妈！你害什么怕，让他们搜吧！（对兵）你们看这外屋没有吧！（对开屋里门）老总你们还不信，你们再看看屋里。

胜：（到屋里瞅了一下回来，又对班）班长！屋里也没有，这娘们说得挺硬，大概没跑进这家来！

班：（寻思半天）好吧！到别人家去！等一会儿再来。（对妻）臭娘

们，等查出来要你的命。（命令二兵）走！（匆匆下）

德：（对妻）有吃的没有？（四处寻找）

妻：哪有什么吃的，老总！我们都快饿死了。

胜：（看看锅、盆里什么都没有）妈的！比我还穷。（把盆摔在地上）

德：（发现谷糠面袋）哎！李胜，好东西好东西。

胜：什么好东西？

德：半面袋谷糠。（拿起来）

胜：我看看！（夺到手）这还比酒糟强呢！（急下）

妻、母：（欲进）老总，老总！你给我们留下吧！

德：妈拉个×，倒霉！（又寻找，突然发现明子手里的饼子，夺去，明子不放）

明：妈呀！妈呀！

妻：老总，就这么半块饼子，你给我们小孩子留着吧！

母：你可怜可怜我们！

德：谁可怜我？人家上边吃大米白面，咱们连酒糟都吃不上，快松手。（一把抢走而去）

明：（哭起来）妈呀！我要饼子呀！

妻：明子，被"中央军"抢走了，要不回来了，饿一会儿吧！等你爹回来就好了。

母：明子，上奶奶这来，这遭罪的地方有什么法？（搂在膝上坐下）

妻：（从外屋窗上往外看看，走回来向屋里）二兄弟！出来吧！瘟灾的兵走远了。

母：不能再回来了？

妻：不能了吧？

（成上。）

成:嫂子！谷糠没给抢走吧?!

妻:让他们看见了还能给咱们留下?!

成:这怎么办哪？整了一早晨吃的,终归还填活了胡子兵了。

母:等着饿死吧!

妻:(半天)先挺一会儿吧！今早晨明子他爹上工厂去的时候,说今个儿三十号该开支了。

成:三个月都没有开支了,这个月也靠不住。

母:“刮民党”那么狠心?！他爹在工厂里整天抡大锤子,一天干到晚,真就白干活不给钱?！叫咱们活活地饿死啊?

妻:我也这么想,三个月不开支这个月也该开支了,多少他还不给几个?!

成:等我哥回来看吧!

妻:快晌午了,该回来了!

母:(明子在打着瞌睡)明子！别睡！等你爸回来领来工钱,就给你买吃的。

妻:等吧!

(静默。)

(英得明低着头慢慢走进来。)

成:哥哥!

妻、母:(同时惊喜地)明子他爹!

明:爹!

(英无声地坐下。)

妻:明子他爹,今儿个发多少饷?

英:……

妻:今儿个开支了吧?

英：……

妻：今儿个没开支吗？

英：……

妻：是不是没有？

英：（心里非常苦恼，高声发泄地）没有！！

（长久的静默。）

母：明子他爹！你说这日子怎么过呀？

英：妈——（欲叫又止）工厂不开支，你叫我怎么办？

妻：（怕英不高兴，压抑着话语，亲切地说）明子他爹，你看这一家大小眼睛都饿蓝了，想个什么法，别挺着饿死啊？

英：……

妻：你看妈那么大岁数了，两天一个饭粒没下肚，再饿两天就……

英：……

妻：你看明子这孩子眼窝都塌了，再不吃饭，就得……（欲哭出来又压制下去）

英：……

妻：我怎么的都行，饿死就饿死。（哭出来）

英：（无处发泄地对妻叫出满心的苦恼）你……你哭什么？哭就有饭吃了？（把妻推向一旁）实在活不了就跟工厂拼了！（稍停）我用你叨咕，我不知道家里没饭吃？！我不知道老老小小要饿死？！可是工厂三个月不开支你不知道？国民党压迫工人你不知道？（然后像狮子一样吼起来）你们还逼我！！逼我！！

明：（吓得哭起来）奶奶！奶奶！

英：（大声制止地）别哭，再哭砸死你！

明：（更哭起来了）奶奶呀！

英:别哭——(欲打)

母:孩子也没惹你,你打孩子干什么——

英:(坐在凳子上,难过地抱着头)

(工友马文凯急上。)

马:英得明!

英:马文凯!

妻:(转过来)老马大兄弟来了?

成:老马大哥……

马:英得明,你是不是又跟家里怄气了?

英:……

母:这不是吗!就因为工厂不开支,孩子饿得直哭,他还要打孩子……

马:英得明!你这不对呀!跟工厂别扭别拿孩子撒气呀!

英:老马,跟工厂生的气我实在憋不住,简直气得我要炸肺了。

马:(对妻等)大娘,大嫂,你们放心,怎么也饿不死,现在全工厂工友都开了会,谁家有吃的就先串换点,晚上我给你借点,咱们都是受苦的弟兄啊!

妻:老马大兄弟,那你就给借点吧!

马:大嫂,你们先到屋里呆一会儿,我跟大哥谈点事儿!

妻:妈,咱们进屋吧!

(母、妻、明子,先后进屋。)

马:(瞅瞅四外)老英!

英:嗯?

马:铁工厂刚才已经关上大门了!

英:什么?

马:倒闭了,不开了。

英:(愤怒地)×他妈,这下完了,干活的地方也没了。

马:老英!消停点,我还没说完呢。

英:还有……?

马:还有刚才厂里来了四辆大汽车。

英:干什么?

马:想要把机器都拉走。

英:(站起欲走)不能让他们拉走啊!

马:慢点,横冲直撞有什么好处?

英:我在这铁工厂干了十几年哪,我眼看他们白白地拉走?!

马:老英,咱们不要蛮干,咱们得组织起来,要像上回罢工一样,组织好跟厂方对抗,到底咱们胜利了,发了几斤粮食……

英:嗯!

马:这回咱们更要组织好,(轻声地)我们刚才在工厂里已经跟工友们秘密地开过会了,选出了代表跟厂方交涉,不能拉走机器,另外工友们都分了工,各有各的任务,一伙人拦住汽车去路,一伙人就往下卸机器零件,这样就是他拉走机器也不能用了,你说是不是?

英:对!

马:老英!这工厂是咱们的工厂,咱们要保护住,等八路军来了,咱们工友们就翻身了。

英:(欣喜)嗯!

马:英得明!分配给你的任务,是去卸机器零件,卸下来就往家里扛,保存起来,你敢干不?

英:老马!跟厂子闹"斗争"我多咱不在前头?脑袋掉了碗大个疤

痢……

马：对！要勇敢，别怕，有组织领导咱们……

英：那咱们就走，别让他们先拉走了！

马：赶趟，咱们一切要往坏处想，说不定他们用警察镇压，一下子把咱们抓起来，一家大小就得饿死……

英：不管他们好了。

马：哪能不管，革命不能不要家呀！

英：那你说怎么办？

马：我看这么办，大嫂子的娘家不是在解放区江北的乡下吗？我看叫她领孩子到娘家去，好不好？

英：对……可是那能逃出去吗？

马：能！国民党的卡哨好出，只要给他一点便宜就行，这几天有好多难民都逃到解放区去了，听说到了解放区后方的难民落下户还能分着地呢！都安下家了。

英：那就叫她赶快走，可是她一个妇道家领个孩子，走道不方便哪！

马：叫你兄弟英得成一起走，剩下你老妈咱们这么多工友，谁还不能养活?!

英：对！就这么办！

马：叫他们马上走，省着受刮连。

英：得成！（向屋里喊着）

（成上。）

英：叫你嫂子来！

成：（向屋里喊）嫂子！

（妻上。）

英：得成！领你嫂子到她娘家去！

妻：干什么？

英：干什么？你在这儿挺着饿死吗？

马：大嫂！老英不是撵你走，现在厂子关门了，打算把你送到八路那边你娘家去呆着，那边生活很好。

妻：那妈呢？

马：我们想法照管。

妻：你们呢？

英：我们还有事，叫你去，你就去！

妻：可是我娘家，道那么远怎么走啊？

马：不要紧，叫得成送你……过了国民党卡哨，到了解放区就好办了。

英：快走，收拾收拾马上走！

马：得成，你好好照顾你嫂子！

成：是了。

英：咱们走吧！

马：对！（二人匆匆下）

妻：他们出去干什么去呢？

成：准是跟厂子"斗争"去了！

妻：那……

成：嫂子，你别管他们了，你赶快收拾东西去吧！

妻：有什么收拾的，拿点破烂衣服给明子穿上冻不着，就行了呗！（下）

成：（从窗户往外看，汽车装上机器了）

（妻领明子，手里拿着包袱上，母随上。）

母：媳妇，你说明子他爹叫你们上八路那边去，回你娘家，那能行吗？

妻:妈！不行又怎么办？逃出去总会活命的。

母:走吧！剩我老婆子一个,早晚也挡不了死!

妻:妈！那咱们一起走吧!

母:咳！我也走不动爬不动,倒累赘你们。

妻:我得扔你老在这了,老马大兄弟说,他们会照顾你的。

母:行！你们走吧！明子上你姥姥那去吧！奶奶不能跟你了……(哭泣)

妻:(怕都难过起来)二兄弟,走吧!

成:嫂子,嫂子,你看。

(齐到窗上往外看。)

妻:厂子要把机器拉走？还有警察押着。

成:拉不走,你看工友们都围上了!

妻:(突然发现)怎么?！明子他爹,上汽车顶上卸机器去了。

母:唉——这孩子净干险事,拉走就拉走呗。

成:哎呀,哎呀,嫂子,嫂子,不好了不好了。

(外面一阵剧烈的放枪声。)

(妻、母都不敢往外看了。)

母:完了完了,媳妇,你说枪不能打着他爹吗?

妻:谁……谁知道啊?

成:嫂子,哥哥扛着一件机器零件跑出来了。

母:谢天谢地……

(外面散落的枪声渐轻。)

成:(走回兴奋地)这回机器是拉不走了,都叫工友们给卸光了。

妻:你哥哥净干险事！谁也管不了他。

(英得明扛着一个零件跑上。)

英：（慌张地找了半天地方）×他妈的搁在哪呢？（然后扛到屋里去了）

母：这孩子净惹事儿。

（英又从屋里上。）

英：你们还不走？

妻：没走。

英：还等什么啊？快走！快走！

妻：走！明子他爹，你可别把妈扔了呀！

英：咳！走吧！走吧！我用你嘱咐，我还不知道？

妻：妈！你还有什么话说的没有？

（老李大婶跑上。）

李：（慌慌张张地）看你们两个小伙子，还在屋里呆着，刚才那班抓壮丁的又绕回来了，到那院老张家去了。

英：看！我叫你们走你们还磨蹭，得成你还不赶快走呢？

成：还能出去吗？

李：立刻出去瞅不见，他们在老张家屋里呢！可是你们上哪呀？

妻：上江北我娘家去！

李：那快走吧！明个儿我逃难的时候备不住还许找你们去呢！我知道你娘家住的地方啊。

妻：妈！我们走了！

李：来！给小明子带块饼子走！

（成背明子，李、妻，随下。）

母：明子他爹，你也躲一下吧！

英：我不怕他们。

母：你听说吧！把你抓走就晚了。

英:好!我走,把机器零件藏好。(进屋)

(外边有皮鞋声。)

母:明子他爹,来了,来了。

英:(跑出)来了?

母:(恐惧)这怎么办?这怎么办?

英:(跳上窗户,欲从窗户逃跑)

(蒋军班长,李胜、王德上。)

胜:站住!

英:(急忙拿起一个空油瓶子向他们打去,跳出去了)

班:追!开枪!

(李胜、王德跳出去外屋。枪声。)

母:明子他爹……(向窗外望去)

李胜的声音:站住,妈个×,你还跑?!

(李胜和王德把英从窗外拉进来。)

班:你小子有本事啊!还想跑哪!

胜:我往高放的,要打坏了,那咱们就白抓了。

英:你们为什么抓我?我是这中正铁工厂的工人,你们没有抓我的权力。

班:工厂关门了,管你干什么,绑上别让他跑了。

胜:是。(绑英,英不让绑,王德帮助绑住了)

班:带走!

母:老总!别带走,我给你们跪下!

英:妈!为什么给他们这些王八蛋跪下来呢?起来!

母:老总!留下我儿子吧——(哀求)

班:(踢倒母)带走。

（拉英齐下。）

母：（强站起）“种殃兵”胡子兵……（晕倒）

（幕急落）

（第一幕完）

第二幕

时间：三个月后的一个夜里。

地点：敌我游击区的一家民房。

布景：一个空旷的院里，正面是被敌人炮火炸毁了的短墙，院里破烂不堪，靠正面偏右角是两间小草房，被炮火轰击得几乎坍塌了，小门虚掩着。

幕开：深夜了，四外是很静寂的，混黑，没有月亮，偶尔听到几声枪声，初秋的风飕飕地刮着，从房里出来一个老头儿，到前面往远处望一望半天，他又走回来嘴里喃喃地说。

老：今晚上“种殃军”许不能出来抢东西了，把草籽拿出来晾一晾——（又走进门，不一会又端着一小簸箕草籽上，放在窗台上用手“扒拉”一阵）让风吹一吹吧——（然后又回到屋里带上门，关上了）

（静寂，风刮着。）

（李胜先从左角探出一个头来，往四下看了看，松口气，然后向后喊，声音相当低。）

胜：班长，没事！进吧！早下手早回去！

后边班长的声音：英得明！

后面英的声音：（慢吞吞）有……

后面班长的声音:进院里!

后面英的声音:(反抗)我不愿意抢老乡的东西!

后面班长的声音:妈个×!(把英推进来,用冲锋式枪托打着英,英反抗着)

胜:你小子造反了?!(也用大枪柄打英)

英:×你妈。

班:先别管他,等回去按违抗长官命令处罪,叫王德领他们进来!

胜:王德,快领他们进院里来!

(王德领着三个蒋军士兵进来,兵已经骨瘦如柴,小心地上来了。)

班:(训诫地)进去的时候,要手疾眼快,胆子放大点,见着东西拿着就走,这是个游击区,八路军常出来,小心给他们发觉,听见没有?

众:听见了!

班:进!(众往门前走)

班:(忽然想起)英得明!谁让你进去了,你在路口放哨,若有敌情,赶快报告长官,听见没有?

英:……(瞪了他一眼)

班:王德!你在门口监视他,别让他逃跑了!

德:是!(然后小声地)又什么玩意也捞不着。

班:李胜!快叫门!

胜:是!(到门前敲门)开门!(里面无回音,又重一点敲,声音又严厉些)开门!开门!(仍无回音)

班:不要敲门了,动静太大,给他踢开算了!

胜:(用力一脚踢开)进吧!

班:(命令兵)快进,快进!

(李胜先进去,班长督促三个兵也一齐进去。)

胜在屋里骂声:你个老××为什么不给快开门?

老头在屋里声:快开门?我不得起来吗?

班长在屋里声:少废话,滚出去。(把老头从门里推出来)

老:(坐在窗底下,嘟囔着)就那点破烂东西换不了半块饼子吃,再也没有什么可抢的了!

德:别说话!

英:抢他东西!你还不让他说话?

老:见着"中央军"就得装哑巴呀!

(李胜抢了几件破衣服,从屋里上,班长拿一件老头穿的棉袍随上,剩下三个兵每个人抱一团破烂跟出来。)

胜:(对老)老××,你家一点吃的也没有了?穷透了!

老:你不穷?还抢我的!

胜:我他妈的一脚踢死你!

班:别和他磨牙了!妈个×的这个地方的老百姓都跟八路一个鼻孔出气!

胜:班长!我看再走两家吧!没捞着什么油水。

班:对!到西头那两家看看,动作迅速。

胜:快走!

班:王德你领头,探路!再押着他们三个损种,别让他们溜了。

德:是!

胜:那英得明这小子呢?

班:还让他在这放哨,因为这是一个路口。

胜:他跑了呢?

班:不要紧!从那个院子能看着他,他若跑了,就开枪打!(然后命令大家)快点走!

(王德领着三个兵先下,李胜与班长随下。)

老:(在后大骂)叫什么军队,是胡子!有一天非叫八路军活抓了你们不可!(回头向屋里走去)

英:老大爷……

老:怎么?!你们刚抢走我的东西,还想要我这老命啊?

英:不是……

老:不是什么?你们"中央军"哪……哼!

英:老大爷!你有吃的吗?给我一点!

老:没有!!(拿起草籽簸箩回去)

英:(发现草籽)草籽?!(过去抓了一把装在袋里,又想抓)

老:(指英骂着)你们"中央军"简直不让人活,我一家大小都饿跑了,逃的逃,亡的亡,就剩下我这一个老头子,故土难离,看着这破家走不了,八路军给点吃粮,"中央军"给抢走了,捋了这点草籽好度命,白天黑夜藏过来藏过去的,你又给我抓去这么多,你让我老头子挺着饿死啊?!你家没有老爹老妈?!别人要抢你家东西,你心疼不心疼?!

英:(受不住)老大爷!你别说了,咱们都是受国民党欺负的,我家在城里住,我在工厂里做工好几个月也不开支,大大小小也吃不上,我老婆孩子都逃难到八路那边去了,我是被他们抓这里来的,受老鼻子罪了,家里还有一个老妈,还不知道死活呢!

老:(同情地)那为什么不跑出来呢?还在"中央军"里受气?

英:我怎么不想跑出去呢?三个多月了,我哪天都想法跑出去,跑了好几回,都让他们抓回来了,吊打非刑,差点没有把我活埋了,他们监视得可紧了。

老：你是个傻子！（看看四外）这八路步哨就离这不远，没有半里地，瞅个空子，不就跑过去了？！

英：（兴奋地）能吗？

老：能！你要过去我给你想法，过去看看外边有无动静。

（介壁那院一个老太婆的喊叫声："你们给我留这件贴身衣服吧！老总，你们……"突然声音中止了，大概被他们堵住了嘴。）

（从隔壁那院有走过来的脚步声。）

老：（走回来）先等一等，那边有人回来了！

（二人又回到原处，装作无事的样子。）

（三个兵又从原道懒洋洋地上，把破烂扔在地上望着。）

英：（放心地）哎！你们怎么回来了？

兵甲：哼，咱们不忍心再干了，李胜是什么东西！他这个王八蛋，也不管三七二十一就从一个老太太的身上往下剥裤子，老太太怎么哀求喊叫也不行，还把人家嘴给堵上了。

英：现在他们上哪了？

兵乙：又上隔壁那个大门去了。

英：你们怎么回来了，王德没看着你们？

兵丙：哼！那小子眼睛红了，什么也没捞着，偷偷地蹽了！

英：班长和李胜呢？

兵甲：也上那个院里去了！

英：哎！（有了机会，兴奋又压抑下去）咱们趁这机会跑吧！

甲、乙、丙：往哪跑？

英：八路军那边。

甲、乙、丙：八路军那边？

英：到了这个时候了，还犹疑什么，咱们都是被抓来的，罪还没受够啊？

兵甲：可是班长说投降八路，八路那边就倒栽葱埋上，再不就机枪点名。

英：你还听那个犊子胡说八道？！

老：（上前）我这个老头子可不说假话，八路那边可好了，要跑过去呀，愿意回家就让回家，家在后方还能分着地哪！

兵丙：你说这话是真的？

老：我要糊弄你们我遭雷殛！

英：你们信了吧！要走咱们就赶快走，错过这个机会，再别想跑出去！

甲：（对乙、丙）咱们跑过去吧？

乙、丙：你说呢？

老：别磨蹭了！我先告诉你们，带过枪去！八路还给赏钱哪！

兵甲：那倒小事，可是往那跑怎么走啊？

英：（焦急地）老大爷！你快告诉我们路！

老：（跑到前面）来！随我手看！（用手指着左角）从这路口往北走，转过那条胡同，就简直奔那个影影绰绰的大地堡，那就是八路的卡哨，到了卡哨前面就把枪举起来，说是投降过来的，明白了？

众：明白了！

老：那赶快跑过去，悄悄地……

甲、乙、丙：谢谢老大爷！

老：别谢了，快吧！

英：快！快！

（四人携起枪，刚向前跑去，李胜从右面跑出来，老头闪在一边。)

胜:(大声地)站住!(欲开枪)

班:别开枪!李胜,一打枪八路就听见了。(对兵们)举起手!(然后向后喊)王德!王德!

德:(从右面拿着几件衣服跑上,立正)有!

班:赶快过去把他们的枪的大栓拿下来。

德:是!(过去卸下每人的枪栓)

班:王德!过来!

德:是!(过去立正着)

班:(立刻就是两巴掌,打在王德的脸上)谁叫你不看住?!叫你押着他们,你自己跑哪去了?啊?你说!

德:我去弄衣服去了!

班:没收。

德:班长。

班:拿来!(从王德手中抢过衣服)回去还要重重地处分你哪!

胜:班长!咱们赶紧回去吧!

班:对!快回去,不能再留他们捣蛋了,一律活埋,李胜你在头前,我在后尾,两头押着,不然,跑掉了我这个班长也要挨枪毙的。

胜:走!(先拿着衣服下)

班:王德在旁边看着走!

德:是……(对兵们)快走吧!我跟你们受多大刮连。

班:(命令兵)快走!

(众向前走。)

老:(看见地上的破烂,一寻思,然后向班长喊)老总!这破烂你们不拿走了?(回过身来又拾破烂)

班:拿走! 拿走!

老:(向英作掐死班长的手势)快!

英:(马上领会地向班长扑去)×你妈的!

班:李胜……李胜……

老:堵住嘴。

英:(因为一手堵嘴,被班长翻过来)你们来呀! 掐死他!

甲、乙、丙:掐死他,揍揍揍!(齐向班长扑去,用拳往死揍,英又翻过来压在班长的身上)

德:(也跑过来用脚使劲踢班长,同时小声地骂着)×你奶奶把我熊苦了。

英:(用手使劲地掐着)我再叫你,我再叫你……

班:(嘶哑地叫着)李胜,李胜。

胜:(跑上来欲向人丛中开枪,又恐打着班长,随向空中开枪,放了一梭子子弹)都别动,站起来。

德:(马上装作好人)快别动了! 你们怎么打班长啊?

(众哑然地对视着。)

胜:你们还不把班长拉起来?

英:不拉! 怎么也是死!

班:李胜,(轻轻地叫着)把我抬回去。

胜:抬班长走……

(这时,一个班的战士从四面包围进来,向天空打了一排枪。)

老:(高兴地)喂! 八路军来了!

四:(高声地喊)蒋军弟兄们缴枪不杀,人民解放军优待俘虏。

(众齐把武器放在地上。)

(四班长跑上来收容了武器。)

四:(英与蒋军甲、乙、丙,上前打班长与李胜,四上前阻止)不要打,不要打。

老:同志!你们怎么知道他们出来抢东西呢?

四:我们侦察员一听到动静,就报告情况,我们就摸上来了。

(指导员、通讯员上。)

指:(发现班长躺在地上)这个人怎么了?(俯下身去看班)不要紧。

老:(上前)指导员我告诉你,(指英与三个兵)他们要跑你们那边去,叫他发觉了,他就把他掐个半死,(指李胜)他最坏,你们要不来,他又得把他逼回去。

德:(对指)长官我可是好人哪!我也恨他们!

英:那你为什么说"你们怎么打班长啊!"

指:好!谁也不要害怕,我们人民解放军对待敌人,只要他放下武器,不管他是投诚来的,或者是被俘虏过来的,我们是不杀的,大家放心好了,如果要想回家,我们就发给他路费送他回家,参加我们军队也欢迎。(对四)四班长,马上把这个人搀回连部去休息缓口气。

四:是。(搀起班下)

指:咱们都上连部吧!(拍英的肩膀)你这种反抗敌人的精神是应该替你宣传和表扬的,你原来是做什么的?

(通通背上地上的枪,跟在指的后面。)

英:(一边走一边说)工人!

指:好!家还在城里吗?

英:城里还有一个老妈!老婆带孩子早逃到解放区江北她娘家去了,不知有着落没有,很想去看看他们。

指:那你可以去江北看看他们是怎么样了,我们可以发给你路费,开信送你去那里。

英:谢谢指导员。

指:对！咱们回去再谈。

英:老大爷,谢谢你帮忙我……

老:(笑了)只要到八路那边就行了。

指:这位老大爷帮助我们做了很多宣传工作,明儿个一定要重谢你呀！(哈哈……)

老:指导员再见吧。

(众先后从左面下,老头停立目送着。)

(幕徐落)

第三幕

时:秋天打场时午后。

地:松花江北某老区的某屯

景:是一个村头,斜正西,是两间小房,接着这小房从右是一排人家,这小房山前排着苞米、红辣椒、倭瓜干子等,山前有猪槽子、鸡架、农具等,看着非常整齐,靠右面刚露出场院的一端可看见谷垛的一角,门西一棵大杨树遮掩着。

幕开:秋天的晌午将过,天朗气清,天上一点云彩也没有,场院上正在打场,牲口拉磙子的声音传过来,夹杂着人的赶牲口的声音,还有打场人的歌声,有男的、女的合拍着,响亮地飘过村头。

秋天来了快打场,

今年丰收出好粮,

一天比着一天强。

军队天天打胜仗，

安家立业有保障，

支援战争攻大城，

收复工厂建设后方。

场院妇女的声音：大嫂子来一个。

一个妇女的声音：我不会唱！

几个妇女的声音：哎哟！大嫂子害臊喽——

（许多人哈哈的笑声。）

（不一会从左面走上英得明，他换了一身便衣，走得满头大汗。）

英：（向四外探寻着，然后自语地）是不是这个屯子呢？（看左右无人很着急，又继续犹疑地往前走，抬起头往远处那排人家望着）

（这时，从对面跑过来一个小孩。他叫小福子，手里拿着一个秫秸枪，一边跑一边喊着。）

福：明子啊，给你枪——（不小心跟英碰了一个跟头）吓！你这么大人走道怎么撞人?!

英：（急忙拉起来）老弟，对不起你，摔着没？

福：（拍拍身上的土）没啥！（然后）你是干啥的？走道贼头贼脑的瞧啥？

英：小老弟，我打听你个信。

福：你说吧！

英：这是什么屯啊？

福：建设屯呀！你干啥？

英：那走错了。（回身往别处走）

福：啨！你干啥的？

英:(走回来)小孩,我从前方来,我找王家窝棚。

福:(恍然)还是这么回事呀,我告诉你,这就是王家窝棚,在年底王家早就叫咱们穷哥们斗倒了,这么咱屯子名改了,叫建设屯,再不许你叫王家窝棚了。

英:(兴奋)啊——这就是王家窝棚,小孩你——

福:哎,你干啥还说王家窝棚,这么咱穷人翻身了,屯子名也翻身了!

英:(尽管问自己要问的)小孩,这屯子里有一家姓高的吗?

福:高啥?

英:高福祥,是个老头儿!

福:他就是我爹呀!

英:(欣喜)好! 快领我到你们家。(忙拉福的手)

福:(疑惑地)你姓啥呀?

英:我姓英,叫英得明,你姐姐在你们家没?

福:(把英的手一甩,忙跑向场院跟前,大喊)姐姐姐姐,快来呀,快来呀!

(英妻急从场院跑出来。)

福:姐姐,我姐夫来了,你看,(指英)那不是吗!

妻:(大叫)明子他爹。(跑向英跟前)

英:明子妈——

妻:(因为兴奋过度,出了眼泪用手擦,还想说什么话,但又说不出什么,只是死死地盯着他)

英:(也高兴得一时讲不出什么来)

(二人停立好久,沉默着。)

妻:(打开静寂)妈呢?

英:还在城里,(龃龉地马上转变话题)明子呢?

妻:在场院呢,(对福)小福子,这是你姐夫。

福:姐夫,(恭敬腼腆地行个礼)刚才——

英:好几年没见着了,不认得了。

妻:小福子,你快去叫小明子来!

福:嗯哪,(跑下喊着)明子,你爹来了,你爹来了。

(明子拿着秫秸枪跑上。)

英:(上前叫)明子!

明:(跑过来)爹——

英:(蹲下把明子紧紧地抱在怀里,用长满胡须的脸狠狠地亲着明子的脸说)爹来了!

明:(被胡须扎得疼痛,叫着)爹——爹——

妻:(亲切又怨艾地)看你那满脸胡子把孩子扎得直叫唤。

英:(放开明子,细细地瞅着他的脸)这孩子胖了。

妻:胖了。

(小福子上。)

福:(对后)我姐夫在这呢。

(英站起来。)

(生产组长和妇女队甲、乙上。)

妇:英大嫂,英大嫂,是英大哥来了吗?

组:老英大妹子,是小明子他爹来了吗?

妻:来了,这不在这呢吗!(说完笑着)

妇甲:哎呀!你看英大嫂乐得嘴都合不上了!

妇乙:盼星星盼月亮,可下盼来了,还不乐吗?!

妻:这俩死丫头净俏皮人!

组:(对妇)这还能不乐吗?这一家团圆是个喜事啊!

（众笑。）

妻：（对英）这是我们这组的生产组长，（指妇）她俩是我们妇女队里的！

英：（有点拘谨向他们点头）啊！

组：好啊，老英大兄弟，你来到咱们后方解放区，咱们团结到一块堆，明年开上几垧荒。

英：对——

组：你来了就多一把力气，老英大妹子又能干，像个老爷们似的，顶个半拉子了，加上你兄弟，那日子是越过越发呀！

妻：组长别夸了，咱们来到这还不是靠大伙帮助啊！

妇甲：英大嫂还客气哪，谁不知道你生产积极啊！

妇乙：打完场咱们妇女还要选你模范哪！

妻：快别糟践人了，你们嘴下留点德，下晚我蒸豆包给你们吃！

妇甲：英大嫂说话还转弯抹角的哪，你就说英大哥来了蒸豆包给他吃得了，还拿我们遮啥羞?!

妇乙：英大嫂可挂念着英大哥了！

妻：我说不过你们。欠打！

组：快别扯了，来干活吧！快要起场了。

妻：走！起场吧！

组：大兄弟刚来，你在这吧，我们能干过来。

妇：英大嫂，多说点体恤话。（齐跑下）

组：大兄弟，咱们下晚再唠扯。（下）

英：（目送着组长，口里轻声地）解放区真好！

妻：你说啥?

英：没说啥，（稍停）得成呢?

妻:二兄弟到地里背高粱去了,等一会叫小福子去叫他。

福:我去呀!姐姐!

妻:你先回去叫我妈来吧,说你姐夫来了,让她来帮我做豆包!

福:嗯哪!(向正面跑下)

妻:明子他爹,你走累了,领明子到屋里歇歇吧。

英:嗯!

妻:(指屋)这就是咱们的家,明子,领你爹进屋,我去挑担水淘一淘小豆。

明:嗯哪!(领英进屋)

(妻摘下窗前的水桶和扁担放在肩上向左下。)

(场上静默片刻。)

(英又领明子从屋里出来,望着自己的房子与窗前挂着的东西。)

(妻挑水上,看见英,放下水桶。)

妻:明子爹,你怎么不在屋里歇着?又出来干啥?

英:呆不住。

妻:你是不是惦记妈了?

英:……

妻:是不?

英:有一点,不全是。

妻:你是怎么出来的?

英:我是被国民党抓了壮丁当上"中央军",天天挨皮鞭子抽,有一天出来到八路军边界上抢粮,我就跑过来了!

妻:真没想到你遭这么多的罪……

英:我解放过来到前线队伍上,在连部、团部住了好几天,八路军真好，我就想就地参加队伍，可是我又想回来看看你们是不是有安身之处了，那个指导员也说，“你回去吧，到解放区的工厂做工作也行，到乡下落户也行……”就这么的我就来了。

妻：真想不到你这个拧脾气会到这里来，走了几天？

英：走了三四天了！

妻：那你道上……？

英：我临走时，人家八路军给我拿的路费，开的信，道上一点也没困难着……

妻：明子，带你爹在“半拉”看看，我去淘小豆去。（说着把水桶提进屋去）

英：明子，这房子是咱们的吗？

明：嗯哪！

英：（纳闷地）是咱们的？是租的吧！

（明子摇头。）

（妻手拿着空水桶放在房檐前，挂好扁担。）

明：走啊！爹——（拉英）

英：（看看房子不知想什么，一点没动）

妻：明子爹，你想啥呢？

英：明子妈，这房子是谁的？

妻：（率直地）是咱们的呗！

英：是租的吧？

妻：不是租的！

英：那……

妻：那还是春天来的时候哪！走了十来天，好容易逃到这，住在明子他姥姥家，第二天这村政府就发给我们吃粮，因为没有住的地方，乡亲们大伙帮着就在这村头盖上了这两间小草房，就安下家了。

英：（恍然）啊……

妻：你到场院去看吧，我去淘小豆去了。（下）

组长在场院声音：来呀！大伙传堆呀！

众的声音：对！看谁传得快，传哪！传哪！

（英与明子向场院下。）

（组长上。）

组：大妹子。

（妻上。）

妻：（擦擦两只湿手）要扬场了？

组：嗯哪！你快在屋里弄个闲地方，好搁粮。

妻：我早就把外屋地腾出来了！

组：那你找两条口袋吧！

妻：嗯哪！（下）

（英与明子由场院上。）

组：大兄弟，你看见了吧！今年的粮食是好成色呀，打得又多又好，是个丰收年哪！

英：（点点头）是好年头……

（妻拿口袋上。）

妻：组长，口袋拿来了。

组：好！（接过口袋下）

妇女的声音：传完喽——哈哈……

男人的声音：扬啊扬啊！

英：明子妈，这是给谁家打场啊？

妻:给咱们哪!

英:(重复)给咱们打场?

妻:怎么?

英:是咱们自己种的?还是跟人家合种的?

妻:自己种的。

英:几垧?

妻:三垧啊!

英:是租谁家的啊?

妻:是分的!

英:(吃惊地)分的?

妻:对了,咱们分着地了,我们刚到这安下家的时候,那"前儿"刚种大田,村政府就把去年平分完了剩下的地,给我们三口人调剂了三垧地,咱们要在这长久住下去指定落户了,那这地就老是咱们的了。

英:(恍然)啊……真是想不到的事,咱们家也有地了!

妻:有了地,吃穿都不用愁了。

英:那你们怎么种的呢,有牲口吗?

妻:咱们屯子有好多生产小组,插犋换工咱家也在小组以内,拿人工换马工,今年就这么种下来了,收成还挺好,打算明年春天买个马呢!

英:买马?

妻:是啊!有了牲口好多种地呀!

英:(慢慢蹲下抚着明子,自语地点着头)日子过好了——

妻:今年冬天,孩子大人也冻不着了!

英:(发现明子穿一身新的夹袄)明子,你这新衣服是谁的?

明:我的!

英:(向妻)明子多咱有这么一套新衣服?

妻:咱们今年种了半垧地晚麦子,卖了一点,就在这街里买点布,给明子做了一件夹袄,怕上秋了冻着他!

英:我记着你们走的时候,明子就穿一件小褂,我寻思非冻死不可,想不到……(兴奋地搂过明子)

妻:过去的事还能想了?

英:(突然)明子妈,明子穿的衣裳布这么好,是解放区出的吗?

妻:我上哪知道去?横是呗!听说哈尔滨有好多大工厂,啥都出,工人生活也很好,吃穿不愁,说了还算。

英:有铁工厂吗?

妻:那谁知道啊?

男人的声音:快筛呀!筛完好装。

(小福子领着明子的姥娘上。)

福:(向后)你倒快点儿走啊!看你蘑菇多半天了。

姥:死福子,我不得一步一步走!

妻:妈来了!

英:(向姥)大婶。

姥:(走上前)姑爷来了。

明:姥娘,你拿的啥?

姥:是咸鸡蛋,(给明子)我寻思再弄点荞麦来给姑爷吃个新鲜的,这个小死福子就等不得了,(转对英)你娘好啊!身板还硬实吧?

英:好……还硬实……大婶家里都好吧?

姥:我们家里都好,大大小小没有一个闲着的。

妻:妈你帮我烀小豆去吧!

姥：你要蒸豆包，面发上了吗？

妻：还是昨晚发的呢！寻思今儿个二兄弟背高粱太累，预备今儿个蒸。

姥：那就蒸吧！明子把鸡蛋拿进屋，下晚煮它。（领明子进屋）

妻：小福子，你上地把你二哥叫回来，就说他哥哥来了！快去！

福：嗯哪！（跑下）

（农民甲扛袋粮食从场院上。）

妻：（对农）跟我来，扛到屋里来吧！（与农民下）

（英急向场院下。）

（组长扛一袋粮食上，英随上。）

英：来我扛，我扛，我有劲！

组：你刚回来，歇歇。

（二人争夺不下，组长撂下，看看袋角上露出高粱。）

组：大妹子，拿个针线来吧！

（妻拿针线上。）

妻：怎么口袋漏了？（蹲下缝口袋角）

（农民甲又扛袋粮上，内屋里下。）

（农民乙，与妇女甲乙齐上。）

众：组长，都弄完了！

组：歇歇吧，等一会再铺一场，（打开口袋，组抓一把高粱在手心里，对英）你看，今年这高粱多好！一垧地都打五六石哪！大兄弟你们今年算闹上了。（拍拍英的肩膀）

农乙：哪家都不错呀！谷子、豆子、高粱、杂粮都没有少打呀！（农民甲上）

农甲：今年这一丰收啊，过年的家底算打下了，（打妻）缝完了吧？我扛进去！

妻：完了。（站起）

组、英：我扛。

农甲：我扛吧！（扛进屋去）

（福与英得成跑上。）

成：我哥哥在哪呢？

组：在这哪！

成：（跑来）哥哥！（抱住英）

英：看你跑这一头汗！

成：（擦汗）我听福子说你来了，我从地里就跑来了，妈没来吧！

英：嗯……

（农民甲上。）

成：你来了好啊，咱们今年收成不错呀！过年春天买上个牲口，再跟大伙合股买个洋犁，咱们多开上些荒，你看吧！咱们要劳动起家呀！我跟嫂子就这么打算的呀。

农甲：对，英老二，咱们小组过年合股买个洋犁，多开上几十垧荒。

农乙：这要把地开起来，都是黑油油的地，种什么庄稼也没错。

组：大兄弟，咱们后方生产的情绪可高了，过年都要买洋犁多开荒啊！

英：洋犁……

组：嗯哪！就是开荒用的，这么咱，咱们解放区铁工厂做出好多种地的家把什卖给种庄稼地的。

英：连解放区工厂也给老百姓谋利益呀！

组：听大妹子说，你在国民党那地也住过铁工厂，那净做什么东西？

英：什么都做，就是对老百姓好处少，因为那都是国民党大官开的工厂。

组：啊，怨不得区上同志总跟咱们演说："咱们要好好侍弄地，多多开荒，要打得好打得多，不但要打下家底，还要支援前线，打垮老蒋，夺下大城市，收复工厂，那咱们庄稼人也有帮助，将来生活那就会更好了！"这话说得真不假呀！

农甲：对，我一定挑好粮支援前线，让咱们军队打下大城市来！

农乙：咱们也不能比你落后呀！

妻：我们也挑好粮送去。

（姥从屋里跑上。）

姥：来吧，老英啊，小豆烀出来了，包吧！

妇甲：你呀，你看老高太太，姑爷来了，忙得不站脚！

姥：谁姑爷来了不张罗张罗，明儿个你出门了，你女婿上你娘家串门，你妈不忙啊！

妇甲：这死老太太……

妇乙：这老太太这嘴谁也说不过。

组：这老太太身板也不软弱呀，两手老也不闲着……

姥：闲着还行?！劳动发家嘛！

（众都哈哈地笑了。）

（老李大婶拄个棍子从左角上。）

李：（停立了半天，然后孱弱地说）啧啧，你们这个地方倒很快乐呀！

（大家都立时息敛了笑声。）

李：那个人不是英得明吗？他怎么到这来了呢？

英：（向前跑上）老李大婶。

妻、成：（也跑上去）老李大婶。

李：啊，侄媳妇，得成，你们都在这过好日子哪！

妻:明子,你看这是谁?

(明子跑过去,一时认不出来。)

李:孩子,到了好地方忘了大奶喽!

妻:明子你忘了?!咱们住在“中央军”那地方,大奶给你饼子吗?

明:大奶奶……

组:这是难民啊!(这时大家都围上来)

英:大婶,现在那边怎么样?

李:哼!(一笑)怎样?!你妈都快饿死了,你还在这当好日子过呢!

英、妻、成:快饿死了?

李:得明,从你被抓走以后,你妈一天疯疯癫癫,见人就要儿子,每天也许我给她点吃的,也许你那个朋友马文凯给她送点东西,就这么混肚子,你快想个办法吧!

妻:瘦够呛吧?

李:你说呢?一天有时候吃上,有时候就吃不上,瘦得皮包骨了,(用手比量着)还有一掐掐。(看姥问)这个老太太贵姓啊?

妻:是我妈!

李:哪有你妈这样富态,这么胖,差天上地下了。

妻:明子爹,你看怎么把妈领出来呀?

英:……(慢慢蹲下)

妻:大婶!你是怎么出来的?

李:做小买卖供不上吃,就跑出来了呗!跟我儿子推个小车,破破烂烂就拉出来了!你婆婆要能走动,我怎么也把她领出来!

妻:大婶你们住在哪儿了?

李:我们这帮子难民,人家前方八路政府给开的路条,都安插在前边叫什么屯子了,我记不住了,我看离这很近,知道你妈住在这屯子，我就来给你们送个信！

英：（站起）老李大婶，你知道现在铁工厂怎样？

李：你住的那个铁工厂啊？

英：嗯！现在怎样？

李：细情我是不知道，我就在门口做小买卖，又见一个“刮民党”用大号汽车要往外拉机器，你们那些做工的，又不让拉，开枪也挡不住，终归也是没拉成！

英：以后呢？

李：又过了两天吧！大概是没办法了，就架上几门炮“忽通”“忽通”地往厂里轰，你们那些做工的就不让，那还能跟大炮打交手吗！到了把工厂炸得东倒西歙，不像个样了。

英：（激愤地）是炸坏了？

李：那还能好了？“刮民党”还想炸轻呢？后尾叫你们那些做工的，不顾命地拿着锤子、榔头，把他们给撵跑了！

英：你知道马文凯现在干什么呢？

李：他吗？卖几回烟卷，有时见不着他，有时候做几个工的，到你们家去，不知道合计什么，有好几天半夜才走。

英：大婶！他没有提我吗？

李：这我可不知道！

妻：大婶！快吃下晚饭了，你到屋里歇歇吧？明个儿我送你回去！

李：我到这个好地方，我算死不了啦！你们快想法把你妈领出来吧！

英：知道了！大婶！

妻：进屋吧！进屋再唠！

（妻领李，姥领明子下，英亦迟迟地下。）

组：“刮民党”那个地方真没呆了。

成:工厂都炸完了……

福:你看我姐夫可难受了。

组:看起来咱们更要加紧生产支援前线,让解放军多打胜仗。

众:对!……

组:来!咱们再铺一场吧!头吃饭还能打下来!

成:福子!你在院里看点猪,别让猪扒谷垛!

福:嗯哪!

(众齐向场院下。)

英:(又从屋里愁闷地上,蹲在院内不知想着什么,看去非常难过,低低骂着)蒋介石……(他又站起来看看那两间小草房,又走过去向场院瞟了很多时候,在脸上现出了笑容,自语地)解放区……

福:(跑过来)姐夫!

英:什么?(转过来)

福:是你在那个工厂被"中央军"炸坏了吗?

英:嗯!

福:那咱们八路军打走他们不行吗?

英:行!

福:那打走"中央军",工厂还能开吧?

英:能!

福:能做出开荒的洋犁吗?

英:(使他很难答复,感到窘迫)

福:能不能?姐夫?

英:(顿时很坚决地)怎么不能!

福:那可好了!(跳起来)

妻的声音:小福子来给烧火来,忙不开了。

福：嗯哪！（向屋里跑下）

英：（思量着）刚才组长谈什么了……（想了半天，也想不起来，随向场院喊）组长！组长！

（组长上。）

组：大兄弟！你喊我吗？

英：我问你几句话！

组：啥？

英：刚才明子妈缝口袋的时候，你说什么了？

组：我没说啥呀！（有点奇怪）

英：我记着你说区上同志老给你们讲……是怎么句话了？

组：（想了半天）啊！是这么个意思，叫咱们多多生产支援前线，打垮老蒋，夺下大城来，把那些工厂都恢复了，那对咱们大家的生活也有老鼻子好处了，这都是区上同志对咱们演说的，再多了我就不知道了！大兄弟！你问这个干啥？

英：（一笑）我就是想起来了就便问问！

组：（了然）啊！我忘了你是个工人了，还惦记着你住的那个工厂哪！那好啊！将来咱们解放军收复了，你再回去做工嘛！做出来东西，你老婆孩子说不定也能用着哪！哈哈……

英：组长！你说哪去了？

组：对！我得去干活了，晚上唠。（下）

英：（瞅着组长的背影，嘴里喃喃地）老婆、孩子、兄弟、房子、地、丰收……开荒……（又转身来烦躉地）妈！饿死……领出来……工厂……炸了……恢复……（然后站定在院内，坚决地点着头）快——（向屋里喊）明子妈！

（妻上。）

英:把明子叫出来!

妻:(向屋喊)明子! 你爹叫你!

(明子跑出来。)

明:爹!

英:明子! 明子妈!

妻:啥?

英:我要回前方参加部队去!

妻:(感到突如其来)参加军队去?

英:(误会)怎么?! 你不愿意?(欲发脾气)

妻:(一笑)看你参加军队我怎么不愿意呢? 多咱走?

英:就走!

妻:(想不到)就走?!

英:(瞪了她一眼)那还磨蹭什么!

妻:明天走不行吗?

英:多呆这么一晚上干什么!

妻:我是说路很远,快黑天了!

英:不要紧,哪黑哪住呗!

妻:不吃饭了吗?

英:还不饿呢!

妻:那你等一会儿,我给你取点东西去。(急向屋里下)

英:(抱起明子亲了一下)明子!

明:爹!

英:爹去参加八路军,打咱们原先住的那个城好不?

明:好!

(妻拿一双鞋上。)

妻:这一双鞋是前个月做的,等你来好穿呢!这回带走吧!(从腰中掏出钱)这是我积攒下的几个钱,你都拿去作零花吧!

英:我要钱干什么?

妻:买个烟抽啥的!

英:(都接过来)明子跟你妈在家好好生产啊!(放下明子)

明:嗯哪!

(姥与李上。)

姥:嗐!参加就参加呗!还有这么急的,吃完豆包再走吧!

英:不了!

李:得明参加吧!想法把你妈救出来!

英:嗯!

妻:(向场院叫)二兄弟!

(成上。)

英:得成!我去参加队伍去了,你在家跟你嫂子,好好种地!跟乡亲们好好处!

成:是了!

英:那我走了!

姥:等一等,把那几个咸鸡子拿着。(急下)

李:这大娘,真挂着姑爷……

(姥姥跑上。)

姥:道上就饭吃。(把小包交与英)

场院组长的声音:快呀!赶磙子呀!

(继续是男人赶牲口声,还有男人和妇女的歌声)

秋天来了快打场,今年丰收出好粮,

如今过上好日子,一天比着一天强。

军队天天打胜仗,兴家立业有保障,

支援战争攻大城,收复工厂建设后方。

歌声越唱越响。

英:(歌声中对大家)我走了!(转身急下)

明:爹!……爹……(跟了几步)

妻:(目不转睛瞅着英的背影笑着)

明:(向后喊)妈!爹走远了,抱我看。

妻:(上前用力地抱起明子)这孩子……

明:爹……(用手摇摆着)

(歌声还是响亮地荡漾着。)

(幕徐徐下)

(第三幕完)

第四幕

时:半月后。

地:某大城内。

景:台右是一所铁工厂的大门,还很完整,门上悬着"中正铁工厂"的牌子,门前有铁丝网,铁丝网有开口,往里看隐隐约约有个地堡,再什么也看不见啦,门前是一条大街,街道旁有一株电线杆没有路灯。

幕开:拂晓前,四面漆黑,刮着凛冽的大风,一阵长久不息的炮声、枪声,炸药声……响个不停,蒋军若干名狼狈不堪,丢盔掉甲,争先恐后从左面跑上,慌张地向铁丝网的开口跑去,准备钻进门里地堡里,一个蒋军官拥挤着向门里跑去。

解放军一个战士跟踪追上来，英得明大枪上着刺刀，腰挎着手榴弹，在头前领着，指导员与通讯员，在后随上。

英：（向后边指导员说，头并回过去）指导员，这就是我住过的工厂，我最熟悉，让我追上去消灭他。（说完就要跑上去）

指：（马上制止）英得明，不行，听我命令，不能横冲直闯，敌人在里面，我们在外面，你一个人进去要吃亏的。

英：（不高兴地服从着）是——

指：（命令着战士们）队形分散开，（战士们分散了队形）通讯员。

通：有。

指：你传达二排王班长，我命令他带一个班从这条大街迂回到工厂后面打进去，快去！

通：是。（下）

指：英得明。

英：有。

（这时王班长带一班人从右面上，顺大街向工厂后面跑下去。）

指：现在五班迂回过去，他们从后面一打响，你就破这铁丝网解决门里的第一个地堡。这样里面地堡因为后面有人打他的屁股，他就来不及向这面反冲锋，我们也就不会吃亏。

英：是……

指：四班长！

四：（从战士堆中到指导员跟前）有。

指：英得明一解决头一个地堡，你马上带四班冲上去，这样我们两面夹攻，就会干净彻底地消灭这工厂里的敌人。

四：是。

指：英得明！

英：有。

指：你有信心没有？

英：有。

指：好，我相信你，投诚是有认识的，回到后方，又很快地跑回来，一定要参加我们队伍打回来，半个多月的练兵，也很积极，你的阶级觉悟很高，你说的话很对，消灭"中央军"可以救你的妈，收复工厂你的老婆孩子生活会更好，消灭蒋匪军，解放大城市，这也是今天党的事业。英得明，你立功的时候到了，你要能拿下门里那个地堡，我指导员替你请功。

英：（诚恳又坚决地）指导员你放心，我英得明粉身碎骨也一定拿下那个地堡。

指：好！是一个硬骨头！（稍停）怎么五班还没打响呢？

（静默，不一会工厂后面的机枪声像雨似的响啦。）

指导员：英得明，快上去！

英：是……（一手拿手榴弹跑上，急向铁丝网闸口而去）

（敌人用机枪从地堡里扫射着。）

（英得明已爬进工厂里去了。）

英的声音：蒋家兄弟们，你们赶快缴枪吧。缴枪不杀，若不缴枪，前后都是我们的军队，把你们包围起来了，就消灭你们在里头。

（里面无回声。）

英的声音：蒋家兄弟们，你们不缴枪，我马上就往你们地堡里塞手榴弹了！

（里面仍无回声。）

（顷刻一声剧烈——手榴弹爆炸声。）

（蒋军的惨叫声。）

四：向后，同志冲啊！（带领战士们迅速地冲到门里去了）

（指导员带通讯员向门里走去。）

（灯光变暗。）

（灯光变亮的时候，即三天后的早晨。门前的铁丝网已经拆毁搬走了，门前站着两个战士警卫着。）

（一个工友踩着几个工友的肩膀拿一个"中正铁工厂"的牌子摔在地上。）

（一个工友又递上去"解放铁工厂"的牌子，在顶上那个工友把它横挂上。）

（这时，许多工友从路上先后走来。）

众：哎！解放铁工厂！（踩在人家肩膀的工友一下子骑在别的工友脖子上大喊着）

工：哈，咱们解放啦。

众：大伙把他举起来，往高举呀！

（大伙把他举在人群中颠簸着。）

众：咱们工人翻身啦！哈哈。

（马文凯从门里走出来。）

马：哎工友们，没事到里面把地堡平了吧，把器材搜集到一起，还有藏到别处的机器零件，都搬来吧。

众：对，快干哪！

马：要快干，早开工，这可是咱们自己的工厂了，也就是咱们自己的家，当了主人啦。

众：老马你说得对，干……

（一部分人进里面去了，几个人左右下搬零件去了。）

马：（对一个工友）你去英得明他家一趟吧。把他从前藏起那零件拿来，再告诉他妈一声，说英得明在的那队伍又要开拔了，让他妈妈送送吧。

工:好!(下)

(英得明束好行装,由后台跑上。)

英:老马,我们就走了,我再来看看大家。

马:(发现英得明的奖章)老英你立功了。奖章也挂上啦。

英:就是打这个工厂立了一大功,不算啥功呀!

马:你要好好干,多打下大城市来多收复工厂,那才表现咱们工人阶级的地方哪。

英:咱们打仗多咱也不是孬种,可是工厂还得几时开工哪?解放已经三天了。

马:同志,不成问题,开工也就三五天,机器虽然叫国民党破坏了,可是工友都有决心能克服一切困难。

英:好!快开工,多生产成品,支援前线,建设后方。

马:这你放心,工厂有党的领导,工友们组织起来,只要一开工,什么任务都能完成。

(这时,队伍唱着八路军进行曲的歌声,由远而近。)

马:(向门内)工友们!都出来看咱们队伍上的同志吧。

(工友们陆续地从门里走出,搬零件去的工友,也从左右走回来。)

众:老英!你们又要走啦,往哪去?

英:我也不知道,八成南下攻大城去吧。

(队伍从后台上。)

(看见门口的牌子都说着,解放铁工厂。)

众:(喊)欢送解放军攻大城收复工厂。(队伍接连往下走,指导员与通讯员跟在后面上。)

指:英得明,看见你的老工友了吧。

英:指导员,工厂要开工了!

指:啊……(发现工友们扛的零件)这都是搜寻回来的零件吗?

马:都是在国民党统治时期保存下来的!

指:跟国民党闹斗争也有党的领导吧?

马:有,那时候就是这工厂里的工作人员。

指:哈哈!好同志,你是一直坚持到底呀。

(工友领英母上,扛着一个机器零件。)

马:你看!这就是老英从前藏起来的零件。

母:得明你要走了吗?

英:我去多抓几个“中央军”,好给你老报仇!

母:好孩子你去吧!去打那“中央胡子”。

指:大娘,我们已经托付政府啦!让政府好好照顾你老人家,你放心好了。

母:这八路解放了就太平了。

指:英得明咱们走吧,大队已经走远了!

母:指导员,不再到家坐一会了?

指:(边走边说)将来回来的吧!

马:(上去握手)再见同志。

指:再见。

众:英得明!多打胜仗!

英:错不了。(齐与指、通下)

(众摇着手。)

(幕徐徐下,全剧完)

东北书店 1949 年 5 月初版

◇张　冶

翻身戏

第一场

一九四六年旧历正月初，民主联军解放了通河，通河民运委员会组织了工作队分发到四乡，通河全县从此就掀起了轰轰烈烈的反奸清算运动。工作队到达了浓河村后，逮捕了杀人魔王刘忠臣（刘警长），今天召集了第一次斗争大会。村公所变成了会场，会场里布置了一些“有仇的报仇”，“有冤的报冤”，“打倒汉奸刘忠臣”等等的标语。屋内有一张办公桌，有一些板凳。开幕时因还不到开会时间，参加开会的群众都还没有来。

幕启：

（刘万升和吴景林上。）

刘万升（四十余岁的庄稼人——从小家里穷，净给人家扛活，因为生活的折磨，使得他的性格显出沉默，但却相当坚强。以下简称升）：咱们来早啦，都还没来呢。

吴景林(五十余岁的老农民,也是穷了一辈子,因为他岁数大,所以就更世故。以下简称林):今儿个也不是开什么会?

升:吴大哥你还不知道?刘大棒子抓住啦,今儿个开会就是为的他!

林:这小子做的也太恶,这也是报应!

升:工作队的人说过,谁过去受过他的气今天都说说!

林:老弟!咱哥俩不错,可别瞎说,得罪那个人干什么!

升:瞎说?他做的那些事,那不是都在那摆着呢!

林:话说多了没好处,那些事自有人提!出头的椽子先烂,咱们说那些干啥!

升:这事我倒明白!

林:要不我也不说这话,我知道你的性子耿直!

(王喜明、卓永贵、王海臣上。)

王喜明(三十来岁的山东人,早年逃荒到关东城,在码头上扛过袋子,以后给梁三爷家扛大活,为人口直心快。以下简称明):吴大哥,刘大哥,你们来得早!

升:今儿个你干啥去来?

明:家里没烧的,上山打了点柴火!

卓永贵(十八九岁,从小就给梁三爷家当猪倌,以后当半拉子,今年才扛整的。以下简称贵):今儿个开刘警长的会,是不是?

王海臣(二十四五的年轻农民。以下简称臣):刘大棒子这小子看他还和"满洲国"一样不一样!

林:年轻的小伙子们少说话,来听会来就好好听!

升:八路这些兵对待咱们庄稼人真不错,心里都觉挺近便!

明:我早就知道,"康德"十年我们老家捎信来就说八路在我们家乡可好啦!

臣：从前我见兵就害怕，这个兵可真和气！

林：好坏咱们别评论人家，慢慢往后看就知道了！

贵：对，看看以后怎么样吧！

林：（悄悄地）你们还不知道，恐怕他们站不住脚！

（这时参加开会的群众，陆陆续续有男有女有老有少来了不少。他们见面后就很随便地问长问短。“张大哥！”“李二哥！”“王老疙瘩”，吃饭干活净是些家常嗑，这时赵海亭上。）

赵海亭（四十岁，前中华民国时在×村任过大队长，“满洲国”时当过甲长，家里有几十垧地，也算大户。以后家里有几杆烟枪，就越来越穷了。工作队来到后，他和工作队联络得很近乎，于是又恢复了他当年的神气。以下简称赵）：（好像是惊奇似的）啊！怎么才来了这么几个人？（这时来开会的人不断增加）怎么你们现在才来？

群众：上山打了点柴火，才回来！

赵：（责备的口吻）打柴火？昨天没跟你们说今儿个开会？（有人说：“家里没烧的。”）开会要紧？还是打柴火要紧？工作队吴同志都等得着急了！“满洲国”那时两棒子一打都麻溜的。还是奴性没退。（命令地）告诉你们，没来的赶快找去！来了的别走了，等着开会。我去请吴同志去。（下）

（开会的人挤了一屋子，工作队的吴同志和赵海亭一块来了，后面跟着个通信员，初祥、姜玉林等。）

赵：大伙别说话啦！我给你们引见引见，这是工作队的吴同志，到咱们浓河来，领导咱们翻身，就像咱们的救命恩人一样！大伙鼓掌欢迎。

（在大家的掌声中，吴同志来到台前。）

吴同志(以下简称吴):老乡们!蒋介石不抵抗,把东北送给日本鬼子,我们东北的老百姓做了亡国奴,这十四年受的罪说也说不完!

初祥(二十多岁,南满人,在伪满曾任过浓河村公所职员。以下简称初):提起这些苦楚,三天三夜也说不完!

吴:这位老乡说得对!三天三夜也说不完,不但是鬼子欺侮我们,鬼子还利用了一些汉奸警察特务来压迫我们,我们老百姓连口气都喘不出来!

赵:多亏了共产党把咱们救出来啦!我早就知道共产党好,盼了多少年,这回可盼来了!

吴:过去我们浓河村警察署有个刘警长,刘忠臣,外号叫刘大棒子,这个人怎么样?

姜玉林(原先他家是个小地主,伪满时被鬼子缴了照,姜玉林二十来岁,一直念了这些年书,八一五后不念了。以下简称姜):可别提了,比阎王爷还厉害!

吴:是的,就听他这名字——"刘大棒子!"咱们浓河村老百姓,也少吃不了他的亏。这小子昨天让我们工作队抓住啦!我知道咱们浓河老百姓吃过他的苦,今天召集这个大会,就是为了征求大家的意见,咱们斗争他,大家同意不同意?

(赵、姜、初一齐说:"同意!"群众没有什么反应。)

赵:怎么不吱声呢?都是死人?快说同意!

(群众也都说"同意!")

吴:既然大家都同意,我们就斗争他,通信员去把刘警长带来!(通信员下)现在不是"满洲国"啦,我们老百姓要翻身,有仇的报仇,有冤的报冤,有气的出气,把咱们这十四年的苦水都倒出来,一点也不剩。

林:(应付地)谁有意见谁说!

明:(应付地)谁有话也别装在肚子里!

(通信员把刘警长带上来,刘警长垂头丧气站在大家面前。)

赵:(神气地)低下头,这不是"满洲国"那时候嘞!

吴:刘警长已经带来,大家有什么意见尽管发表,没有关系!

赵:我先说,刘忠臣你想一想,"康德"十一年秋天,我媳妇猫月子,买了半斗小米,五十个鸡蛋,让你看见了,你说我是"经济犯",怎么托人说也不行,后来把小米、鸡蛋都拿到你们家去啦。你们大伙说他汉奸不汉奸?

(群众中有几个人应声:"汉奸!")

初:赵大哥你等一等,我说,刘忠臣咱们远的也不用提,去年正月里,别人家里耍钱你就抓赌,你们家里放官局,在你家里耍输了钱,给你留下,赢钱你不给,你是不是仗着你那洋爹欺侮人,你说……

姜:我也说,"康德"九年过年杀年猪,我们家没扒皮,你看见了也说是"经济犯",后来给了你九十块钱才没事。那个时候的钱,是什么钱!那个时候的布,多少钱一尺?

初:我还有,有一回你到村公所去,我没有给你行礼,你说我"目无长官",打了我两个嘴巴子,你算是哪门子长官……

赵:我又想起一样来:年前"矫正"的时候,你可有理啦,谁给你送礼、送大烟,谁没事。我那个内弟是穷人,没有钱给你送礼,就给你抓到警察署,活活地一顿棒子给打死了。我小舅子媳妇正在闹病,一家伙也给吓死啦。这就叫两条人命,我越说越有气。(上去就打了两个耳光子)

吴：对！就像这样，有什么把它都说出来！

赵：怎么你们都不说话呀！

（这时刘万升、王喜明都想起来说，被他们旁边的人拉下去了，这情形叫吴同志看见了。）

吴：有什么就说吧，没关系！（指吴景林）你为什么拦人家，不让人家说呢？

林：都是过去的事，有什么说的呢？

升：他们都说了！不说可也行了！

吴：他们说是他们的事，谁有也兴说！

升：可也都差不究竟，我说就说。这事也不大，刘警长，你还记得吧？前年往南又去劳工，派到刘玉喜，都把本子写好了。刘玉喜和你是亲戚，跑到你那一句话就把名字改啦。我去劳工刚回来，又叫我来了个连二回，我一家人就指望我一个人挣钱养活，我求你，你说：饿死了活该……

姜：说起要劳工，我们邻居赵二黑因为有病不能去，叫你一顿棒子给削死啦，你说你还有良心没良心？

明：我也说两句："矫正"的时候，咱们村里有一个王老疙瘩，明明写的王二爷的老兄弟，因为人家给你送了大烟，你就把我兄弟派去，要不是"八一五"鬼子倒台，是不是我兄弟也得死在你手里？

赵：提起"矫正"，死了就不知道多少人。光是冒名顶替，就冤死了多少家。

吴：老乡们！意见提得也不少了！刘忠臣罪大恶极，害死了几条人命，现在抓起来了，你们大家说怎么办？

赵：铲除！

初：枪毙！（群众没有什么动静）怎么你们都不吱声呢？

赵：他妈拉巴子，都还是“满洲国”那时候的脑瓜骨，赶快说枪毙！

（大伙参差不齐地说：“枪毙！”）

吴：大家都同意枪毙吗？（群众声：“同意！”）既然大家都同意，我们就把他送交区政府，把我们的意见提给区政府，由区政府去处理。现在的政府是民主政府，是为咱们老百姓办事的地方，一定能遵从咱们老百姓的意见。通信员把刘警长送到区政府，你小心别让他跑了！（通信员带刘忠臣下）老乡们！今天的大会开得很好，这样的会在浓河恐怕还是第一回。

赵：别说开这样的会，斗争人家，见了面还得鞠躬施礼，慢了就得挨棒子，那可不得了！

吴：现在可不同啦！不是“满洲国”啦，咱们老百姓要翻身！咱们要做主人！

初：八路国家真是没比！

吴：我们翻身，我们做主人，就要靠我们自己。今天的斗争我们胜利了！我们更应该很好地团结起来，组织自己的团体，在这个大会上今天我们就成立我们村里的农会，大家同意不同意？

（群众应声：“同意！”）

赵：要同意就大点声说，怎么那么没精神？（大声）同意不同意？

（群众齐应：“同意！”）

吴：既然同意，咱们今天在这大会上，就要选举咱们的干部。马无头不走，鸟无头不飞，选好咱们的头行人，好来领导咱们翻身！我告诉你们，选举的时候一共选五个委员，要选举最积极、最能干、敢斗争、能领导咱们穷人翻身的人来做干部。你们大伙好好想一想，什么人可以做咱们的干部，大家就提出来！

初：选这个干部，我看咱们赵大哥行。刚才开斗争会最积极、最敢干、有印象,准能领导咱们,大伙赞成不赞成?

(群众齐应:"赞成!")

赵:(有意地)我不行,我不行,我看初祥老弟行,初祥老弟房无一间,地无一垄,准能给穷人办事。刚才斗争大会也看到了,赞成不赞成?

(群众同声:"赞成!")

初:我可不行,我看还有一位——姜玉林,姜老弟。别看年轻,斗争积极,写算皆通,手笔相应,没比!大伙赞成不赞成?

(群众应声:"赞成!")

吴:现在有三位了!还差两个,大伙提吧!

姜:我看刘万升行,老实厚道,刚才斗争也发言了。大家赞成不赞成?

(群众同声:"赞成!")

赵:再一个我看非王喜明不行,王喜明是山东人,心眼耿直,敢斗争,够资格,大家赞成不?

(群众同声:"赞成!")

升、明:不行!吴先生,咱们庄稼人也不会说话,老实巴交的,可干不了!吴同志换一换吧!

吴:现在是民主,大伙说了算!(向群众)这五个人当干部,大家同意不同意?

(群众齐声:"同意!")

升、明:(更不安地)可不行!什么事咱也不明白……又不会写,不会算!

赵:二位老弟,我看也不用推了。既然是大伙捧咱,必是看咱们行,以后什么事不是还有吴同志领导咱们吗?屯里有什么事不明白，找我！

初：不用愁，有什么事，咱们大家合计。

升、明：反正以后什么事，要看你们老几位了。咱们只能跑腿学舌！

吴：不用客气啦！请你们五个人到这来，咱们商量商量！（五人都围拢了来）我们五个委员具体分分工，要选举一个会长，其他四个委员，等晚上我们再详细谈！现在由咱们五人之中，选一位会长吧！

初：这会长非得咱们赵大哥，旁人算干不了！

姜：赵大哥真合格！

（其余升、明也说："同意！"）

赵：初老弟行，年轻有为，比我强得多！

初：不要客气啦！

吴：不用客气啦！是不是你们四人都同意赵先生？（四人齐声："同意！"）既然是都同意，那赵先生就是赵会长啦！（向大家）今天咱们选举也算成功啦！赵海亭是咱们农会会长！（大家鼓掌）农会成立了！今后头一样大事情，就是要分"满拓地"！过去日本鬼子抢夺了咱们的土地，使咱们老百姓都没地种，给他们做奴隶牛马！现在咱们要翻身，把鬼子打倒了，土地又收回来了，这些土地政府都不收任何代价，要归还咱们老百姓。至于怎么分法，主要依靠咱们农会来分！总之要使咱们没有土地的人都有地种，来改善咱们的生活！现在就请咱们的赵会长给咱们讲讲话，大家鼓掌！（大家鼓掌）

赵：你们大伙捧我，让我当会长，为后有什么事，都得听我的。谁倒戈也不行，听见了吧。刚才吴同志跟咱们各位说了：咱们共产国家给咱们民间"配给"这"满拓地"。今天散了会，都把家里几口人、几垧地，调查好，谁家没地到农会来领来！听明白了吗？散会！

（幕落）

第二场

一九四六年四月，浓河刚分完了“满拓地”，第一场开会的会场，现在成了农会的办公室。办公桌上多了一些办公纸张、笔墨、算盘、账本等，零乱地散放着。开幕时，赵会长和初委员、姜委员坐在办公桌旁，好像办公。

幕启：

初：（无精打采地）昨天晚上这场酒，喝得我，回去躺在炕上多半宿人事不知，半夜里吐了一大摊，直到现在头还发昏，这才不好受呢！

姜：谁像你那样见了酒就没命！狠死地喝！你可下子摸着不花钱的酒啦！

赵：梁三爷家的酒真好，那是正经八百的葫芦头，像那样的酒，小人家都讨获不到，除非是老梁家。

姜：老梁家这些日子跟咱们哥们可不错。

赵：梁三爷人家可会来事，那是老有经验！

初：哎，我听说，梁三爷那个大小子有信了。到了四平了。（低声）听说在“中央”那边当上校团长，不久就要到哈尔滨。

姜：我也听那么一个谎信，说是梁志成可阔啦！走道时候，后面跟七八个挎匣子的，在沈阳有人亲自眼见的！

赵：老梁家神通广大，哪边都有人家的人！

初：以后咱们做事可要往长处看呀，别光顾了眼前！

赵：那还用说！有来有往，有还有报，双方都得有个照应，这还不是人之常情？

（吴景林上。）

林：会长忙吧？

赵：（官僚地）不忙，有什么事，说吧！

林：官家“配给”我的地，我不能领！

赵：为什么不领呢？

林：太远！我也种不了！

赵：太远？你看哪儿近？你挑去！

林：北山坡上的二荒地，离村子有十五六里地，我家又没有付码①……

赵：抓阄是不是你自己抓的？

姜：（向林）你说抓阄这事公道不公道？

林：公道可倒也公道，可是我那地太远了！

初：（俏皮地）吴老头！怎么你那么糊涂呢？抓阄的时候为什么不拣着近的抓呢？真是怪事！

林：咱们不是没有那个命吗！

初：那不就结啦！命不好就只好认命吧！还有什么说的呢？

林：不行！那地我不能要，要了种不了还不都是瞎了，我不要！

赵：你不要我还不要呢。看哪个王八犊子要，我告诉你，吴景林，“出荷”的时候你少缴一点也不行，（指桌上）我这都有台账！

初：你看这老头倒来得倔性！

姜：算了老爷子！既然是摊上了那就讲不起。

（吴景林无可奈何只好回去，张殿成上。）

---

① 牲口。

张殿成(三十来岁的贫农。以下简称成):会长我也来跟你老商量商量这地的事。

赵:(不耐烦地)商量吧,地又怎么样了?

成:我分的那地在西大岗上,太远,我也种不了!

赵:啊!你们这都是商量好的,一个刚走一个就来,这不是存心捣乱吗?

成:会长你别着急!你想我家人手又少,分那么远的地我也侍弄不了!

赵:哎!我问你张殿成,当初举会长是不是你们大家异口同音欢迎的我?

成:你看人家有付码倒摊的近地,咱们没牲口,倒摊远地!

初:那不是抓阄抓的吗!

赵:人家摊近地那是人家时气好,你家不会多养几个牲口?

成:我要有牲口,还说什么?

赵:来,来,我这会长不当了,让给你!你来当会长!你分地!

初:会长别来火!老张你也别再说旁的话啦,快回去吧!

成:这也不让我们讲理了!这地我就是不要!

赵:他妈的,基干队把这小子给我押起来!

初:(推张)快走吧!还不走等什么呢!哎,你再等一等!(向姜)你看看参军钱都是谁还没交上来?叫张殿成给捎个信!

姜:王树荣的钱还没送来,你给他捎个信吧!

赵:(指张)你告诉他再不把钱送来,就叫他戴高帽游街!没客气!(张殿成刚走,工作队吴同志就来了,赵会长马上就换了副嘴脸)吴同志,从哪来?

吴:我从于大屯刚回来!

（姜、初也一齐站起，互相握手招待。）

赵：哎呀！你们这也是太辛苦啦！每天东跑西颠，真是不容易。

吴：没有什么，这村子的地分得怎么样了？

赵：一直到昨天才分完，这七八天可把人累坏了！白天下地，约地，分地，晚上就得细算账目，七八天都没捞着睡觉。

初：真是！吃什么饭都不香甜，把人累的！

赵：选举了五个人，刘万升、王喜明一天到晚不露面，多亏了这二位老弟，精明强干，真是帮了我不少忙！

吴：是的！我知道分地这几天一定很辛苦，因为快春耕了，我们不抓紧时间把地分下去，等过了春耕期，不就把地荒了吗！

姜：吴同志真是个明白人！

吴：地分得怎么样？地的远近好坏咋分的呢？

初：这地远近都差不很多。

赵：吴同志你是关里人，乍来到这边不明白，这地方是人少地多，有的是地，不像咱们关里人多地少，有些人你给他地他都不愿意要！

吴：这几天村里情形怎么样？

赵：都组织好了。基干队、妇女会都成立了！咱们现下这国家真是没比的！

姜：初大嫂是妇女会主任，那才热心呢！

赵：我们村里的参军钱，一说要，哗哗的就送来了。

吴：总共有多少钱？

赵：（看了看账）已经收到七万四千六百五十元了，还差一两份没交齐。

吴：噢！这个数目倒是不少！是不是他们都是自愿拿的？

赵：都是自愿的。

吴：是不是你们把这些道理都跟大伙说了？

赵：都说了！一连开了三天会，把嘴唇都说破啦，净我一个人说啦！

（这时王树荣上。）

王树荣（二十一二岁的青年农民。以下简称荣）：会长，你老打发人捎信催我的钱，我家实在是没钱，连下锅的米都还没有呢！我这是从我们邻居现借的！

赵：别啰唆了，把钱交上就是了！

荣：不是！我得说明白，要不官家派的钱，我哪能不交呢？

吴：（向荣）这钱是不是你们自愿拿的？

（王树荣不摸头脑，答不出话来了。）

赵：（着急地）怎么不说话呢？自愿的！

荣：（糊里糊涂地）自愿的！自愿的！

赵：得啦！得啦！快回去吧！这人是有名的二虎，脑筋不清楚！

吴：有些道理应该给他们讲清楚。

初：都明白，你看刚才王树荣家里没米下锅也愿意交参军钱，现在都跟从前不一样了，对咱们民主国家有印象！

姜：这是帮补咱们参军的同志们，都是自愿！

（梁太太和她的小女儿梁淑琴上。）

梁太太（四十多岁，是大粮户人家的妇女，很会说话。以下简称太）：哟，你们这办公事，都忙着呐！

姜、初：（客气地）三嫂来了，请坐，请坐！

太：别耽误了你们办公！赵会长你来，我和你说句话。

赵：有什么事，三嫂你就请说吧！（跑到三嫂跟前，好像说什么秘密话）

太:就是为卓永贵种咱们家的那几垧地,本来事先说的是对半青份种地,官家摊什么花销,两家对半摊,可是这小子现在变了卦,说是穷人翻了身了,官家要的"出荷粮"①一点也不拿,都叫咱们自己出,你看这事可怎么办?你看,跟他说话,他也不讲理!

梁淑琴(十一二岁的小女孩,很机灵。以下简称琴):赵大叔!卓永贵可横啦,张口就骂,骂得可难听啦!

赵:(向吴)你看,净出这些个事,这些穷人就是怕惯,再过两天老天爷也管不了他们了!

吴:什么事情呢?

赵:三嫂!你还不认识,这是工作队吴同志,咱们浓河村的大事小情都全靠吴同志。这都是干部同志,你把你那事从头到尾跟吴同志说一说,让吴同志听一听!

太:噢!这就是吴同志。(行礼)光听说过,还没见过面。家里有几垧毛地净惹了一些闲气。是这么回子事:卓永贵种了咱们几垧地,这地呀是我们两家份种,对半青,牛犋、籽种都是咱们的,收成以后粮草对半劈,官家的"出荷粮"也是两家摊。可是官家要的这粮,他变了卦,一点也不出,稻草一点也没给我们。粮食说打得少了,我们家也没有人在那看着,谁知道打了多少?过秤我们也没人,还不是说多少是多少?说起来,这些人真是没良心,如今就说是穷人翻了身。吴同志还要请你老多帮忙!

吴:穷人翻身,也不是不讲理。

太:就说是呀!咱们官家兴的道儿,都错不了,就是让这些人给兴坏了。

---

① 公粮。

初：这翻身可好，翻大劲啦！

姜：都像这样翻，那可就热闹啦！

赵：吴同志，你看这事怎么办呢？

吴：把卓永贵找来，问问到底是怎么回事。

赵：好好！基干队！（基干队上，问："什么事？"）去把卓永贵抓来。（基干队："是。"）

吴：（向基干队）不要抓！不要吓唬他，把他找来就是了！（基干队："是。"下）

赵：（苦笑着）我这人说话就是嘴不把门。

吴：这卓永贵为什么会这样呢？

赵：那小子才刁呢！

吴：我看这事我们还是把它详细考察一下，看看到底是怎么回事。

太：吴同志，刚才我所说的话，句句都是实言。

初：老梁家那人家不会赖人。

吴：好吧！这事你们看着处理吧，我还要到北屯去看看那边的地分完没有。

赵：吴同志，这就快吃饭了，吃过晌午饭再去，咱们喝两盅。

太：刚才来这就走，真是太辛苦了，咱们这一带黎民有福，摊上这样的好官。吴同志可别走，晌午到咱们家吃饭去！

吴：谢谢吧！我还有事情，我要走了！（下，几个人很客气就往外送，一面送一面说着一些客气话）

初：淑琴怎么今年没念书呢？

太：淑琴这孩子才怪呢，今年也说不上是怎么了，就是不念书。

琴：谁念他们那个书，等我哥哥接我们到"新京"念去。

姜：这孩子脑筋才好呢！

赵：三嫂！听说志成快回来了，是吗？

太：嗯！说是头五月节准能回来。这是当着你们哥几个没有外人，（低声）你那个大侄子在那头①当差，和这头还反着对呢！

初：这事，我早就有个耳闻。

太：这回来也快，前些日子在沈阳，已经到了"新京"！再有两天就到哈尔滨……

（基干队和卓永贵同上。）

贵：会长找我有什么事吗？

赵：（把眼一翻）什么事你自己还不明白？

贵：（已看到梁太太）是不是为的"出荷粮"的事？

赵：既然知道，痛痛快快交上来就是了！

贵：这粮我不能交，当初我们讲得明白，该怎么是怎么！

太：卓永贵你说咱们开头是不是讲的摊花销，两家对半摊？

贵：当初梁三爷跟我讲得明白，牛犋、籽种是你们的，人工是我们的，粮草对半劈，花销你们拿，我们就跟不挣钱的劳金一样！如今又要我们出公粮！不信，把梁三爷找来问问！

太：说话咱们要凭良心！

赵：你这是穷急了！就凭梁三爷那样的人家还会赖你几斗粮？找梁三爷去？梁三奶奶在这还不是一样，今个这粮你不出就是不行。

贵：这粮说什么我也不能出！

赵：他妈的，不出就把你押起来！

贵：押我，我也不能出。

赵：喝！你小子倒是玩得硬，我告诉你工作队吴同志跟我是磕头弟

① 指国民党。

兄，石县长见面跟我论哥们，我就不服，治不了你！

贵：这农会也不能给穷人做主啦！也不让穷人说话啦！

赵：基干队，去，把卓永贵送区政府押起来！

初：算了算了！老弟！咱们穷也不是穷在这几斗粮上。

贵：粮不粮倒没有关系！这不是赶上降人①一样了！

赵：别跟他废话，把他送区政府押起来！

初：老弟这样吧，你要没有粮，我给你垫上！

贵：那哪能呢！我自己出也不能让你老给我垫！

初：既然认可出，回去吧！（往外推卓永贵）

赵：我告诉你今天送不到粮食就得押你到区政府！（卓永贵下）对付这些玩意儿，非这么着不行。

太：谢谢你们几位帮忙，要不是你们说话，这粮他算是不能出！

初：这算不了什么！

太：天不早了，我也该走啦！今个下晚到家里喝酒去吧！

姜：忙什么呢，坐会再走吧！

太：耽误你们的公事，麻烦你们老半天！（下）

琴：赵大叔你们闲了，串门去！（下）

赵：怨不得人家过好日子，你看人家不论男、女、老、少，个顶个都那么能干。

（初太太上。）

初太太（二十上下岁，很风流泼辣）：（指着初）你倒是挺自在！天什么时候啦？缸都干啦！还不回去挑水去！

初：啊！还没有挑水，今个是谁的班？（翻了翻本子）基干队快去把

---

① 欺侮人的意思。

杨廷义找来！（基干队下）真他妈的混蛋！

初太太：（向初）你来！我跟你说句话！

初：什么事，说吧。（两个人说小话）

初太太：刚才老梁家给咱们送去一斗大米！

初：送去你就收下呗！

初太太：还有老李家三月初十就办事，我那衣裳料子什么时候给我买呢？

初：你着什么急呢？

初太太：不着急，人家还等着穿呢！

赵：小两口说什么话，还不能当着咱们说说吗？

初：老李家初十办事，你弟妹要串门去，让我给她买衣裳料子，这两天家里没钱，我让她等两天再买，她就不愿意，真是没法！

赵：就是这点小事啊！弟妹！以后有什么事跟你老哥哥说，咱们有的是钱，用多少？

初太太：得一千五！

赵：好，好，拿两千去吧！（由参军款中提交给初太太）

初：好吧，过两天我再还吧！

（杨廷义上。）

杨廷义（青年农民。简称义）：会长找我什么事？

初：（带火地）杨廷义今天你干什么去来？

义：上山打柴火去来。

初：上山打柴火？今天该你的班，你知道不知道？

义：唉哟！我把这事忘了！

初：（生气地）他妈的，吃饭你怎么忘不了呢？你是干吗吃的！

赵：你看这一天天忙得个贼死，派你们挑水你们还不愿意干！

初太太:别说啦,还等着做饭呢!

初:去吧!下一回你要再忘了,我告诉你,就得游街,没这一回这么便宜。

(杨廷义下。)

初太太:(跑到姜的跟前)哎!我还想起一样事:人家老李家给你提的那媒,你是怎么样了?人家还等听你的信呢。

姜:得了初大嫂,别跟我扯那个啦!

赵:哈哈!姜老弟大喜呀!是不是老杨家的那个姑娘?弟妹你忙,你先回去,这事交给我来办吧。(初太太下)老杨家那个姑娘我知道,你说人是人,活是活,要什么有什么。

姜:别开玩笑啦,成不了!

初:你还犹豫什么呢?老杨家的那个姑娘你说是灶上、地下、屋里、院外样样拿得起来,错过这个机会,你还到哪找去?

赵:赶快成了家,不比你成天东溜西逛强得多!

姜:我有意倒是有意,不过这年月,东西这么贵,办一宗事不容易,得花多少钱!(好像很为难)

初:噢!说了半天你是发愁钱呀?这还不容易!

赵:真是!有话不早说!这有什么难!现在咱们不是翻了身吗?哈哈哈……

(幕急闭)

第三场

一九四六年七月,解放区的土地改革运动,已波及到浓河。不过浓河还没有开始,这是在地主梁三爷家里,梁三爷家虽然是地主,因为是在解放区,所以室内的装饰很朴素简单,以便遮人耳目。开幕时梁三爷和赵会长正在议论着什么事情，梁太太和淑琴也在一旁听着。

幕启：

梁三爷（五十余岁，是浓河的地主，乡下的绅士。虽然表面上看来土头土脑，可是很会来事。现在他正在向赵会长进行威胁、拉拢的工作。以下简称梁）：老弟！你看你老哥哥说的这话怎么样？做事情不能光看眼前，得往远处看！我说这话就是因为哥们素日有交情，要是换个旁人，这话我就不能说！

赵：三爷这话我都明白，正是因为咱们有交情才说这话，要是旁人，人家谁管？人家还等着看笑话呢。

梁：看事做事，步步加小心，总得留一条后路。不过老弟你还行，这不是夸奖你有经验，办事圆滑，各方面联络得都挺好。

赵：三爷你总是客气。

梁：你看八路军他们这兵，也叫队伍？都是一群穷要饭的，你看过去日本军，别看人家倒了，人家那个规矩，那武器，那精神，不能不佩服人家！

赵：那倒不假，真是把“满洲国”治理得铁桶一般！

梁：可是怎么样，归根还是让“中央”给打倒了！“中央军”现下虽然还没有到咱们这，咱们还没有亲自眼见，可是你从这些地方想也可以想得出来。我告诉你，何况现在还有美国帮着！美国！是世界上数一数二的国家，连老毛子也不行，那都和蒋介石是一条心！八路军他还能抵挡得住？八路军待不长！

赵：我看他们也是成不了事！成天光听说有多少兵，可是也没有看见他们的枪炮在哪儿！

梁：谁不是拣着好听的说，长不了！（肯定地）嗯，八月节说话吧。

"新京"到哈尔滨这才多远遐儿，眨眼就到，"中央"现在没动兵，是为了顾惜咱们黎民，怕咱们受了涂炭。光顾了说话了，淑琴！给赵会长倒水！

琴：（嘴一咧，有意地）赵会长！赵会长！还会长的呢！我大哥来信说在"新京"那儿，把会长都杀了。我看你那脖子，也快叫人家割啦！

梁：这孩子净瞎说！

赵：（不安地）三爷！志成这几天有信吗？信上怎么说的呢？

梁：老弟！真是聪明一世，糊涂一时，既然你大侄在那边，有你老哥哥在，就敢保你不会出岔，尽管放心！

赵：我真是糊涂，为后遇事请三爷多关照吧！我这人就是没有主意！

梁：不用愁！老哥哥总比你多活了几年，以后遇事先商量商量，你老哥哥总不会往坏道上指你！

赵：今后什么事三爷请你多帮忙吧！

梁：（更得意地）八路军一准是长不了！你知道谢××、李××都把依兰占啦，有十好几万人！

（初祥急急上。）

初：我准知道你就在这。

梁：初老弟也这么"闲在"！（向梁太太）你去伙房给他们哥俩准备饭！

（梁太太下。）

初：不用预备，还有事呢。（向赵会长）工作队吴同志来了，正找你呢。

赵：什么事？

初：（向梁三爷）还有一个消息，我得告诉你：现在共产党可真正实行共产了！听说通河街、富乡都共啦！地不论三垧五垧，房子不管三间五间，都是一齐分，这回吴同志来恐怕就是为这个事，梁三爷像你们这些牲口地，这一回恐怕脱不了，我看你还是准备准备吧！

梁：（心里很恐惧，但表面却装出很镇静）好！好！分吧！（加重）只要是他们敢要就行，分吧！

赵：咱们赶快想个法子，看看怎么办吧！

梁：我早就有这个心，你们想你大侄子在那边当差，不像八路军，光他挣的钱就够养家的了。我这么大岁数，还能活几年，我要这些地有什么用？（冷冷地）这倒是挺好！

赵：我看我给你老出个招，把你老的地户都找来，告诉他们工作队来了，问他们的时候，就说那地是他们的，那不是没事啦？

初：对！对！我看这事只有这么办好。淑琴，你快去把那些地户找来！

琴：大师父！叫你去找咱们的地户去呢。（下）

初：好！你们再详细合计一下，我先回去了。吴同志在那等着呢，我得去支应支应。（下）

赵：这事瞒上不瞒下，主要瞒住工作队就行，共产党实行这事真是天下少有！

梁：要也没关系！能要几天？还不是暖一暖？弄不好还得给赔上点利！

赵：你仔细核计一下，往他们谁名下安几垧，要先安排好，来了好跟他们说！

梁：好吧！老弟你多操心，多维持吧！

（王喜明、卓永贵、杨廷义、王树荣、王海臣相继而来了。）

王喜明等人同:老东家找我们有什么事吗?赵会长也在这吗?

梁、赵:噢!你们都来啦?请坐!请坐!

(一面说一面自己就拉凳子,今天俩人却显得格外客气,双方都在客气着,王喜明他们不明白是怎么回事,心里都纳着闷。)

梁:你们几家都来啦!咱们一东一伙,有的年头多,有的年头少,我老梁平日为人怎么样,你们也都知道。你们说我平素待你们怎么样?

明:梁三爷待我们的好处太多啦!

梁:你们知道就行,今天把你们找来不为别的。你们大概也知道,我那个少的在外边当差,他自己也能养活自己了,我这么大岁数也到年纪了!我的日子说起来,总算比你们哥几个强,你们哥几个也都挺正干的,我有意把你们种的我那些地,从今天起就奉送给各位。

明等人:老掌柜今天怎么想起说这个话来啦?

赵:梁三爷才是真正的善人呢!

梁:我老早就有这意思,听说共产党在通河街、富乡这些地方已经实行共产了,要是等他们分就不如咱们自个分了!我那个地,你们也知道都是好地,这便宜咱们就不能让外人占!

贵:这我们哪能要呢?

明:老掌柜的心眼太好了!

梁:(向赵会长有意地)听说在南满共产党也实行共产,以后"中央"到了,把分地的户都杀了。一家子一家子地杀,谁要地谁倒霉,真不得了!

赵:我也听说这事了,要地的那都是共产派,"中央"非杀不可!

梁:听说哈尔滨的八路都往外退了,咱们这也快。

（两人一唱一随，好像是说小话，实际上他们五个人听得真真切切。）

义等人：（害怕地）分地？割了咱们的脖子，也不敢说要！

赵：共产党分地谁不要也不行！整不好，就得斗争！

贵：（为难地）那可怎么办呢？

梁：你们想想，老梁家平日对待你们的好处，（向明）前年你杀年猪没剥皮，让人家检举了，后来我到警察署，一句话把你要出来了，有这事吧？你们大伙想想！

明：有这事，不假！

梁：（向王树荣）你记得吧？“康德”九年闹荒旱，你家里没吃的，到我这借粮我没回过你的口吧，有这事没有？

荣：有这事！记得，记得！

梁：（向卓永贵）你记得吧？那年你父亲去世，你没法了，我借给你的钱，买料子，没有向你要利，有这事吧？

贵：有！有！梁三爷待咱们的好处太多啦！

明：唉！这地的事到底怎么办好呢？唉！没法子！

赵：你们老几个也不用烦愁！我给你们出个道儿，你们看行不行。梁三爷是话不虚传的大善人！这个地咱们只要能瞒住工作队，工作队要问你们，你们就说是你们的，暗地里，那就看你们了。

梁：你们尽管放心！三爷决不会亏了你们！

荣：咱们就是顶个名，“中央”过来，咱们把地还三爷。就是不过来，咱们也是该怎么的就怎么的。

明：对对！该出租的出租，该分青的分青。

梁：我现在就把地给你们分一下：王喜明，你种的那七垧水田就算给你。（明应“好”）王树荣，你种的那五垧旱田，就归你！王海臣，你种那五垧水田，就归你！卓永贵，你种的那三垧水田归你！杨廷义，你种那三垧旱田归你！卓永贵、杨廷义，你们哥俩种的地少，一个人牵匹马去，卓永贵你把我那匹红儿马牵去。杨廷义你把那匹红驼马牵去。王海臣你也拉一匹去，你把那兔灰马牵去吧。剩下的，我自己再少留点。

赵：梁三爷跟你们说的那些，你们记住没有？（威胁地）告诉你们，要是说错了一句，人家要是割脖子，我可不管！

荣：你放心吧，错不了！

梁：地我是给你们，可是这文契不在这，都让你大侄子带去啦！

义：我们又不是真要地，要文契干什么？

梁：好，你们哥几个都挺忙，没事回去吧，你们三个人去牵马去吧！

琴：卓永贵，不让你去牵我们的马！

梁：孩子！那是替咱们喂着呢！

琴：我告诉你，给我们好好喂，喂瘦了，我哥哥回来，割你的脖子！

贵：瘦不了！

（地户都下。）

赵：这么着一来，什么事也出不了！

梁：你跟初老弟他们说，你们哥几个以后有什么困难，只管到我这来，老哥哥总比你们方便，都不是外人。

赵：全仗梁三爷多照应！

（初祥和吴同志上。）

初：（指梁）这就是我跟你说的那个自愿分地的梁三爷。

赵：这是我们这一带有名的梁善人，真是心眼好。这是工作队吴同志。

吴：啊！梁先生这种义举太好啦！

梁:这不算什么!很早我就有这种心思,我自己留下几垧够种的就算了,地多了也没有用,很多穷人都没地种。

吴:解放区实行土地改革,目的就是要"耕者有其田"。你想有很多农民没有土地,又有很多地主土地太多,这样的情形有多么不合理!咱们民主政府的政策就是要使每个人都有地种。

梁:这种政治实行得太好了!太对了!顺乎天理!合乎人情!

吴:过去在陕甘宁边区,就是延安那地方……

梁:延安那地方我知道,就是毛先生住的那……

赵:对!对!就是早先那八路国家!

吴:那地方有一个大地主叫张永泰,他有很多土地,开始实行土地改革时,把他的地分给没地的贫民,他心里有些不愿意……

梁:我可没有不愿意,这完全是出于本心,自愿的!

初:梁三爷比张永泰强得多!

吴:张永泰自己也留下一部分土地,足够他自己种的。后来他自己也参加劳动,他的日子也过得很好,他说:"从前我家里虽然地多,生活好,可是吃起来不香甜,自从参加劳动以后,身体也好了,吃东西也有味了,心里边舒坦!"

梁:哪一年我自己也参加劳动!

吴:土地改革猛然一实行,有些人思想转不开,心里总觉得不是滋味,自己的土地白白地给了别人,好像是不应该,可是我们共产党主张人人都能过好日子……

梁:对!人人都过好日子,天下才能太平。

赵:梁三爷别看上了岁数,那脑筋才灵活呢。

初:真是开通!

(梁太太上。)

太:饭做好了在哪吃?哟,吴同志今天怎么有空,到我们这串门来啦!

梁:诸位请到里屋吧!家常便饭!这机会难得,凑得这么齐全!请都请不到。

吴:不!我要走了!我还有事情!

太:有什么事情,吃了饭再办,耽误不了。

梁:吴先生今天是头一次到我家来,要是不吃饭,就是见外了。

吴:我刚吃过饭不大一会。

赵:梁三爷也不是外人,少喝两盅!

梁:往里屋请吧!别客气,咱们都是一家人。哈!哈!哈(拥进了里屋)

(幕急闭)

第四场

一九四六年旧历八月,浓河村实行了土地改革,分了房子也分了地。这是在雇农王喜明家里,有一张破桌子,四条板凳,开幕时,王喜明正在家里磨镰刀。

幕启:

(初祥上。)

初:(不耐烦地)老王,你这是怎么回事?来了几趟了,你这房子就是不给搬,你这是打的什么主意?

明:初先生,怎么着你也得原谅我一下,这时候,你让我往哪搬?

初:你自己不是也分到房子了吗?

明:分到房子是分到房子了,是一间马架子,没有炕也不能住人呀。

初:没有炕你不搭,一辈子也不能住人呀。

明:不是我不搭,现下人工这么贵,我也搭不起。

初:你这话就怪气了! 你搭不起我去给你搭去?

明:我哪能让你给我搭,你得宽我个期限,让我慢慢想办法。

初:慢慢想办法,你说吧,什么时候?

明:你也知道这边搬房子总得到二月一才行。

初:明年二月一? 那不行,我自己分的房子,不给住,还要等到明年? 不行! 你赶快想办法!

(王海臣上。)

臣:老王大哥! 你那把镰刀明天用不用,借我使唤一下?

明:我那稻子还剩下三亩多没割完,明儿个我还得用。

初:哎,你别镰刀不镰刀的了,倒是怎么办呀?

明:(向王海臣)你看,现在硬逼着让我搬家,这时候到哪找地方去? 你给我说说情吧!

臣:初先生,你现在不是有房子住吗! 这事你老总得多担待着点。老王分房子不能住,真格的你老还能看他到露天地蹲着去? 都是乡里乡亲的。

初:自个分的房子捞不着住,他妈的真憋气!

臣:那他还能白住? 给你出房租呗。

明:只要不让我搬家,多花俩也行。

臣:对,这还不好说吗! 初先生你给说个价。

初:现在这时局说不定怎么样,房价怎么能定呢?

明:你跟我说个准数,我也好准备。

初:现在的世道……到那时再说吧!(下)

臣:你看人家怎么着,你也怎么着算了。

明:他妈巴子不分房子咱还有个地方住,这一分房子,整得八月天撵搬家。

臣:这房子是怎么分的呢?

明:谁知道这是怎么分的呢!

(刘万升上。)

升:老王,你那小爬犁用不用?我把场园的那点柴火往家里倒动倒动。

明:闲着呢,用吧!吸口烟再走吧,忙啥?

升:哎!我听说你们分的梁老三的地,今年还要交租子,是真的假的?

明:谁愿意交谁交,我是不交,他爱咋的咋的。

升:既是分给咱们的地,还交什么租子,干脆说是租地算了!

臣:你要是不给人家交租子,梁三爷那个少的在"中央"当团长呢。"中央"过来,咱们受不了!

升:(不服地)当团长怕什么?他就是老蒋,现在不是没在这吗?工作队同志们说得好,穷人要翻身,前怕狼后怕虎,一辈子也翻不了。你们听我说,只管不给他交,叫他有法使去,出了岔子,我刘万升替你挡。(下)

明:不歇会了?

(卓永贵上。)

贵:咱们那租子是交不交呢?

明:你那一垧地今年能打多少粮?

贵:顶多打三石多粮,去一石二斗租子,再去了公粮,再一去牛犋,就得饿死。

臣:不交恐怕不行。

明:怎么不行呢?顶多不过是一个死吧。交了租子饿死,不交租子打死,反正是个死。

贵:咱们商量商量,交点行不行?

明:我的主意是打好了,我是一点也不能交,你们看着办吧。

贵:咱们合计好,要怎么着,都怎么着。你不交他交,那显着多不好哇!

臣:就像春起你那事吧,还不是熊了一顿,又给人家交了!小胳膊拧不过大腿,咱们斗不了人家。

(姜玉林上。)

姜:王海臣你是怎么回事呢?(气势汹汹)赵会长的地,你今儿个怎么还没给割?

臣:我种的那稻子都叫雁给噜[1]啦!今儿抽空,想赶快先把它割割。

姜:你这账算得倒挺清楚,怕自己粮食受了糟损,你们这些人真没良心,人家赵会长天天跑前跑后,连吃饭睡觉都顾不得,人家是为的谁?派你们的工给割割地,这还不是应该的事?你们还要滑。

臣:不是要滑,你看地还没割完,梁三爷家的租子就钉上啦。这还不得赶快想法,给人家掂对上?

姜:你别跟我啰唆这个,我告诉你:明儿个你要再不给赵会长把地割了,你就等着蹲笆篱子吧。今天赵会长火啦,非要押你不可,多亏我们大伙死拉活劝,这才算把气消了点。(下)

明:对,对。明儿个先紧赵会长的地割。

贵:真厉害!这又赶上"满洲国"的警察了。

臣:唉,这可怎么整?成天讲翻身,咱们这算是翻到刺儿鬼上了。

贵:翻到刺儿鬼上,那还算是好的。他妈的,翻到井里去啦。

---

① 吃。

明：可别那么说，人家有翻好了的。

贵：谁翻好啦？就是那几个头行人，人家那算是真翻了。

明：你看赵会长、初委员，如今房子也有了，地也有了，牲口也有了，成天吃香的喝辣的，还有人伺候，那还不是真翻身？

臣：刚才来的那个姓姜的，还说媳妇了。

贵：连说带娶好几万，听说都是花的咱们那拥护参军钱。

明：那还用听说，他那点事全在咱心上哩。他还不是跟咱们一样的穷小子。从前他家倒是有几十垧地，"满洲国"鬼子一缴照，日子就衰败了！家里造得也是叮当的，就是比咱们多认识几个字，他哪来钱说媳妇，那不用问。

贵：赵会长、姓初的真是比在"满洲国"还打么。

臣：赵会长人家从前是一大家，在旧中国那时候，四道河子是头一家粮户。赵老头当甲长，赵会长那时候在大排上当队长。左右邻县谁不知道四道河子老赵家？以后家里不正干，穷了。人家还是会来，你看说翻过来就翻过来了，人不服人不行哇。

明：他再整，也供不上他家那两杆烟枪。

贵：不是说戒啦？

明：狗还能戒了吃屎？没钱买大烟，喝烟灰，他妈的还扎针呢。

（梁淑琴上。）

琴：卓永贵、卓永贵！我找了你好几趟，你都不在家，你跑到这待着来啦。

贵：找我有什么事吗？

琴：你看你把我们那个红儿马给喂成啥样啦？我爸爸说啦，叫我告诉你，那马你再不给好好喂，等我哥哥回来就割你的脖子。

贵：我家也没草没料，那可怎么整呢？

琴:没草没料,你不会买去?

贵:没钱,我拿啥买呢?

琴:没钱不会借去!

贵:像咱们这穷小子,谁借给咱们?也没有地方借呀!

琴:不管你,喂不好就杀你!我去找赵会长去,那是我大叔,叫我大叔把你押起来。(下)

贵:押起来,也没法子。他妈的,分房子、分地,分了这么个牲口,这算是沾啦!给人家还得白搭草料,喂不好还要割脖子,爱怎么的,你就怎么的!

明:老梁家这明明是熊人。

贵:他老梁家熊了咱们一辈子了。这些事提起来,说也说不完。我爹给他们家干了一辈子,受了他们家一辈子气,活活累死在他家。从小我在他家当猪倌,干了七八年,不给我一个钱。那天在他家还向咱们卖好,我爹死,他借的钱?这些事咱们心里明白,心里有数。

明:那一年检举我经济犯,他给我说的情,不假,我给他送了两斗大米,他怎么就不提啦?

贵:今年春起,为出公粮还要押我,明明跟梁老三说的,他自己说的,花销他一家拿,后来变了卦,农会还说咱们穷人穷不起。再也没比他们有钱人家那样没良心。

明:你看你说了半天,有钱的人起家靠的什么,你还不明白。

贵:你们刚才也看到啦,是个小孩都比咱们大几辈,真是气死人。

臣:人家不是有仗势吗?

贵:真不得了!“满洲国”那时候,警察署、村公所,都得听梁三爷的。现下赵会长也是溜溜舐舐,反正是没有咱们穷人过的。

臣:梁三爷的大儿子在"中央"那当团长呢,刚才你没听说?

明:管他团长不团长,没有法就挺,看着办吧!

(赵会长上。)

赵:(匆匆地)噢,你们都在这呢?(几个人齐起让座)我告诉你们一样事:今天工作队又来了,这回工作队不像往回,来了也没到农会,是挨门挨户乱串,也不知道是捣什么鬼,备不住待会儿兴许到你们这来。我告诉你们:一会要是来了,你们说话可要加小心,你们谁要说差了一句话,将来砍脑袋,咱们可不管!

臣、贵等同:会长请放心吧,什么话咱们也不能说,咱们也不知道啊。

赵:对!数这样好!话不能不说明白,说错了话,砍脑袋,不能怪会长话没有说到。好!你们坐吧。我还到旁的家告诉一声去。真是当这个会长,操这份心。(急急下)

贵:也不知道这都是些什么事!

明:管他啥事,愿意怎么样怎么样,随他们便!

(工作队刘同志上。)

刘同志:老乡在家吗?(几个人起来招待。以下简称刘,坐)

明:同志,吸烟吧。

刘:不会。老乡,咱们翻了一年身了,大伙到底翻得怎么样呀?

明:不大离,挺好,都翻啦!比"满洲国"可强得多了:不受警察和鬼子们的气了,挺好!

刘:这位老乡这话说得倒挺实在,现在没有鬼子和警察了,准受不了他们的气!老乡贵姓呀?

明:免贵姓王。说话就得说实话。

刘:怎么称呼?

明:我叫王喜明,我是山东人,家住在登州府。"康德"三年山东闹荒旱,逃荒来到关东城。

刘:家里几口人?

明:开头来了我们哥俩,跟我们老爷子。我们爷仨立了个跑腿窝棚,后来挣了俩钱。“康德”五年我就说了个人,这不还下了俩小崽。我们老疙瘩“康德”七年也说了个人,他跟前有一个。“康德”十年我那老父亲去的世,家里就是这几口人。

刘:嗯!一共七口人,(一面说一面往下记)来到关东城净干了些什么活计?

明:浓河有我们一个家乡的,我们一来就投奔的浓河。正赶上铲地的时候,我们爷仨就卖工夫给人家扛月子打个短,度生活。这个地方干活跟咱们里城两路,咱们干着别扭。第二年我就跑到码头上,在脚行里卖苦力,扛袋子,我的个大有力气,干那个活还行。封了江就到山上放大木头,一直到“康德”十年,这劳工一加紧,才跑到老梁家扛大活。今年官家放了地,算是自个儿种地吧。

刘:家里生活怎么样?

明:乍来时,那钱也好挣,别看扛袋子,可不少挣钱。年吃年用,多少还能有个浮余!后来连办了几宗事,家里人口也多了,东西也贵了,这以后就一年不如一年,小孩冬天都光着腚。

刘:你家里有多少地?

明:咱们来到关东城是房无一间,地无一垄。

刘:这回土地改革,你家也分到了房子、地了吗?

明:分了!分了一间房,挺好的一间大马架。

刘:分的房子,还不错?

明:好是好,就是没炕,我租的这房子,分给别人啦,人家还直催着叫搬家，这还为了难了。

刘：噢，马架！分了几垧地？（随手笔记）

明：分了七垧地。

刘：地怎么样？

明：挺好，种啥长啥。

刘：家里养活牲口没有？

明：四条腿的玩意儿，就有一张破桌子，两条破板凳。

刘：这位老乡叫什么名字？

臣：我叫王福臣，浓河街生人。家里就是我母亲和我一个小兄弟。三口人，家里啥也没有，从小就给人家放猪，十五岁就扛半拉子，一直到前年才租了点地自己种！

刘：这回分房子分地，你分到没有？

臣：听说有我一间房子，我老也没倒开空去看看，还不知道在哪呢。

刘：怎么自己分的房子，还不知道在哪呢？

臣：慢慢地找呗！这两天割地没工夫。

刘：地怎么样呢？

臣：我租的老梁家那三垧地，说是给我。

刘：这位老乡？

贵：我叫卓永贵，我家五口人，我母亲，我屋里的还有两个小妹妹。

明：那才困难呢！

贵：从小给老梁家喂猪、喂马、扛半拉子，今年跟老梁家份种地。

刘：房子地分到没有？

贵：分了一铺炕，灶火不过烟，不能住人。老梁家那三垧地说是分给我……还有村西两垧地，不知在哪儿……

刘：你也没到地里看看去？

贵:这才分不多几天！还没顾上看去呢,我还摊上一匹马呢。

刘:你们这分房子分地分牲口,是按照什么分的?

贵:那咱们就不知道了。人家说什么,咱们就听着呗。

刘:你们农会赵会长这人怎么样?

臣:挺好。

明:可积极了。

刘:他过去是干什么的?

贵:也没干过什么,净在家里待着。

刘:听说他抽大烟。

明:从前兴许。眼下八成戒啦。这详细,咱们搬这年头浅,你得打听老户。

刘:这屯子梁三爷怎么样?

明:那人挺好,可老实,成天大门不出二门不迈,就是有点小抠儿!给他干活,使钱不痛快,旁的都挺好。

刘:你们有什么话可以大胆说没关系,我看你们好像有些话不敢说。

明:灶王爷上天,有一句说一句。

贵:真是知道就说,那怕什么!

刘:你们几个是不是农会会员?

臣:(犹疑地)不是吧。

贵:怎么不是呢? 春起那回开会,你没有去吗?

明:分了房子分了地,怎么还不是会员呢? 你这脑筋。

臣:要那样就是。

刘:你看你们连自己是不是会员也弄不清楚,好了,今天晚上,你们吃过饭,到西北隅郭宝庆家开会去。郭宝庆在哪住,你们知道吗?

贵:知道,我们隔过邻居。

刘:吃过饭早点去!(下)

(三人应声:“好吧。”)

臣:适才问了咱们这么半天,咱们是不是说错了?

贵:人家都写上啦。

明:管他呢,愿意怎么着,就怎么着吧。

臣:今儿黑个开会,我看咱们不去算啦,不知道又整什么事。

贵:不去能行吗,把你名字都写去啦……

明:去就去,不会到那你不吱声,在那听着吗?

臣:对!千万可别说话!

贵:回去吃饭去吧,吃了饭开会去。

明:在我这吃吧,大楂子,老咸菜。

臣:不了,不了。(下)

第五场

检查工作的工作队到达浓河后,发现浓河的工作是一锅夹生饭。他们煮夹生饭的步骤,是先由整理农会入手,他们根据会员的登记,严格地审查了农会会员的历史和成分,选择了其中一些成分好、出身清白的贫苦农民,避开坏蛋,连开了十几天小会,进行了深刻的教育,讨论了会员的资格。今天是由小会又变成了大会,准备重选农会干部,地点仍然在农会的旧址。开幕时农会会员已坐了满满一屋子。

幕启:

升:各组长看看各组的人吧,谁还没来,打发人去找找去!(这时由人群中发出声音:“三组都来了。”“一组都来了。”“四组到齐了。”“六组杨殿富上山打柴火,还没回来。”……)刘同志,人到得差不多了,我看这会咱们开吧。

刘:好,大伙静一下,咱们连开了这些天小会,咱们讨论了会员的资格。今天到会的人咱们每个人都过了筛子过了箩,咱们把坏人都刷下去了。咱们小会开完了开大会。今天咱们还是过箩,过过咱们原先农会的头行人,看看他们够不够会员资格,然后再说干部不干部。哪一组去人把赵会长他们三人找来吧,咱们过他的箩,(人群中有人说“我去”“我去”,这就去了几个人去找)等一会他们来了,叫他们坦白坦白他们的历史,咱们大伙好好听着,看看他们说不说实话。

贵:他们不说实话能行吗?这村的人谁不知道他们!

刘:他们说了之后,咱们看看是不是合咱们定的条件。大伙可别磨不开说。

明:一回亏,还没吃够?

贵:从前那是不明白!

(赵会长、初祥、姜玉林都来了。)

赵:各位都早来了。

升:别说话了,咱们开会吧。开了这几天小会,咱们都讨论好了:咱们农会会员有五个条件。每个人都叨咕过,今天把咱们会长委员都找来了,叫他们也叨咕叨咕,坦坦白,看看他们够不够参加农会的资格。(群众:“对,对,叫他们坦白!”)赵会长你先说吧!把你从小到大都干过什么,家里多少房子多少地,有什么亲戚朋友,有没有嗜好,当大伙发表发表!

赵:我也没有什么说的,从前我们是一大户,后来分家就穷了。前中国那时候,我在大排里当过队长,以前抽过大烟,后来戒啦!

贵:你戒啦?前天我还看见在杨寡妇那儿抽来呢。

升:坦白,咱得说老实话,都住一个屯子里,谁不知道谁?

赵:那天我有点肚子疼,是抽了两口不假。

刘:以前当过大排队长,是地主出身,算不算清白?(人群中响亮地回答了:"不清白!")抽大烟算不算好人?(群众:"不是好人!")这样的人,够不够资格?(群众:"不够资格!")能不能参加农会?(群众:"不要!")

升:初委员,请你也发表发表吧!

初:我就是在"康德"九年怕出劳工,在村公所当了几年职员。虽然在村公所,对各位父老可也没怎么的。

刘:当过伪职员出身清白不清白?(群众:"不清白!")够不够参加农会的资格?(群众:"不要!")

升:姜先生,轮到你了!

姜:我家从前有点地,"满洲国"官家把照缴了。我从小就念书,什么事也没干过,也没有下过庄稼地。

刘:这算不算又穷又苦?(群众:"不算!")不是庄稼人,能不能参加农会?(群众:"不行!"向他们三个人)我们定的农会会员条件有五条:一是又穷又苦;二是出身清白;三是和穷人一条心;四是敢和地主坏蛋做斗争;五是没有嗜好。你们三个人不合以上条件,请你们回去吧,我们还要商量事情。

赵:好,好。(唯唯是从,怏怏而下。这时群众中有人说:"姓姜的那小子还说了个老婆呢。""姓初的太太穿的那大布衫,都是公家的钱!")

刘:农会这笔账,以后再跟他们算吧。这几个坏干部已经刷下去了,咱们现在是光有会员,没有干部了。各组准备提的候选人,讨论好了吗？（群众中："讨论好了。"）讨论好了，各组提一提吧。在今天的大会上咱们把咱们的干部选好，好领导咱们翻身。

群众甲：我们一组提刘万升，刘万升又穷又苦，从小就扛活，跟穷人一条心，大伙同意不？（群众中："同意！"）

（这时人群中："四组提郝清元"，"三组提孙广田"，"六组提王喜明"，"七组提郭宝庆"，"二组提栾得贵"……）

刘：好了，现在已提出七个人了。我们从这七个人中选五个，这是沙里澄金，好人里面选好人。因为咱们大多数都不认字，咱们举手表决，每人只许举五回手。你们记住，你心里知道哪五个人好，就举那五个人。现在就开始表决，我给你们查票，赞成王喜明的举手！（举手数票）手放下，赞成郭宝庆的举手！（同）赞成刘万升的举手！（同）……好了，现在我把选举的结果向大家报告一下：刘万升七十八票，孙广田七十六票，王喜明七十票，栾得贵五十八票，郝清元五十五票。以上五个人当选为农会委员。（大家鼓掌）我给你们大伙提个议，从前咱们农会的干部赵会长他们只顾了他们私人，没有给咱们大伙办一点事，今天咱们新选的干部上台了，咱们新干部今天应该向大伙明明心，咱们庄稼院叫"明誓"，新名词叫"宣誓"，咱们这么干一下，你们同意不同意？（群众："同意！"）既然都同意，我再跟你们说说都明什么誓：第一，不变心，干到底！就是咱们当干部的永远不变心，不管有胡子，不管来"中央"，咱们要领导穷人翻身，和他们干到底！第二，不忘本。就是别说咱们当了干部就不认人了！摆架子耍脾气，自己忘了自己也是穷人了。第三，不跟地主坏蛋打交道。你们看从前的赵会长成天长在梁三爷家大吃二喝，结果就坑了咱们穷人，咱们新干部应立志不和地主打交道。金钱美女买不动，穷人要交穷朋友。第四,大公无私先公后私,就是不管是斗争的钱财物品,该怎么分就怎么分,别像他们几个人一样,光顾自己,也不要光顾自己家里,大家的事不管。我们要大公无私,先公后私!

咱们要是犯了以上四条,或是怎么长怎么短,那就看个人说了。明誓就是这样明,以上四条你们大伙有什么意见没有呢?(群众:“没有意见。”)没有意见咱们就开始吧,谁先明?

(这时的空气很严肃。)

升:我先来,我刘万升犯了以上四条,不跟穷人一条心,情愿叫大伙把我活活打死!(鼓掌)

明:我王喜明犯了这四条,情愿碎尸万段!(鼓掌声)

孙广田:我孙广田犯了这四条,枪崩了我没的含怨!(鼓掌)

郝清元:我郝清元犯了这四条,把我扔大江淹死!(鼓掌)

栾得贵:我要是犯了这四条,乱刀剁死!(鼓掌)

刘:宣誓完了,你们几个人商量一下分工吧!先确定会长吧。

明:刘万升行。(其余几个人都同意)

刘:我们浓河村的农会,整理了这些日子,到现在算是整理好了。过去这一年,咱们翻身没翻好,就是因为咱们农会里面有坏人,大伙心不齐,大杂烩,什么人都有!特别是几个头行人,都跟咱们是俩心眼。这一回跟从前不一样了。会员过过筛子,过过箩,头行人是新选的,咱们这是重打锣鼓新开戏,从头来。工作队在这地方是帮助大家,我们穷人要想翻身,主要依靠我们自己,不要什么事情都等工作队,离了拐棍走不了道。春起时候就是因为工作队不知道底细,我们大伙都不吱声,结果弄了几个坏人当了干部,我们大伙跟着倒了霉。(群众中不时反映出:“这回可知道是怎么回事!”“那可不,指望别人还行吗?”等等)农会整理好了!

干部选出来了，今后怎么干，就看咱们自个儿了，现在欢迎刘会长给咱们讲话吧。（鼓掌）

升：大伙举我当会长，我也不识字，也不会办事。什么事咱们大伙商量，你们说怎么办咱们就怎么办，民主权嘛！咱们穷人一条心，不能俩心眼，过去赵会长独断独行，他是为了谁？（群众中："为了他自个儿！"）不错，是为了他自个儿！他是听了谁的话？（群众："听了梁三爷的话！"）梁三爷这人怎么样呀？

贵：梁三爷专门坑穷人，他妈的分给我马，喂瘦了要割脖子！

明：给他干活不给钱，种他地，多要租子。

义：梁三爷"满洲国"那时没出过一回劳工，仗着跟警察署有联络。

臣：就连现在人家也没出过工，摊过花销。

贵：梁三爷成天造谣说"中央"快来了，快来了，吓唬咱们，不让咱们翻身。

明：斗汉奸斗了一年，梁三爷才是他妈的大汉奸哩！

升：咱们怎么办呢？（群众中异口同声发出"斗争他，清算他！"的口号）大伙都同意吗？（"同意！"）都同意咱们就斗，说斗就斗。日子长了，一漏风就跑啦，咱们明天就斗他。（群众中："谁走了风，活埋谁！""谁回去也不能说！"……）大伙都把意见准备好，明天吃过早饭就开会，有什么事情明天再办！今天不早了，散会吧！（群众中："还用准备？""都在那里拢着呢！"）

（幕落）

第六场

浓河村农会整理后，即展开对地主恶霸梁三爷的激烈斗争。今天的斗争会，除去会长会员外，有很多群众参加，是一个空前盛大的斗争会，地点在戏院内，挤满了男女老少，大家的情绪相当高涨。只有刘会长在台上，下面都是群众。

幕启：

（刘会长走到台前。）

升：咱们的人到的可也不少了。今天大会，大伙好好想一想，自从共产党来到咱们这，叫咱们穷人翻身，差不离快一年了，咱们穷人的身翻得怎么样了？翻了个半拉架！没翻过来，这是怎么回事呢？大伙都知道咱们这有个梁三爷，梁三爷是爷台，专门欺侮咱们穷人。“满洲国”那时候有仗势，如今更邪乎。咱们从前那赵会长跟梁三爷一个鼻子出气，是个狗腿子，压得咱们就翻不过身来。我说的这话，有这个事吧？（群众：“有，一点也不假！”）他们是汉奸不是汉奸？（群众：“是大汉奸！”）应不应该斗争他？（群众：“应该斗争他！”）好，把他们两个整来吧！（去了两个人捉梁三爷、赵会长）咱们大伙，好好想一想。他们办的那些事，都在那摆着呢。咱们一样也别剩，都给他说出来，跟他们算算老账。

（由后台推出了梁三爷，台下发出了响亮的口号：“打倒地主梁三爷！”“有仇的报仇，有冤的报冤！”“杀人的偿命，欠债的还钱！”梁三爷、赵会长垂头丧气站在台上。）

升：梁三爷捉来了，大伙有什么意见说吧。

（这时台下群情骚动，争先恐后抢着要说话：“我先说！我先说！”）

刘：大伙别抢，一个人说了，一个人说。

贵：梁三爷你欺侮了我们多少年了，你也有今天！你想想！我爹那一辈子，就给你干了一辈子活，受了你一辈子气，那年上山盗套子病死在山里边。后来你给买了副料子。给你们干活累死，你买副料子,还求了多少人跟你说情。以后我九岁就给你放猪,一直干了七八年,你没给我一个钱,(向众)你们大伙说有这事没有?(众:"有! 不假!")还有春起咱们两家份种地,我越说越有气,你说我揍你,应该不应该!(跑上台去连踢带打,被主席拦住)

(台下口号声:"说打就打!""说骂就骂!""现在不是梁三爷的天下了!")

贵:话是不是你亲自说的,我们出人工,花销你一家拿? 你说!(梁三爷只有点头认错,台下声:"把头低下! 打倒爷台!")你们老娘们跑到农会反告了我们一状,说我是穷急了! 还有你!(打了赵会长两下)帮着有钱人,不让穷人说话,硬逼着我出了粮。

(台下口号声:"打倒地主!""打倒狗腿子!"……)

明:我说两句,姓梁的你想一想,"康德"十一年劳工要得紧,我那时候给你们扛活,干了七个月你一个钱不给我,还说要不在你们家干活,非去劳工不可,你这是不是坑人?

孙广田:梁三爷你说,自从立下"满洲国",你们家出过一回劳工没有? 怎么那劳工就都该着穷人摊?

群众甲:不用说"满洲国",这一年你问他摊过没摊过花销? 出没出过工? 他们家出过没出过车?

(台下口号声:"打不倒地主,穷人翻不了身!")

臣:梁三爷,你说说,大前年我租了你三垧地,讲好了一垧地一石租子,秋收后,你就跟我要一垧一石五。我一讲理,你就要往警察署送我,你有没有这事? 你说汉奸不汉奸?

(台下口号:"打倒汉奸!""打倒欺侮人的!""打倒梁三爷!")

义:我说! 前年在你家吃劳金,当时没讲价,你说亏不了我。过年算账的时候，别人挣三千块，你给我合二千。买你的布，旁人卖二十块一尺，你合我二十五！是不是坑人？

群众乙："康德"九年，咱们村里"铲草队"给你们家铲草，铲了十天，那时候叫工夫三十块钱一天，你给二十，有这事吧！（群众中："有，那回还有我呢！""我还摊上份了呢！"）

群众丙："康德"八年咱们这闹灾荒，没粮食吃，你梁三爷是善人，借粮不要利。你家现打了两样斗，借你的一斗也合不上八升，还你的一斗就得一斗二，大伙说有这事吧！（群众："有，都吃过这亏！"）

群众丁：我借了你五斗粮，回去一过，三斗多点，不够四斗。秋后我背了五斗粮还你，在家都约好了，到你那一过斗，又是三斗多不够四斗。你说有这事吧？

（台下口号："地主恶霸，大斗来小斗去，专门坑穷人！""眼睛睁亮，善人是假的！""地主杀人不见血！"）

臣：分房子分地，你还跟我们要租子，分你的马喂瘦了还不行。你说八路快跑了，你那个少的在"中央"当团长，吓唬我们。是不是你说的？

（台下口号："穷哥们拉起了手，'中央'就来不了！""咱们吓不倒，八路走不了！""穷人就是八路的根，八路长根了！"）

贵：我还有，你把你那马让我给你喂着，还得给你搭草料。你那小丫头一天去看好几回，喂瘦了就割脖子。

林：我也说两句，梁老三你眼里从来就没看起穷人，你记得吧，有一回你跟我说："穷棒子们要翻身，叫他们躺到桦子山[①]顶上往下翻

① 通河最高的山。

几个个儿。”

群众戊:你说你儿子在“中央”当团长,又说八路军把哈尔滨退了,“中央军”过了江了!东北票不花了!是不是你造的谣?你安的是什么心?揍你一顿应不应该?

(群众中:“打!打!”口号:“说打就打!”“跟坏蛋不讲客气!”上去了几个人乱打一顿,被主席勉强拉住。)

成:我还有!头秋胡子到浓河牵去十几匹牲口,旁人的都没要回来,就是你们老娘们到了山里就把马牵回来了。你说你们和胡子是不是勾搭连环?

升:行了,行了。大伙的意见,我看说得不少了。你们说梁三爷家的房子、地、牲口,都是哪来的?(群众:“穷人身上刮的。”口号:“地主梁三爷,吃穷人的肉,喝穷人的血,我们要他吐出来!”)咱们是不是要算这账?是不是要整回来?(众声:“我们要算账!”“我们要整回来!”)好吧!散了会咱们农会负责任,把这账跟他算清楚,该多少,他赔多少!这赵会长怎么办?

群众甲:赵会长是个狗腿子,咱们八路国家,宽量大策,叫他坦白!(群众中:“对,叫他坦白!”)

升:(向赵)你向大伙坦白坦白,过去你都是哪做错了!跟大伙说说……

赵:(非常狼狈地)乡亲们,我的错误,我知过必改。(口号:“老老实实坦白没有关系!”“不老实坦白,杀你的狗头!”)我说我说!我还是“满洲国”的旧脑筋没开,我以为当会长就是做官了。说话就拍桌子,瞪眼睛,骂人,没替穷人办事,光顾我自个翻身了。最大的错误,就是分地的时候,抓阄,我存了个奸心眼,把好的都留出来给我的亲戚朋友了,咱们穷人们没摊着。(群众中:“怎么耍老婆、买衣裳料子不提啊?”)对! 这也是错误,初祥的屋里买衣裳料子,姜玉林娶媳妇,我觉得都在一块做事,他们没钱,光是我一个人花不好看,我就借给他们了! 那都是参军的钱! 这是很大的错误! 大伙宽大我,怎么罚我怎么领。花的那钱,花了多少我赔多少。

明:听说你们成天在梁三爷家吃喝,把酒盅子都捏扁了,这事怎么不提呢?

赵:对,对! 这是最大的错误。梁三爷家有钱,常请我们吃饭,给我们送礼,又听说他儿子在“中央”当团长,我怕“中央”来了杀头,就上了他的当,办事就向着他。卓永贵的事,分地分马的事,都是我的错误。只要大家能宽大我,饶我一条命,我立志要做好人,我要再不学好,你们活埋了我也应该!(又是磕头又是作揖)我的话也没什么说的了。

梁:刘会长,我也向大伙坦白吧。

升:梁三爷给大伙讲话,大伙听不听?

众:不听——不听!

(口号:“不听地主的花言巧语! 不是‘满洲国’那时候了!”)

升:大伙不让你坦白,你就别讲了,(向众)他们两个人的事都差不多讲了。我看咱们把梁三爷送到区政府先押起来,等着算账,大伙同意不?(众:“同意!”)赵会长叫他找个保,欠农会的账算清,从今立志做好人,大伙同意不?(众:“同意!”)好吧,把梁三爷送区政府去吧!(向赵)你下去找个保吧!

赵:谢谢各位宽大我。(同下)

升:斗争会开完了,咱们翻了一年身,没翻好,有很多人还吃了亏,这一回咱们要翻身就真翻身,房子地分得不公的,咱们重分。比如把人分成三等，最穷苦的第一等，把地也分成三等，最近最好的算第一等，一等人分一等地，房子也是这样。穷人能分到好房好地，那才算翻身呢。这么办大伙同意不？（众："同意！"）还有这一回，算梁三爷的账，还有农会的账，咱把这账算清之后，我看咱们把这钱都买成牲口，咱们好多穷人家家里都没付码。这回买了牲口，就能多种地，过去有人压迫咱们，有人坑咱们，现在咱们把他打倒了。今后只要咱们大生产，咱们就能生活好，就能翻身。这么办，大伙同意不？（众："同意！"）

（口号："只有多种地才能多打粮，能有吃有穿！"）

升：大伙都同意我也就没什么说的了，就等着算了账买牲口，咱们穷人互相帮忙，多种地就算对了。

（口号："穷人们组织起来，团结起来，武装起来，打倒地主，打倒坏蛋！""没有共产党，穷人一辈子也翻不了身！""拥护共产党，拥护毛泽东！拥护民主政府！拥护民主联军！""穷人翻身万岁！共产党万岁！万万岁！"）

（闭幕时，全场唱《没有共产党就没有中国》歌）

（全剧终）

选自《东北文艺》，1947 年第 2 卷第 3、4 期

◇张　谏

姑嫂认字

地点：××村××屯

时间：一九四八年九月

人物：小姑——十七八岁

　　嫂嫂——二十三四岁

嫂：（手端喂鸭子的食盆，愉快地走上）

（说快板）我今年二十三，娘家姓张，名叫桂环，

想起从前的苦日子，真是说不完，

吃没吃来穿没穿，十冬腊月穿单衫，

日子好似黄连苦，爹爹把我许配刘家做“团圆”：

婆家日子更贫寒，

丈夫刘德山，“东霸天”家里受磨难，

他克扣工钱还不算，活活逼死公公刘振先。

共产党领咱把身翻，

斗争地主“东霸天”，如今才能见晴天。

分地分了两垧半，花轱辘大车分一辆，

枣红的大马也分给咱，

锅碗瓢盆分个全，另外还有房一间。

（唱）丈夫刘德山，去年把军参，

又披红来又戴花，锣鼓敲得震翻了天。

家中剩下小姑刘桂兰，我织布来她纺线，

又学习又生产，一刻不停忙到晚。（抬头看天）

（白）哎呀！天都这么晚了，妹妹还不回来哪？听西院大丫说，会上要选什么学习模范，说不定妹妹也许被选上哪。哎，说起妹妹来，可真够好的啦，在家和我纺线，抽空还上会上学习，晚上还教给我，从早到晚一天手脚都不闲着。哎，怎还不回来呀？

（唱）日头落，乌鸦飞，

还不见妹妹转回归，

我先把鸡鸭喂饱，猪羊圈好，

等她回来，我俩再把字来学。（下场）

姑：（戴红花，手拿画报一本，愉快地急走上）

（唱）我叫刘桂兰，心中高兴走得欢，

急急忙忙往家赶，回到家中再把事情表一番。

（进门喊）嫂子，嫂子……

嫂：（上）哎！你怎么回来这么晚呢，有啥事吗？（忽发觉姑身戴大花）哎！……你怎么戴上大花了呢？

姑：今天可把我乐坏了，你听我告诉你吧。

（唱）今天农会中，选举学习劳动英雄，

大家一齐选举我，说我学习劳动样样行。

给我戴上花，主任会长都把我来夸，

大家鼓掌叫我讲话，区上代表也说我学习不差。

(白)区代表说了许多话，说咱们穷人翻了身，斗倒了地主，吃穿都不愁了，可是还得好好学习文化哪，叫咱们要文化上也翻身。

嫂：(白)啥叫文化翻身呀？

姑：(白)就是叫咱们念书识字，懂得国家大事，过去咱不识字，活像个睁眼瞎子，啥也不懂，现在咱们可得识字呀。你看民主政府多关心咱们呀。

嫂：对，对，真对，往后咱们也好好学习吧，要不可真成个傻子啦，国家大事一点都不知道。

姑：区代表还说来呢！

嫂：说啥了？快告诉我。

姑：你听着——

(唱)村代表对我说呀，句句说明白呀，

从前没翻身哪，给地主扛大活呀，

不懂得文化呀，处处受欺压呀，

哎嘿呀，哎嘿哎嘿呀哎呀。

嫂：还说啥啦？

姑：(唱)来了共产党呀，领咱翻了身，

叫咱学文化，不当睁眼瞎呀。

嫂：对啦！往后咱抽空就学习，可不能当睁眼瞎啦。

姑：嫂子！你看这是啥？

嫂：给我看看，是什么？

姑：这是画报识字本，上面还有咱们学过的哪。我考考你吧！

嫂：考吧！

姑：(翻一篇)(唱)你看这个字呀，就这么三道道哇。

嫂:(接唱)这个我知道哇,一二三的三哪。

姑:(接唱)认得还不算哪,会讲才算完全哪。

嫂:(接唱)要讲咱就讲啊,那也考不住咱哪。

东北的三大胜利,蒋匪全消灭完哪,

哎呀,哼嘿哼嘿呀哎呀!

姑:好,这个算你蒙上啦。

嫂:再考我也不怕。

姑:好,再考你一个。

(唱)也是三个道哇,一竖当中坐哇。

嫂:(接唱)这个更知道哇,王字就是它呀!

蒋介石想当王啊,比登天还要难呀,

哎嘿呀!哎嘿哼嘿呀哎呀。

姑:哎,你都会啦!好,你再看这个,我再把王字上边添一个大疙疸,看你还认识不?

嫂:这个这个……我可不认识。

姑:我告诉你吧!

(唱)往年咱穷人给地主扛大活呀,饿着肚皮,

来了共产党,咱们这才做了主人。

(白)这回你知道了吧,这就是老百姓做"主人"的"主"字。

嫂:啊……这回我可不能忘了,是做主人的主,(小声)是做主人的主字,(稍停)你看,这还有忙生产哪!

姑:嫂子,你看这个字你认识不?

嫂:这个字也是三个道道,当中有一个大竖道,两头还出头有尖,这个我可不认识,我都没有看见过呀。

姑:这不是五谷丰收的丰字吗?连这字你都不认识。

嫂:不对,那回你教给我的那个丰字有七八个道道,还有一个四方块,底下还有一个豆的豆字,那个丰字不是这样。

姑:这是简笔字,简写的。

嫂:扁笔字,扁笔字,啥叫扁笔字?

姑:(笑)啥扁笔字,人家简笔字省事,写还好写,简便。做活不是也要简便嘛,快嘛!识字也要简便,学得多,区代表还告诉我们说……

嫂:(抢白)还说啥啦?

姑:你听着——

(唱)冬季攻势刚开始,前方节节大胜利,

后方丰收支援前线,好把蒋匪消灭完。

(白)你说是不?咱们今年粮食收成可真不少,过些日子要送公粮了,咱们还得送些好的哪。

嫂:可不是咋的,今年是丰收年头啊。

姑:哎,对啦,丰收年的丰字就是这个丰字,这回你不能忘了吧。

嫂:这回我可记住啦。

姑:嫂子,你看这篇上边有几个字,这几个字你要不认识,可把咱救命恩人都忘啦。

嫂:拿来我看,(看书本上的图)咦?这不是毛主席相片吗?一排三个字,一定是毛主席呀!

姑:(高兴地)嫂子可真行呀,把毛主席三个字记得这么结实!

合:(唱)就呀就咱们毛主席,

分给咱穷人房子地呀,

叫咱生产又学习,

永远不忘咱毛主席。

嫂:(唱)妹妹学习当模范,

嫂子我心中好喜欢,

今后我也来努力,

也要学习当模范。

姑:(唱)嫂嫂的决心下呀下得好,

从今以后咱俩学,

你帮我来我帮你,

迎接咱俩学习大胜利。

合:(唱)多生产呀么多加油,

妇女识字把身翻,

能看书会读报,

咱们样样事情当模范。

想起从前呀,咱不识字呀,

稀里糊涂受人欺,

现在咱翻身出了气,

学习文化把字来识。

(锣鼓声中齐舞下)

选自《东北日报》,1948 年 12 月 9 日

争模范

时间：一九四九年一月

地点：东北某乡村

人物：张大嫂——三十上下中年妇人

李大妹——二十三岁青年妇人

小栓——十一二岁小男孩

（锣鼓声中，张大嫂手中提着小筐，内装白菜、鸡蛋、猪肉上）

张：（愉快地）（唱）纺花车儿嗡嗡嗡，

纺出来的线儿精又精。

去年丈夫参军战场立大功，

区上待咱真不坏，

优待军属样样行。

政府提倡大生产，

咱也劳动不做懒虫。

小栓念书又生产，

站岗放哨不消停。

一家生活过得好，

共产党是咱大救星。

（白）我呀，张大嫂！自从栓子他爹参军走后，家里就剩下我们娘俩啦。区上总说你们是军属，多照顾一下吧，逢年过节老是送礼，平时还给干零活。后来我一想，丈夫参军是为了打反动派，保护咱自己，是应该应分的事呀。我不是瘸子疯子傻子，为什么自己不出力，光依靠别人哪？后来我就和小栓子勤忙活点，如今晚儿可真不愁吃不愁穿了。我去年又和老马家大娘学会了纺线，两三天准保纺他一斤，一个月就能赚他好几十万块钱。刚才区上王同志说，最近工钱又涨了。过年给栓子也买双新鞋穿，我刚才打区上回来，顺便买了棵白菜，约了半斤肉，明个儿是小栓子过生日，包一顿饺子吃。

（唱）翻身人儿喜洋洋，

有吃有穿生活强；

加紧生产多努力，

不忘救咱的共产党。

（幕内喊："妈呀，妈呀！你上哪儿去啦？"）

栓：（跑出来见妈）妈呀，妈呀！（冷丁一下抓住妈的后腰）

张：（被吓一跳，推栓子一下）干啥呀？吓了我一跳。

栓：（埋怨）你干啥去了？人家放学回来肚子挺饿的，你把门锁上了，叫人家上哪儿吃饭去呀？

张：（安慰）好孩子，别闹了，跟妈回家。妈给你买肉了，明个儿不是你过生日吗，给你包饺子吃。

栓：（高兴跑去抓筐内的肉）啊！肉在哪呢？

张：小心别弄埋汰了。

栓：妈呀，我告诉你一件好事呀？

张：啥好事？

栓：我们学校快要放冬假了。学校还要成立识字组、冬学班哪。听说全屯男女老少都去学习，明天就要正式开学啦。妈呀，你也去吧，认字可好啦！

张：（微笑）好孩子，过两天，妈也去。

栓：（撒娇）去吧，明天就去吧！

（李大妹暗上，偷听谈话）

李：（上前）老张家娘俩唠啥这么热闹？栓子给大婶讲讲。

栓：啊，大婶呀，咱们村要办冬学识字班，你知道吗？

李：冬学识字班吗？我都报上名了，明天下晚就要开学啦。

栓：妈你看，李大婶都去了，明天你也去吧。我现在给你报名去。

张：好，去吧。（小栓欲下）吃完了饭再去吧，给你钥匙。

栓：好。（接过钥匙下）

张：老李大妹子呀，这两天线纺得怎么样了？

李：唉，没有纺，这两天四疙子闹病了，没纺。我和对面屋老刘家编炕席哪。二丫她爸爸这两天和前街大老王一块到江西熬碱去了，得十天半拉月才能回来哪，二丫三丫这两天也学会编篓子啦，也能帮家里生产呀。你看我们一家大小都能干活，都能生产，没有一个闲着的人啊。区上提出来的家家要搞副业，我们算是做到了，一家五口都干活。上次小组开会还要选我们当劳动模范家哪。

张：哼，你家没有闲人，我们家也不都是懒汉哪。

（说快板）提起劳动不落后，咱家大小都出头；

能纺线来会织布，从今生活不犯愁。

李：我们一家五口人，丈夫种地样样能；

我和二丫编炕席，三丫孩子守家门。

张：咱家干活都争先，丈夫去年把军参；

纺线赚钱过日子，小栓又是学习模范。

李：哼！你家丈夫把军参，咱也劳动不偷闲；

一家五口都出力，劳动模范理当然。

张：哼！劳动模范还得看将来呢，凭嘴说还得实地去做哪。

李：那当然了，咱要不能实地去做，就是放空炮。

张：那，咱们就订个生产计划，比比赛看。

李：订吧，怕你？

张：谁先订吧？

李：你先订吧。

张：好，我先订就我先订。你听着——

（说快板）咱家娘俩都不闲，一天不停来纺线，

抽空还能织些布，炕席编完换来钱。

小栓下学捡柴火，保管有吃又有穿。

李：丈夫熬碱去些天，我在家里编草帘；

又和二丫去捡粪，来年庄稼收成全，

再和王大娘份养猪，二丫三丫把鸡看。

张：不但自己能劳动，决心劝好刘桂兰；

组成小组来竞赛，推动全院争模范。

每天教她来纺线，管保不能嫌麻烦。

李：妇女会上把事办，冬学识字也有咱，

帮助军属做零活，拥军咱也不怠慢。

张：纺线工钱省一些，慰劳军队送前方，

　　模范军属要数咱，生产护家不用政府管。

李：咱给军队做双鞋，穿上为咱保江山，

　　咱家五口都加紧，劳动模范争争看。

张：你订的计划够做到，做不到来多难看。

李：订的计划准做到，不能甘心做懒汉。

张：咱们就找个证人吧。

李：（沉思）找谁呢？

张：哎！有了，找老马大娘吧。

李：对，咱们就找她。

合：走吧。

　　（唱）政府号召大生产，解放区人人加紧干。

　　大家劳动吃饱饭，生产发家争模范。

　　家家户户都不闲，不愁吃来不愁穿。

　　扎下富根把家发，保住咱的稳江山。

　　副业生产也要紧，不要偷空耍懒蛋。

　　赚下钱来买牛马，明年开荒一大片。

　　穷人翻身拿起枪，勇敢杀敌上战场。

　　平分土地还了家，共产党是咱好靠山。

　　东北全部解放了，革命胜利在眼前。

　　支援前线加把力，彻底打垮蒋介石。

　　今年丰收五谷粮，生活一天一天强。

　　大家高兴齐欢腾，乐乐和和过新年。

选自《东北日报》，1949 年 1 月 13 日

◇陈万里

夫妻比赛

说的是红日东升亮了天，小两口打场在场园：

又是说来又是笑，男的赶滚子女的把场翻。

男的说：你抖搂完叉子快去做饭。

女的说：饭已做好不用你挂心间。

男的说：你做饭我怎不知道？

女的说：天头一亮饭做完，

　　　　没敢出声怕惊动了你，

　　　　你这几天割地累得腰腿酸。

男的说：今天起早我落了后，

　　　　到底赶不上你这女模范！

女的闻听一撇嘴，说：

　　　　你不用“咬皮”什么模范不模范！

　　　　要讲做活不比你少做，

　　　　哪样叫你扔在后边？

要不咱俩比一比，
谁做活少了是个“老元”！
男的说：我“倒动”柴火带捡粪；
女的说：我编篓子也没闲。
男的说：我净挑担把鱼卖；
女的说：我也纺织去换钱。
男的说：我打茬子带搂豆叶；
女的说：我扫了黑碱换咸盐。
男的说：我喂了肥猪整两口；
女的说：我养鸡下蛋有一千。
男的说：送粪是我把车赶；
女的说：我在家装粪也没闲。
男的说：种地都是我点种；
女的说：踩格子累得我两腿酸！
男的说：我另外做工夫五六个；
女的说：半垧小豆我个人“攒”。
男的说：我得天天去铲地；
女的说：我谷子、糜子割了好几天。
男的说：蹚地是我个人干；
女的说：麦地的乌米是我拔完。
男的说：我割小麦你没伸手；
女的说：我捡麦穗你没看见。
男的说：拉麦子我赶车带堆垛；
女的说：挑个子累得我胳膀酸。
女的说：我挑水打担带送饭；

男的说：我收拾猪圈把猪圈。
男的说：庄稼我都放了秋垄；
女的说：我把大草都薅完。
男的说：我打羊草一千五；
女的说：我拔油包草也有一百二三。
男的说：我捕趟鱼卖了好几万；
女的说：我编的草帽也换了钱。
男的说：我拔了二百多斤靰鞡草；
女的说：我起了土豆还把酸菜腌。
男的说：扒炕抹墙是我干；
女的说：“挫”泥的活是我来担。
男的说：现时还是我把滚子赶；
女的说：现时还是我把场翻。
男的说：一会扬场你不会；
女的说：我撂扫帚也不闲。
男的说：一会扛场你扛不动；
女的说：架不住我拿簸箕往回端。
男的说：好，好，好，咱俩都别说，
　　　男女都能一样干：
　　　只要努力务生产，
　　　你我都能做模范。
　　　你看那日头出来也有三竿，
　　　只顾说话，都忘了吃饭。

选自《东北日报》，1948 年 12 月 11 日

◇陈　戈

缴大炮

人物:王金山——战士

李小全——司号员

(锣鼓音乐声中,王金山高兴地拖着小山炮一门,气喘吁吁地上场)

王:(念快板)咱叫王金山,心里真喜欢,缴了敌人的大炮往回转。

(过门)炮车没有马,咱可怎么办?

凭我的力气大,一点不作难。拖着铁轱辘,轰隆轰隆转。

(过门)我的脾气怪,见着了大炮就红眼。

猛虎扑食冲过去,夺到手里才算完,夺到手里才算完。

(白)自从上级号召咱们立"装备功",我就寻思在完成战斗任务时,我要多缴获些敌人的武器物资,来装备我们自己,立一个装备功。今天真的就抓到一门美国炮,不孬!不孬!真不孬!哈哈!

(唱一曲)大炮轰轰轰轰轰!

机枪哒哒哒哒叫！

冲锋号一响，敌人没命地逃，

丢枪的丢枪，扔炮的扔炮。

你也说好好好好好！

他也说妙妙妙妙妙！

唯独我王金山，喜上加喜妙上妙。

缴获了小山炮，这是那美国造。

好倒是好，妙倒是妙，

有车又有炮，只是马儿它跑掉了！

王金山没法办，我自己来拉炮，

拖呀拖不动，累呀累坏了。

（白）哎呀！累得不行，我走得这样慢，得什么时候到家。炮又沉，越拉越重。（想了一下）管他哩，拉着走吧！走到哪儿算哪儿，说不定同志们没见回去，会来找我哩，走！（拉着炮走，上坡，走平地，走下坡，到旁边去）

（司号员李小全，骑在大洋马上——两人装的假马，纸头布身——嘴里吹着"胜利曲"小跑上来）

李：（念快板）司号员，我李小全，缴获了敌人的大洋马，骑在背上往回转。

王：（遇李）李小全你从哪儿来？骑在马上好神气啊！

李：（下马）啊，王金山同志，我从前线下来。你还缴到了大炮呀！（伸大拇指）这个！你怎么缴到的？

王：（一提起就高兴，回忆刚才的情景）炮一停放，接着就是机枪掩护咱冲锋，敌人就开始垮了。我坚决地冲到敌人的阵地，一到山顶，就发现山坡下一门山炮，两个敌人正在炮身上整什么，我打了一枪，撂倒一个，另一个没命地跑了。我追了一个山头，狗日的跑远了。我就转来急忙抓着这炮，（自己都忍不住笑了）嘿嘿！

李：（也笑了）你这家伙真有股子劲哩！嘿嘿，后来哩？

王：这时战斗也结束了。我很快地检查这炮，看少零件没有，糟糕！炮栓不见了，准是敌人卸跑了。眼看着一门好山炮，就变成废物了……我猛然想起，敌人常搞鬼，在溃败逃跑的时候，就把炮栓卸下来，扔在一边，或丢到水里，叫咱们得着炮也是一个废物。我就四下寻找，足足找了三个钟头，才在水沟里找到了。哈哈！一门坏炮，又变成了一门好炮了。我真高兴得像坐了飞机一样！（拍李的背）

李：你看你这股子疯劲！

王：我正想往回拉，一看，马儿没有了。

李：准是吓着了，挣脱鞍绳跑了。

王：准是吓跑了。我就不管三七二十一，自己当马，把炮往回拉了。——你这匹马是怎么抓到的？

李：你听我说——

（念快板）咱们冲锋一声喊，敌人洋马四处窜。

我一见，心喜欢，连长准许我，咱就冲上前。

洋马见了我，四蹄朝天翻。跑得可是快，怕我把它拴。

（过门）我站定不追赶，它就回头看。

我向它招招手，嘴里把它唤。轻轻地走上前，慢慢地把它牵。

拍拍它的背，摸摸它的脸。它就提腿、仰头、摇尾搞得欢。

嘴里吐长气（学马喷气声），仰头就叫唤（咴咴地学马叫）。

高高兴兴地背上我，四腿不停地往回赶，往回赶。

（白）我就这样抓着的，嘿嘿！你缴到一门什么炮？让我看看好不好?

王:算了吧,你能看出什么好不好来,你又不懂炮。

李:不懂炮?谁说我不懂炮?

王:你懂?我问你,现在咱们打仗都有些什么炮?

李:那你听着——

(念快板)六〇炮,迫击炮,大小山炮平射炮,攻坚杀敌最有效。

打得远又凶,要算那榴弹炮;屁股上冒火的是火箭炮。

打飞机,高射炮。坦克车最怕机关炮和战防炮。

民兵还用过罐儿炮,罐儿炮。

(白)怎么样?懂不懂?

王:差不离,你是内行!——咱们快回去吧,天不早了。

李:你的炮车没有马怎么走哇?

王:(指李的马)这不是马?

李:这是我的马。

王:小李,叫这匹马把这炮拖回去吧。

李:(开玩笑)马是我的,我不干。

王:你为什么不干哩?

李:把炮拖回去立了功,是你的,我为什么要干?

王:李小全,你忘记了!党委指示我们,缴获敌人物资的时候,不得妨害战斗任务。另外还要团结,反对争夺、争功,反对发洋财的观念。现在我缴到炮,你缴到马,咱们就应该好好儿合作才对呀!不能闹不团结呀!

李:我是和你开玩笑的,谁和你闹不团结呀?!

王:对!团结就好!(念快板)叫声小李听我说。

李:(念快板)有话快快讲,不要多啰唆。

王：我的炮车没有马。

李：没马怎么着？（笑）

王：快把你的马，套上铁车把炮拖。

拖回部队去，立功又庆贺，有你也有我。

李：有你也有我，对，咱们齐合作。（停）

王：小李你快牵马。

李：（牵马）你快把炮车挪。（叫马退）捎，捎，捎，捎！

王：对，快把炮车挪！（拉过炮车，嘴里也叫马）捎，捎，捎，捎！（很快就把炮套上马背，高兴地扬着鞭子赶着走，奏过门二曲）

李：（一面走一面说）老王，我问你一个问题。

王：好！

李：你说说，国民党军队的炮是从哪儿来的？我们的炮又是从哪儿来的？都是使用谁的炮？

王：（念快板）蒋介石的炮，全是美国造。

我们用的炮，从前是日本造，现在是美国炮。

（白）你看这玩意儿不就是美国小山炮吗？

（唱二曲）蒋介石，国民党，全是美国炮，

靠着他洋爸爸，杀害我同胞。

卖航权，卖商权，卖海权，卖人权，

卖给那美帝国，换来飞机炸弹和大炮，杀害我同胞。

（白）我们的炮，是从敌人手里夺过来的。

（唱二曲）抗战时，打日本，就用日本炮；

自卫战，换成了，美国造：

六〇炮、大山炮、战防炮、榴弹炮，

都是那蒋介石，送来的美式弹药和大炮，运输队长真是好。

（白）我们要多夺取敌人的武器来武装我们，多缴获战斗物资来壮大自己——首长讲了，要认识炮兵在现在大兵团作战中的重要，他的作用不下于其他兵种。所以每个同志都要为扩大炮兵来努力。有些思想没弄通的同志，缴到敌人的炮，他把零件拆下来，不交上去，就把一尊炮给白糟蹋了。还有的同志缴到了炮鞍也不交，把皮子剪下来补鞋子，做皮带，把马的肚带也搞掉了，这非常可惜。搞坏一个炮鞍等于一门炮不能用了，驮炮离了鞍就不行。这玩意又没法配。这是不对的行为。小李，你说是不是？

李：是。

齐：（唱二曲）首长下命令，扩大咱炮兵，
人人有，大责任，个个来担承，
作战猛，抓炮兵，缴大炮，捉敌人，
打垮那蒋匪军，
壮大神勇坚强的炮兵，
任务定完成。

王：咱们加劲走快点吧，（赶马快走，李小全掉在后面）小李，你走不动了，来骑到马上吧，我们快赶队伍去。

李：嗯哪！（王抱李上马）

王：小李，咱们胜利了，你吹一个胜利号吧。

李：好！（吹起胜利号，马由慢而快，由走到小跑，由小跑到大跑，欢乐地绕场，在雄壮的军乐声中下场）

（幕）

选自《东北日报》，1947年12月19日

人民城市

时间:人民解放军大反攻的时候,夏秋季节

地点:东北某中小城市

人物:媳妇——王云福儿媳,二十六七岁

王云福——杂货店老板,四十七八岁

尤信天——敌特,三十多岁

申金阳——敌特,三十岁

张兴——解放军战士,二十来岁

战士一、二、三、四——解放军战士

工作队队员 A——二十多岁

工作队队员 B——女同志

工作队队员 C——二十来岁

小孩子四五个——有一两个光腚的

郭民健——东丰火磨厂厂主,四十四五岁

贫苦老乡一——四十岁上下

贫苦老乡二——三十九岁

赵老太婆——五十岁上下

其媳——二十九岁

张老汉——五十多岁

刘老汉——五十多岁

贫苦老乡多人

地痞流氓多人

工人甲——火磨厂工人

工人乙——铁工厂工人

江一新——工作队队长

电业工人——二十来岁

通讯员

警卫员

其他男女群众多人

第一幕

时间:拂晓

地点:市街的一角

布景:靠台左是王家杂货店的横剖面,店里有货柜货架,货架上有洋酒、香烟、大饼、香肠、灌肠等货物。靠左边通内屋。靠台右的墙壁有一大门,门的周围贴有褪色的广告商标等。

台右约二分之一的地方是街道,通往台右极后角,隐约可以看见极远的电线路灯的木头杆子。路灯也可以望见。

(唱主题歌后开幕)

主题歌:城市属于人民,

人民的城市不容破坏。

资财属于国家,

国家的财产要保护。

城市作用大,不能小看它。

废铁炼成钢,枪炮运战场;

棉花进工厂,被服送前方。

城市日夜忙,军需民用得保障。

(轮唱结尾)得保障得保障。

哎哎哎哎,军需民用得保障。

城市属于人民,

人民的城市不容破坏。

资财属于国家,

国家的财产要保护。

嘿,国家的财产要保护。

幕启:店内点一豆油灯,王家媳妇俯在门前担心地听街上的动静。台上的极右角,远远地传来大街上人吼马嘶声、欢呼声、吹哨声、鼓掌声、大炮车轮声、歌唱声……还隐约看见火把、电筒及各式油灯的光亮。声音时而由远而近,时而由近而远。

媳:(唱第一曲)

解放军今晚刚进城,

担惊受怕坐卧不宁。

咱家藏着国民党,

穿着便衣装好人。

腰间藏着小手枪,

不知他们干些啥事情。

要他搬家不答应，

藏在咱家祸害人。

我爹本想去告他，

要是告了他也怕活不成。

是吉是凶摸不定，

蹲在家里愁煞人。

（白）我爹还不回来，解放军进城了，究竟是怎的啦？我家里这个坏蛋要给检查出来了，可怎整呀？！

（王云福愁眉苦脸地上，敲门，媳开门，王进）

媳：爹你回来啦？

王：解放军真多。

媳：还没过完？

王：完？还早啦，除八路军不算，光抓的俘虏差不多就上了万，大炮小炮，车呀马呀，真老鼻子啦。

媳：都进了一两点钟了。

王：早啦，有的还往城外开。

媳：怎么刚进城，又往城外开？

王：听说，城打下了，队伍都到城外休息去。街上挤满了人，乱得很。

媳：（惧怕地）爹，蹲在咱家这个姓尤的怎么办呀？

王：是呀，要给查出来，咱家都得沾包呀！

媳：叫他搬走吧。

王：给他说了，就是不搬。

媳：他不搬？咱们就去告他。

王：他说我要告了他，他就告我。

媳:他告咱们啥?

王:他说告我三大罪状。第一,你男人在国民党军队里当排长。第二,说我依仗国民党势力做买卖贩卖大烟。第三,就说我窝藏特务。你看这三条,论哪一条咱都扛不住哇。

媳:那怎么办哩?

王:姓尤的说,咱家店伙计跑出去猫起来了,要是解放军来查,就说他是咱家的伙计。

媳:那怎行?! 姓尤的带着枪干坏事,要查出来,啥都糟了。

王:说的是呀,这怎整。

(敌特尤信天匆匆上,敲门,媳急进里屋)

王:(开门,尤上)你干啥去啦?

尤:解放军进城了,我去瞅瞅。

王:(担心请求地)尤先生,你好不好挪动一下,搬到别处去……

尤:(厌恶对方,但也只得耐心地)大爷,解放军进城了,我往哪儿搬呀! 我搬到哪去也危险,要是给查出来,你也沾包哪——你家伙计跑了,我就顶你店里的伙计,没人疑心。

王:你行行好吧,还是搬一下……

尤:(威胁)我要给人家发觉了,我就提溜出你来,你依仗国民党贩卖大烟,你家里现在还有大烟哩。

王:嗳,看你说的,那是你们刘团长干的,我背黑锅不算,还要给你们刘团长认两份干股——我赔账赔老了。

尤:解放军还管你这个? 你儿子当国民党军排长,我又留在你家,你这不是窝藏特务是干什么?

王:那是你赖在咱家的。

尤:反正我在你家了,有啥办法! 我只要一口咬定,你就跑不了,要活埋咱俩就一块儿。

王:(强硬)我可没做坏事。

尤:(大声地)你说什么?

(媳急上)

媳:爹,怎么了?

王:反正你们要把我毁了。

尤:(只得用软的办法,和气地)大爷,你这何苦哩,你儿子在国民党军队里,咱们就是一家人……

媳:尤先生,你就看在他儿子面上,可怜可怜咱们吧。

尤:哼!你们别做梦,共产党来了,你们早晚要完蛋——只有"中央军"回来才有活路。

(远处有极大的爆炸声、人叫声,片刻)

尤:炸得好,好!

王:这又是你们干的。

(街上有人声)

尤:听,有人来了,你们快进去。

(王同媳进里屋,尤摸枪到窗前看)

(敌特申金阳跑上敲门,尤开门,申进屋)

尤:怎么了?

申:(唱第二曲)

民房烧了三间整。

慌慌忙忙没整好,

炸药爆炸算白搭。

他们追来了,你看怎么办?

尤:(接唱)

赶快进屋去躲藏，

千万不要露了相，

猫在房里屋子角，

他们追来了，你看我抵挡。

（申急往里屋跑）

王：（从门内跑出拦阻）你们又杀人又放火的，千万别在我的家里呀！

尤：王老头，你想找死呀？（持枪）别嚷，进去！

（王被申、尤推进屋去。人声越近，随着声音，战士张兴及战士一、二持枪追上，向各方搜寻）

一：（唱第三曲）

十字路口一晃就不见，

难道特务飞上了天？

二：（接唱）

特务乘机进行破坏，

杀人放火人民遭祸灾。

兴：（接唱）

他妈的特务害人真不浅，

老子进城还没有捞着吃饭。

就是为了抓这些狗特务，

饿得我肚子直叫唤。

一：在十字路口一晃就不见啦！

二：那两边都有人，准是往这条街跑来了。

一：再搜一下。（战士一从左搜下去）

兴：这跑到哪儿去了？——这狗养的特务真可恶，老子打完仗还没吃饭，进了城，刚要开饭了，又抓这些家伙来了。这阵饿得我肚皮都贴脊梁骨了。

二:谁不一样,别说了吧,你一提起就更挺不住了。

兴:走吧,再往前搜。(刚要走,战士一领着战士三、四走过来)

二:怎么返回来了?

一:他们从那边过来也没见人。

二:这跑到哪儿去了?

四:许是猫起来了。

三:往北一大片没房子。

一:到这家看看。

兴:嗳,还点着灯的哩。

一:(一抬头看见招牌)同兴杂货店。

众:是杂货铺……叫吧……叫吧。(很高兴地拥到门前)

三:(叫门)老乡!请你起来开开门。

四:老乡……老乡……

(王同尤上)

王:啊,来了!来了!(迅速地开门,众战士都进门。战士四留在门外)

一:老乡你点着灯,还没睡呀?

王:没有。

尤:欢迎同志们哩,哪能就睡了。

一:他是你什么人?

尤:我是店伙计。

一:我没问你,你别说。——老大爷,他是你家什么人?

王:他是我家的伙计。

一:老大爷!你家还有些什么人?

王:我儿媳妇跟我,连伙计三口人。

一:你儿子呢?

王:出门了。

一:到哪儿去了?

王:他……他……

一:老大爷你别怕,说吧。

王:他办货去了。

一:到哪儿办货去了?

王:出门……这个……有时候了。

兴:老大爷,你说吧,不要紧,就是你儿子在国民党那边,说出来也没关系(爽直地,冲口而出)。

王:(惊)没有……没……有!

一:老大爷,才刚有个坏蛋,放火烧老百姓的房子,放炸药炸炮弹,往这儿跑啦——你看见了没有?

王:没看见!

一:听见跑过来没有?

王:没有!

二:你没有睡,还点着灯,都没听见?

王:没有! 没有!

兴:没窜到你家里来?

王:没有……没有。

一:老大爷,要是坏蛋闯到你家来了,你说出来没你关系。

王:没有。

尤:同志,没见人来——要不信你就搜吧。

王:大媳妇你出来吧。

一:(到尤前)你姓什么?

尤:我姓杨!

一:你是干什么的?

尤:我是他家伙计。

一:(上下打量他。媳妇出来也站在一边)你是干什么活的?

尤:我是店伙计,做买卖的。

一:做买卖的?

尤:是,同志——是买卖店,卖洋酒白面,洋袜手巾,罐头饼干,香肠灌肠,水果洋糖都有。

一:我知道你们是杂货店。

尤:(鞠躬)同志,(顺手拿下几串香肠、灌肠,两瓶洋酒)肚子饿了,吃一点吧,香肠灌肠,这儿有大饼,随便……

一:咱们不吃。

尤:随便拿吧,随便吃吧。没关系,你们打仗辛苦了,打进城有功劳,随便吃吧。(强塞给战士一与张兴)

一:(坚决地)不吃!咱们不随便拿老乡东西。

尤:没关系,吃吧。

兴:(怒视尤)你硬叫吃干什么?想叫咱们犯纪律是不是?想叫咱们破坏城市政策是怎的?你店里是不是藏有特务哇?

尤:(凶恶高声地)嗳!同志!我是好心呀,你怎不讲理呀?

兴:我吃了东西,你好去造谣言是不是?

尤:(大声)你屈死我了。

一:(高声制止)半夜里你嚷什么?我告诉你,老乡,我们人民解放军不拿老百姓一针一线,不侵犯群众利益——你的好心,咱们谢谢,你别嚷嚷,这没什么嚷的。(对大家)咱们走吧。

（众刚要出门，尤又故意大声地）

尤：这么不讲理呀……他妈的不是说解放军不打骂老百姓吗？他妈的！

兴：你嚷！你再嚷我就要揍你了！（只是说，但没动手）

众：老张，别……别……（众战士劝着张兴出门）

一：走吧！走吧！

（尤到窗户前偷听）

二：老刘！大家肚子都饿了，我身上还有钱，咱们跟他买一点来吃吧！

一：算了，别买了吧，我们刚进城，老百姓还没用过我们的票子……会造成不好的影响。

四：以后还不得用我们的票子！

一：以后出了布告，老百姓了解了，当然就没问题了——现在咱们肚子饿了，挺着点吧。

众：走吧，别买了。

兴：真他妈的，别买了，走吧。

一：走吧。（众战士下）

（远处鸡叫声）

尤：（叫）老申！

申：（上）走了？

尤：（挥手叫王进屋，但又装作关心的样子）大爷，你整宿没睡，进去睡觉吧。

王：（没好气地）要叫我走开，我就走开。说这些好听的话干什么。（气愤地吹灭灯下）

尤：老申，趁着他们刚进城，脚还没站稳，就要把城给整乱——就照杨主任指示的干，领着老百姓把工厂、学校、商店给他打烂，趁着人们这股热劲，城里这股乱劲，要整得他鸡犬不宁。

申：咱们在城里没家没业，在街上窜来窜去，顶惹人注意。

尤：你说怎么办哩？

申：这事顶玄，老百姓都向着他们，咱们顶容易给人提溜出来。

尤：有啥办法哩！

申：咱们溜回长春吧？

尤：你想脑袋搬家了？——事情没办了，怎敢回去哩。杨主任饶得了你？

申：我看——

尤：你说呀，吞吞吐吐的干什么？

申：你看，咱们一天一天地打败仗，到哪是个完呢？解放军又挪枪，又挪炮，又抓人，一大群一大群的，咱们老干这玩意还行哪？

尤：是呀，你说怎整。

申：他们不是叫咱们去投诚吗？

尤：他妈的，家不要了？咱们家都在长春，要过去了，家咋整？

申：那怎么办哩？

尤：有啥办法，走着瞧呗。

申：我看咱们干一两件事情就回长春吧。

尤：好，咱们卖劲干一两件事情，就回长春，那样回去才好交代。你先到街上溜达溜达。

申：好吧。（申到货架上随便拿点吃的，下）

尤：留神点，（到门前叫）大爷，大爷。

王：（上）啥事情呀！

尤：大爷，天亮了，你跟大嫂到街上去看看有啥动静，他们都干些什么，回头你告诉我。

王：尤先生，我是买卖人，请你别……

媳：（跑上）尤先生，我爹快吓傻啦！请你别叫他干这个吧。

王：尤先生，请你另找个住处吧。——要不我给你钱……

尤：你高声嚷什么？你忘了你的三大罪状了？

王：（急压低声音）饶了我吧，饶了我吧。

尤：我饶得了你，共产党饶不了你！（用手指门口大街上——正在尤指的方向，响起了人声）你听，有人来了，我走了，你们快点到街上去吧。（拿上饼子，又拿上香肠）快，快，到街上去打听打听，回头告诉我。（尤出门从街左方下）

媳：（哭）爹！

王：别哭。（两人进里屋）

（郭民健上，不时回头望望）

郭：（长叹一声，唱第四曲）

解放军昨晚进的城，
清晨一早出榜安民，
布告上工商政策讲得好，
不知道是否一纸空文。
担心工厂被打烂，
担心家具被搬空，
担心工厂永远倒闭，
担心火磨没收充公。

（白）解放军昨晚就进了城，清晨一早在大街巷口都贴满了布告，说是要保护工商业，这倒是好事情。（叹气）唉！可是我的东丰火磨同兴亚铁工厂进出一个大门，兴亚铁工厂是国民党开的，解

放军要没收铁工厂，还不把我的火磨也没收啦?！唉，只好听天由命吧。（接唱）

郭民健心里真发烦，

怕的是铁工厂把我牵连。

盼这些布告说了就算，

我的火磨能保全。（听见人声，急步下）

（远处响起了秧歌锣鼓，由远而近，工作队员A拿着布告，B提糨糊桶走在前面，后面是四个小宣传队员。两个小女同志是穿红绿花衣服，腰系绸带，俩小男同志，是穿解放军衣服，绑腿皮带，手拿小红旗，再后是打锣、鼓、镲的宣传员，他们扭着秧歌上来。前后左右都跟着小孩，吵吵闹闹地跟着拥挤着，到了王家门前，锣鼓声停，秧歌也停止了）

A：（望望墙壁，对B）这里贴一张吧。

B：好。（随又对小孩说）小朋友，别老跟着我们啦，快去叫人来看呀。

（有的小孩叫喊着跑向四方）

A：（到王家叫门）老乡，老乡。

王：谁呀！啥事？哦！老总，请到屋里坐。

A：不客气，大爷，你这墙壁上，我们贴一张布告好不好？

王：行，行，随便贴吧。（开门出来）

A：好，谢谢你，大爷。

B：（到门前看见媳）大嫂，把你家的凳子借个使使，好吧？

媳：（急拿凳子）这凳行吧？

B：行，谢谢你，大嫂！

媳：不值谢。（媳也出门来）

（A站在凳上抹糨糊贴布告）

B:(找话同媳说)大嫂你家啥买卖?

媳:杂货店。

(从左面一个市民擦着眼睛走上来,从右面又走上两三个人来,有的还在扣衣服扣子,随着就是小孩吵闹着又叫来了一些市民,接着男男女女先先后后围上来,最后还有抱小孩的也来了,但是站得远远的,怕挤着了孩子。工作队都找着老乡说话,招呼,唠嗑,说说笑笑,拉着手很热火。A 把布告贴好后,转身对大家)

A:老乡,靠前一点来,这是我们人民解放军出的布告,是说要保护城市,城市不能破坏,城市要为老百姓制造东西,制造生产品、日用品。要是破坏了城市,老百姓就没有东西用,很多人就没有事情干。大家都要吃亏的。我们人民解放军是一定要保护城市的,说解放军不要城市,那是造谣言,这布告上面说的,一定要做到,共产党是说了就算,说到哪里,就做到哪里。希望老乡们维持秩序,不要发洋财、捡洋落,要是大家不守秩序,坏人就会乘着机会捣乱,特务就会钻空子破坏城市。老乡们,大家说是不是呀?(众鼓掌,说"对! 对!")现在叫我们的小同志给大家伙扭秧歌,把这布告说的给大家唱一唱,好不好?

众:好!(众鼓掌)

(锣鼓打起来,向人群走去,人们都向后退,打锣鼓的走成一个圆圈后站在布告前面,扭秧歌的扭出来了)(唱秧歌曲)

人民解放军,大举来反攻,
收复了千万城市和乡村,
浩浩荡荡进了城,出榜来安民。

解放军进了城,出榜来安民,

你看那八条政策说得清，
第一保护各阶层财产和生命。
你看那第二条保护工商业，
不管是工厂、银行和商店，
一律保护不侵犯，准许做买卖。

第三保护城市，财产别破坏，
第四条官僚资本要没收，
第五省县官吏、保甲长，不抵抗就不抓。
外国人领事馆、教堂和财产，
只要是遵守法令和政策，
不藏坏蛋和战犯，一律都保护。

蒋军的官兵，快快来投诚，
交出那武器还要优待，
要是迟迟不报到，查出要严办。

国民党钱票子、九省流通券、
关金票、法币一律不准用，
改用东北解放区民主政府的钞票。

约法共八章，大家要做到，
同胞们千万保证来实行，
消灭蒋匪卖国贼，人民享太平。
（唱完后众鼓掌，打锣鼓的走前面，扭着秧歌从左面下）

B、A:(对大家招呼)老乡再见了……我们还到别处贴去哩……

(群众也招呼鼓掌,有的群众跟下,有的回家去了,场上还有很少数的人,有人又鼓掌,说"好,好! 真好!")

申:好? 做到才算好。

青年:(问申)你说咋做不到?

申:(急辩耍无赖)谁说做不到? 我是说好,这样就好。真好! ……好……(支支吾吾地)

青年:听说共产党是说到哪里,就做到哪里。

申:说的是呀——可要做到也不易!

青:有啥不易的,命令一下就做到了。

尤:那是,那是! ——可话说回来啦,这几十万大军的事也是不好整,命令也要慢慢地才达得到呀。

申:可不是,军队就更不易办到……(乘机挑拨)你们想国民党刚进城的时候,也贴了布告出榜安民,可是顶什么用? 下了命令,可还不是没实行?

妇女:国民党说话不算话——进城就乱抢。

申:可也难怪,军队都有枪杆子,谁能给他们说理哩! ——天下老鸹都是黑的,哪能找出白的来,嘿嘿!

群:听说共产党军队可不一样。

申:——哎! 军队嘛! (拖长声地说)还不都是老样的——出差打仗,要粮要饷——你们看谁不是戴军帽,穿二尺五斜挂着个大枪,有什么不一样的?

青:什么都不一样,做的不一样,穿的不一样,吃的不一样。

申:是的,是的,国民党军队进城,又拿东西,又打人,又骂人。解放军进城,光拿东西,不打人,不骂人,嘿! 单是这一点就不一样。

青:你胡扯些什么?

刘:他们说啦,不拿老百姓东西,进城秋毫不犯。

申:嗳?什么秋毫不犯!人都是人嘛,见着东西还有不往兜里装的?再说,他们打仗辛苦了,进了城随便一点又算啥?见着妇女拉拉手又算啥?拿了东西不给钱又算啥?

张:可没有这样的事。

申:没有?我亲眼见到的还有假?

众:真的?

申:你们听我说,天还没亮,我从这儿过,就听见这屋子里闹哄哄的!我就在门缝里一瞅呀,就看见五个解放军,都提着枪在抢东西,直把香肠、灌肠、饼干、洋酒啥呀物的,往兜里放,嘴里还直骂混蛋,一个子没给,差点没把老头给揍了!

众:真的?

申:你们不信呀?不信就问这家老头。

妇:王掌柜的。

众:王掌柜的。大爷。大叔!(众人找出王老头)

青:大叔!你家是不是给抢了?

王:……(望望申,惧怕)

众:没有抢吧?抢了东西了?抢了些啥?(七嘴八舌地问)

申:你说呀——

王:(摇头)没有——有。

众:没有抢?抢了没有?……

申:没给钱哪?

王:……(畏惧地,望望申)

申:(故意高声,威胁地)你说呀!你要说假话,造谣言就要你的命。

王:我……

申:(很和气地)是不是抢了你的东西?

王:(惧怕地)嗯!(点头)

众:是不是没给钱?

王:(点头)是!

申:你们看,我没说假话吧。

媳:(冲到前面,想说出真话)他们到我家没——

申:没?没什么?是不是没给钱?

媳:(见着申就怕了)是!是!

申:我说呀——各回各家去吧!把吃的穿的啥呀物的,拾掇一下!唉!这年月有啥法子哩!

众:(围着王老头安慰)拿去了些啥?——拿去了就算了吧,别难过了。

王:不是……(说不出地难过)

众:回家去吧,别难过了。(王慢慢地进屋去了)

妇:解放军真的要抢东西呀?

张:唉!(长叹)

尤:你们怕什么!解放军进城了,有钱的才倒霉哩。

张:什么?

尤:什么?我在街上听说了……

众:说什么?

尤:你听我说呀——(唱第六曲)

八路军进了城,穷人就翻身。

要开斗争会,有钱人家跑不了。

不管买卖家,不管大商号,

还有工厂和学校，红白斗争跑不掉。

众：斗争谁呀？——谁说的呀？……

申：斗争谁我可不知道，我也是听来的。买卖家、开工厂的、办学校的都要斗，反正大半有钱的都跑不了。——红白斗争，邪乎得很呀！

众：什么红白斗争？

申：红是流血的，白是挨揍的——反正是斗就是了。斗完了就分东西，把工厂、买卖铺、学校、医院，什么都分给穷人。——不准买卖铺开门，要共产了。

众：真的？

申：我在大街上听来的，人家都在讲，谁都在说。——穷人翻身了，国民党通通都给抓起来，日本房子通通都烧了。——啊！好了，翻身了。（喊叫着跑下）

尤：他妈的好了，穷人这下好啦，我也捡点洋落去——你们不去捡洋落？（说完就跑下）

青年：这家伙准不是好东西。

刘：我看他是扯淡。（众议论纷纷）

（远处传来激烈的秧歌锣鼓声）

群：走，看秧歌去。

（幕急落）

第二幕

第一场

时间：早晨六点

地点：街道（中幕前）

（远处人声嘈杂——敌特申金阳上）

申：（唱第六曲）

身穿破布衫，光脚露“鸭蛋”，

装着穷人相，暗地来破坏。

就说解放军，救济要发粮，

跟着穷小子，破坏大工厂。

申：（高声向台右）你们走快点呀！喂！快走呀，老是慢腾腾的——你们真是翻身都不急呀！快！快！（跑向台左去趋别人，下。随着有两个穷苦市民拿着麻袋，嘴里叫着“快走，领粮去”，从左下）

（赵老太婆背着麻袋上）

婆：媳妇！这下可好了，快走吧！

媳：军队上的同志讲，今儿过晌发粮，怎么天刚亮就发粮了？

婆：管他哩，许是改时候了，快走吧。（婆媳二人下）

（刘老头及张老头上）

张：前面都有人去了，咱们快赶上去吧。

刘：老张头，这是怎么回事呀？解放军同志不是说在城里发粮吗？怎么往城外去哩？

张：谁知道，许是改在城外了吧。

刘：国民党丢下的粮栈都在城里呀，城外没有大粮栈呀。

张：是呀，就有两家火磨。

刘：这是怎么回事呀？

（接着拥上许多穷苦贫民，都带着麻袋——申在后面催）

申：快走呀——别人先去的早领了——你们还迈四方步走哩。

刘：（对申）喂！解放军不是说今天过晌在城里发粮吗？咱们怎么往

城外去哩？

申：（也假装不知）是呀，我也听说来着——可谁都嚷嚷发粮，发粮——大伙都往西头拥，我也就跟来了。（想了一想，假装殷勤地）哎，管他哩！来都来了，咱们就去看看吧——不行咱就回来——对不对？——走吧。

（有一部分群众同申金阳说说嚷嚷地从左下去了，有一部分群众不愿去，站在那里徘徊）

妇女：这家伙准不是好东西，咱们别听他的，走吧，咱们回去吧。

老头：对，军队上的同志说过晌发粮，咱们回去吧。

中年人：回吧，回吧，整出乱子可不是好玩儿的。

（有一部分人说着往回走，但还有一二人主张去的）

去的人：咱们去看看再说吧。

（最后不去的人都下决心返回来了，去的人迟迟地从左下）

（尤信天上）

尤：（唱第六曲）

跟着一大帮，地痞和流氓，
闹着要翻身，破坏大工厂。
这个想发财，那个想捡洋落，
混在人堆里，没人来发觉。

（白）伙计，快走哇。

（一群流氓、二流子，有推两轮车的、四轮车的，有拿绳子的、花布单子的……显然不是饥饿的人，吵嚷着上）

众：走——哇！（拖长声音，说着各种俏皮话，嘻嘻哈哈地跑下）捡洋落啰！翻身啰！

第二场

时间：早晨

地点：东丰火磨厂、兴亚铁工厂门前

布景：正中一大铁门，右边挂上“东丰火磨厂”长条木牌子——旁边有一行小字，“电机制米”。左边挂上“兴亚铁工厂”长方形蓝底白字的木牌子。墙壁上有“保护工商业”“保护城市”等大标语，这是两家工厂从一个门进出。

（战士张兴枪上刺刀，在这儿放哨，来回地走着）

兴：（唱第七曲）

张兴我真憋气，看啥都不顺眼，
洋楼红房子，国民党的机关。
敌人的仓库，粮米千万石，
穷人没饭吃，饿死没人管。

解放军进了城，城市属人民，
保护工商业，一切为老百姓，
发粮又贷款，救济穷苦人，
全城都解放，大家齐欢腾。

（白）学习了城市政策，听了报告，也订了计划，我保证不犯纪律，不发洋财，保证没有个人的小打算。我们进城是为了解救老百姓，进了城要保护工商业，这些思想我都打通了。（停了一下）火磨厂是私人开的，铁工厂是国民党开的，说要准备开工，我还得好好儿看着。

（扛着枪走来走去，慢慢地走进铁门去，下。片刻）

赵：（同媳从右上，探望。唱第八曲）

听说这儿在发粮，没人没影门关上，

忙忙慌慌出城来，婆媳二人白跑一趟。（到大门前向里探望，嘴里直咕咕噜噜的）

（张老头、刘老头同几个贫民上，众人一看，都很失望）

刘、张：（同唱第八曲）

谁说发放救济粮，没事找事胡嚷嚷，

这儿本是私人工厂，不许动来不许抢。

刘：这是私人开的工厂——咱们回去吧。

赵：回去吧，这里不发粮，（怨自己，也怨大家的口气）偏偏往城外跑。

众：回去吧。

申：（上）你们往哪儿去？

刘：回去，这儿没发粮。

申：那谁造谣言，说这儿发粮？

赵：谁都这么说呀！

申：唉！真是！（众人要往回走）——咱们都来了，这么白跑一趟就回去呀？

众：不回去在这干啥？白跑就白跑呗，有啥法。

申：都说在这儿发粮呀！（假装想一想，突然想起似的）嗳……这里总有个道眼，这无风不起浪呀！是不是？（无人应）——嗳！（假装寻思）我看这家准有问题！

众：有啥问题？

申：我看他妈的是敌产。

刘：铁工厂是国民党开的，是敌产，不假。火磨是老郭家开的，啥敌产！

申:我看准和国民党有关系——要不为什么谁都到这儿来分粮呀——他妈的咱们就进去,一人背上一点……

赵:那行吗?

申:咱们穷得没吃的,有啥不行?——解放军来了,咱们翻身了。

刘:那可不敢动人家的!

申:有啥不敢?

刘:谁都乱拿东西还行?!——那就整乱套了。

张:那样整,就是小买卖也保不住。

(尤信天同流氓大声吆吼,门前的群众听着声音,都急跑到大门的左面来,尤同流氓上)

尤:你们站在这儿看什么?又不是来逛庙会,为什么不动手呀?

张:怎样动手呀?

尤:你家不是没吃的、没烧的吗?——共产党解放军给咱们撑腰——想翻身的就进去,要吃的背粮,要烧的拔地板拆窗户,要整点机器皮带啥呀物的就到右面铁工厂。

刘:军队的同志说了,私人家的东西不许动,过晌就发国民党丢下的官粮,买卖家的不分。

二流子:你管那么多干什么?谁的也得拿出来分!

尤:你们真是不想翻身呀?(唱第六曲)

解放军进了城,穷富全推平,

全城一扫光,大家喜盈盈。

你们没富命,见财不动心,

真是胆小鬼,活活地气死人。

抢东西不犯法,犯法也不怕,

八路不打也不骂,咱们怕个啥。

（白）走——整错了有解放军给咱们撑腰。

刘：把火磨整烂了，我看咱们都得啃高粱！

众：军队不让。

尤：别说了吧。

（穷苦的群众袖着手不动，但也不离开这里，只是站在旁边看，有的在一旁观望——）

尤：（对坏的一群）别管这些胆小鬼，咱们走。

（坏的一群吼叫着向大门拥——打倒资本家哟！翻身了……）

（工人甲、乙出来制止，把大家拦挡着）

工甲：老乡，别进呀，这不能分呀！（拦住几个人）军队同志说了，不要浑水摸鱼，工厂正准备开工哩。

尤：（跑过来干涉）你是干什么的，反对穷人翻身？

工甲：我们是工人——这是老百姓开的工厂，不让分，不让破坏。

流氓：铁工厂是国民党的。

工甲：国民党的也由政府没收。

尤：这火磨厂是资本家开的呀——你忘了资本家剥削你们，整得你们吃不上，穿不上？你护他干什么？

工甲：解放军同志说了，今后要改善工人的生活，往后咱们就吃得上，穿得上，保障咱们的生活——要把工厂破坏了，咱们工人就要失业。——老板就破产了，这不行。要把工厂保住，同志们说了，这叫劳资两利。

工乙：工厂打坏了，对老百姓也不好。

尤：别听他的，快进呀！

（一群流氓无产者，被人欺骗着，吼叫着拥向大门去）

（工人挡不住，叫不住，没法）

工甲：老周，这不行——咱们赶快找放哨的同志去。

工乙：好。（工人急跑下）

申：（鼓动大家）别人都去了，咱们也去吧。（但谁也不动）别人都不怕，咱们怕啥？（没有人动）你们不去，我可去了。（进）

（张兴从门里把进去的一批赶出来，听见他的声音）

兴的声音：老乡，出去，出去。——别进来。

（一群无赖被赶出来）

兴：（自己持着枪站在门前）老乡，出了布告，不让抢东西，你们回去吧。

申：嗳，同志，家里实在没法子。

众：对了，同志，咱们实在没法子。

兴：老乡，（很和善地）解放军来了，就不用愁了。

流氓：是呀，解放军是救咱们来了，真是救命星。

众：真是救命星。

二流子：同志，我们家早就没米下锅了，你高抬贵手，让我们背点粮吧。

兴：没吃的不要紧，城里委员会在发粮，你们去吧。

二流子：同志，发粮在下半晌，咱们不赶趟了。

众：咱们不赶趟了。

申：都快饿死了。

众：没吃的了。

兴：这里的粮不让动。

流氓：救救命吧。

兴：这是纪律，我不能让你们背粮。

二流子：同志，你就眼看着我们饿死吗？

流氓:我们家有老父老母等着我们背粮回去哩。

兴:老乡,不是我不让背,实在我做不了主——你们进城找委员会去吧。

流氓:同志,你能做主。只要你答应,就救了我们了——我们只背点粮,我们又不拿别的。

兴:你们别找我,找工作队去。

申:好同志哩,你要再不答应,我们就都给你跪下了。(申领头跪下)救命哪!

众:救命哪!(也跪下)

兴:老乡,老乡,别这样,起来吧,起来吧,这是干什么!

(众低着头,装作难过的样子站在那里,张兴望了望他们)

兴:(唱第十曲)

老百姓找麻烦,这事可怎样办。

他们苦苦哀求我,张兴我好为难。

跪在地下直叫喊,叫得我心发烦。

不能放进他们去,不能把纪律犯。

(白)老乡,说什么我也不能放你们进去。

流氓:那我们就只有饿死了。

兴:下午就发粮,饿不死你们了。

流氓:我们等不了啦。

兴:你尽胡扯,几个钟头都等不了啦?

申:同志不答应了,咱们再跪下哀求吧。

兴:(对申)我看你就是存心跟来捣乱的,看你的样子就不是好人。(流氓地痞又跪到地上去)你们这是干什么,(跑过去拉他们)起来,起来。

（二流子就乘机向门里跑，张兴跑去抓着他）

兴：你干什么？

（流氓同几个地痞乘张兴没提防，从另一角落溜进门去，张兴急了）

兴：老乡，不准进！（丢掉二流子，去挡另外的人，二流子撒腿就跑进工厂大门，张兴又只得追二流子，追了几步，流氓地痞又往里进，张兴又只得挡他们，申、尤也往里进，弄得张兴哪里也照顾不过来）

兴：老乡，怎么？不听话呀！……别进……出去。

（流氓地痞嬉皮赖脸，哼哼哈哈地叫着"同志开恩哪"就往里跑，最后是一拥而进，张兴追在后面，高声地叫，急得跺脚，又不敢打人骂人，只得在肚子里生气）

兴：老乡，你们不听话，我把你们都抓起来。（追进大门去。一会儿听见工厂里传出打东西的声音。张兴抓着一个二流子拖出来，推他走，这时工厂里传出更大的打机器的声音）

兴：糟了，糟了，这不把工厂给破坏了？（一撒手，二流子就飞跑进工厂去了）这怎么办哩，城外的岗哨又远，（他想了一下，下决心，举枪向天空打了一枪，贫苦的老百姓有的跑散了些，大胆的还在这里）这不行，我得叫人去。（从右跑下）

（这时工厂里打东西的声音更高了——打机器的声音，打钢板的声音，捣地板的声音，铅皮的声音，有很快的在打着东西发出的尖脆的声音，还有慢慢的沉重的捣东西的声音，汽油桶倒地的声音，人的喊叫声，各种东西倒地的声音，家具被毁的声音，门窗玻璃被粉碎的声音，贫苦老乡都围着大门往里望）

（片刻陆续地从里走出人来，大小麻袋装着满满的机器零件、轮带……背的、扛的、抬的，装在小车子上的，两轮的、四铁轮的各式小手车推出来的……有的把大油桶倒在地上滚出来的，有扛着铅皮的……进进出出，拥拥挤挤，闯闯跌跌，喊喊叫叫，分从左右下）

（贫苦的群众见别人都拿东西，心有点动，向四处探望）

赵：别人都拿了，咱们也去背点高粱吧。

群：别人拿了也没啥，咱们也去拿点吧。

众：说走就走吧。——我家米糠都吃完了。——咱们背二斤米回去。——咱家都揭不开锅了……

（有的默默无声地拿上麻袋，都进大门去了）

（张兴急上）

兴：老乡，你们还整啦?！快走，走了，要关大门了。回头都把你们抓起来。

（尤信天推着小车上，手里拿着轮带，望望四周再望望张兴的背影，想一下，再望望张兴，就把轮带扔在地上，推车走了）

兴：怎么还没见人来哩？（焦急地出门，发现地上的轮带，拾起，想了一下，急丢到地上，转身走，站定，又想了一下，回身拾起轮带，看看自己的枪皮带，摸摸腰上的皮带）这玩意顶好——我的皮带坏了，枪皮带也旧了，把这皮带切成两条换一下倒不坏，（想了想）这是军事需要，不算犯纪律。（把轮带挂在脖子上）对！这是军用品，跟城市政策没关系。（拿着皮带急走两步突然站住）哎呀，我忘了我的立功计划了——（拿起枪，看枪托念立功计划）一，进城秋毫不犯，二，不发洋财不拿东西，三，不要有个人小打算。这不明明写着的吗，保证进城什么也不拿，我要拿了这条皮带，不是破坏了我的计划了吗？不能拿。说什么也不能拿。（把皮带丢在地下返身就走）

兴：怎么还不见人来哩。（急从左跑下）

（一个二流子，拿上东西，一个人走出来，走了几步，回头望望两块木牌，上去拆下来扛在肩上）

二流子：这玩意顶好，拿回家去劈剥劈剥当柴火烧。（从右下）

（厂主郭民健，担心畏怯地从左上来探望，一看见大门里就长叹一声）

郭：（痛心低首）唉！完了，完了，什么都完了——昨天解放军还叫咱们开工碾米，说是电没有了就用小电滚子发电，城里军队、老百姓，拿着高粱没法吃，费老大事，才整成了高粱米——叫咱赶快开工，解决困难，谁知道一会儿工夫就给踢蹬了。——这下怎开工呀?!（唱第四曲）

解放军叫咱快开工，顷刻工厂一扫空，

有了电滚也没法制，军食民食怎拾弄。

电机皮带全整走，机器零件全搬空，

整个工厂都捣烂，留下空房顶啥用。

（白）唉！完了，完了，我的家业也完了。（听见大门里传出声音来，急忙走下）

（刘、张背高粱米上，刚出门，工人甲、乙领工作队A、B、C上）

A：谁在这儿放哨？怎么回事呀？哨兵，哨兵！

（刘、张看见工作队，有些害怕，进退两难——工作队B、C及工人甲、乙急进屋去看）

A：大爷，你背的高粱呀？

张：听说过半晌发粮，不知道是谁吆吼着说这儿发粮，我们就跑来背了这点。

A:大爷,大家的困难我们知道,一会儿我们就发粮。大爷,你背着说话挺累的,放下吧。

(张放下粮,众也放下麻袋,工人甲及工作队急上)

甲:完了!什么都整不成了——机器上的重要零件都拆走了,皮带也没有了,火磨完了,有电也开不了工了——这下走着瞧吧,大家都别吃高粱米,都吃高粱吧。(把手一抱,蹲一边去了,愤愤不说一句话)

刘:(急辩)咱们就是背了高粱,咱啥也没动。

众:咱们没动手……咱们是背了点粮。

A:老乡,工厂破坏了,对咱们没有好处——大家都要吃亏,火磨破坏了,就只有吃高粱,油坊破坏了,就没有油吃,纺织厂破坏了,就没有布穿……

张:同志,咱们可没打工厂。

刘:咱们谁也没动机器,搬机器的走了……

A:我知道,我是说工厂很重要,我们都起来保护,谁要打工厂,我们就要反对他。

甲:对了,我想起来了,刚才有一个家伙,嗓门挺大,直嚷"打工厂,搬东西"。我看那个家伙准不是好东西!

刘:对了,准是坏蛋!他直叫人搬东西,我们不搬,他还骂唧唧的,机器和皮带就是他领来一帮子人捣走的。

A:你们都认得他?

众:认得……

A:他往哪儿去了?

众:那个坏家伙往南走了。

A:大爷大娘,这粮是私人的,退还给他去,一会儿我们就给大家发粮，本来是下午一点，现在准备好了，改到上午九点钟马上就发。

众：啊！好哇……（都欢呼高叫，有人扛着粮食就要往大门走去）

A：为了防止坏人破坏，发完粮以后全城就要戒严，大爷，你们要认识那个坏蛋，就帮助我们把他搜出来——我们把城市的坏蛋抓尽，好让大爷大娘过太平日子！

众：对！（大家都高兴极了）

（后台人声）

兴的声音：快，送回去。

战士一的声音：老乡，送回去，快走！

战士二的声音：出了布告，不让抢东西……走！

（地痞流氓被放哨的挡回来一部分人，尤、申早走了）

战一：老乡，要守秩序呀，不要乱拿东西。

兴：你们真是滑头得很。

战二：乱抢东西不好。

兴：真厉害，整得我出了一身大汗。

战三：快走，在哪儿拿的还到哪儿去，走走。

兴：对，在哪儿拿的送到哪儿去。

A：老乡，你们乱抢东西不好呀。

（大伙儿低着头把东西都送进大门去）

A：都挡回来了？

战一：溜跑了一些。

（二流子走在后面，被战士四押着上来，低着头很不高兴，他把俩木牌子又扛回来了，他随便把木牌放在地上，张兴很不高兴地）

兴：喂！喂！老乡！老乡！这不行，在哪儿拿的放回哪儿去！

（二流子望望张兴，只得把木牌挂到两边门上，低头进工厂去了——)

(张兴望望牌子,笑了笑)

(幕急落)

第三幕

时间:第二幕当天晚上九点钟的时候

地点:旧县政府办公室

布景:室内较富丽,有沙发圆桌等,正中悬一大吊灯,四壁墙上装有壁灯,桌上有台灯,但因为电没有了,这许多大小电灯都成了装饰了。桌上点一节约一寸来长的烛头,室内显出很多庞大的倒影。

(工作队队长江一新从门外上)

江:(唱第十一曲)

无风不起浪,坏蛋出主张,
特务乘机破坏铁工厂,
地痞流氓被人利用,
才整出这乱子一场。

经过了一天研究调查,
一定要弄清事情真相,
追回来一部分东西,
抓到了一个敌人特务。

(白)这次攻城之前,我们各个攻城部队,都开了动员会,订了立功计划,保证在政策上打胜仗,进了城部队秩序很好。工作队分四个区工作，人少照顾不过来！又是在晚上，特务敌探，就乘机进行破坏，怂恿老百姓抢东西，发洋财——直到我们全城戒严，秩序才恢复过来。进行了检查，抓住了一个特务，现在叫他上来问一问。

江：（向后面讲）把人带进来，东西也扛进来，叫那个老头在外面休息。

（工作队员 B 上）

B：队长，抓到了！——连东西一起抓到了。

江：在哪里抓到的？

B：一个杂货店里——老百姓认得他，鼓动地痞流氓破坏东丰火磨、兴亚铁工厂的就是他。

江：东西也是一块抓到的？

B：嗯——他说他是店伙计——可老百姓都说从前没见过他——这家伙是刚刚到店不久。

江：店老板哩？

B：店老板是个老头，看样子倒是个老实人，一块带来了。

（两个战士抬进一个大麻袋、一圈轮带放在地上，另一战士同工作队员押着敌特尤信天上）

江：同志们，你们去休息吧！（战士下，对 B）你拿笔记一记，（B 坐下记录，对尤）坐下吧！（尤坐下）你姓什么？

尤：（立起）我姓张叫张三，沈阳人——是同兴杂货店伙计。

江：你到店里多少日子了？

尤：一个来月。

江：你家在沈阳，为什么到这里来呢？

尤：来找事呗。

江:这儿在打仗,怎么还跑来找事哩?

尤:我不知道,来这里才碰上的。

江:在这里你有亲戚没有?

尤:(吞吞吐吐)没有……没有亲戚。

江:有朋友吗?

尤:没——有!

江:没有亲戚没有朋友,到这里你知道准能找到事情吗?

尤:我父亲跟王老板认识。(临时想起说的,张口结舌的)

江:你父亲怎么认识这老板的?

尤:认识多年了——我来就找的他,老板就留我在店里当伙计。

江:他家就你一个伙计吗?

尤:打仗了,还有个伙计跑了。

江:打仗了,你为什么不跑呢?

尤:没地方去。

江:东丰火磨、兴亚铁工厂是你领头破坏的吗?

尤:大家都吆吆吼吼,说是翻身了,我也相跟上了——我可没领头。

江:谁领头的?

尤:我可不知道——谁都一样地吆吼着,我没看清楚谁领头。

江:你为什么要拆机器零件,拿走皮带哩?

尤:(起立鞠躬)报告同志,那是小子一时糊涂,想发洋财,捡洋落。

江:我们有人在那里站岗,你怎么进去的哩?

尤:(故意迟疑)这个……

江:放哨的没阻挡你吗?

尤:放哨的不让进。

江:那么你怎么进去的?

尤:嗯……(装作害怕的样子)

江:你说吧!

尤:我——不敢说。

江:你说吧。

尤:还是让放哨的自己说吧!

江:我现在问你,你说吧——你们怎样进去搬东西的?

尤:是站岗的同志叫咱们进去的……

江:你说下去吧!

尤:他还说……(故意不说下去)

江:(停了一会)还说什么?

尤:还说——还说——(装作为难的样子)军队用得着的东西要给留下。

江:他留下些什么?

尤:老百姓都给了他东西,他都拿上了。

江:你怎么知道的?

尤:老百姓都这样说嘛!

江:他拿了些什么?

尤:我不知道。不老少吧。——我只看见放哨的拿了条皮带。

江:皮带?! 他在什么地方拿的皮带?

尤:他从一个老头手里抢过去的,老头不给,他还打了老头两个嘴巴子。

江:真的?

尤:我亲眼看见的,不敢说谎,说谎愿受处分。怎罚怎领。

江:你敢对证吗?

尤:报告同志——我——我可不敢对证——军队上的同志我们小民

可不敢,他要不承认怎整?

江:(停了一下)这些东西都是你整的么?

尤:是!

江:你一个人怎么整得这么多哩?

尤:我推老板的小车去的。

江:你说该怎么办哩?

尤:报告,我犯了国法,趁火打劫发洋财,请求同志从宽处理。

江:你说该怎么处理?

尤:论国法我是犯了该杀头的罪——小民请求同志宽大。

江:怎么宽大哩?

尤:我退回原物——请求同志执行宽大政策。

B:(忍不住笑)你真会说话,像背书一样。

尤:小民不敢,小民不敢,小民只求宽大这一次,放我回去。

江:你回去再做坏事哩?

尤:我要求请保释放——要再做坏事就枪毙。

江:你找谁保你?

尤:我……(沉默)我请求我家老板保我。

江:他能保你吗?

尤:我是好人,他……

江:(到窗前叫)把老头带进来吧。——你才到他店里一个多月,他能保你么?

尤:我父亲跟老板认识。

(警卫员带王老头上)

江:老乡,他是你什么人?

王:是我家店伙计。

江：你为什么不来报告哩？

王：（惧怕）我……

江：你别怕——你这伙计到你店里有多少日子了？

王：不久。才……

尤：一个来月。

江：没问你，你别说话。——从前你认识他么？

王：我不认识……

尤：我说我父亲跟他认识。

江：你别说话……把他带下去。（警卫员上，带尤下去）老乡，我们是要把事情弄清楚——你别怕，有什么就说什么，照实说，别怕。

王：（大声大胆地）同志！他把东西搬到家，我就不答应的。我不是有意窝藏坏人呀！

江：好，你慢慢说吧！你认识他父亲吗？

王：哦！我……（想了一下，不敢不承认）认识。

江：他说，要你保他，你能不能保他？

王：（恐惧）我……

江：你能保就保，不能保就说不能保。

王：（下了决心）我，我保他。

江：你保他？他是好人？

王：嗯。

江：他才到你家一个来月，你敢保他？

王：敢保他。

江：（想了一想，到老跟前，拍他肩）老大爷，你有什么难事，跟我们讲吧。不要紧，解放军替你做主。

王：没什么——我保他。

江:真的?

王:嗯。

江:(想了一下)好,你先去休息吧。(老转身)老大爷,你有什么事情,不管是有什么事情,都可以对我们讲,不要怕。

王:嗯。(老头下)

B:这老乡有心事。

江:老头有什么短处在这特务手里。

B:很可能。

江:这样问是问不出来的。这样吧,你和刘杰、张兴,再到附近老百姓家调查一下,主要了解老头同这人是什么关系。我们把线索弄清楚,好把特务一网打尽。

B:好。

江:现在我们还是放他回去,你就叫老头写张保条存下,叫站哨的注意,不要让特务跑了。

B:好。(B匆匆下)

(江一新非常疲倦,坐在椅子上打呵欠,缓解一下疲劳——通讯员喊报告,江随即振作起来)

江:进来。

通:(上)队长,有个工人来检查电灯。

江:请他进来吧。

通:是。(通下,领电业工人上,通随即下)

江:(急向前握手)辛苦了!辛苦了!

工:同志,不辛苦,不辛苦。

江:怎么样,变电所修理好了?

工:快修理好了,今下晚就能来电,我们分四路检查电线。

江：修得真快，一天一晚就修复了。

工：同志们给咱们早讲过了——这是咱们自己的事，城市解放了就属于人民，我们工人首先要组织起来，保护城市，抢修城市。

江：对！

工：这个屋子是国民党从前的县政府，我们特别来检查一下，看有破坏的没有。

江：好。

（工拿手电筒检查屋内的线道、电灯、灯泡等，很熟练地看完）

工：这屋子的都没坏——先开开，一会儿就能来电了。（说完就很快地把屋内的吊灯、壁灯、台灯七八个开关打开）

江：你们日夜抢修，给城市带来光明，算立了头一功了。

工：同志们解放城市才算头一功哩。——我上楼去看看有没有坏的。

江：好！

（工人急下——工作队员 C 领郭民健上）

郭：（急急忙忙，满头大汗，上来就连连致谢）江队长，真是谢谢，真是谢谢！

江：啊，郭经理请坐。（C 下）

郭：（压制不住心里的高兴，一眼就看见麻袋等物，冲过去）啊！都清回来了！（急开麻袋，又两手抓住一圈皮带，呆在那儿，慢慢回过神来，歇斯底里地）开工，开工！

江：郭经理，你坐下歇歇。

郭：（实在太高兴了）这……这……叫我说什么好哩！（坐下，热泪忍不住夺眶而出，擦眼泪）

江：郭经理别难过。

郭：江队长，我可不难过，我很高兴——（想了想点点头）我什么都明白了——(抓住江的双手)你们是要我活,要我干下去。——国民党在这里的时候,加在我头上的迫害,那就不用说了,他们滚蛋了还不叫我活,还想叫我破产呀!江队长说真的,我长了这大年纪,还没这样冲动过。

江:郭经理,还有件事情要给你讲清楚。

郭:哦!

江:过去工人的生活太苦了,终年累月地工作,吃不饱,穿不暖,父母妻儿时常为饥寒所迫,生活无保障——这不好,我们今后要适当地改善工人的生活,使工人的起码生活要有保障,工人生活有了保障,生产量自然提高,这对劳资双方都好。

郭:好,我一定坚决执行共产党民主政府的政策法令。

江:这很好。

郭:江队长,我真恨不得马上开工,为你们服务。

江:我们也是为人民服务的。

郭:对!我这后半辈子定要为老百姓多做点事情——要有电的话,我今下晚就可以开工。

江:快了,电快来了。

郭:真的?

江:全城的电业工友,日夜抢修,今晚就可能送电。

郭:那太好了!太好了!只要电一来,我就开工。

(正说话间,室内电灯齐明,全室辉煌,照耀如同白昼,配以极兴奋人的音乐)

江:(高兴鼓掌)好!

郭:(高兴鼓掌)好!

A:(从外屋跑上高呼)好!

（B、C 也跑上鼓掌）

（正在高兴，电灯突然灭了）

众：啊！（两秒钟后，灯突然又亮了）

A：伟大的工人阶级给城市带来了光明！

B：城市复活了。

C：好！

众：城市复活了！

郭：我的工厂马上开工，马上开工！

（众欢呼鼓掌，在一片热潮中，幕急落）

第四幕

时间：与第三幕同时

地点：与第一幕同

幕启：王家媳妇坐在柜前，灯也没点，愁眉苦脸地垂着头，等她父亲回来。

（片刻，王老汉同尤信天从右面街上回来，到门前敲门）

媳：（在门里问）爹？

王：快开门。

媳：（急开门，王、尤进屋）爹回来了。

王：把灯点着。

（媳点上灯，王坐柜前，谁也不讲话，死一样寂静，尤忍不住）

尤：（抱怨）我说没事呗，你们总不信，怕的那个劲，看，这不是回来了？真是！（没人答理，又接说下去）我早就说了，发洋财捡洋落犯不了死罪，顶多也是追回东西，取保释放。

媳：谁保你来？

尤：就是他呗——刚才你是怎么了？吞吞吐吐的，差点坏了事。

王：我怕什么！

尤：你别嘴硬——现在你是跟特务勾搭连环，一块儿干破坏勾当，你给我写了保条——我是干什么的？你想想吧，查出来不够你呛的？

（电灯突然亮了，街灯也亮了，街的远处有欢呼声）

媳：（高兴地）哎，电来了！

尤：他妈的，这么晃眼！（怕被外面发现，就干脆把灯闭了。又对王）你想想看，查出来，你扛得住哇？

王：我怕什么，枪毙就到头了。

尤：枪毙？想得容易，剥你的皮，挖你的眼睛，把你活埋，你要走漏一点风声，够你几辈子瞧的了。

王：你别耍威风，我豁上这条老命不要，到他们那儿报告，你也一样完蛋。

尤：（想不到这老家伙这样想，只得把态度变温和些）那你是何苦哩，好死不如赖活嘛！再说你这一大家子，还有你儿子——就说我吧，我还不是没办法，事情都到了这一步了，还不是只得咬着牙干，走到哪儿算哪儿呗。（急忙地跑到货架子上拿些吃的装到兜里，又匆匆地向外走）我出去一下，有点事。

媳：尤先生，你可不能走。

尤：我就到街上看看。

媳：解放军要人，我们怎交代呀。

尤：你放心，我不会跑。

媳：（挡住尤）那你就在家待着吧。

尤:我一会儿就回来。(急急忙忙的,但仍装着若无其事似的)

媳:你不能走。

尤:我偏走,你怎么样?

王:(突然大声地)让他走吧!

尤:对呀!大爷,你想想看,我留在这儿有什么用哩,把我查出来,你们怎整?是不是,大爷?

媳:你不能走,说什么也不能走。

尤:我偏要走,怎么样!

媳:不行。

王:大媳妇,叫他走吧!(莫可奈何的口气)

媳:爹!你……

尤:你看你,多不明白,我就是跑了,你们也犯不了死罪呀——要是把老底子翻出来,那不糟了。单你家的大烟就够你受的。

王:(愤愤地)别叨叨了!别叨叨了!你走吧,把你的东西全拿走。

尤:看!还是大爷是明白人。(急进里屋)

媳:爹!你怎么叫他走?

王:这是个祸害,还敢让他老蹲在咱家呀?!

媳:交不出人怎整?你是保人哪。

王:(小声急促)要是再把他提溜去,人赃都有,谁扛得住哇?现在是打仗的时候,咱们一家的命就送了。他跑了,我蹲笆篱子就到头了呗。

媳:爹!

尤:(手里提一小皮箱上,放在货柜上,开箱拿出一件长衫、一支手枪)大爷,我这箱子存在你这里。

王:(坚决急促地说)不!你把它带走!

尤:你看现在我怎么带得走哇？存在你这里。

王:不,我家里不能搁,你带走。

尤:大爷！你这不是白天说梦话？——我这箱子里是炸药,怎么带法哩？

王:(好像晴天霹雳)不！你自己拿走！

尤:你搁上一个好地方,没关系,一个人搁的,十个人也难找。

王:要不带走,那你也别走！

尤:(突然强硬)老王头,你怎这么死心眼啦！怕什么呀！

王:打死我我也不干！

尤:好！(咬牙,威胁)你不干,非干不行！(打开箱子拿出纸卷)这是我的文件,给我保存好,要整没了,我要你的命！(放回箱里,关上,再指着箱)这箱子里都是些个炸药,可不敢动,这是美国货,邪乎得很！千万不能动,一动就把你炸飞了！听见没有？往后会有人来找你,叫你干什么就干什么,听见没有？

王:(全身发抖,扑通一声跪到地上)尤先生你积积德呀！我干不了！(爬过去抓着尤)

尤:你嚷什么！

王:我就是这条老命,你掏出枪打死我吧,我不能干呀！

尤:干也得干！不干也得干！(转身向门走去)

王:你把箱子带走！

媳:(一直呆在那儿,这时才跑过去拦着尤)你不能走！

尤:放手。

媳:不能走！(拖过长衫)

王:把箱子带走！

尤:闪开！(用手推开媳妇,掀倒王老头跑下)

媳：你不能走哇！

王：尤信天，尤信天！（嘶声地叫）

媳：（到门前望）爹！他跑了！（扶起她爹）爹！爹！

王：（失神地）嗯。

媳：这箱子怎办呀？

王：……

媳：爹，这箱子怎办呀？

王：……

媳：爹！你怎么不说话呀？爹！（摇他）你老望着前面干什么？爹！爹！你病了？

王：没病！

媳：这箱子往哪放呀？

王：随你吧。

媳：把它藏起来吧！

王：嗯！

媳：（急忙把门关上）藏到哪儿哩？（急把箱子放到货柜后面）爹！这儿不行啦！找个地方埋起来吧？

王：再说吧！（失神地）你睡去！

媳：爹！

王：你别管我！

媳：爹！

王：去吧！

（媳莫可奈何地进里屋去）

王：（长叹一声，唱第十一曲）

解放军进城变了天，

家家户户都喜欢，

我的难过谁知道，

特务把我来牵连。

白纸包不住红炭火，

早晚别人会知道，

我的罪过真不小，

解放军查出命难逃。

（长叹一声，呆呆地站在屋中，望着前面，低下头来摇摇头，又长叹一声，跺脚。片刻，下决心，急到货柜里拿出一条绳子，双手发抖，望着前面的门框，向前走。媳急出，见状大惊）

媳：（嘶声）爹！这不行哪！

王：啊！你——

媳：（跑过去拉着绳子）爹，（哭出声来）爹！你舍得丢下这家不管了？爹！爹！不能！不能！爹！我给你跪下了！（跪下号哭）

（王一下晕倒在地上，媳急扶她爹）

媳：啊！爹！爹！（唱第十二曲）

爹呀爹呀千万别这样，

你死了媳妇无下场。

（白）好死不如赖活着，爹呀！

（接唱）丢下一家无人管，

爹呀，你老要往宽处想。

媳：爹！（哭）爹！

王：（醒来）小声！小声！（媳抽咽）

（工作队员B同战士一及张兴上，B用手告诉张兴到屋后去，叫

战士一到左侧。张即到台中屋后，战士一即到左侧幕后。B 摸出手枪，拉子弹进膛然后插进袋子，上前敲王家门）

B：老乡，开门。

媳：（恐惧）谁？

王：别怕，去开门。

媳：爹！

王：去吧。（王慢慢起身，媳开门——B 进）

B：老大爷，麻烦你了！

王：不麻烦。

B：（警惕地望屋里，手伸在袋子里）大爷，你家店伙计哩？

王：他出去了。

B：大嫂，你看我又来了，（很热情地拉着媳的手）你还没睡？

媳：没有哩，请坐吧。

B：（坐下）大爷，坐吧。（王坐下）大嫂，你怎么啦？不舒服吗？

媳：不，没什么，请坐吧。

B：大嫂，你坐。（拉媳坐下，对王）大爷，你家伙计哩？

王：他？出去了！

B：大爷，你儿子在国民党的军队里，没捎信给你们？

媳：他……

王：不，没有，我儿子没……

（媳同王都急站起来）

B：大爷，你别怕，我都知道了——听人家说，你儿子当了个排长。

王：他……

B：你别怕，他当了排长也不要紧。

媳：他的事，我们管不着。

B:老大爷,城里的军队都投降了,你儿子说不定也过来了,只要他放下武器,还要受到优待哩。

媳:真的?

B:怎么不真哩。你们是蒋军的家属,也不用愁。就是你从前做了坏事,现在不做了,讲出来也没关系。

王:我是好老百姓。

B:大爷,你家店伙计从前是干什么的?

王:他,他没干什么。

B:真的? 大爷,他真是好人吗? 别怕,你说吧。

王:我不知道。

B:大爷,你们的街坊都告诉我们了,你这伙计不是好人。

王:那——我不知道!

B:你就把他干的事说出来,没你的关系——就是他逼着你干了什么坏事,你都说出来,解放军给你做主,不会把你怎么的——就是你那伙计,只要把事情说出来,往后不再做坏事了,也不会怎么他的——这全是卖国贼蒋介石干的。

媳:是他要住在我们店里的。

王:(阻止)大媳妇!

B:(跑过去拉着媳的手)大嫂,他到你们店里怎么样?

媳:……

B:你说吧,大嫂,不要紧。

媳:(望望王,又低下头)

B:(想了想)大嫂,(拉住媳的手)走,咱们到里屋谈谈去,好不好?(媳不动)走吧。

媳:我——不知道——我爹知道。

B:走吧,咱们不谈这个,咱们谈谈别的。(拉媳走)

媳:(回身)爹!

B:老大爷,你先歇歇,我跟大嫂唠唠!(拉媳进里屋)

王:(急得跺脚)这怎整呀,什么都摆出来了!天呀!

(急促地唱第十一曲)

尤信天害人真不浅,
眼看事情要扎穿,
逍遥法外你逃走,
叫我怎么能承担!

解放军仔细来盘问,
事情查出罪不轻,
王云福叫天天不应,
谁能救我出火坑。

(尤信天慌慌张张推门急上)

尤:大爷!

王:啊!你不是走了吗?

尤:不行,走不了。(捡起刚才丢下的长衫,往身上穿)

王:啊?!

尤:大爷,快送我出城去!

王:什么?

尤:费神,你把我送出城去——我一人走不了。

王:你让我送你出城?

尤:嗯,你说到城外有事,你是老百姓不要紧,快快!从你家后门走。

(拖着往屋里走)

王:你走你的,我管不着。

尤:你不送我,我怎么走哇?

王:我这条老命都保不住了。

尤:别说了,大爷,送我一趟。

王:送你? 没工夫!

尤:(怒)不送不行! 走! (拖王,王挣扎,被尤推倒在地上)送不送?!

王:(愤激到极点)我送你到鬼门关!

尤:你不走,我一枪打死你! (掏出枪)走!

王:你打,反正是个死!

尤:走! (工作队员B同媳急上)

B:干什么!

尤:谁? 啊! (大吃一惊,随即以枪对着B,B来不及摸枪)不准动——上这边来——把门闪开!

(张兴急上进屋,举枪对尤背)

兴:不准动,动我就一刺刀扎死你!

(尤见刺刀,只得举手。媳妇急扶起王)

B:(摸出手枪对尤)把枪放下! (张兴从身后夺过去尤的枪)搜!

(张兴搜尤信天)

(远处人声枪声——申金阳被人追着从右面街头急跑上,进门一看,吓一大跳,回身就跑)

申:哎呀呀! 我的妈呀! (急向台左跑,刚到左侧,幕后战士一持枪叫)

战一:不许动! (刺刀对准申的胸膛)举起手来!

(申举手退回台中,尤信天也被押出门外台中)

(群众从各方上,小孩直叫)

孩：都来看喽，抓住了！

（江队长及战士、工作队员上。群众越来越多，一看见尤同申，都七嘴八舌地骂）

江：老乡们，现在特务被抓住了，我们把他交给政府处理，只要他好好儿坦白，交出他们的组织来，以后不再干坏事，就宽大他。——王掌柜的没有罪，他是被逼的。——老乡们！请大家相信民主政府！相信解放军！相信共产党的政策！（指布告）解放军打到哪里，立刻就起来同解放军合作，工人、学生、店员、妇女、儿童都组织起来，抓特务，查坏人，保护城市，保护工商业，保护我们自己。

（众欢呼鼓掌，热烈兴奋中，押着特务走）

（全体唱主题歌）

（幕急落）

一九四八年九月于哈尔滨

后　记

这个戏在哈尔滨市演出时，搜集了各方观众的意见，现在介绍如下，供排演同志们参考：

一，正面人物，尤其是群众要特别加强，表现得要有力量。

二，地痞流氓不能要“宝”，出洋相，逗乐子。

三，江队长及工作队员等，要表现和蔼可亲，接近群众，不要光听见讲话，使人有脱离群众的官僚作风的感觉。

四，张兴不要使人感觉蛮横、不讲道理，而是爽直、热情、坦率可爱的一个人。

五，特务不要满台飞，表演过火。

六，布景道具不必太复杂，应求简单明确。

东北书店 1948 年 11 月初版

上　当

时间：砍挖运动进行的时候

地点：东北解放军区农村

人物：指导员——二十五六岁

赵田——战士，伤员

刘文奇——小组长，伤员

李贵祥——副组长，伤员

吴英杰——战士，伤员

郭保山——战士，伤员

伤员五人——伤员没有因腿部带花、跛着走路的，年龄都在二十岁上下

郭祥封——农会主任，二十八岁

于星——自卫队长，二十二三岁

小魏——自卫队员，二十三岁

自卫队员甲——十九岁

自卫队员乙——二十岁上下

姜老汉——五十六岁

刘大娘——四十五岁

燕儿——十二三岁

金祖德——恶霸地主，四十五岁，人称金老二

金祖荫——恶霸地主，五十岁，金老二之兄

金大小老婆

金大女儿

汤三——金家狗腿

其他男女老乡多人

幕前曲：(彻底大翻身歌)

前方打蒋匪，大举反攻灭蒋军！

后方砍大树，挖尽财宝除坏根。

平分土地，天下归穷人，前方后方一条心，

打垮封建，彻底大翻身哪呵彻底大翻身！

穷人闹革命，讨还血债报仇恨！

地主害人精，花招诡计骗不了人。

眼睛放亮，立场站稳，有了地主没穷人，

消灭封建，永远大翻身哪呵永远大翻身！

(唱完幕前曲，开幕——休养所方向在台右，农会同金家在台左)

第一场　造谣　挑拨

(地主金老二装穷，穿得很烂，鬼祟地四处探望着从台左上)

金：（唱第一曲）

八面威风，这一带归我管啦！

三百垧地，哪愁吃和穿，

砖房瓦屋，大院套小院，

骡马成群，粪蛋也能堆成山。

平地雷响，穷棒子闹翻天啦！

共产党，撑腰把身翻，分房把马牵，

从此咱金家，威风扫地！

（白）此仇不报，（接唱）算我金祖德没手段。

（白）想当年，我金家是多威风，田地占了大半个庄，别说是好地，就是水甸子、沙岗子，都是我的。榜青的，扛活的，吃劳金的，连小带大三十多口子，给咱干活，真威风啦！我叫一个穷小子吃粪，他就不敢喝尿，我要一个穷棒子死，他就不敢活着。我的办法连日本子都赞成，"中央军"来的时候，又叫我当了屯长，哼！（咬牙切齿）谁知道来了共产党，把"中央军"打跑了，给穷小子撑腰，实在可恨！

（停）又说我大哥和我，都是恶霸地主，斗争了两回，地给劈了，房给分了，整得邪乎。嗨，表面上看去，像是把我整倒了，（向旁偷视一下）我的金银财宝还多着哩，大米小麦有的是，可谁也摸不着，别说你挖，就是看你也看不见一眼。你斗我不说，你挖找不着——昨儿晚上，农会又把我大哥抓去斗了一宿，我大哥好样儿，挺住了，一个字也没吐，可老这样下去也不是事儿，我大哥要"呛"不住，给捅出来就糟了，得想个法儿治一治。我寻思了大半晌，咱们屯里有个关帝庙，关帝庙里住着休养所，他们刚来咱屯不久，啥事都不摸底，昨天我瞅见几个伤兵，在斗争会上直咧着个嘴，皱着个眉头，摇头晃脑，看样儿八成是不满意，他们的指导员跟所长都不在家，进县里去了，趁这机会，我去找伤兵，造几句谣言，给农会小子上点药，叫他们两只老虎打仗，对，就是这个主意！

（唱一曲）

进行挑拨，我大造谣言啦，

就说农会，都是大坏蛋，

屯里啥事，伤兵都不摸底。

定把农会，那些小子的头砸烂。

伤兵前面，我下一服滥药哇！

军队和农会，一定起隔膜，

两只猛虎打大仗，

金祖德我，站在一旁笑呵呵！

（白）对！他们斗起来，咱们就坐山观虎斗，等“中央军”打过来就好了，我拿上几个鸡蛋找伤兵去。

（停一下）本屯的穷小子汤老三，给我抓到手了，我给了他点好处，他替我办事，放谣言，下毒药，农会小子们鼓捣些什么，汤三就给我通通消息——找伤兵这事还得找他一道干。怎么还没来？（背向观众，站到台底）

（汤三穿得很烂，偷摸着从台左上）

汤：（唱二曲）

本屯开大会，斗争大地主，

老金家根子硬，有点不好整。

金家通胡子，势力可真大，

国民党打过来，地主又坐天下。

地主坐天下,定把穷人杀,

汤三我害怕,只好跟着他。

穷人靠八路,我想跟着走,

大地主老金家抓我不放手。

叫我造谣言,还要我下毒药,

他说事成了,我的好处多。

和我称兄弟,侄女嫁给我,

跟我两不分,一同享幸福。

(白)唉!只好混一天算一天呗。

(金转身走向汤)

金:汤老弟。

汤:金二爷。

金:别叫我金二爷,咱哥儿俩弟兄相称——(向四周偷视)给人听见也不好。

汤:是,金二……

金:(摸出毒药给汤)给。

汤:什么?

金:毒药。(一面说一面向旁探望)

汤:你前次给我的,还在我兜里哩。

金:你老放在兜里怎么行哩!

汤:我没得到机会。

金:你常到农民会去,怎么没机会?

汤:我——怕整不好。

金:你胆放大,给你这包,药死几个穷棒子也好。

汤:这包还说不上什么时候放哩。

金:要快,三天内就得放。

汤:我从没干过这玩意——拿在手里直哆嗦。

金:你怕什么?!

汤:(摸出毒药)这包还是给你带上吧——

金:干什么?

汤:我放时来取。

金:不赶趟。

汤:赶趟,赶趟。

金:(看他一眼)你是不是不想干了?

汤:我……

金:哼!你忘了,地照还埋在地下的哩。

汤:我……

金:你真不想干了?"中央军"打过来,也有你好受的。

汤:……

金:(望望两旁)共产党待不长,只有一两月的工夫,你知道吗?

汤:知道,就是这玩意拿在手上就哆嗦。

金:老弟别怕,无毒不丈夫,走吧。

汤:你别老这样——我……

金:老弟,没钱花了吧?没钱了又不吱声——你真是……(摸出钱票)给,八万。

汤:我,不是要钱。

金:拿上吧,别客气了,什么时候没钱了,你就吱声,咱们是一家了,还……给。(强塞到汤手里)

汤:这……

金:老弟,"中央军"过来了,我也忘不了你,咱跟蒋委员长是一家——走,到休养所门前溜达溜达,找伤兵去。

汤:干啥?

金:走吧,我告诉你。(耳语)

(汤、金偷偷摸摸地从台左下)

(赵田头部带花,手拿拐子慢慢地从台右上来)

赵:(唱三曲)

我赵田在后方医院休养,
碰上了一件事烦闷不堪。
斗地主斗恶霸我不反对,
为什么老金家还要斗争。
分土地分房屋打垮封建,
老金家分了地就该算完。
老百姓要翻身我很赞成,
难道说老金家不是人民。
硬逼着地主家离开革命,
硬逼着老财们反对我们。
金老大金老二也是个人,
为什么对待他这样无情。
对敌人坚决地冲锋陷阵,
对人民就应该一律平等。

(白)金老大、金老二被斗过两次了,地也分了,金家也穷了,怎么昨天又把金老大抓去斗争?!我看这样干法真有些过火,又没人管,就让这些老百姓在那儿瞎胡闹,嗨!真看不惯,偏偏我们指导员又不在家,要指导员在就好了。

(金老二腰间挂着包鸡蛋的手巾,鬼鬼道道地从台左上来,走向

赵，作着散步的样子）

金：（向赵九十度鞠躬）同志，您的伤口好多了吧？

赵：（讨厌对方）……

金：同志们来在我们屯里住，实在没有好好儿地照顾——慰劳品也太少——同志们在前方为咱们老百姓流血，到后方来还得不到好的休养，还受这罪，我们老百姓真难受。

赵：（觉得这家伙的话有点道理，讨厌对方的态度变了点，看了金一眼）你不是被斗争的地主吗？

金：是是，我就是金老二，金二，金二。——同志贵姓？

赵：（不理）昨晚农民会，把金老大抓去斗争，为什么没抓你金老二啦？

金：这个……（故意夸大地吃一惊）

赵：怎么？

金：（故作回避地）他们——农会……

赵：（追问）农会，农会怎样？

金：（故作狼狈）农会没怎么样。

赵：（怀疑）农会，向着你吗？

金：（故意大惊）没——没——抓我是……我们家里的事，只我大哥知道……

赵：金老二不要怕，你说老实话，农会怎么样？

金：农会很好，为穷人翻身——我们家现在也是穷人了，不是地主了。

赵：（上前）金老二，你捣什么鬼？说实话。

金：同志，（卑鄙地连连鞠躬）是，是。

赵：你不说实话，我揍死你。

金：不敢，哪能哩！哪能哩！

赵:你说。

金:(故意结结巴巴地说)是是——农民会很好,领导穷人翻身——还拥护军队,慰劳军队,前儿不是慰劳了(偷看一下赵)二百五十斤粉条吗?

赵:什么?二百五十斤粉条?农会送来的是二百斤粉条。

金:(故意慌乱地)哦……是……二百斤,是我记差了。

赵:(逼)金老二,说实话,猪肉是多少?

金:猪肉我——我不知道。

赵:(逼)你说不说?!

金:(就希望对方逼着问下去,作着发慌样)我说,我说,猪肉约莫是二百斤(故意看赵一眼,见着对方望着他就又改口)不……不……是一百八——十——斤吧——

赵:说实话,到底是多少?还有鸡蛋是多少?

金:同志,(鞠躬)我不知道,你饶了我吧。

赵:(举木拐高声地)你不说我就揍死你。

金:(急向赵双膝跪地,假意悲哀)啊!同志,我说,我说,我给你说了,你可别对人讲——猪肉是二百斤,粉条二百五十斤,鸡蛋四百个。

赵:金老二,起来,你要说假话怎办?

金:我说假话天打五雷轰!

(赵转身就走)

金:(急拉住)同志你哪儿去?

赵:别管我。

金:(急)同志,你是不是要到农会去呀?

赵:(怒)我要去找农会算账,他们送来的慰劳品,粉条是二百斤,你说是二百五十斤,这不是吞了五十斤吗!猪肉送来是一百二十斤,这不是吞了八十斤吗!鸡蛋四百个,只送来三百个——这不是喝咱们伤兵的血吗!(欲下)

金:(死命地拖着)同志,你千万别去,去也没用。

赵:怎么?

金:你问他,他要你拿出证据来,你怎么办?

赵:你就是铁的证据!

金:(跪下急叩头)那我一家的小命,就没有了——农民会的这些小子,现在是枪在肩,权在手,还不把我一家害死呀,再说,(起来)你没有拿着他们的证据,他要一口死咬定,你有什么办法?

(赵停下来想)

金:(鬼祟地偷看一眼,自言自语地)他们的坏事情还多哩。

赵:金老二,农会还有什么坏事?你都讲出来。

金:没有了。

赵:金老二,农会把你整成这样,你还向着他干什么?

金:赵同志,你以为我会向着农民会呀?不是,实在是斗不了人家了,现在农民会有工作队给撑腰,上面还有政府,我们还敢说什么,还不是人家的天下。

赵:金老二,不要怕,(拍胸)有我老赵给你撑腰。

金:同志,只要军队给我们说句公道话,那就感恩不尽了。

赵:你说农会还干些什么坏事?

金:同志你听我说。(唱四曲)

叫同志,你请听,

农民会,不是人,

随便打,随便骂,

老百姓简直活不成。

这些事,还不算,

嫖野鸡,搞女人,

大姑娘,小媳妇,

农会搞的就数不清。

对伤兵,不慰问,

慰劳品,私自吞,

喝兵血,刮兵油,

罪恶的事情人人恨。

(白)农会主任郭祥封,是个扛大活的穷鬼,从前给我家扛活,被我哥哥打过一耳光,现在他公报私仇斗争我大哥——(偷看赵)农会不敢再斗争我,就是怕我在大会上都把他们这些坏事,给捅出来了。

赵:(唱三曲)

听完我怒气生,流血白牺牲,

在后方胡乱整,这事真可恨。(转身欲走)

金:(急阻止)同志,你别急着去农会,你一个人去,他要一口咬定什么也不承认,你把他怎的?我看你还不如先回家去,多找上几个同志,去跟他算账,你人多还怕他?要打就打,要骂就骂,你看那不好极啦。

(赵转身往家走,金老二急叫住)同志,我求您这事千万别拖上我,你们是军队,有枪杆子,不怕农会那些坏蛋,我是老百姓,手无寸铁,可惹不起农会那些老爷们。

赵:金老二不要怕,以后有我。(欲走)

金:(到赵前拿出准备了很久的鸡蛋)同志,我这有十个煮熟的鸡蛋,请你收下。

赵:我不吃地主的鸡蛋。

金:同志,地主也是人呀,地主也是老百姓呀。我现在也穷了,也进步了,你们为我们流血都可以,吃老百姓几个鸡子有什么关系哩,(把鸡蛋塞给赵)同志你收下。

赵:(拿在手里)好,我拿回去交给管理员去。

金:同志,您千万别交给别人,分明没有什么事情,你嚷出来,别人知道了,还说你受地主的收买哩。几个鸡蛋你吃了就算了,说出来不是自找麻烦吗——唉(长叹),我现在是穷了,要是从前,休养所这五十多位同志,我每个人慰劳十个鸡蛋都行呀!嘿嘿!

赵:我不收。(送还给金)

金:收下有啥关系哩!

赵:(理直气壮地)我们解放军不侵犯群众利益,不私自接受人家的慰劳品,不随便拿老百姓一针一线。

金:同志,这太拘礼了,收几个鸡蛋何必这么认真哩!哎!

赵:鸡蛋?(冷笑)哼!在战场上我抓着俘虏,他送我的金戒指、金壳表我还不要哩,鸡蛋?

金:同志你收下吧。

赵:(突然警惕)金老二,你一定要送给我鸡蛋是什么意思?

金:(也有点慌)这——有什么意思?——这就是慰劳你呗——还能有什么意思。

赵:我看你就不老实。

金:同志,哪能哩——啊——我走了——我走了。(下)

赵:(望着金老二的背影)农会私吞慰劳品?这家伙是个被斗争的地主,他还不讲农民会的坏话?!我问问穷苦的老百姓再说。(汤三从台右上)老乡!

汤:同志,有什么事?

赵:上次农民会,慰劳我们休养所的慰劳品,是多少?

汤:同志,那是农民会的事,咱们管不着。

赵:你们不知道?

汤:你问这个干什么?

赵:不干什么。

汤:同志,我也记不太清楚了。

赵:猪肉是不是一百二十斤?

汤:(故意夸大地)同志,你记差了——不是一百二十斤,是二百斤。

赵:粉条是多少?

汤:粉条是二百五十斤,鸡蛋四百个。

赵:你这话是真的?你没说假吧?

汤:(装着突然明白过来)哎!同志,这事跟我不相干,我不知道,猪肉、鸡蛋、粉条,我都不知道是多少,你去问农会吧,跟我不相干。

赵:老乡,你不要怕,这事跟你不相干。

汤:农会送你们多少,就是多少。你问这干什么?

赵:你听我说,农会送的跟你说的数目不对。

汤:那是我记差了……

赵:老乡,你别怕,说出来没关系。

汤:同志,这事没我相干,农会要找到我,我可没说,这跟我不相干——同志,你千万别说我讲了什么,我什么也不知道。(一面说一面走下)

赵:农会真的私吞慰劳品,公报私仇斗争金家,我一定要把这斗争会给停了。(生气地从台右下)

（闭中幕，戏在中幕前进行，中幕后布置第三场景）

第二场　干涉斗争会

（幕后台左正开斗争金家的大会，群众的吼声、口号声，混成一片。音乐奏主题曲，片刻，刘文奇拖着赵田，李贵祥劝阻着郭保山、吴英杰从左上）

刘：走，走，回去，回去——老赵咱们回去吧，现在我们还不了解情况，很难断定人家就斗争过火了。

赵：我了解情况，请你别管，出了事不由你这小组长负责。

刘：我们有意见，应该通过组织才合理，我们找农会负责人提意见才合手续，（向郭、吴）对不对？要是当场干涉，或者当场打人、捆人，那就更不对了，那会犯严重错误，是不是？（吴、郭点头）

赵：找农会的人谈？他们自己搞的事，能谈出什么名堂来？

刘：找农会不行，还有上级。

赵：等上级来，农会的错误就更大了。——（对郭、吴）走，咱们去把斗争会给他停了，把老百姓赶回去，走！（三人不动）怎么？站着不动哩，不去了？怕了？

李：老赵，小组长的话对，我们先回去。

赵：（怒）你们真是胆小鬼，说好了的，怎么不去了？

吴：依照手续办好些。

赵：真是胆小鬼，（把捆人的绳子丢下）好，你们不去算了，回去睡觉吧，我一个人去。（气冲冲地向会场跑下）

刘：老李，你们先回去一步，我去拖他回来——这件事我们要冷静，农会是群众选出来的，我们应该听听老百姓的意见，对不对？光听些谣言就闹起来，给群众影响不好，我就去找他回来。（李、

郭、吴点头）

吴：对，那我们先回去。

李：把老赵劝回来，我们到家里先研究研究。

刘：对。（李、郭、吴下）指导员不在，就很难说服得了老赵。（转身欲走向会场）

赵：（高叫的声音）不许闹！（大叫）会不准开了——都走，走，走！

刘：（听见赵叫）糟糕！（急跑下）

赵：再开会我把你们抓起来——把人放了，放了！

（众嘈杂声，会场给整散了。片刻自卫队员甲、乙及于队长押金老大上。金被捆着）

于：人可不能放，这是大家伙的斗争对象，放了谁负责任？押回农会去再说。（拥下）

（郭随上，后跟一群开会的男女老乡）

姜：郭主任，赵同志怎么替地主说话？

刘大娘：主任，人民解放军是咱老百姓的队伍，为什么跟地主一气？

郭：这是地主的花招，装穷，耍死狗，迷惑了赵同志，这不能怪他，地主该杀，人民解放军永远是咱们老百姓的队伍，大家伙不要乱嚷嚷，咱们农民会高低是能处理这事情的，各人先回各人家去，我们农民会马上开会讨论。

（众人有的从左有的从右下，于星上）

于：郭主任，会开不成了。

郭：怎么？

于：你叫我召集小组长来开会——有两个小组长就向我请假。

郭：谁？

于：老田、老张呗——老田说，家有事，老张说，怕开会挨揍。

郭:那我们农会开会吧。

于:农会的委员都不敢来,还开什么会!

郭:谁?

于:谁?老李呗,我叫他别走,他说缓两天再说吧,不要去找着挨揍。——老郭,会给整垮了,这怎整哩?

郭:别着急,我们先给大伙儿解释解释。

于:先派人给工作队送信去吧,咱们整不了他们。

郭:派人送信也行——咱们还可以找休养所同志解释解释,走吧。

(于、郭同下,赵、刘从左上)

刘:你一咋呼,把人家的会也整散了,这是你不对,你要好好儿想一想。

赵:是这伙人瞎胡闹,我没错。

刘:砍大树,挖财宝,怎是胡闹哩?

赵:(唱五曲)

斗两次,分土地就该罢了,

为什么还要斗,何时停休?

刘:(唱)没彻底,就应该斗了还斗,

一直要真翻身,那才罢休。

赵:老金家第一个自动献地。

刘:他献地是耍花招,假装进步。

(唱)留好地,献坏地,他打埋伏,

查出来八十垧黑地,他还保留。

现在要砍大树,挖尽财宝,

保证那老百姓夏种春耕。

赵:有土地,为什么不能春耕?

刘:(唱)只因为还没有挖断穷根,

一缺粮二缺马,种子不够。

三无衣四无钱,农具全无。

地主们好日月照样地过,

袖着手在一旁笑笑哈哈。

老百姓要活命就还要斗,

砍大树挖财宝毫不保留。

赵:金老大他说是没埋财宝。

刘:说瞎话,老百姓坚决还斗。

赵:(唱)像这样闹斗争有点过火,

老百姓胡乱整太不留情。

你看那金老大可怜模样,

哭啼啼喊皇天跌脚捶胸。

(白)金老大哭哭啼啼地说,他地里没有埋什么东西,一无枪支银子,二无粮食衣服,你看他耷拉着脑袋哭得多伤心,难道还有假?人不伤心不落泪。

刘:地主的眼泪不要轻易相信。

赵:他起誓,发愿,要寻死,不吃饭,都是假的?都不能信?

刘:我都不信,这是地主的花招。都是为了保存财宝,装蒜要死狗,将来好再欺负穷人。

赵:这是我们共产党领导的地区,有咱政府,还能叫地主欺负穷人?

刘:(说不服对方,有些不耐烦了)有了政府,农民就不用搭锅做饭了。

赵:财宝都拉到穷人家去,那才不用搭锅做饭了。

刘:农民斗争地主,是为了要活,是为了要翻身,不是自己要当地主。

赵:(无言对答,停了一下)反正是搞得太过火。

刘:(说服不了他)就算过火,我们是军队,也管不着人家,要通过政府呀。

赵:什么? 不管,我就要保护群众的利益,我要到老金家调查,要真没有这回事,再这样闹,我就不答应。(生气地下)

刘:(自语)这么主观,休养所现在就没有人说服得了他,所长同指导员偏偏又进县里去了,要他们在就好了,不但能说服他,还会重重地批评他一顿,我给指导员写封信,要他快回来,对!

(刘下,开中幕)

第三场 “调查研究”

(地主金老大家对面炕,屋里打扮得很穷,但是壁上的装饰、玻璃窗以及其他家具,都还能显出贵重来,就是时时狂咬的一群狗,也叫出了豪富家的威风,虽然尽量地掩盖富裕,但始终露出马脚来)

(金二与狗腿汤三,在机密地谈话——金大的小老婆和金大的女儿穿得非常破烂,装得比贫农还穷,衣不蔽体,肉都露在外面。他坐在炕头玻璃窗前望风,聚精会神地紧盯着屋外,活像一条精明的看家狗,时而也插上一两句话,汤三、妻、女嘴里都叼着大烟袋)

金:老弟,现在咱毒药不能下了,不要紧,还有旁的办法,别怕,什么都不怕——你别看他们现在这股子劲,又是斗,又是分的,将来蒋委员长来了,叫吃下去的全都给我吐出来,那时候,这些穷小子要来给我舐屁股,我还嫌他舌苔粗哩。

汤:那是……

金:老弟,不是我吹牛,什么事我都看得清楚——比方说吧,要斗争地主这风声一传,我就同我大哥商量,就先把老娘们送走,送到长春去,把金子也带走不老少,我大嫂带走的。你二嫂也跟去了,家里就剩下我侄女和小嫂子,很利索——嫂子,把烟卷拿出一盒来,给咱汤三弟抽。(金二用手搔脚丫子,并且送到鼻上去嗅,很舒适地享受着。金大小老婆很费力地在地洞里拿出一盒烟来给金,金刚抽出一支,院里狗咬,他急藏烟,女注意看了看)

女:(摆手)没人。(金以烟敬汤)

妻:这还是那伙穷棒子头一回到咱家翻的时候,藏起来的,一直到现在他也没给搜着。(四人都吸香烟)

金:我们的事情成了一半,姓赵的真的出来干涉,不让开会,把会给停了,把穷小子赶散了。这还没有把农会整倒,我有一个办法,要农会跟伤兵闹斗争打仗。

汤:要农会和伤兵打起来,那可真好啦,你说怎整?

金:农会跟穷棒子都知道,姓赵的向着我们,替地主说话,很不满意,伤兵对农会也不高兴——我们找个机会,(向窗外看一下,妻、女回头望窗外)咱们拿刀把姓赵的小子砍死,要是姓赵的给砍死了,谁也不会想到是咱们干的,伤兵就会找农会替姓赵的报仇,农民会又没揍人,受天大的屈,这不就打起来了!

汤:这是行,只是伤兵人多不好下手。

金:那没啥,等他们单个人出来的时候就下手,老弟,(拍肩)我陪着你干。(唱四曲)

下毒手,杀伤兵,要他们闹误会,

休养所,不甘休,一定要找农民会。

休养所,怨农会,农民会,受委屈,

他拿刀,这拿棍,又打又骂闹斗争。

金祖德,不吹牛,办法多,心眼灵,

眉一皱，心一算，一手遮天摆下这杀人计。

汤：好好！（拍手）

（狗突然狂叫，近十条狗威风凛凛地在咬，都惊慌了）

妻：有人来了。

女：快！人来了。

金：你快走，从后门出去，事情就这样了。

汤：好——好——就这样做。

金：老弟下晚来唠嗑呀！

（汤下，狗在院子门里咬，来的人在门外叫门）

金：这是谁呀，是不是农会里的，快，你们快把炕收拾利索，我去看看。

（金下。狗声停止，片刻金同赵上，赵四处探望）

金：（鞠躬）同志请坐，咱们家的正房给人分了，就这厢房，眼下简直没法接待客人啦。（拭炕上的灰尘）

赵：（直截了当的、责斥的口吻）大白天你们关上门干什么？

金：农会下了命令，不许我们家的人出门，就在家里待着。

赵：（不大相信）真的么？

金：（不答）凤银，倒茶。（提高嗓音，拿出地主的架子）

女：没有茶！

妻：茶？哪来的茶！咱们家的茶壶都叫人家给打碎了。（故意拖长声音说给赵田听）

金：（向赵一鞠躬，抱歉地笑）嘿嘿，拿烟。（女以很长很大的烟袋递给赵）

赵：我不会抽烟。

金：这叫什么话！（跑去拿过烟袋）军队上的同志还抽老百姓的长烟

袋？真是！

女：就是这烟袋么。

金：（笑）嘿嘿！同志你别见笑，现在咱是穷了，嘿嘿！穷了！

赵：老百姓说你装穷。

金：哪能哩——哪能哩，不能，农会知道也不让。现在穷哥们翻身，我也知道了，过去有对不住穷哥们的地方，我知罪了，以后我们家也要参加劳动，自己种地，嘿嘿，（笑）吃孬的，穿破的，嘿嘿！（笑）

赵：你们家现在吃什么？

金：同志，你别提这个了，咱还是唠别的吧——说起来，太使人伤心了，我们一家人全吃苞米糠、豆饼。

赵：人家说你们家顿顿吃好的，吃豆包，还常常吃饺子。

金：没有的话！连高粱米也不常吃，这苞米糠还是大伙清算，没人要扔下的，要不是这点苞米糠，怕我们一家人只有饿死了，同志，说真的，要不是我这张老脸没地方搁，丢祖先的人，我早就领着一家大小，出去要饭了。（做戏越做越真）唉，我们对得起穷哥们，穷哥们转眼就不管我一家大小的死活哟！（作着悲哀的样子，妻同女丑态百出地也哭起来，一面哭，一面叫，就像死了人哭丧一样，但时时偷看赵田）

妻：妈呀！穷人不要咱吃饭呀！

女：天呀，活活地饿死咱呀！

（赵不耐烦地到里屋去，金随下）

妻：肩不能担，手不能提篮呀！

女：叫我种地，我不能干呀。

妻、女：我们家呀，真是穷呀，不是装蒜！

（赵同金上，走到缸前，开缸看，又到饭盆前开饭盆看看。赵又沉吟了一下，把被子打开看了看）

金：（故意不耐烦地）别哭了！（说给赵田听）哭有什么用，惹得同志心烦。

妻：啥人都欺侮咱们哟。

金：（故意）谁欺侮谁，你说这些干什么！

女：农会把人整得都活不了啦。

妻：你敢说农会的不好，你不想活了怎的？

赵：（气）你们别在这儿造人家的谣言。

金：（故意训她们）老娘们懂得什么，不许乱张嘴！（刺赵田）农会还有赖的！

赵：金老二你别在这儿捣鬼，血口喷人！

金：同志，我罪该万死！（鞠躬）罪该万死！（鞠躬）

赵：金二，你真混账，你有话痛痛快快地说好不好。（生气）

金：同志，我还是别说，你还是别听吧！——说出来真像是挑拨是非——嗳，管他是甜的，是苦的，咱们吃了就是了——只怪咱祖先没积下德，过这日子。

妻：还是别说啦。（冷言冷语地讲给赵田听）你不叫别人说，你还老说老说的，快别说啦。

金：真是该死！（打自己耳光）

赵：你今天不说，姓赵的就对你不客气了！（怒极）

金：嗯！——同志，说它能顶什么用，就是看见又能怎么的？

赵：有什么都说出来。

金：同志，不是我不说，实在是我要是真的说出来，祸就惹大了。

赵：你怕什么？

金：同志，你别着急，你替我想想，说到天上去我也是老百姓，农会要叫我往东，我就得往东，农会要叫我往西，我就得往西呀。

赵：笑话！这是共产党的天下，你弄清楚，别胡扯了，你要造谣我就宰了你——说正经的。

金：这怎么说哩！——（故意吞吞吐吐地）反正是农——民——会——要到咱家干什么，就得依着人家。

赵：农会干什么？

金：他们什么时候来，我们就得什么时候开门。

赵：来干什么？

金：他们半夜来，咱们就得起来点灯。

赵：半夜还来干什么？

金：半夜来，查夜呗！

赵：查夜——那不就结了。

金：唉！（长叹）我金氏门中祖先没积下德，该着！

赵：又胡扯了。

金：反正地主的老娘们不是人。

赵：（没想到是这样的，大吃一惊）什——么？

金：地主该杀！——妇道又有什么罪哩？

赵：说清楚——妇道怎么样？

金：半夜里来还会怎么样！

赵：我不信。

金：我要说假话，天打五雷轰！——反正是祖先留下的孽，妇道们来还哟！（作着惨然的声音，大妻、大女也随着假装哭泣）

赵：（自言自语）农会干这事？！

金：半夜里干的，谁会知道。

赵:我不信。

金:没看见,我也不信。

赵:我要来调查。

金:他们白天也来,半夜里也来,他们常来的。(狗咬)

金:(从窗上发现)哎呀!农会的人来了。

赵:我问他们去!(金挡住)

金:同志,这事谁能承认哩!(很快就想起了办法)同志,您别生气,别上火,您先在屋里歇歇——等他们走了,咱们再唠嗑。

(赵想了一想,向内室走,金跟在后面,赵突然停下转身,金急弯腰站住,赵看了金一会,想发现金捣什么鬼,最后下决心,进屋去,金送下去后急返回来,向女人使鬼脸,耳语,一面把鞋后跟拉上后急从左下,听见金"不许咬"的声音,狗咬声停止。——自卫队员小魏,手持扎枪上,金随上)

金:魏兄弟,你站岗累得慌吧?

魏:你家的人都在家吗?

金:都在家,谁还敢偷着出去。

魏:你昨天出去干什么?

金:我在家里闲得慌,出去溜达溜达。

魏:你别出去捣鬼,到处都是岗哨。

金:哪能哩,哪能哩——凤银,给你魏大叔拿烟——

女:嗯哪!

魏:我走了。

金:兄弟,你不常来咱家——坐会儿,抽袋烟再走。

妻:(拿上烟)魏兄弟,吸袋烟,坐会儿吧。

女:(推魏坐,故意眉来眼去地表示亲热)坐会儿吧,魏大叔——

（乘着不注意，金偷下）

魏：我走了。

女：（夺过扎枪）你慌什么？（大妻急下）

魏：给我，给我，别开玩笑。

女：你看你急的那样，我又不要你的。

魏：（急伸手要，女不给，魏拉着女的右手）给我！别开玩笑。

女：（突然叫起来）哎哟哟！

魏：怎么了？

女：你看你，把人家的胳膀给拧着了，你给人揉揉吧——（倒到魏的怀里，魏伸手夺枪，女不给）

魏：别——别这样——你好好站住。

女：（大声）哎呀呀，你揉揉呀！

魏：（着急）你干什么，你干什么？

（魏一手抓着枪，女亦抓着不放，并且还倒在魏怀里，魏不得不扶着她，正在这时，赵田上，从后面看魏正抱着大女）

赵：这是干什么？——大天白日的，你这是干什么？（金同大妻故意急跑上）

魏：她——她——（没法解释，急推开她，枪夺到手里）

赵：你是干什么的？

魏：我是农会放哨的。

赵：放哨的？你放到人家家里来了？

魏：我来检查，看他家的人在家不在。

赵：你来检查，你抱着个女人检查？

魏：不是，不是，是她拿我的枪——

赵：你拿着枪，说别人拿你的枪——我看你见着女人就迷昏了。

魏:同志,咱们没什么,他家留我坐会儿。

赵:没什么?坐会儿?你放哨跑到这儿来坐会儿?哼!

魏:同志,你听我说。

赵:我没有那么多工夫,你回去给你们主任说吧——你姓什么?

魏:我姓魏,同志,干什么?

赵:干什么?——你们农民会简直是乱——弹——琴——(转身就走)

魏:(急解释)同志,不是那么回事。(赵不理魏,下)

金:问别人来干什么,也不知道他自己是来干什么的。

魏:他是来干什么的?

金:(冷言冷语)人家是武装同志,谁管得着。

魏:他究竟来干什么?

金:没事,来串门呗,打打闹闹说说笑笑,高兴干什么就干什么。

魏:(责问)你为什么不到农民会去报告?

金:上农民会去报告?——那有什么用,农会还能管得着军队?农民会的天下还是军队给打下来的哩,报告农会还不是白搭——军队知道,还不把我一家给宰了,房给烧了?

魏:你放屁!金老二,你在家待着,不许出去乱跑。

金:是,你不坐会儿了?弄点饭吃了再走吧,别客气。(金随下)

妻:(望望窗外,见女还在哭)别哭了,走啦!

女:走了?(突然停止哭声,向窗外看)

妻:你二叔这办法真好。

女:这下,两家一定会打仗。(二人往炕上坐下)

妻:管保打起来。

(闭中幕,卸景)

第四场　暗杀

（晚间，中幕前没有星星月亮，远处时有狗叫，赵同刘从右上）

刘：老赵，这么黑，回去吧，天亮再说。

赵：天亮哪能行哩，就是要晚上去。

刘：我叫你拿个灯笼，你又不让。

赵：拿灯笼那还不如白天去哩。

刘：半夜里到金家，究竟是干什么？

赵：走吧，你去就知道了。

刘：你不说我就不去。

赵：你回去吧，我又没叫你来，你自己要来的。

刘：你的警惕性就不高——你看同志们都不来，偏偏你……

赵：我约他们来，他们不来，不来就算了，我一个人，怕什么？顾前顾后什么事也干不了。偏你要跟上我。

刘：我来给你做伴，半夜里……

赵：半夜里怕什么，好我的小组长哩，谁还能把我吃了？

刘：你又不说明白到金家干什么，人家当然不同你来啰。

赵：别磨菇了，走吧。

刘：半夜里又没带武器，你的……

赵：（抢说）"警惕性不高"！知道了，知道了，别说了，走吧，在前方"拿着"空手还要夺敌人的机枪哩，怕什么！

刘：你别太大意了，阶级斗争，就是生死的斗争。

赵：对，以后我的警惕性提高些就行了，走吧。

刘：说了半天，你还是没说去干什么。

赵：你老问这个干什么，你去就明白了，我不糊弄你。

刘:老赵,(很严肃地)我老实地问你一句,你是不是为了农会的事,上老金家去?

赵:你知道了还问,走吧。

刘:你不说,我真不走。

赵:那你听我说——(唱五曲)

农民会有坏蛋,乱搞女人,

跑到那老金家,胡乱调情,

搂抱着大闺女,死不放手,

只逼得那女人,哭哭啼啼。

刘:(唱)农民会搞女人,有啥证据?

赵:(唱)我自己亲眼见,就是证据。

刘:(唱)就算你亲眼见,真有这事,

也应该交组织,详细处理。

赵:(唱)先抓到坏家伙,理由充足,

交上级去处理,才有根据。

(白)把坏家伙当场逮住,交给组织,那会省掉许多麻烦。

刘:你去,就那么巧叫你碰上?

赵:他们半夜里常去。

刘:你准知道,他今天晚上去了?——你不是说,白天自卫队员还和你唧唧了?他今晚还敢去?

赵:(不答,沉思)……

刘:走,回去吧。

赵:走吧。

(两人刚往回走,突然听见远处隐约有女人惨叫的声音:"救命——啊!""救命——啊!")

赵:听——

刘:谁叫唤什么?(两人注意听)这是女人的声音。

赵:这是老金家女人在叫唤。

刘:你怎么知道?

赵:你听这声音就是在那疙疸。——(听)可不是——准是农会的人去了,走。

刘:半夜里叫啥?搞什么鬼?——对,去看看也好。(同下)

(隐约听见叫人声:"老——刘——""老赵——""老赵——""老刘——"几个人的声音在叫,越来越近,深夜空旷的大地,带来原野的恐怖——李、郭、吴提着灯笼找着,刘文奇、赵田上)

郭、李:老刘,老赵……老刘!

李、吴:真跑到老金家去了?

郭:这两个家伙跑去干什么?老赵叫我去,我问他干什么,他光说去就得了。

吴:半夜里起来,也不嫌个絮烦。

郭:也不拿一个灯。

李:走吧,咱们去接他们回来。(三人叫着下)

(金二同汤三摸索着上来,金二手里拿一根很粗沉的短木棒,汤三怀里藏把菜刀)

金:(唱七曲)

一片漆黑,伸手不见掌。

汤:(唱)没有星星,对面不见人。

金:(唱)手拿一根短木棒,

汤:(唱)腰藏菜刀来杀人。

金:(唱)军队撑腰,分土地,

报仇雪恨，杀伤兵，
杀死伤兵，咱们不管，
吃官司就是农会的人。
农会小子活不成，
去到那阴曹挖苦根，
去找那小鬼搞清算哪，
阎王爷陪你闹斗争。
等会他们这里过，
暗暗地下毒手杀死伤兵。

汤：（唱）全身打战真害怕，
杀不死伤兵我们也活不成。

金：你拿着刀还怕什么！（突然听见远处有人声）汤三你听，来了——喂！咱们躲在旁边，等到了跟前就下手。

汤：我……我……害怕。

金：怕什么，到这时候你还说怕。

汤：我……手直哆嗦。

金：你真没用，人都快到了你还……（举棒）我揍死你。

汤：（突然跪下）饶了我吧，我实……在……

金：（小声着急地）别嚷嚷！别嚷嚷！真是粪蛋子，把菜刀给我，给你棒子，你拿着棒得用劲地揍，要不伤兵力气大，你也完了。我一刀就把姓赵那小子砍倒，再一刀就送他回老家。（又安慰汤三）好好儿干，回去把我侄女给你，听，来了，喂！棒子可别扔了！（金拉汤三躲在一旁）

（赵、刘急上）

赵：老刘，快点走，现在正是时候，去晚了就堵不住了——你听——

（女人的叫声）还在叫哩！（两人各站一下听）

刘：半夜里搞什么鬼。

赵：叫得这么惨，还会搞什么鬼——准是农会的人去了。

刘：老赵，你不要轻易相信，地主是最奸滑、最狠毒的家伙，什么事都做得出来……啊！（头上被金二的菜刀狠狠地砍了一下）

刘：刀——什么——人——（一转身抓住金二的左手，两人挣扎，金二被推倒地，刘英勇地扑过去，不提防金二迎面又砍来一刀，刘头一偏，砍在肩上，金二急起身逃走，刘又猛扑过去，金回身又一刀，刘用手去挡，手腕被砍一刀，身体支持不住，刘倒地。与这同时，汤举木棒向赵打去，赵急躲开，即高声吼叫）

赵：有特务杀人！快来呀！（汤怕，回头就跑）老乡！老乡！

（在赵田高叫时，金正砍第三刀。第四刀刚起，赵即拼命扑向金，金向赵砍一刀，赵用手一挡，手腕被砍一刀，“啊”一声。金跑下，赵追去，口直叫“抓住！特务！抓住坏蛋！老乡！”赵从左追下）

（闭中幕，刘倒在幕前，幕后布景）

（李、吴、郭战士急从右上）

李：什么事？（同时）

吴：老赵怎么了？（同时）

郭：干啥？（同时）

李：啊？！是老刘！（急扶刘）怎么了？哎呀！

吴：老赵哩？（叫）老赵！老赵！

赵：（愤怒高声地叫骂着转来）他妈的，准是农民会干的。

李：农民会？

吴：啊？

赵：我看朝农会那边跑去了。——老刘怎么了？（众急围住刘）

李:这是刀砍的,头上一刀,左肩上一刀,右手腕一刀。

郭:伤很重——老赵,砍着你没有?

赵:我左手腕砍了一刀。

吴:在前方流血,到后方来还要流血,这太不值了。

赵:(早忍不住了,看见刘的伤,听见郭的话,暴跳如雷地吼起来)他妈的,下这样毒手哇!——老子非给他砸烂不可!(往家里跑)

李:老赵,你干什么?

赵:我集合人去——把农会的那些家伙给宰了。

李:老赵,你先别着急,不要动武。

赵:不动武?我姓赵的跟农会有过不去,怎么不找我,要找姓刘的?姓刘的跟农会有什么仇,他妈的,伤兵随便就叫他们砍了。老子非把农会给砸了不可!

刘:(醒过来)老赵!(叫)老赵!

众:老赵!老赵!……老刘叫你。

赵:老刘,你醒过来了,我给你报仇去,把农会这些小子通通抓来。

刘:去不得——不能去。

赵:怕什么,前方飞机大炮都见过,还怕农民会那几支破枪?

刘:你听我说,打不得,打了就糟了。

赵:他们拿刀砍都可以,我们用手打还有什么打不得的?

刘:老赵,这里面一定有阴谋,有坏蛋在搞鬼——啊!(晕过去了)

李:老刘——晕过去了,老吴老郭,走,快抬回去上药。

赵:老李,你们把老刘慢慢地抬回来,我先回去集合人,找农民会算账去。

(女人的叫声又起)

李:老赵,你听。

赵:这是农民会的小子在老金家整的。

李:农民会?

赵:就是,老李,你们先把老刘抬回去,我去把坏蛋抓回来再说。(匆匆跑下)

吴、郭:老赵! 老赵!

李:半夜里叫,是搞什么鬼? 我也去看看。老郭老吴,你们慢慢把老刘背回去,我看老赵去。

郭:对,我们先回去。

(李帮着把刘扶起,郭背着刘,吴提灯笼从右下)

李:搞的什么鬼?(从左追赵下)

(开中幕)

第五场　地主逃跑

(地主家里,米缸上放着一盏点着的没灯罩的洋油灯,金大小老婆坐在炕上抽着纸烟,嘴朝着外直喊"救命啊!"狗不时地陪着她叫几声——金二同汤三急忙慌张地从左跑上来,金大女也急跑上来)

汤:(魂不附体地)哎呀!(把木棒丢在地下)

金:(上来就生气)别喊了,别喊了——你还喊!

妻:啊?

金:把人都喊到家来了。

妻:不是你叫我喊的吗?

金:我叫你喊几声就行了,你怎么一个劲地喊。

妻:我怕姓赵的听不着,不出来呢。

汤:这怎整呀!

金:别说了,事情都给你们整糟啦。

汤：这怎么办呀！

金：你真是，胆子这么小！——你们还站着干什么？上炕！上炕！（三人急往炕上爬）门插上没有？

女：插上了。

金：你们望着我干什么？躺下！躺下！（汤、妻、女睡下，金自己也上炕，发现灯还点着）哎呀！把灯吹了，吹灯！吹灯！（只得自己下炕吹灯，发现木棒在地上，菜刀还在手上，急藏到炕下，吹灭灯后上炕，刚睡下盖上被子，屋外急剧的打门声、狗咬声）

魏：开门！开门！

金：哎呀！坏了！

汤：我的妈呀，追来了！（从炕上跳起来）

妻、女：这怎整呀！

金：别吵吵，你们快躺下——躺下！汤三，进里屋去藏起来。

汤：哎呀！（急跑下）

（妻、女睡下，盖上被子）

金：（向着窗外慢慢地）谁呀？谁叫门呀？谁呀！五更半夜有什么事呀？（擂鼓似的打门，狗咬。金向窗外）不许咬！（狗声稀）等一会我穿衣服。（说穿衣服，实际上把衣扣解开）

魏：开门！

金：等一会我点灯哪！（划燃了一根火柴，又在盒上划两下，把划燃了的又故意划熄，再划上一根火柴，故意延长时间，好容易燃上灯，拿着灯嘴里还咕噜着）这么晚了还有什么事？真是侍候不了啦！

（片刻自卫队员小魏同金老二上）

魏：五更半夜，你们嚎什么？

金:(故意吃惊)我们家都睡着了,没听见谁叫呼哇。

魏:半天空挂口袋——硬装"风"。我站岗听得真真的是你们家叫,(对炕上)起来别装了。(妻、女不动)

金:(故意大声地)嫂子,凤银,起来,怎么还没醒。

妻:睡着着的招呼我们干什么?(伸出头来)

魏:(用扎枪捅她们)还装什么!

女:(伸出头来)我们也没叫呼呀!

魏:我听得真亮亮的,就是你们这屋叫。

金:没有呵——哦!是你耳朵听差了吧。

魏:(火了)你不说实话,我就把你抓到农民会去。

金:我们家都睡着了,没人吱声哪。

魏:我听得不差,是你们叫。

金:我这胡子拉碴几十岁的人了,还干那事?谁喊叫,真该打屁股[①]!

魏:就是你们家的老娘们叫的声音。

金:我们家只有两个老娘们,你问问她们看。你们叫唤没有?

魏:那我不管,走,到农会去。(很生气地去拉大妻,大妻一屁股坐到地上,就放声大哭,大叫,大闹,两手在空中直打,魏又去拖大女的被子,女死命地拖着被子往身上盖,金蹲在屋角。紧张中,赵田气喘着跑上,看见魏拉女被)

赵:干什么?!(金乘机偷下)

女:(本来没哭了,见赵田就又放声大哭,急把被子往身上盖)妈呀,我不能活了。

魏:她们半夜里胡乱叫。

① 或"真少揍"。

赵：你整她，她不叫？

魏：同志，你不知道。（赵挡住去路，怕小魏跑了）

赵：你跑来干什么？

魏：我是放哨的。

赵：放哨，你拉着老娘们放哨呀？

魏：她们没事胡乱叫，我来看看。

妻：（高声哭）我活不了啦！

魏：你还叫，臭娘们！（打妻）

赵：（大怒）你当着我面，还敢打人，（抓起自卫队员的扎枪）我扎死你。（魏亦抓着枪的一头，两人争夺着）

魏：同志，赵同志，（紧张中，李贵祥跑上）你撒手！

李：老赵你干什么？（急拉赵田）

赵：老李，放手！放手！

李：（帮助魏夺过扎枪，挡住赵田，叫魏）你快走吧。

赵：老李放手！站住！（魏拿着枪跑下）老李放手……（挣脱李的手，把李推开，跑下）

李：（也转身追赵田）老赵……老赵。

金：（故意低着头急跑上）半夜里吵什么呀？（有意地与李贵祥撞个满怀）对不起！同志！对不起！

李：金老二，你搞的什么鬼？

金：唉！同志，我有什么办法——咱们家快成窑子了。

李：你敢胡说。

金：世风不古，礼义廉耻毫不讲究，拉着老娘们就扯衣服撕裤子的……

李：你敢造谣。

金:你不信？赵同志亲眼看见的。

李:(拍一耳光)放屁!

金:哎呀!

李:打疼了?

金:嗯哪!

李:你记住,再搞鬼,我枪毙了你。(李急下)

金:快去把门关上。(大妻下,摸着被打的脸有点疼,也生气了)你枪毙我？你犯在我手里,我一菜刀把你的头切成两半。

汤:(满脸黑烟,只见一对眼珠。偷偷地上来)都走了吧?

女:(吓了一大跳,大叫一声)啊!

金:你看你成个什么样子!(对女)你也真是小姐气。

汤:可把我吓坏了。我怕他们抓着,钻到灶火坑里去了。

金:快!收拾东西趁他们斗起来,屯子乱,咱们走,管不了老大了,咱们走吧。(众慌乱地进内屋)

(闭中幕卸景)

第六场　打农会去

(休养所门前——中幕前——休养员分两派从台左上,在剧烈地争论,以赵田为首主张打农会的,郭保山、吴英杰、伤员一,手里拿着碗粗的木棍、捆人的绳子、皮带等是一派的。以李贵祥为首不主张去打农会的伤员二、三、四、五,是一派的。有的劝对方别去,有的拉着对方不让去,一阵骚乱)

赵:喂!都别说了,愿去的就走,不愿去的回家睡觉去。

李:老赵,等天亮了再去吧。

众(不去的):对对!

伤员二:半夜里去不好,人家正睡觉哩。

吴:睡觉也要拉起来。

郭:要揍死他,还管他睡觉不睡觉?

赵:通通抓来宰了,把农会的房烧了。

众(去的):对,走!走!

李:(阻止)老赵!去不得,千万不能去。

赵:你不去算了,咱们去。

李:去就会惹出大乱子来。

赵:怕什么,农会敢拿刀杀伤兵,咱们就敢宰掉他几个农会的小子,走!

李:你怎么知道是农会?

赵:你说过多少遍了,我不听。

李:这事是要弄清楚。

赵:我亲眼看见的,还有什么不清楚的?

李:就算是农会杀人,那也是个别坏蛋呀,怎么能把农会都算上哩?

赵:你别说了吧,(对大家)咱们走!

众:(去的人拥着要走)走!走!

李:同志们去不得。(跑去拦着)

众:(不去的也去拼命拦着)不要去!不能去!等明天再说。

赵:(抓着李)老李,咱们小组长叫人家砍了,你是副组长,就不管呀?

李:医生看过了,老刘没生命危险。

赵:没危险,我也要去给他报这三刀的仇。

李:老赵,今晚不要去,等天亮我跟你们去好不好?

赵:你是哄小孩的话,我不听——同志们要去的就走!

李:(对大家)同志们,不能去,我们等指导员回来再说。阶级斗争不简单,我们不能毛毛愣愣地干哪。

赵:走!(众拥着要走)

李:同志们,今晚说什么也不能去打农会,(大声)打了会犯严重错误的!

赵:走哇,给老刘报仇去!

众(去的):对!走!(拥着要下)

(李和众,去不得,不能去,打不得,拦不住,拉不住,劝不住,去的终于从台左飞跑下)

李:糟糕,这些二愣子,把事闹大了!

伤员二:打死人可了不得!

伤员三:打伤了都够呛。

伤员五:老李,怎么办呀?

众:是呀,老李,怎么办呀?

李:同志们咱们也去,把他们撵回来,好不好?

众:对!走!走呀!(众追跑下,配以打击乐器)

(片刻赵田等人吼叫着上来)

众:快呀,走呀!给老刘报仇,把农会宰了,走呀,快……(从场上跑过,下场,片刻,李贵祥等人喊叫着从右上)

众:老赵!老赵……等一等,不能去呀……(追下,锣鼓激烈地响着,紧接着——指导员打着手电筒,急喘着从台左跑上)

指:(唱八曲)

刘文奇捎写来信,赵田干涉群众斗争,
我急急忙忙回家转,迅速处理要认真。
赵田是个好同志,冲锋挂花为人民,
个性是个冲天炮,遇见事情不冷静。

我连夜赶回休养所,三步当作两步奔;

忽听前面人闹嚷,这是出了啥事情?(急摸出手枪)

(停下来,看)啊?这是赵田他们,拿着木棍干什么?(把手枪放回去)

(赵和众人吼着跑上)

指:赵田!你们干什么去?

众:指导员,你回来了?你连夜赶回来的?

赵:指导员,我们小组长给人家砍了。

指:啊?刘文奇?

赵:给砍了三刀——我手腕也给砍了一刀!

指:(握着赵田的手,亲热地)他现怎么样了?

吴:医生说了,没有性命危险。

指:你们拿着棍子到哪儿去?

赵:去把农会给砸了。

指:打农民会?

赵:刘文奇就是给农会砍了的!(差不多是吼出来的)

指:(急问)你怎么知道的?

赵:我亲眼看见砍了刘文奇,就朝农会跑去了。

指:哦,(深思)朝农会的方向跑去了,你怎么能断定就是农会哩?

(李等喊叫着上)

众:老赵,等一等,老赵!老赵!

指:李贵祥!

李:指导员,你回来了?!

众:好!好!

指:刘文奇是怎么给人砍了的?

李：他跟老赵到地主家去，在道上被坏蛋砍了——我看准是地主搞的鬼。

指：你怎么知道的？

李：我看就是地主嘛！

赵：你怎么断定是地主砍的？

李：不是地主还有谁哩？

赵：你凭什么？

李：凭什么？军队是地主的仇人！

赵：地主的仇人，是农民会！

指：好了好了，都不要说了，地主的仇人，是军队，也是农民会，咱们先回去再说吧。

赵：（蹲在地上）我不回去。

指：你不回去，蹲在这儿干什么？

赵：农民会把我们的小组长砍了就算了，我这一刀就白挨了？

指：（想了一下，故意高声讲给赵田听）刘文奇要真是农民会砍的，那我也不答应，我也要去找他们算账哩！

赵：（突然站起）好，指导员，走，我们去把农会小子通通地抓了来。

指：现在不要去。

赵：怎么？

指：我还不知道是不是农会干的，回去先调查调查再说嘛！

赵：指导员，要调查出来是农会该怎么办？

指：要调查出来是农会，我们就送到政府，交给老百姓处理，该怎么办，就怎么办。

赵：该枪毙哩？

指：（斩钉截铁）就枪毙！

赵:(开朗高声地)对,我拥护！走！(号召大家)咱们回去！

(他一人先走,没有人跟着他)

指:(对大家)同志们,都回去吧。(指导员叫回,众即拥下)

第七场　赔礼道歉

(指导员办公的屋子,有桌椅,指导员上)

指:(唱八曲)

适才问了老乡们,才知闹了大事情,

上了地主大圈套,阶级立场没有站稳。

地主诡计没发现,进行调查要揭穿,

派人去请郭主任,继续研究把事弄清。

(白)我找老乡们谈了话,调查了事情的真相,又同郭主任谈过,杀刘文奇的准是地主搞的,但线索还没完全搞清楚,今天我又派人去请郭主任来继续研究。我也同赵田同志谈过,他只是很肯定地说,是他亲眼看见自卫队员调戏金大女儿,金家妇女才在半夜里啼哭叫喊的,等赵田他们来,再和他们谈谈。

赵:(在门外)报告！

指:进来吧！

(赵、李上,向指导员敬礼)

指:坐下,坐下,郭保山、吴英杰没来吗?

李:他们一会儿来。

指:我们再来谈谈刘文奇同志被人暗害的事情,大家随便谈谈吧。

李:我的意见,还是请老赵讲一讲。他怎么去地主家的?怎么看见农会的人调戏女人,晚上又怎么到老金家的?把这经过讲一下,就能研究出问题。

赵:(高声地)这还有啥问题呀!我到金家是去调查的,又不是做坏事,还有什么问题!

指:我们慢慢谈,不要急。

李:我也不是说你有啥问题,是说在事情经过里头发现问题。

赵:我不管什么问题不问题,反正我亲眼看见自卫队员一个人在金家,抱着金大女儿……

李:他是一个人?你又怎么看见的?

赵:我去碰上的呀!(很不高兴)

指:不要嚷,一个说了一个再说。

赵:晚上我去,又亲眼看见金大小老婆坐在地上哭,自卫队员趴在炕沿上拖金大女儿的被子,金大女儿直嚎叫,拼命拉着被子盖到身上去——都是我亲眼看见的,还有什么问题?

李:就算自卫队员胡搞,那也不能说农会全体都是坏蛋呀!

赵:(冲动)农会怎么不是坏蛋?他们又贪污,又吞慰劳品,怎么不是坏蛋?

指:(非常注意地)农会贪污?你听谁说的?

赵:这个……不管谁说的,反正有这事情。

李:你说说,这是谁说的?

赵:……(不讲话)

指:这没关系,赵田,你讲出来,供大家研究嘛!

赵:哼!

李:你看你,这又不是你的什么问题,你怕什么?

赵:我有什么怕的?

李:那你讲呀。

赵:(沉默)……

指：讲吧。

赵：……

李：嗳，讲嘛！

赵：……

指：好，赵田，你想一会再讲吧。

李：（不耐烦）有材料不讲，怎能研究问题——（停了一下）听见了谣言，就应该讲出来供给组织研究嘛。

赵：（突然较大声地）你都觉得是谣言，那有什么讲的？

指：赵田，赵田，别急，慢慢讲。

赵：讲出来了，谁保险不遭报复……

李：（急）谁报复你呀！

赵：不是我怕你报复——你能保险说这话的人不遭到报复？

李：你讲出来，谁敢找他报复？

赵：我看农民会就饶不过他。

指：赵田同志，你讲，组织上负责保证，他不遭到报复。

赵：指导员，只要你保证农会不找他报复，我就讲。

指：好，没问题，你讲吧。

赵：嗯，我还是不讲。

指：赵田，只要是真的有那事，不但保证讲话的人不遭报复，农会还要受到群众的处理哩。

赵：好，指导员你保证我就说。

指：说吧。

赵：指导员，穷人说的话，不会有假吧？

李：穷人？

赵：汤三不是穷人是什么！

指:汤三讲的?汤三又听谁讲的哩?

赵:我不说。

指:李贵祥,你去把村头汤三请来,你说我找他谈话。

赵:指导员,你找他做什么?你不是刚才说的……

指:我找他问问,把事情弄清楚,又不干别的,怕什么。

赵:人家告诉我多少遍,叫我不要说。

(外面郭主任的声音,“指导员,指导员”)

指:哦,郭主任来了。

(郭祥封领自卫队员小魏上来,魏、赵相见,有点不自然)

郭:我们的事彻底了一大半,金二想跑,给咱们抓住了,一会儿就领来给同志们赔罪。

指:咱们慢慢谈,郭主任请坐,小魏坐。以前为什么不把他两兄弟都抓起来?金老二还留在他家干什么?

郭:金家过去就通胡子,家里有枪,埋在地下,咱们寻思,把他哥儿俩一齐抓来,他两弟兄都不说,不好整,就留金老二在家,看他的动静,好一网打尽,我们已经把金二抓来了。

指:抓来了?好!好!

郭:昨儿夜里,咱们小魏跟赵同志闹了点误会。

赵:我没跟谁闹误会。

指:(制止赵)赵田。

(郭、吴喊“报告”)

指:进来!

(伤员郭、吴、一、二、三、四、五上,站在一旁)

指:郭主任你讲吧。

郭:小魏讲,半夜里他放哨,亲耳听见金家老娘们胡嚷嚷,他就赶到

金家去,金老二说什么也不承认,小魏就要拉他们走,赵同志就来了。

赵:亲耳听见?我还亲眼看见哩!

魏:赵同志,你看见什么?

指:赵田!

郭:小魏!

(同时制止)

赵:你搂抱着金家的大闺女是干什么?

魏:那是她自己倒在我怀里的。

赵:半夜里你拖女人的被子,又是干什么?

魏:那是我拖她们到农民会去。

赵:算了吧!搞女人就说搞女人,你瞒什么!

魏:(着急得很)我至死也不会跟地主女人混在一块儿。

赵:地主女人不错,怪漂亮的。

魏:我恨不得宰了她!(急得跺脚)金老大、金老二跟我魏家有血海深仇,我十二岁那年,我爹在金家扛活,我也在金家当猪倌。下雨天,猪羔子丢掉了一个,金老大就把我打个半死,还不算,又把我爹的工钱给扣了,偏偏在腊月头,我爹又闹了病……(提起就难过,忍不住要落泪)不给钱,不给治,也不给请先生,要工钱他说是工钱扣了,预支钱哩,又说没到月头,我爹的病越来越重,金老大、金老二,心肠狠毒,他害怕我爹爹死在他的家里,把我爹拖出大门,扔在雪地里。指导员,我爹爹就活活地给整死了。

(唱九曲)

下大雪,北风刮,天寒地冻,

我爹爹,年老人,冻死雪中。

他头破，鼻孔里，流出鲜血

（他）咬着牙，睁着眼，死不闭目。

我妈妈，在家中，悬梁自尽，

妈和爹，都死了，剩我一人。

金老大，金老二，还不放手，

硬逼我，在他家，还给扛活。

在金家，扛大活，十一年整，

就像是，掉在那，无底火坑。

共产党，来到了，我才翻身，

大恩人，就是咱，人民解放军。①

（白）我怎么能跟我仇人一道混哩，赵同志，那晚上是他家人喊叫，我要拉他去农会，你就来了。

众伤员：（唱十曲）

叫老乡，你不要这样难过，

这件事，全是咱们的过错。

指：（唱）大地主，大恶霸，压迫农民，

在家里，受压迫，咱是一样。

天下的，受苦人，原是一家，

为什么，忘了本，自相残杀。

众：（唱）赵同志，你本是，受苦穷人，

要反省，为什么，忘了根本。

指：（唱）咱们要，把痛苦，变为仇恨，

再把那，仇和恨，变为斗争。

---

① 演出时，如果觉得小魏的唱不必要，就删去不唱。

全体：（唱）抱团体，斗倒那，金家地主，

要报仇，枪毙那，恶霸弟兄。

（李贵祥上）

李：指导员，汤三给农民会抓起来了，现在押来了。

赵：什么？

（外面人声，于星、自卫队员乙捆金二，带着汤三上）

于：（高兴极了）指导员，指导员。

指：于队长。（握手）

于：彻底了，彻底了，什么都明白了。

众：哦！

于：汤三被抓住了，他是金家的狗腿。大伙儿说，他讲了实话，宽大他，讲彻底了免罪，汤三就把他知道的都讲了。金大女儿和他小老婆子也都坦白了，大伙儿都把东西挖出来了，杀刘同志是金老二干的，造农会的谣言是金老二干的，这两天咱们闹误会也是金老二干的——我们农会捆着金老二送来给同志们认罪。

赵：（跑过去抓着汤）汤三，杀刘文奇是谁干的？

汤：是金老二亲手砍的，我没动手。

赵：说农民会私吞慰劳品，你听谁说的？

汤：都是金老二叫我造的谣。（赵狠狠地揍汤三两拳，扔在地上）

赵：（过去抓住魏）小魏，我不对，不，我不好。

魏：赵同志，（也不知说什么）我也不好。

赵：不，你好，咱们穷人好——地主坏！——我×他金老二十八辈祖宗的，（转身对金二，一面解皮带一面说）金老二，老子非揍死你不可。（抓过金来就打，金挣扎）

魏：（过去抓着金的双手，反背到背上）不准动！（金不能动）赵同志，揍！

赵：（空出手来，左面一个耳光，右面一个耳光地打了五六个耳光）揍死你，我揍死你。（赵又抓着金二）

魏：（又左一个耳光，右一个耳光地揍）你这兔羔子，你这兔羔子。（又打了四五下）

赵：（还抓住金揍）我揍死你。

指：赵田，你不能打死他，这是群众的斗争对象，要交给群众处理。

吴：（把赵拉到一边）老赵，咱们都是他妈主观主义。

郭：（也去拉着赵）老赵，咱们搞错个×的了。

赵：还要你说？（万分难过走到指导员面前）指导员，我错了，你处分我吧，关我一年的禁闭——不，怎么处分我都行。

郭：指导员！我也愿意受处分。

指：同志们，不要难过，能够认识自己的错误是好的——这事由我们全所同志来讨论，教育全所的同志，提高了我们的阶级觉悟。

赵：指导员，在大会上我首先报名反省。

指：好。

吴：我也报名反省。

指：好，同志们，我们是人民的武装，在群众面前犯了错误，就应该大胆地，勇敢地，向本屯的老乡赔礼道歉，承认错误。

赵：对，指导员，我坚决执行。

指：你们同意吗？

众：（立正）是。

指：同志们，我们是人民的武装，我们的枪杆是保护人民利益的，我们打仗，干革命，都是为了要老百姓翻身，要实行彻底平分土地，保证人民坐天下，当主人。要是全中国穷苦老百姓都翻了身，当了主人，那我们的革命就胜利了。赵田同志，你是个好同志，但是在这个问题上，你犯了严重的错误，就要执行我们党军铁的纪律，现在我代表组织，要把你捆起来，交给群众去处理。

赵：（向指导员敬礼）指导员，我执行。（自己转身，手反背着，面向指导员）

指：（用手亲热地拍赵田的肩，欲言又止，望了赵一眼，最后坚决地）捆起来。

（伤员二、三把赵田双手捆起）

郭：指导员——这，太过于了……

于：指导员——这……这太屈赵同志了！

魏：指导员，这不怨赵同志，全怨我。

指：郭主任，小魏，这是应当这样做的。

（自卫队员甲，手提匣子枪，一手拿扎枪上来）

自甲：胜利了！

李：什么事情？

自甲：咱们斗争会胜利了，斗出一杆马枪、三颗匣子、五个手榴弹、一箱枪子子。

李：还有什么东西？

自丙：麦子、高粱、小米，老鼻子了，金老大说三十多石，挖出来差不离。大元宝十八个，白洋三百四十块，被子三十一床，白布四十匹，衣裳上百件，五十多两大烟土，这下彻底了，这就来了。

（群众欢呼着拥上来了，农会走在前头，自卫队背着挖出的枪，燕儿手里拿着金二杀人的菜刀，刘大娘拿着金二的大烟灯、大烟枪，其余的人拿着挖出来的大包的红红绿绿的衣服，由人抬着，大烟土、元宝等等胜利果实——金老大、金老二被捆着，妻、女、汤三被押着

上来）

指：（大声地）乡亲们，有件事给大伙谈谈，我们同志们受了地主的欺骗，干涉了斗争会，搅乱了会场，给地主撑腰，要威风，造成了农会工作上的损失，主要的是我们忘了本，这是我们很大的错误，请大家伙给我们严格的批评，我们这几个同志都犯了错误，特别是赵田同志，错误更严重，现在我们把他捆起来，交给我们老乡们处理，大家伙要怎么办，就怎么办。

（众拥到指导员面前，把他包围起来）

众：得了，得了——赵同志本心是好的，指导员，算了——这太过于了，赵同志年轻，算了吧——不怪他，地主该杀——把绳子解开吧——指导员……

指：大爷，大娘，解放军是老百姓的子弟，子弟有了错，还要多加管教，这不能宽容的。

姜：指导员，那咱们大家伙给赵同志讲情。

众：（吼起来了）讲情，讲情，对，我们大家伙给讲情。

姜：指导员，我们大家伙给讲情，这讲的是个"大"情啦！哈哈！

指：老大爷，年轻的子弟有了错，就应该严格地管教，重重地处理。

郭：指导员，你不是交给咱们处理吗？

指：当然啦！

郭：（对大家）那咱们怎么样处理呀？

众：（吼）解开！（拥上去就把绳子替赵田解开）

指：好，现在就照着大家伙的意思办，我们的同志们先给老乡们赔礼道歉，承认错误，回去我们组织上再给赵田同志以严厉的处分。

众：算了——自家人太过于了。

指：那就这样做吧！

（赵、郭、吴、伤员一，站成一斜排）

郭：（呼口令）立正——敬礼！

（众热烈地鼓掌，嘴里直“啊，啊”地吼叫欢呼）

指：现在我们赵田同志给大家伙儿认错，赔礼道歉。

赵：（走出行列，立正，停了一下）我错了——我上当了，我犯了严重的错误。从现在起，我保证彻底反省，改正我的错误，在后方我要打倒狗日的恶霸地主，彻底平分土地的工作，我一定加油地干，走在头里。我的伤好了，我马上重返前线，到前方我要狠狠地打反动派，一直打到南京去，活捉大地主头子蒋介石！光说不算，你们看我的行动吧。——这两天使大伙儿受了屈。（很难过地）请叔叔婶子、大爷大娘、哥哥兄弟、嫂子妹妹，原谅我，我给赔不是，（呼口令）敬礼！（举手）

（众热烈地鼓掌）

于：（领头呼口号）拥护人民解放军！（众喊）

于：解放军是我们的呀！

（众同喊，大家一齐拥上去，农民会主任首先跑上去，双手轻轻地拿下赵田敬礼的手，众人也拥上去，差点把赵、吴、郭、伤员一给拖起来）

众：（七嘴八舌地）

（妇）原谅你们。

（刘）太过于了！

（姜）解放军是老百姓的子弟嘛，没有关系。

（妇）老百姓的恩人还是解放军哩！

（姜）这不怪你，这是地主的花招。

（甲）你们流血还不是为我们！

郭:(对大家)大家伙的话对,这事不能怪赵兄弟他们,这是地主的花招,同志们在前方打仗流血还不是为了咱们老百姓?在农民会上多说几句话,还不是想把咱们农会的工作整好吗?

众:对!对!

郭:汤三!(把汤三抓过来)大家伙说怎样处置汤三呀?

于:要他滚出农会!

众:罚他做苦工,赶他滚蛋,蹲监狱,送到政府坐牢。

郭:对,罚他三个月的苦工,滚出农民会,好不好?

众:好!

郭:喂!(大家静下来)金老大、金老二一共霸占咱穷哥儿们一百八十多垧地,逼死了咱们两个老爷子,强奸了七个妇女,霸男占女,无恶不作,咱们问问他,(向金)金老大、金老二,你说是不是干了这些事?

众:说!说!

金:(蛮横地)干了又怎的?!

(众咬牙切齿,摩拳擦掌)

郭:咱们怎样处置这两个恶霸地主哇?

众:枪毙!枪毙!

郭:喂!我们就送交给政府,由人民法庭来处理,公审这坏蛋,好不好?

众:好……好……

全体唱主题歌:

恶霸地主害人精,坑死了千万的庄稼人,
多年的血债血偿还,打倒这害人精。
土地还家是本分哪,农民是土地的主人,
地主是臭虫,地主是混蛋,

世世代代剥削农民，

消灭地主阶级，铲除封建祸根，

打倒这些混蛋，土地归还农民，

多年的血债要偿还，多年的血债要偿还，

要偿还，要偿还……

（白）要偿还，打倒这些害人精，打倒这些害人精。

恶霸地主坑死人，狼心狗肺呀两手血淋淋，

抢占土地，饿死了无数的受苦的农民，

霸男占女多凶狠哪，上吊投井数也数不清，

农民是牛马，农民是羔羊，

世世代代扛活耪青，

消灭地主阶级，铲除封建祸根，

打倒这些混蛋，土地归还农民，

多年的血债要偿还，多年的血债要偿还，要偿还……

（白）要偿还，打倒这些害人精，打倒这些害人精。

（站着唱到"枪毙这害人精"时，就押着金老大、金老二绕场——燕儿抓着金老二的耳朵，拉着走，群众愤怒地吼着下场）

（落幕，全剧终）

一九四七年九月十五日初稿

一九四八年九月十日订正

东北书店 1948 年 9 月初版

存　目

丁洪

两天一夜

小波

幸福

王家乙

光荣匾

文泉

接收小员

平章

报喜

田稼

捡宝

史奔

十一运动

西虹

梁万金，决心干！

庄中

白玉江光救活了老李吗？

苍松

状元过年

李熏风

卓喜富扭秧歌

张绍杰

陈树元挂奖章

陈戈

大兵

抓俘虏

陈明

夜战大凤庄

武老二

小英雄

郑文

送郎参军

赵云华

姑嫂做军鞋

胡青

李有才板话影词

胡莫臣

兄弟

昨非

机智英雄丁显荣

侯相九

灯下劝夫

铁石

铁石快板

奚子矶

义气

高水宝

自找麻烦

黄红

治病

黄耘

新小放牛

崔宝玉

翻身

鲁亚农

百战百胜

丁洪、陈戈、戴碧湘、吴雪等

抓壮丁

正平、维纲

捉害虫

合江省鲁艺农民组

王家大院

军大宣传队

天下无敌

祁继先、侯心一

演唱戴荣久

苏里、武照题、吴因

钢筋铁骨

张为、吴琼

翻身年

雪立、宁森

坚守排

韩彤、赵家襄

破除迷信

敬　告

《1945—1949年东北解放区文学大系》为展现东北解放区文学的整体风貌而编辑出版。丛书选取此间最具代表性的作品，以纪录这段波澜壮阔的历史时期内东北解放区所发生的翻天覆地的变化。由于丛书所收录的作品众多，时代不一，加之编辑出版时间有限，至今尚有部分收录作品未能与原作者或继承人取得联系。为保护作者著作权益，我社真诚敬告：凡拥有丛书所选录作品著作权的，请与我们联系，我们将按照国家规定及时付酬。

感谢社会各界对我们的理解与支持。

黑龙江大学出版社